※広告ページの表示価格はすべて**税込み**（10%）のものです。

2023年最新刊　詩集・歌集・評論集・エッセイ集

最新刊

鈴木比佐雄 評論集
『沖縄・福島・東北の先駆的構想力
―詩的反復力VI（2016-2022）』

A5判464頁・
並製本・2,200円

最新刊

藤田博 詩集
『億万の聖霊よ』

最新刊

万里小路譲 詩集
『永遠の思いやり
チャーリー・ブラウンとスヌーピーと仲間たち』

四六判336頁・
並製本・2,200円
解説文／鈴木比佐雄

最新刊

松本高直 詩集
『クラインの壺』

A5判160頁・
上製本・2,200円
解説文／鈴木比佐雄

最新刊

玉城洋子 歌集
『櫛笥 ―母―』

四六判・192頁・
上製本・2,200円
解説文／鈴木比佐雄

最新刊

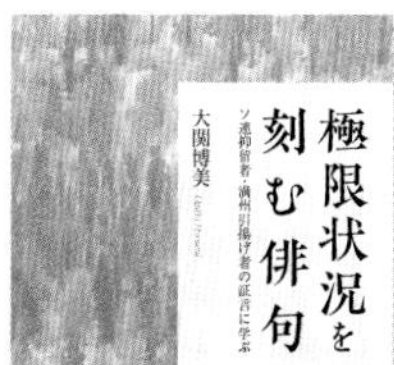

大関博美
『極限状況を刻む俳句
―ソ連抑留者・満州引揚げ者の証言に学ぶ』

四六判336頁・
上製本・2,200円
解説文／鈴木比佐雄

最新刊

おくやまなおこ 詩集
『存在の海より
―四つの試みの為のエチュード』

A5判176頁・
上製本・2,200円

最新刊

高畠まり子 詩集・エッセイ集
『小姑気質』

四六判・304頁・
上製本・2,200円
解説文／鈴木比佐雄

最新刊

髙橋宗司 詩集
『芭蕉の背中』

A5判160頁・
上製本・2,200円
解説文／鈴木比佐雄

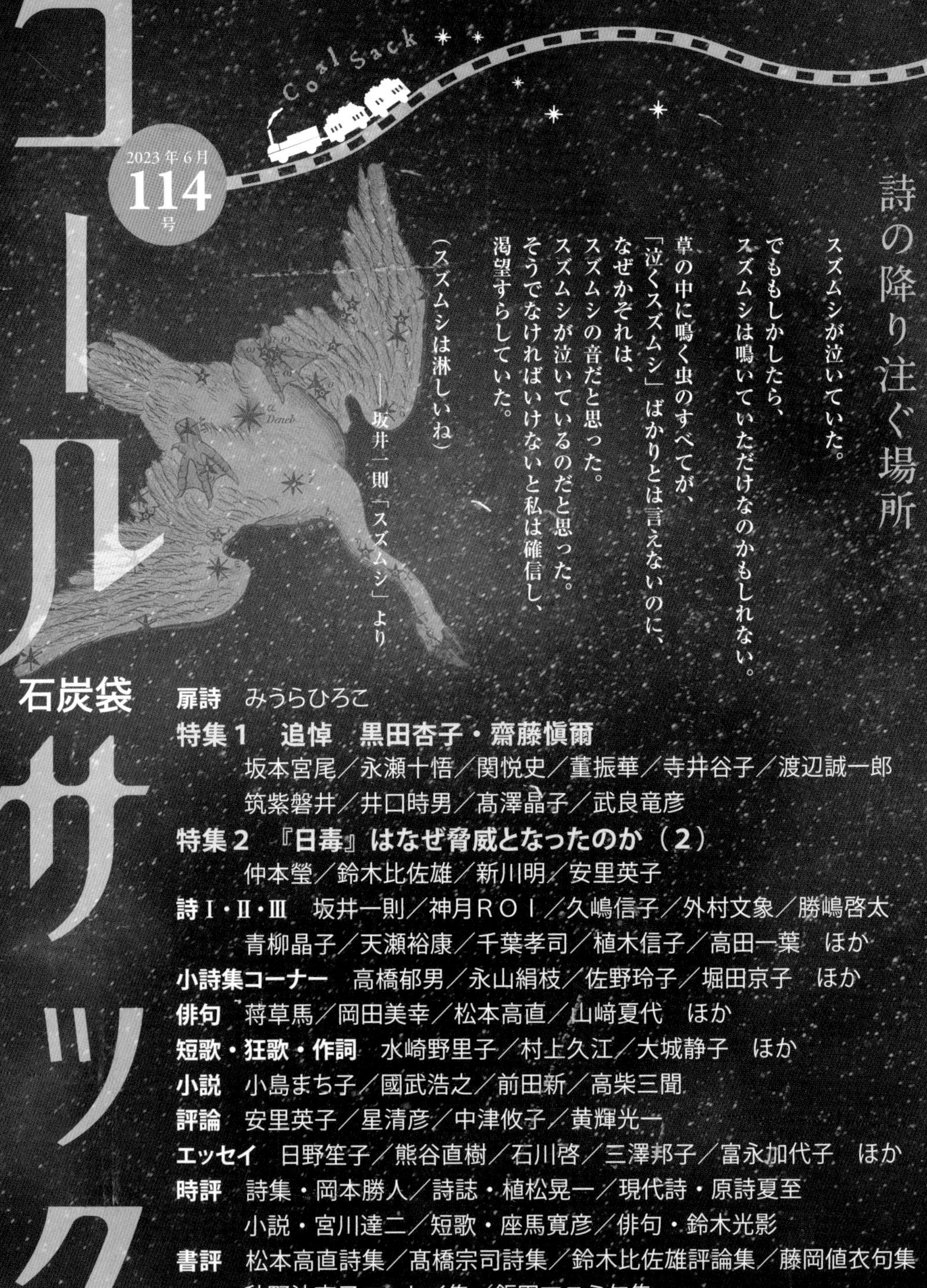

コールサック
石炭袋

公募中　**『多様性が育む地域文化詩歌集』に寄せる評論**

黒田杏子が企画した数々の文学書

大好評
第二版刊行！

黒田杏子 第一句集
『木の椅子 増補新装版』
四六判216頁・
上製本・2,200円
帯文／瀬戸内寂聴

最新刊

髙田正子
『日々季語日和』
四六判216頁・
上製本・2,200円
帯文／長谷川櫂

最新刊

『黒田杏子俳句コレクション1 螢』
髙田正子 編著

黒田杏子
俳句コレクション1
螢
髙田正子 編著

黒田杏子・螢の名句ベスト100！
疎開時代の螢との出逢いから
深化し、更新してゆく「季語の記憶」。
髙田正子の鑑賞と共に杏子俳句の核心へ迫る。

新書判144頁・並製本・1,980円

この「黒田杏子俳句コレクション」はシリーズ企画として、コールサック社から提案され、生前の師の了解を得ていたものである。膨大な句群からテーマ別に百句を抽き、解説を付す、という杏子作品のエッセンスを味わうことを目的としている。……かつての師の声に耳を澄ませるようにして、一巻ずつ丁寧に、かつスピーディに送り出していきたいと思う。 —髙田正子「あとがき」より

私は私の生きているうちに何とかこの本が世に出る。それが悲願でした。 —黒田杏子 跋「山廬と私」より

飯田秀實 随筆・写真集
山廬の四季
蛇笏・龍太・秀實の
飯田家三代の暮らしと俳句

飯田秀實 随筆・写真集
『山廬（さんろ）の四季
蛇笏・龍太・秀實の飯田家三代の暮らしと俳句』
B5判64頁・並製本・定価1,980円

今後の刊行予定
黒田杏子俳句コレクション2　月　（2023年 秋）
黒田杏子俳句コレクション3　雛　（2024年 春）
黒田杏子俳句コレクション4　櫻　（2024年 春）

金子兜太を語り継ぐ二冊の証言集

董振華 聞き手・編著
『兜太を語る —海程15人と共に』
A5判352頁・
上製本・2,200円
跋文／安西 篤
帯文／筑紫磐井

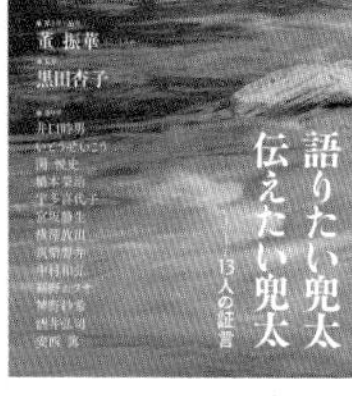

董振華 聞き手・編著／黒田杏子 監修
『語りたい兜太 伝えたい兜太 —13人の証言』
A5判368頁・
上製本・2,750円
帯文／高山れおな

おかげさまで第三版刊行！

特別付録・黒田杏子〈『証言・昭和の俳句』聞き手の証言〉16頁の栞解説文つき

黒田杏子 聞き手・編者
『証言・昭和の俳句 増補新装版』
A5判528頁・
上製本・3,000円
帯文／飯田龍太・金子兜太

沖縄文学　小説・評論・詩集

ローゼル川田
『随筆と水彩画
よみがえる沖縄風景詩』
B5判64頁・並製本・1,980円
序文／又吉栄喜

おおしろ房 句集
『霊力（セジ）の微粒子』
四六判204頁・
並製本・1,650円
解説文／鈴木比佐雄

玉城洋子 歌集
『儒艮（ザン）』
沖縄タイムス芸術選賞
四六判184頁・
上製本・2,200円
解説文／鈴木比佐雄

元澤一樹 詩集
『マリンスノーの降り積もる部屋で』
A 5判120頁・
並製本・1,650円
解説文／大城貞俊

『記憶は罪ではない』
四六判192頁・
並製本・1,980円
解説文／鈴木比佐雄

『抗（あらが）いと創造
沖縄文学の内部風景』
A5判360頁・並製本・
1,980円　装画／野津唯市
解説文／鈴木比佐雄

大城貞俊 評論集
『多様性と再生力
―沖縄戦後小説の現在と可能性』
A5判464頁・
並製本・2,200円
装画／高島彦志

第114回芥川賞受賞作家
又吉栄喜 小説『仏陀の小石』
四六判448頁・
並製本・1,980円
装画／我如古真子

第41回沖縄タイムス出版文化賞正賞
平敷武蕉 評論集
『修羅と豊饒　沖縄文学の深層を照らす』
四六判384頁・
並製本・2,200円
装画／野津唯市
解説文／鈴木比佐雄

伊良波盛男 小説
『神歌（カンヌアーグ）が聴こえる』
四六判280頁・
並製本・1,870円
解説文／鈴木比佐雄

平得壮市 俳句・短歌集
『飛んで行きたや　沖縄愛楽園より』
四六判208頁・
並製本・1,650円
装画／野津唯市
解説文／大城貞俊

与那覇恵子 評論集
『沖縄の怒り
政治的リテラシーを問う』
重版
四六判160頁・並製本・
1,650円　解説文／平敷武蕉

第33回福田正夫賞
与那覇恵子 詩集
『沖縄から 見えるもの』
A5判176頁・並製本・
1,650円　解説文／鈴木比佐雄

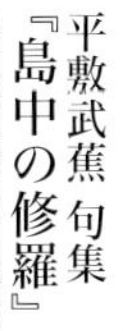

平敷武蕉 句集
『島中の修羅』
四六判184頁・並製本・
1,650円　解説文／鈴木光影

かわかみまさと 詩集
『仏桑華（アカバナ）の涙』
A5判160頁・上製本・
1,980円　解説文／鈴木比佐雄

2023年最新刊句集

最新刊 飯田マユミ 句集『沈黙の函』

四六判192頁・上製本・2,200円
序／橋本榮治

最新刊 藤岡値衣 句集『冬の光』

四六判192頁・上製本・2,200円
序／黒田杏子

照井翠 句集文庫新装版『龍宮』

文庫判264頁・並製本・1,000円
写真／照井翠
解説文／池澤夏樹・玄侑宗久

照井翠 句集『泥天使』

四六判232頁・上製本・1,980円
写真／照井翠

第74回現代俳句協会賞『橋朧 ふくしま記』

A6判272頁・上製本・1,650円
解説文／鈴木比佐雄

永瀬十悟 句集『三日月湖』

文庫判256頁・上製本・1,650円
装画／澁谷瑠璃　解説文／鈴木光影

俳句関係

大畑善昭 句集『寒星』

四六判208頁・上製本・2,200円
帯文／鈴木光影

太田土男『季語深耕 田んぼの科学 ―驚きの里山の生物多様性―』

四六判192頁・並製本・2,200円

渡辺誠一郎 紀行文集『俳句旅枕 みちの奥へ』

四六判304頁・上製本・2,200円

日野百草『評伝 赤城さかえ ―楸邨・波郷・兜太に愛された魂の俳人』

四六判264頁・上製本・2,200円
帯文／齋藤愼爾

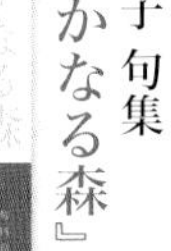

江藤文子 句集『しづかなる森』

四六判224頁・上製本・2,200円
序句／森川光郎
跋／永瀬十悟

上田玲子 詩集『母あかり』

四六判224頁・上製本・2,200円
序／能村研三
跋／森岡正作

銀河俳句叢書

四六判・並製本・1,650円
現代俳句の個性が競演する、
洗練された装丁の句集シリーズ

1 齊藤保志 句集『花投ぐ日』
192頁　装画／戸田勝久
解説文／鈴木光影

2 乾佐伎 句集『未来一滴』
128頁　帯文／鈴木比佐雄
解説文／鈴木光影

3 齊藤實 句集『百鬼の目玉』
180頁　序／能村研三
跋／森岡正作

4 河野美千代 句集『国東塔』
192頁　序／能村研三
跋／田邊博充

5 鈴木光影 句集『青水草』
176頁　装画／藤原佳恵
帯文／齋藤愼爾

短歌関係

最新刊

秋野沙夜子『母の小言』

四六判96頁・並製本・1,650円
解説文／鈴木比佐雄

林 博通『万葉集』を歌う ―名歌一三四撰―

A5判224頁・並製本・1,980円
装画／鈴木靖将
解説文／鈴木比佐雄

原詩夏至 評論集『鉄火場の批評 ―現代定型詩の創作現場から』

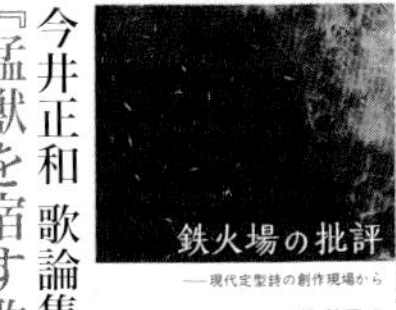
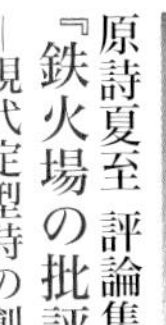

四六判352頁・並製本・1,980円

今井正和 歌論集『猛獣を宿す歌人達』

四六判280頁・上製本・2,200円
解説文／鈴木比佐雄

『新城貞夫全歌集』

A5判528頁・上製本・3,500円
解説文／仲程昌徳・松村由利子・鈴木比佐雄

高橋公子 歌集『萌黄の風』

四六判182頁・上製本・2,200円
解説文／春日いづみ

谷光順晏 歌集『あぢさゐは海』

四六判176頁・上製本・2,200円

望月孝一 歌集『風祭』

四六判224頁・上製本・2,200円

銀河短歌叢書

四六判・並製本・1,650円

5 奥山恵 歌集

平成30年度 日本歌人クラブ 南関東ブロック優良歌集賞
第14回 日本詩歌句随筆評論大賞 短歌部門大賞

『窓辺のふくろう』
192頁　装画／北見葉胡
解説文／松村由利子

6 糸田ともよ歌集

『しろいゆりいす』
176頁
解説文／鈴木比佐雄

7 安井高志 歌集

『サトゥルヌス菓子店』
256頁　解説文／依田仁美・原詩夏至・清水らくは

8 原ひろし 歌集

『紫紺の海』
224頁
解説文／原詩夏至

9 岡田美幸 歌集

『現代鳥獣戯画』
128頁
装画／もの久保

4 望月孝一 歌集

『チェーホフの背骨』
192頁
解説文／影山美智子

3 森水晶 歌集

『羽』
144頁　装画／石川幸雄
解説文／鈴木比佐雄

2 福田淑子 歌集

第13回日本詩歌句随筆評論大賞 短歌部門・優秀賞

『ショパンの孤独』

176頁　装画／持田翼
解説文／鈴木比佐雄

1 原 詩夏至 歌集

『ワルキューレ』
160頁
解説文／鈴木比佐雄

世界に発信する英日詩集シリーズ

コールサック社HP英語版で海外からも購入できます！

日本語版HP右上の ＞ENGLISH をクリック！

安森ソノ子英日詩集
『TOUCHING MURASAKI SHIKIBU'S SHOULDER 紫式部の肩に触れ』
A5判218頁・上製本・2,200円
訳・序文／北垣宗治

井上摩耶英日詩集
『SMALL WORLD スモールワールド』
A5判144頁・並製本・2,200円
訳／与那覇恵子
解説文／鈴木比佐雄

ヒューズのアメリカ精神が現代に蘇る翻訳

ラングストン・ヒューズ英日選詩集
水崎野里子 翻訳
『友愛・自由・夢屑・霊歌 For Brotherly Love, Freedom, Dream Dust, and Spirituals』
四六判280頁・並製本・2,200円
解説文／鈴木比佐雄

2021－2022年刊行詩集・評論集

高細玄一 詩集『声をあげずに泣く人よ』
A5判152頁・並製本・1,650円
装画/michiaki 解説文／鈴木比佐雄

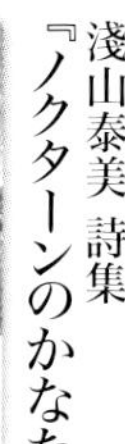

淺山泰美 詩集『ノクターンのかなたに』
A5判変型160頁・上製本・2,200円

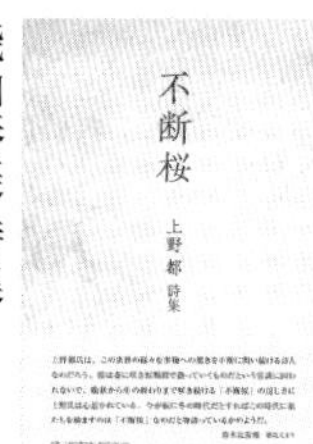

上野都 詩集『不断桜』
A5判160頁・並製本・1,870円
解説文／鈴木比佐雄

三刷刊行

尹東柱 詩集 上野都 訳『空と風と星と詩』
四六判192頁・並製本・1,650円
帯文／石川逸子

堀田京子 詩集『吾亦紅』
四六判320頁・並製本・1,980円
解説文／鈴木比佐雄

堀田京子 詩文集『おぼえていますか』
四六判248頁・並製本・1,650円
解説文／鈴木比佐雄

坂井一則 詩集『夢の途中』
A5判128頁・上製本・1,980円
解説文／鈴木比佐雄

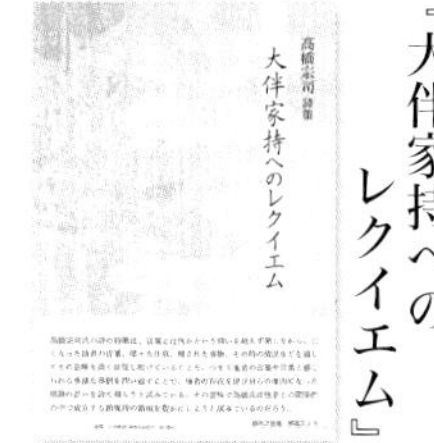

高橋宗司 詩集『大伴家持へのレクイエム』
A5判136頁・並製本・1,760円
解説文／鈴木比佐雄

吉田正人 第一詩集『人間をやめない 1963～1966』
A5判208頁・上製本・1,980円
跋／長谷川修児
解説文／鈴木比佐雄

吉田正人詩集・省察集『黒いピエロ 1969～2019』
A5判512頁・上製本・3,000円
解説文／鈴木比佐雄

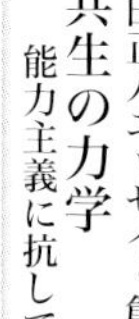

吉田正人エッセイ・創作集『共生の力学 能力主義に抗して』
A5判512頁・上製本・1,980円
解説文／鈴木比佐雄

恋坂通夫 詩集『欠席届』
A5判192頁・並製本・1,980円
解説文／鈴木比佐雄

口紅を買いに

みうら　ひろこ

マスク着用が解禁されるらしい
二〇二三、二月このニュースは
たちまち日本中で話題になり
色々と定義づけされた
　卒業式等は生徒の脱マスクを認める
但し式に参列する父母や来賓は着用
と　した学校もあれば
まだ結論には至っていない
と　きわめて慎重な学校もあった
文部科学省での定義の揺らぎは
かつて「仰げば尊し」の卒業歌の斉唱の
定義付けに揺れたことと似ている
その頃流行ったテレビの青春ドラマの主題歌
を生徒達の希望でとり入れた学校もあった
令和五年三月一日
「私達は可愛想な生徒達ではありませんでし
た。マスク越しの三年間であっても
充分に友達と意志疎通が出来
充分楽しい高校生活でした」
卒業生代表の子はきっぱりと述べた

マスク着用が解禁された
さあ　口紅を買いに行こう
老い先短かい身に　コロナ禍の世が重なり
七十七才喜寿の祝いのクラス会に
八十才になったらまた会おう
次の約束事が実現しなかったから
今年こそクラス会を開こう
さあ口紅を買いに

手の甲に口紅の色控え目の紅をためせり春めく午後に

コールサック（石炭袋）114号 目次

詩Ⅱ

詩Ⅲ

俳句・川柳・短歌・狂歌・作詞

俳句時評

俳句

詩Ⅳ

エッセイ・評論

病と死―パンデミックの闇に希望のあかりを灯す詩・短歌・俳句

A5判360頁・並製本・1,980円　編／鈴木比佐雄・座馬寛彦・羽島貝・鈴木光影

序詩　永訣の朝　宮沢賢治

第一章　闘病（1）パンデミック
斎藤茂吉　村山槐多　福田正夫　前田新　依田仁美　大畑善昭　櫟原聰　阿部煕子　向瀬美音　鈴木光影　酒井力　田中なつみ　星清彦　近藤八重子　田島廣子　曽我貢誠　清野裕子　山﨑夏代　狭間孝　八重洋一郎

第一章　闘病（2）わが平復を祈りたまふ
小林一茶　石川啄木　明石海人　中城ふみ子　鈴木しづ子　平得壯市　針谷哲純　堀田季何　園田昭夫　玉城寛子　奥山恵　座馬寛彦　金野清人　金田久璋　木場とし子　河原修吾　岩井昭　前田利夫　貝塚津音魚　ヨクト　天瀬裕康　志田道子　廣澤田を　岩崎航

第一章　闘病（3）やわらかいいのち
谷川俊太郎　新川和江　尹東柱　上野都　こまつかん　吉川宏志　呉屋比呂志　水木萌子　美濃吉昭　志田昌教　望月逸子　柏木咲哉　長田邦子　鈴木悦子　松本文男　堀田京子

第二章　介護（1）障子明けよ　正岡子規
永山絹枝　石村柳三　鈴木文子　黒羽由紀子　山口修　木村孝夫　間瀬英作　梶谷和恵

第二章　介護（2）車椅子日和
齋藤史　桑原正紀　川村蘭太　藤島秀憲　福田淑子　高橋憲三　安部一美　三浦千賀子　田尻文子　富永加代子　長谷川信子　なかむらみつこ　今井啓子　福本明美　北村真　和田たみ　村上昭夫

第三章　看取り（1）母の窓辺に
服部えい子　玉城洋子　森有也　上田玲子　高橋公子　日向邦夫　望月孝一　いとう柚子　富永加代子　谷光順晏　宮せつ湖　飽浦敏　阿部堅磐　二階堂晃子　東尾あや　岡隆夫　豊福みどり　原詩夏至　石川樹林　瀬野とし　岡部千草　肌勢とみ子　新井啓子　宮城ま咲　武西良和　神山暁美　こやまきお　淺山泰美　萩尾滋

第三章　看取り（2）父が見てゐし　馬場あき子　齋藤愼爾　新城貞夫　小谷博泰　池田祥子　謝花秀子　片山壹晴　川島洋　田中裕子　伊良波盛男　村上久江　草倉哲夫　池田瑛子　門林岩雄　井上摩耶　勝嶋啓太　徳沢愛子　ひおきとしこ　苗村和正　野口やよい

第三章　看取り（3）レモン哀歌　北村透谷　高村光太郎　金子兜太　土屋文明　河野裕子　永田和宏　影山美智子　榎並潤子　比留間美代子　恋坂道夫　赤木比佐江　永田浩子　吉田義昭　長津功三良　築山多門　中川貴夫　鳴海英吉　杉谷昭人　あさとえいこ　亀田道昭　沢聖子　小田切敬子　船曳秀隆　大塚欽一

第四章　葬い・鎮魂（1）春日狂想　中原中也　鈴木正一　坂井一則　鈴木昌子　金子秀夫　後藤光治　髙橋宗司　新延拳　高森保　植木信子　うめだけんさく　あゆかわのぼる　日野笙子

第四章　葬い・鎮魂（2）螢呼ぶ　黒田杏子　長谷川櫂　亀谷健樹　董振華　関悦史　本郷武夫　洲史　中久喜輝夫　草薙定　常松史朗　朝倉宏哉　谷口典子　岩崎明　やまもとさいみ　及川良子　星乃マロン　藤子じんしろう　成田豊人　くりはらすなを　新倉葉音　琴天音　安井高志　万亀佳子

第四章　葬い・鎮魂（3）そは彼の人か　松本高直　藤谷恵一郎　大﨑二郎　伊藤悠子　志田静枝　古屋久昭　外村文象　植松晃一　武藤ゆかり　中井絵美　青山晴江　柳生じゅん子　森田和美　田中眞由美　斎藤久夫　坂田トヨ子　うおずみ千尋　安井佐代子　安森ソノ子　羽島貝

第五章　再生　―サヨナラは悲しみにあらず　若松丈太郎　かわかみまさと　藤田博　山本萠　つつみ眞乃　長嶺キミ　坂本梧朗　徳弘康代　小野恵美子　中原かな　佐々木淑子　矢城道子　田中俊輔　末松努　砂川哲雄　高細玄一　渡辺信二　方良里　小島きみ子　白鳥光代　関中子　与那覇恵子　福冨健二　三谷晃一　高柴三聞　八重洋一郎　鈴木比佐雄

特集1　追悼　黒田杏子・齋藤愼爾

一日二十句の吟行修行
――連れだって広重の江戸百景を歩く

坂本　宮尾

あれほど精力的に活動されていた黒田杏子先生の突然のご逝去はあまりに残念で、とても信じられない思いである。長い間、お世話になってばかりで、ご恩返しができなかったことがほんとうに申し訳ないと思う。

先生を偲んで、創刊間もない「藍生」で先生が企画された吟行会について記してみたい。先生は広重が「名所江戸百景」で描いた場所を、一か所ずつ吟行して回るというプランを思いつかれた。豪華な美術書『広重名所江戸百景』が暮しの手帖社から刊行されていて、それを眺めながらこのアイディアを得たのだという。先生は俳人であると同時にプロデューサーとしても優れた才能があり、身近なものからつぎつぎと湧くように新しい企画がひらめくようだった。

「季語の現場に立つ」というモットーの通り、当時先生は日本国中を精力的に吟行されていた。第四句集『花下草上』のあとがきには、「日本列島各地に遺された壮大な歴史の道、禱りの道を、連衆と共に、急がず、弛まず、愉しみつつじっくりと巡り、辿りながら、それぞれに自己発見を重ねてゆく」と吟行の意気込みが記されており、先生の発案で「名所江戸百景の吟行」が始まった。百のスポットはすでに広重によって選定されているので、毎月吟行地をどこにするか探す必要がないし、広重が選んで作品にしたからには、おそらくすばらしい景が見られるのであろう。そのような期待をもって私は吟行に参加し、しばらくこの俳句修行の吟行会の幹事を務めることになった。浮世絵が描く場所に立って、広重の時代と現代とどのように景色が変化しているか、まだ残っているものは何かを眺めてみたいと思った。

江戸名所吟行稽古始かな　『花下草上』

新年にはこのように詠まれ、先生も会員もひたすら作句に取り組んだ。吟行は月一回のペースで開催され、先生は参加者の句を添削するとか、問題点を指摘するとか、助言を与えるということは一切なかった。私たちは一緒に歩き、句を詠み、同じ景を見た他の人がどのように詠むかを確認し、先生の選句をとおして、何かを学ぼうとした。平日であったので仕事などの都合もあり、百回すべて出席されたのは、杏子先生ただひとりであった。

参加メンバーは十五から二十名程で、毎月先生が指名された。それは句会場を設定し、一緒に歩くのにほどよい数であった。集合は朝十時頃で、その回の係が下見したおもしろそうな場所を午前中吟行し、昼食ののちに十句をまとめ、第一回の句会を開く。四時か五時頃に終わると、その後、吟行で見たものや席題で十句を詠み、夕食後に第二回目の句会をするという一日二十句の修行であった。解散するのは夜の九時頃で、一日で一万歩ぐらい歩いたのではなかっただろうか。

厳寒の日も、極暑の日もあり、晴天も、雨も、霙も、雪もあったが、俳句を詠むつもりであれば苦にならなかった。

梅ひらくドイツの靴を履きしめて　『花下草上』

と詠まれているように、先生は当時五十代半で、堅牢な黒い革靴で颯爽と歩いておられた。連衆と連れだって吟行していると、普段は気付かない何かが目に入ってきて句材となる。改めて実際に歩いてみることの重要さがわかった。

出席者の一人が吟行記の執筆を担当し、広重の浮世絵の江戸百景をイラストとして、毎月の「藍生」に掲載された。参加したメンバーはこのような場を提供されて、俳句と文章の書き方を学ぶことになった。

先生が江戸百景の吟行で詠んだ句は、『一木一草』と『花下草上』に収録されている。

葛飾や夏至のつばめをかほの前　『一木一草』
白南風やミシンをかけて靴の甲　『一木一草』

この吟行で私にとって最も印象深い句は、

喧嘩して太つて帰れ都鳥　『花下草上』

この句が句座に出されたときは、正直言って驚いた。吟行句といえば情緒的な事象を観察して、気の利いた措辞で表現するものと思い込んでいた私は、このような詠み方もあるのか、と目を開かれる思いがしたのである。

都鳥にはその情緒ある名前から優美な鳥のイメージがある。『伊勢物語』の「名にし負はばいざ言問はん都鳥わが思ふ人ありやなしやと」がすぐに思い浮かぶ。師である山口青邨が、

ももいろの雲あれば染み都鳥　青邨『乾燥花』

と詠まれたように、都鳥は胸が白く翼の一部灰色で、嘴と足が赤い瀟洒な鳥である。杏子先生には、

かよひ路のわが橋いくつ都鳥　『木の椅子』

という典雅な句がある。あるいは、

先陣のすでに群なす都鳥　『一木一草』

というきりりとした写生句もある。ところがこの句は都鳥に向けたぶっきらぼうな命令形で、由緒も哀れもない。

当日、実際に私たちが目にしたのは、北へ帰る準備をしている都鳥の群であった。誰かが空中に餌を抛ると、ホバリングが得意な彼らは、互いに激しく奪い合う様子を見せていた。長い旅の前に充分栄養を体に蓄えておくという本能なのであろう、名前にはおよそ似合わない、獰猛な姿であった。

先生はこのような都鳥の生態を目の当たりにして、思わず鳥に「喧嘩して太つて帰れ」という言葉を投げかけた。それは賑やかな兄弟喧嘩の仲裁に入った親のような心情だったのかと思う。都鳥たちのすさまじい餌の奪い合いが彷彿する、臨場感があふれた句である。だが、一般の読み手に伝わるだろうか。

この句が先生の句集に収録されるかどうか、私は気になっていた。『花下草上』が刊行され、この句を見つけた。先生は現場で摑んだ手応えをなによりも大切になさったのだ。句集のなかで句は、いきいきとして、まったく類想感がない。歳時記などの都鳥の解説から頭で考えて作った句ではなく、まさに季語の現場に立って得た句がもつ力である。このような独創的な句が加わることで、句集は厚みと魅力を増すことを私は知った。想定範囲のなかで、行儀よい句を作るのではなく、実際の印象を大事にして句を詠み、自信をもって選んで残していく気概を胸に刻んだのである。先生とご一緒に江戸百景を吟行して学んだことは、私にとって掛け替えのない財産である。

牡丹園の夜明け

永瀬　十悟

黒田杏子さんご逝去の知らせを聞いた時にすぐには信じられなかった。その一ヵ月前に、現代俳句協会・兜太現代俳句新人賞の公開選考会が東京であり、その後に黒田さんが金子兜太についての講演をされた。私も選考委員の一人で、親しくお話をしたばかりだった。講演では兜太が主宰誌「海程」を終刊すると決意した際のことなどを話されたが、その中で兜太の後を継いで福島県文学賞俳句部門の審査委員を十二年したことに触れ、東日本大震災を経験した福島県の俳句にかかわれたことを生涯の誇りとしていると話された。この審査委員を長くご一緒した私は、黒田さんの福島への想いの深さを改めて実感した。

黒田さんは大震災の前年、二〇一〇年の第六十三回から、二〇二一年の第七十四回まで審査委員を十二年間続けられたのだが、毎回の篤い選評に心を動かされ応募を続けた俳人が何人もいた。日常詠はもちろんだが、特に震災と原発事故を俳句でどう表現するかを見続けた。ストレートで生な言葉の使われた作品には、俳句として昇華されているかを問うた。

黒田さんは、兜太の戦争体験と平和への想いを語る際の聞き手となり長くその語り部活動を支えてきた。その敬愛する兜太の後を継いでの福島県文学賞審査委員の重みと責任をよく口にされ、また「脱原発社会をめざす文学者の会」の会員として、会報で福島の俳人の作品を発信されたこともあった。

ところで私が黒田さんに初めて会ったのは、一九八七年五月の須賀川市の牡丹俳句大会であった。私の所属する俳誌「桔槹（きっこう）」が講師としてお招きしたのである。黒田さんは当時四十九歳、一九八一年に刊行した第一句集の『木の椅子』が現代俳句女流賞及び俳人協会新人賞を受賞し、新進気鋭のスーパーレディ俳人として活躍されていた。私は三十四歳で、会の数少ない若手として奥の細道ゆかりの須賀川を当時の桔槹編集長の森川光郎氏と一緒に案内した。黒田さんは「季語の現場に身を運ぶ」をモットーとしていたが、牡丹園でも講演前日の「午後から園内をゆっくり吟行、日が沈むまで園内にとどまらせてほしい」、そして講演当日は「太陽が昇る一時間前に特別に園内に入れてほしい。日が昇って牡丹がひらきはじめる時間を体験させて欲しい」という希望だった。その行を共にする大変な役を仰せつかったことも、俳人の凄みを体験した懐かしい思い出である。これをなぜ覚えているかはそのインパクトが強かったこともあるが、黒田さんが雑誌「旅」の一九九四年五月号に「暁けてくる牡丹園」（後に『黒田杏子歳時記』収載）として書かれていたからである。さて講演は当初予定していた会場が黒田さんの声価が高く手狭になり、急きょ変更して小学校の体育館を借りることにするなど冷や汗ものであった。講演は「私の俳句勉強法」で、要旨は、一つは初心者への三点、①本気で俳句をやる覚悟をもつこと。②急がば廻れ。基礎的な勉強をやること。③志を高く持つ。句会などで一喜一憂することなく目標を高く持つこと。もう一つは実作の際の注意の三点、①現場に立って実際に目で見ること。②句会で学ぶことを重視する。③古今の名句を読み、学ぶこと。であった。これらは今でも私の指針となっている。講演では、その日の朝ご一緒した牡丹園の句を、赤い句帳から次々紹介された。一句も作っていなかった私は圧倒されていた。当時の桔槹の記録を見ると、投句数六八七句、大会参加者は一三〇名と、例年に比べ賑やかな会であった。なおこのとき贈った牡丹「白王獅子」の苗木が黒田家の庭に根づき大輪の花が咲いたと〈はなびらのま横にとんで白牡丹〉の色紙を頂いた。今も我が家に大切に飾ってある。

その翌々年一九八九年十一月には、牡丹焚火俳句会（須賀川牡丹園の枯れた牡丹を焚いて供養する、桔槹と市の行事）の講師として再度来て頂いた。「牡丹焚火」は、その玄妙さにより一九七八年に季語として歳時記に収載されていた。講演は「俳句が教えてくれるもの」と題し、俳句を作ることによる新鮮な驚きや、また厚い友情の生まれることなどを話された。牡丹焚火の後の句会に黒田さんは〈父のこゑ師のこゑ牡丹焚きにけり〉の句を出された。さて黒田さんの代表句の一つに〈音もなくあふれて牡丹焚火かな〉があるが、この句のエピソードを書いておきたい。その年「牡丹焚火」のセレモニーとして桔槹会員が句の吟詠をすることになり、その一つに黒田さんの牡丹焚火の句が欲しいと事前に依頼し届いた十句のうちの一句であった。即ち題詠であるが、「音もなくあふれて」は威厳と供養を秘めた牡丹焚火にまことにふさわしいと思っている。

そして翌一九九〇年に黒田さんは俳誌「藍生」を創刊することになり、私も参加することになった。東京の例会に出かけたこともあったが、仕事が多忙になり三年程でお休みさせて頂くことにした。その後、私が兜太氏の選考で福島県文学賞を受賞した時や角川俳句賞を受賞した際には、独特の流麗な字でお祝いのお手紙を頂き恐縮した。「藍生」からの文章依頼もあり、黒田さんが大田原市（黒羽）の名誉市民になられた際には、お祝いの気持ちを込め「奥の細道からの芭蕉の手紙―黒羽と須賀川―」を寄稿した。これは「おくのほそ道」の本文には出てこない、奥の細道の黒羽と須賀川の間の芭蕉や俳人たちの手紙のやり取りを紹介したものである。「藍生」は総合誌のような充実した内容の俳誌で、執筆枚数も自由、書かせて頂くことは光栄であった。

福島県文学賞の当時の詩部門審査委員の鈴木比佐雄さん（私の句集の編集出版者）を紹介した頃からは直接お電話を頂くことが多くなった。比佐雄さんを信頼した黒田さんは、コールサック社からいろいろな出版や企画をされたが、そのたびにその誠実な仕事ぶりを私に伝えてきて喜ばれた。それから私の二〇一九年度の現代俳句協会賞受賞時には、お祝いとともに若い頃の須賀川でのことに話が弾んだが、三十年以上も前のことを良く覚えていて驚いた。この年は現代俳句評論賞に敬愛する武良竜彦氏が、そして奇しくも同じ年度の現代俳句大賞を黒田さんが受賞することになりとてもうれしいことであった。

黒田さんはいつも大塚末子デザインのもんぺ姿であった。それは氏の生き方と美意識を如実に表すスタイルだった。氏の句集や著書、講演や俳句大会の選者などを通して、常に前向きな姿勢に勇気づけられてきた。敬意と感謝の想いは尽きない。

弔句　出立はいつものもんぺ花杏

颯爽と黒田杏子よ花を逝く　　永瀬十悟

桜の巨木に対するように

関　悦史

　黒田杏子さんが不意にこの世からいなくなられて二ケ月が経ったがまだご自宅で普通に生活されていそうな錯覚が抜けない。文京区のご自宅に伺ったのは一度きりで、一昨年二〇二一年の年末のことだった。そこでコールサック社の鈴木比佐雄氏らと引き合わされ、いま本誌で連載している連続インタビュー「証言・平成令和の俳句」のインタビュアー役をお引き受けすることになったのである。

　その半月前にZoomを使っての現代俳句協会青年部「黒田杏子に聞く『証言・昭和の俳句』と平成・令和の俳句」という勉強会があり、私も聞き手の一人として加わっていた。会の終わりに黒田さんから若い人へのメッセージを私が聞く段取りになっていたのだが、言うべき内容がすでに本論のなかで結構な熱量をもって話されてしまっていたので、それを私が先走ってまとめ「つまり若い人に言いたいことは、人に会え、本を読めということですね」と訊いてしまったところ、まさにその通りと黒田さんは大肯定されたのだった。その辺から私の起用を思い立たれたのかもしれない。関さんが受けてくれなかったらもうこの企画はないとまで言われて受けたが、この正眼真正面からのパワフルさも包容力を感じさせいささかも不快なものではなかった。黒田さんの頭のなかには多くの句友たちの特性が彼ら彼女らへの賛辞とともに整理されて詰め込まれ、誰と誰を出会わせ、どういう仕事に当たらせたら各々の力を引きだし、俳句の世界を富ませることができるか、そのプランが次々湧き出してやまないといったふうだったのではないか。

　勉強会の動画がユーチューブで公開された後、普段インターネットに接していない黒田さんは、国内外の知人から見たという反響が来るのに新鮮に驚き、喜ばれて、例の黒田さんを知る者ならば誰でも受け取ったことがあるであろう、ほとばしるような書体文体のお手紙で何度かその感動を聞いた。黒田さんの手紙というのは一旦書き終えてから思いついたことを別の用紙に書き足し、そこへさらに金子兜太の句碑の絵葉書の束ほか、その辺にあって分け与えられるものを何でも同封してくるといったものであった。この好意があふれ出してくる感じをどこかで見た気がしたが、メキシコのノーベル賞詩人オクタビオ・パスの文体の奔流のような溢出感からエロスの要素を引いたら似たものとなるのかもしれない。

　そもそも結社にも協会にも属さず、師系的にももちろん無関係な私がなぜ黒田さんとの縁を得たかといえば、若手アンソロジー『新撰21』を宗左近俳句大賞の選考委員を務めていた黒田さんが、個人句集ではないのにノミネートしてくれたからだった。受賞には至らなかったが、公開選考会の後、私が黒田さんに駆けよって、このアンソロジーは私の知人というだけで俳句と無縁な女性医師が制作資金を出すと急に言い出してくれたおかげで奇跡的に出たと刊行の事情を説明すると、黒田さんは食い入るように聴いていた。これが黒田さんと私の初対面だった。黒田さんは人に対しても桜の巨木に対するかのように、相手の存在そのものに感応して応対されていたのではなかったか。出会いからご逝去まで驚かされてばかりであった。

杏子先生との思い出

董　振華

彼岸まで旅立つ杏子振り向かず　振華

三月十四日、早朝、夢覚めやらぬ中で鈴木光影さんが悲しそうな低い声で「信じられないかもしれないけど、杏子先生が急逝されました」との電話を頂いたときはまるで「青天の霹靂」であった。私は「ありえない、ありえない」と何度も呟くと、光影さんは「悲しいことですが、本当です」とおっしゃった。あまりにも突然なことで、頭が真っ白となり、涙も言葉もなく、しばらく茫然としていた。その日から三月二十五日勝雄さんから「家へ杏子に会いに来てもいいよ」との電話が来るまで、何もする気にならなくて、ほとんど毎日のように杏子先生から頂いた多くの携帯電話の着信記録を捲りながら、いつかは突然杏子先生から「黒田です。また、あんたの中華料理が食べたくなったよ」と電話がかかってくるのを待っていた。しかし、「もう電話は来ないよ」とも自分に言い聞かせると、今まで杏子先生との様々な思い出が一つ一つ頭の中に浮かび上がってきた。

「あなたが金子先生のおっしゃった中国人の青年ですね。先生から『若くて人物もよく優秀な中国人がいる。貴女の門下として働いてもらいながら、育ててやってほしい』と伺ってはいましたが、兜太先生のご生前にあなたに会う事は無かったのですね。今日やっと分かりました。またご連絡します」とおっしゃった。二〇一八年十一月十七日「兜太と未来俳句のための研究フォーラム」の二次会で初めて黒田杏子先生と言葉を交わすことが出来た。

私は杏子先生のお名前を初めて聞いたのは博士課程を修了した二〇一〇年の春で、兜太先生の書斎であった。その時、私の就活を心配して下さった兜太先生は「黒田杏子という非常に有能な女性がいてね、彼女の助手として一緒に仕事をしたらどうか。もし君にその気があれば俺から話しておくよ」とおっしゃった。当時、まだ永住権を取得しておらず、ビザの切替などの問題を抱えていたため、兜太先生に迷惑を掛けたくなかったが、その時黒田杏子という名前を覚えた。

フォーラム以後、兜太先生に関する行事があるたびに、私は杏子先生から声を掛けられて出席した。そしてまもなく、杏子先生のご厚意に甘えて、「藍生」にも参加。句会は勿論のこと、「藍生」に投句したり、兜太先生に関する文章を書かせて頂いたり、「紅藍集」へ一年間寄稿したり、「巻頭競詠」を二回載せて頂いたりして、ずっとお世話になった。杏子先生との知遇の恩をお返しするために、二〇二〇年、「藍生」創刊三十周年記念に合わせて、杏子先生の六冊の句集から句を選んで中国語に翻訳し、二〇二一年陝西旅游出版社から刊行できた。杏子俳句の題材の豊富さ、着想の新鮮さ、溢れる詩情が伝わったのだろう、中国のインターネットで紹介されると、たちまち大きな反響があり、読者から様々な感想の書き込みがあった。それを先生に伝えると大変喜んでいた。確かに「文は人なり」で、多くの句を読んでいると恰も杏子先生の心と魂に直に触れる思いがした。

白葱のひかりの棒をいま刻む
　白葱軽軽切
　光棒分分短
一の橋二の橋ほたるふぶきけり
　一橋連二橋
　螢火似雪飄
いちじくを割るむらさきの母を割る
　掰開紫色無花果
　宛如慈母凝視我
能面のくだけて月の港かな
　能楽面具破碎
　港口月光満地

杏子先生の四句の日本語と、私の中国語訳を併記してみた。どれも人口に膾炙（かいしゃ）する作品である。

同時期に、マルティーナ・ディエゴ氏も杏子先生の俳句を選んでイタリア語に翻訳しローマで刊行したため、二人で杏子先生の作品の翻訳について対談を行い、作品への理解や翻訳体験などを分かち合った。

さらに杏子先生と密接に交流するようになったのは、二〇二二年「兜太を語る」企画を立てる時からだ。私は兜太師が亡くなられた翌年から、句作を再開すると同時に、兜太研究にも集中してきた。「兜太論」を書くために、関連資料の分類やまとめ等も行ったが、なかなか着手する糸口が摑めず、いろいろと悩んでいた。

そんな中、二月に兜太先生も証言者として収録されている黒田杏子編著『証言・昭和の俳句　増補新装版』（コールサック社）と出会い、読後、大きく触発された。私も兜太先生と親しかった俳人の方々にインタビュー、その証言をしっかりまとめ後世に残し、また私自身の「兜太論」の足掛かりとしたい、と思うようになった。

そこで、二月二十八日、すぐ杏子先生に電話してみた。先生との会話は次の通り。

「先生の編著書を熟読して驚き感動しました。私も兜太先生を深く勉強して、何とかこのような意味のある本を纏めてみたいのですが…」と申し上げると、「それなら、提案します。現代活躍中の俳人何人かに、全力で体当たりでインタビューし、兜太先生をたっぷり語ってもらうことです。それこそ本気で取り組むべき仕事です」と、杏子先生がおっしゃった。

「インタビューする俳人のリストをアドバイスしていただけますか、全力で当たります」と私が言うと、「本日の午後二時以後に、再度お電話をください。語り手と版元の案を確定して、あなたにお伝えしたいと思います」と杏子先生から言われた。

約束どおり、この日の午後、語り手の案と版元コールサック社が確定した。

「董振華さん、1、貴方は兜太門下であること。2、貴方自身の詳しいプロフィール、3、この本を纏めようと発心したいきさつなど語り手の方々に明確に且つ正確にお伝えできる資料を作成して、まず私にファックスしてください。私がそれをチェック。納得した上で、それぞれの発言予定者に依頼状をお送りし、諾否の返事を頂くことが先ですからね」

そこで、杏子先生のおっしゃるように企画を進め、また予定どおりに同年十二月九日兜太先生の命日の二ヶ月前に無事上梓できた。この十ヶ月の間、杏子先生からは毎日のようにこの企画のための様々な助言の電話を頂いていた。また、地方へ取材に行くとき、旅費まで援助して下さった。私も恩返しのつもりで、中華饅頭とピータン痩肉粥を作って持ってあげたら、すごく気に入ってくださった。時々先生自らから「貴方の手料理を食べたくなったので、作って持ってきてください」と電話を頂くこともあった。その後様々な工夫をして週に一回中華料理を作って持って行った。もちろん、その都度、先生からも様々な資料や食べ物などを頂いている。

こうして、毎日のように先生に電話したり、電話を頂いたり、毎週のように中華料理を作って持ってあげたりすることが生活リズムになり、先生ご夫妻ともすっかり親しくなった。今年の正月のご挨拶に伺った時は花びら餅を頂いた。一月二十八日付の日本経済新聞の俳壇に掲載された拙句〈耽読の宇治十帖や花びら餅〉は先生から頂いた花びら餅によるインスピレーションであった。

現在、杏子先生と住む世界を異にするが、先生の偉大な句業、名高い企画力、素直な生き方などは私をはじめ関係の深い人びとたちの心の中でいつまでも生き続けていくだろう。

花杏子素直なかたち光りけり　振華

杏子先生のご冥福を心からお祈り申し上げる。

左・董振華、右・黒田杏子　2019年10月5日、東銀座レストランにて

胸中詩片

寺井　谷子

黒田杏子氏死去――という新聞報道を覚悟を以て見ながら、今にも電話が鳴り、「ア、谷子さん！　クロダです～」という声が耳元に聞こえそうであった。

何時の頃か、折々に大阪で黒田杏子先生（モモちゃんセンセイとお呼びしていた）にお会いすることが多くなった。

第一回の「桂信子賞」受賞は黒田杏子。宇多喜代子、黒田杏子、関西の俳人に加え、私も同席の機会が増えた。

そのような中で、能登への旅にも誘われた。大向稔氏の万端のおもてなしで、漆芸家・小森邦衛氏のアトリエに御邪魔させていただき、それぞれが氏の指導で湯呑みや皿に染筆した。小森氏は後年、若くして「人間国宝」となられた。

宿に戻り、杏子先生は、大塚末子デザインの「もんぺきもの」を畳み、中版の木綿風呂敷にきっちりと包まれた。高校時代から着物が好きで、母が読んでいた末子氏の本を愛読していた私はお茶のお手前に侍るように、正座して拝した。

北九州市が主催する「全国俳句大会in北九州」は今年第22回を開催。当初は「全国女性俳句大会in北九州」で、応募者も選者も女性。開催日は三月三日「雛の日」近くの二日間であった。何年であったか、「『女性俳句』の呼称が些か…」という声があり、以後男女共の作品が受け付けられている。但し、選者六名は女性ばかりである。

今年は久々の出席開催なのに、ご体調により、宇多、黒田氏に選句はして頂けたが、前日の「吟行」、当日の選評のお元気な声を直にお聞きすることが出来ないとなった。

二月末近くだったか、杏子先生から元気なお声の電話があった。「海を渡る距離は…」とドクターストップとのこと。あれこれと次の仕事や、企画のこと…元気なお声が伝わる。

何時も前向き、進軍ラッパように響くそれはご自身を鼓舞するもの。沢山の檄や慰撫は、胸中に大きな花片のように重なっている。その中の幾片かを掌に載せる。

「劇団民藝」のこと

この「全国俳句大会in北九州」は、前日の吟行の評判が高かった。探せば思いがけず楽しいものや、一人では体験しないで過ぎていたものがある。「角打ち」なるもの、夜業明けの工員が、店で立って疲れ休めに飲むコップ酒などは、女性達には未体験のままに過ぎるものであったろう。結構、話題になった。

終わると選者との懇談。その後、選者はそれぞれに集う。

そのような中、モモちゃんセンセイが「谷子さんは演劇部？」と聞かれた。「否、『演劇学部』でした。もっぱら歌舞伎と文楽と落語と…」。「私ネ、就職活動期に『民藝』受けたのよ～」「ウワーオ！『俳優座』とかは少ないんですが、『民藝』だけは結構好きでよく観てました。俳優部門で？」「脚本・演出の方。徹夜でリポート書いて…、出して。「民藝」からの返事の前に、別の所からのOKがあったから。」

それから二人して、滝沢修・清水将夫、垂水悟郎…科白劇について話しつつ、黒田杏子という人の基礎にある「演劇的要素・演出力」の齎す力に納得していた。

近年、プランナーという呼び方がされているが、企画・構成から様々な要素を考慮しつつ、目的の物を仕上げる。舞台でいえば、その場のこの科白に出る一冊の本の置き場さえ、頭に入ってなければならない。細心の注意と、幕が揚がった後は、全て引き受ける度胸と…。

そんなことを思いつつ、「私はやっぱり滝沢修のあの声！科白術満載の芝居が観たい、聴きたい！」等と口走って、肝心の杏子先生の御贔屓を聞き忘れた。

セツルメント杏子

千葉から東京の生まれ育った地の近くに転居されたのは何時だったか。お二人暮らしとは言え、お付き合いの幅が広過ぎる程広い中、想像しただけでも目眩がする。お体に触らねばいいが…、と案じている中、薄紙に包んだ一枚の葉書が届いた。闊達なあの文字で「母上、房子様から戴いていたお葉書です。目下転居準備で整理中。今まで大切にしていました。谷子さんにお届けします。」とある。この葉書一枚に掛けた御手数とお心に低頭した。

その後暫くして、少し大型の封筒が送られて来た。開封すると「三井・三池炭坑へのセツルメント」の折の大き目の写真が四枚程。何時だったか「九州に行ったのは、大学の夏休みに炭坑にセツルメントで行ったのが初めてだったかしら」と言われ、「有難うございました」と申し上げたことがある。「青春」の大きな頁を占めるものか。

少年たちは懐かしきランニングシャツを着て皓歯を見せ、モモちゃんセンセイはぽちぽちの頰で真ん中で笑っている。どうも撮影者は黒田勝雄氏のようである。

その頃の炭坑の日々の大変さは読んだり聞いたりするが、この数枚の写真からは、向日葵の様な笑顔がこぼれる。「東京から来られとるんやから、行儀ようして」と母親が新しいランニングシャツを着せたか。

向かい干支

「ＮＨＫ俳壇」のゲストに出て戴いた時であったか。「谷子さんと私、『向かい干支』ね。」と言われた。十二支の向き合った年まわりを言う。私は申年である。そういえば、杏子先生は「大塚末子先生は同じ寅の干支で…」等と、よく書かれていた。「向かい干支」は「補完」し合う関わりだという。しばらくして、藤田湘子先生とお会いした時その話をすると（湘子先生も寅年である）、「これから、歳上を支えなきゃいけないぞ～！」と揶揄われた。湘子先生の「ＮＨＫ俳壇」選者の時、二度程ゲストにお招き戴いていた。私が選者になった最初の回と、最後の回のゲストは湘子先生に出演戴いた。最後の回はご体調はかばかしくない中でのご出演であったが、収録後「三年よく頑張った！」とお嬢さんのかをりさんに用意を言いつけられていた花束を下さった。「大学は違うけれどウチの娘も演劇部だよ」と言われていた彼女に初めてお会いした。

湘子先生を中心とした鈴木真砂女さんのお店「卯波」での月曜会のお世話は杏子先生。ダブル「寅年」。繁忙の方々が楽しみにしていた会のお世話を、超多忙な杏子先生は続けられた。「大事な用は、忙しい者に頼め」と聞く。ご自身がされた方が早くもあっただろう。その配慮は、歴史を辿り記録し、遺す――という大きな仕事から、一枚の葉書を縁ある者の手に届けるという手仕事まで同じ思いの上に成されていることに、深く深く頭を垂れる。

随想で拝読したか、何かの折に直に聞かせて戴いたか定かでないが、ある日、ご夫婦それぞれに仕事で数日留守。帰路、駅に着いたら丁度の列車が停まっていたので、指定席の車両へ向ったら、見たような人が眠っている。隣の席が空いていたので、其処へ坐った…。御主人の勝雄氏であった~という。

静かに夫の傍に近づき、そろりと坐って、夫の仕事の充足を測りながら、その体温を感じている姿と想い。

黒田杏子のふたり時間・ひとり時間。

句集を開けば「ひとり」「ふたり」と書かれた句に会う。切なくも、静かな「ひとり」「ふたり」の想いを胸に充たす。

「お疲れ様でした」は相応しからず。

「あれもこれも、考えているの」というお声を聞く。

今は唯、ご一緒の時間を得た幸せに深甚なる感謝を。

齋藤愼爾氏について思い出すこと
——闇・暗愁の彼方へ——

渡辺　誠一郎

齋藤愼爾氏が亡くなった。

数年前の夜、齋藤氏から突然電話があった。受話器を取ると、開口一番「君、僕に怒ってないかー」と。何のことかはわからないでいると、齋藤氏は、「近刊の総合雑誌に、私の俳句を載せたけれども、君の句集から〝ぱくった俳句〟を載せた。」という。齋藤氏は恐縮そうに電話口で詫びていた。これを聞いて私は少々面食らったが、雑誌をまだ手に取っていなかったので、判断はつきかねた。しかし齋藤氏へは、俳句の類似の程度はわからないが、かまわないと返答した。俳句も本歌取りを良しとする和歌の系譜につながる故、作品が極めて似ているのは別にしても、許容の範囲は広いと考えるからだ。数日してから、その雑誌を手に取ってみた。確かに、小生の俳句から発想を得た、齋藤氏の俳句二十一句が誌面に並んでいた。しかしそれらの俳句はやはり、紛れもなく齋藤氏自身の世界そのものであった。このことがあって、それまで以上に、齋藤氏の人柄に、改めて親しみを覚えた。しかし私の俳句をヒントにして齋藤氏が詠んだのは、単に私への大いなる買い被りに過ぎないと思っている。

この時改めて、齋藤氏の過去の俳句に目を通してみた。やはり他の俳句世界をアナロジーとするようなスタイル、作句の契機にしている傾向があるように思えた。たとえば、齋藤氏の〈死螢のとなりに刻むよ没年は〉は、永田耕衣の〈死螢に照らしを掛ける螢かな〉と同じモチーフの中に、作者の感慨を滑り込ませる世界である。他の俳句の発想をヒントにして作句するのは、少なからず誰しもあることだ。類想を完全に排除したら俳句は成り立たない。ただ齋藤氏の場合、「剽窃」で話題になった寺山修司の作品作りに似ているかも知れないと思う。

さらに私事の話だが、齋藤氏は、二〇一七年に刊行した『続寂聴伝　拈華微笑』において、拙文を長々と引用してくれた。小生の東日本大震災の体験、思いを綴ったいくつかの小文なのだが、大震災状況下で省察に努め、その冷静な姿勢がいいと。私としては、復旧の仕事に夢中になり、大震災を前にして、冷静さを装う他なかっただけなのだが。さらに震災当日の夜、塩竈の街に明かりが消えたところに、容赦なく降り続いた牡丹雪の私の描写に、良寛の〈沫雪（あわゆき）の中に三千第千世界（みちあふち）またその中に沫雪ぞ降る〉を想起したとも書いている。これも思いが過ぎる話ではあるが嬉しく思った。

齋藤氏との最初の接点はだいぶ前の事だ。私が塩竈で、漫画雑誌「ガロ」の初代編集長の長井勝一氏を顕彰する美術館（長井氏は塩竈市出身。一九九一年に「長井勝一漫画美術館」として開館）の整備に取り組んでいた頃。長井氏のパートナーの香田明子さんの紹介で、美術館の展示資料として必要な「ガロ」のバックナンバーを、齋藤氏が長井さんから預かっていたものを送っていただいたことだ。私は東京の深夜叢書に足を運んで、記憶が正しければ、事務所の髙林昭太氏とも会う機会があった。その時、齋藤氏が編集発行した『埴谷雄高準詩集』をいただいたように思う。齋藤氏は、同じ編集者として、長井氏とも親しい関係にあったことを後日知った。当然のことだが、齋藤氏は、カウンターカルチャーの世界にも強い関心を示していた。

それから特に私が齋藤氏に強く惹かれるようになったのは、寺山修司の存在を通してかも知れない。それは『寺山修司・齋藤愼爾の世界　永遠のアドレッセンス』（柏書房　一九九八年）を手に取った時であった。このムック版の編集は、久世光彦／九条今日子／安田安正である。齋藤氏はこの誌上に、新句集として二二〇句からなる「春の羇旅」を載せた。〈梟や昔むかしの星隕ちて〉から始まる、今思えば、最も斎藤氏らしい張り詰めた暗愁の漂う「闇」の世界である。この印象は今も変わらない。むしろ深くなった。

その後俳句を通してお話することが多くなった。塩竈で開催していた佐藤鬼房顕彰全国俳句大会や松島での芭蕉祭並び全国俳句大会の選者としても足を運んでくれた。拙句集『赫赫』も、深夜叢書の刊行本として、気軽に引き受けてくれた。

齋藤氏の俳句を読むたびに、「闇」の存在が気になり、より深く知りたくなった。そのため齋藤氏が育った酒田市の飛島に行こうと思った。しかしなかなか機会がなかった。それが、二〇一七年から俳句雑誌「俳句」に、東日本大震災後の東北をテーマにした連載（後に紀行集『俳句旅枕　みちの奥へ』（コールサック社）としてまとめた）をはじめることになり、いくつかの候補地の中から、迷わず飛島を選んだ。定期船に乗り飛島の港に着くと、近くにあった小さな公園には、齋藤氏の句碑が目にとまった。そこには、「春の羇旅」に収めた〈梟や闇のはじめは白に似て〉が刻んであった。この句は齋藤氏自らが認める代表句である。やはり闇である。その闇はやはり飛島が抱える闇であり、飛島を包む闇なのように思えた。詳しくは『俳句旅枕』に書いたが、飛島で、縄文時代の遺跡といわれる洞窟に認めた。この洞窟の先は深く、闇が続いていた。異界へと通じているようにさえ思えた。私は飛島の闇の「原初」と確心した。齋藤氏は「海の孤島、文化果つる」飛島から出て来たゆえに、自らの資質を「〈暗さへの偏気奇〉」を抱えているとも語っている（『暗愁は時空を超えて　五木寛之紀行』）響文社）。

さらに齋藤氏は、少年の頃から、日本海上に浮かぶ孤島から常に遥か彼方の日本列島を俯瞰凝視する妄想を常に抱いていたという。その妄想を喚起するものが闇であった。暗さ、闇を凝視せずして、本質にせまることができないという自負すら抱く。このことが、齋藤氏の俳句のみならず評論、編集の契機、原点になったように思えた。闇に齋藤氏は生まれ育ったのだ。

あらためて齋藤氏を思う。齋藤氏は、深夜叢書社の社主にして、あるいは編集者、評論家、俳人などの多くの肩書を持っていた。多くの分野に関心を示し、卓越した表現者であった。それぞれの分野で、歯に衣着せぬ厳しい言説には常々注目していた。愼爾節は心地良かった。

齋藤氏と最後にお会いしたのは、確か昨年の「俳句四季」主催の「七夕まつり」であった。懇親会の時、会場の隅の壁際に、いつものように一人立っていた齋藤氏に声をかけた。その時齋藤氏は私に、「僕は近頃耳が遠くなってー」と、困惑ぎみに何かを「断念」したように話し、言い知れぬ淋しそうな表情を浮かべたのを思い出す。その時のことが今も忘れられない。

その後に決まった現代俳句協会が顕彰する、令和四年度の「現代俳句大賞」の受賞式に、メッセージは寄せたが、姿を見せることはなかった。俳句については、すでに酒田東高校の時に秋元不死男の「氷海」に投句し、第八回氷海賞を受賞している。しかしその後作句を中断、再開は一九七九年の第一句集『夏への扉』の上梓からである。さらに、俳句の世界に限っても、朝日文庫「現代は俳句の世界」16巻、『俳句の現在』16巻、朝日グラフ増刊『俳句の時代』などの編集をはじめ、その仕事は齋藤氏らしい独自の俳句観を明らかにしたもので多彩であった。その稀有な業績は、大賞にふさわしいものであった。

亡くなった齋藤氏を思うと、同人誌『雷帝』に掲載した俳句に添えた北村透谷の詩が浮かんでくる。『雷帝』は一九九三年十二月に、生前寺山修司が構想し、「創刊終刊号」一冊のみで終わったものだ。齋藤氏の俳句は、「春の埋葬」と題し、〈西方を真空にする櫻かな〉〈死化粧を梟だけは知っている〉などからなる俳句十八句である。ここには、先に述べた飛島の句碑に刻まれた〈梟や闇のはじめは白に似て〉も見える。作品は老成、老獪の匂いがするが、齋藤氏は五十四歳で今思うと若かった。

齋藤氏はこれらの句に、透谷の次の詩を添えたのだ。

うしろを見れば野は寂し
前に向へば風冷たし
過ぎしに春は夢なれど
逢ひ行衛は何処ぞ

今改めてこの透谷の詩を目にすると、まさに齋藤愼爾氏が自らのために用意した送葬の歌に思えてくる。まさに、「闇」、「暗愁」の世界にふさわしい響きがする。それゆえ、齋藤氏は飛島の闇に生まれ、そして今闇の中へと、独り静かに戻って行ってしまったよう思えてならないのだ。

孤島夢や螢袋で今も待つ　愼爾

＊「暗愁」については、「五木寛之伝」としてまとめた『暗愁は時空を超えて』の中に、「暗愁幽思」として詳しく文章を寄せている。

コールサック・齋藤愼爾が自らを語る

筑紫　磐井

齋藤愼爾自らを語る

黒田杏子（3月13日）、齋藤愼爾（3月28日）と俳壇のプロデューサが立て続けになくなったことにショックを受けている。二人とは親しかったこともあり、いくつかの回想録を書いているが、今回少し齋藤氏の回想を中心に書いてみたい。

齋藤氏は、亡くなった黒田杏子と特に晩年は親しかった。記憶にあるのは、黒田杏子が主宰する「件」の会で、令和元年二月に「八〇代の可能性」と題して宮坂静生・高橋睦郎・齋藤愼爾・黒田杏子の四人の八〇代が未来を語っているのである（この時、齋藤氏の背後霊として、実は私が立ち、齋藤氏のトークの補足を行っている。その内容は別のところで書きたい）。

この時、齋藤氏は「深夜叢書社をつくって56年」と題して、自分の半生を語っている。戦争が終わって引き上げた山形県にある飛島での生活、高等学校に入ってからの俳句の開始、大学に入って安保に夢中となってからの俳句の中断、そして深夜叢書社の創業と前半生を語っている。ただ残念ながら、深夜叢書社創業以降の話は語られていない。

実をいうと、この他齋藤氏は、深夜叢書社以外の多彩な出版社から自ら著書・編書を持ち、小説・対談・連載コラムで活躍していた。理由は、同業の人からも「深夜叢書刊行の本は全然といってもいいほど売れない」（田中伸尚）と言われており（深夜叢書社から本を出させていただいた私から見てもあながち間違っていないような気もするが。もちろん、瀬戸内寂聴などの大ブレークする本もあるのだが）、こんなこともあり、結局、社主自らが健筆を奮うのである。例えば、ゴルフ雑誌の編集を長いことしていたり（齋藤氏自身はゴルフが大嫌いらしい）、週刊朝日でレコード評をしていたりする（三一書房から『偏愛的名曲辞典』を出している）のは実に意外で面白い。そしてそれが決して片手間でないことは、特に評伝で定評があり、『寂聴伝』『続寂聴伝』があり、美空ひばりを論じた『ひばり伝――蒼穹流謫』で芸術選奨文部大臣賞を、山本周五郎を論じた『周五郎伝――虚空巡礼』でやまなし文学賞を受賞している。ちなみに東京四季出版から出た『吉行エイスケの時代』も忘れがたい名著だ。

こうした齋藤愼爾の生涯の総括を自分自身で語っている最後の回想が、昨年出た「コールサック」１１１号（２０２２年９月）のインタビュー記事「齋藤愼爾――飛島のランボー」だ。齋藤愼爾がモノローグで語る自伝であり、引揚地飛島でのいじめ、酒田で出会った教師秋沢猛による俳句の開眼、氷海賞の受賞、山形大学への進学と深夜叢書社の設立、堀井春一郎との交流、朝日文庫「現代俳句の世界」13巻の企画、美空ひばりの評伝、『齋藤愼爾全句集』の刊行、そして石牟礼道子、金子兜太、中井英夫、埴谷雄高、吉本隆明、島尾敏雄を語り、最後に死を語るというこの長編インタビューは齋藤の人生を締めくくるにふさわしい回想だ。

雷帝・寺山修司

齋藤氏は、俳句実作の経歴も長く、秋元不死男の「氷海」に入会し、鷹羽狩行、上田五千石らと競いあった。昔の俳句総合雑誌を見ていたら、学生服姿の齋藤氏を見た記憶がある。しかし、前述のように深夜叢書社を創業するとともに俳句の筆を断つこととなった。

そんな齋藤氏が俳句に復活するきっかけは寺山修司であった。晩年の寺山修司は俳句雑誌を企画し、「雷帝」の誌名まで決めた。雑誌名の候補は、他に「蕩児」「阿呆船」「形態の航海」「テクスト」「家畜船」「魔都」「供儀の山羊」「王道」「陰画」でいかにも寺山らしい。しかしこの雑誌は寺山の死（昭和58年5月）で刊行されることはなかった。この時の同人は、倉橋由美子（小説家）、齋藤愼爾、宗田安正、寺山修司、松村禎三（音楽家）、三橋敏雄。この顔ぶれで、「雷帝」のメッセージが決まる。ちなみに、齋藤氏と寺山との関係は、はるか以前、深夜叢書社から句集『花粉航海』（昭和50年）を刊行したことによるのだろう。

「雷帝」挫折後、齋藤氏は俳句に精進し始める。『夏の扉』（昭和54年）『秋庭歌』（平成元年）『冬の智慧』（4年）『春の羇旅』（10年）『齋藤愼爾全句集』（12年）『永遠と一日』（23年）『陸沈』（28年）*等を刊行し、その先鋭的な作品は俳壇内部だけではなく吉本隆明等多くの分野からの賞賛を受けている。

一方、俳人齋藤愼爾復活のきっかけとなった寺山修司との関係で言えば、寺山没後10年、他の同人たちとの協力により「雷帝（創刊終刊号）」（平成5年）を刊行し大きな反響を呼んだ。出版社は深夜叢書社である。こんな幻想的な雑誌は存在しない。そしてその同人も、現在では倉橋由美子以外すべて鬼籍に入っている。

実はその後も寺山との縁は深く、寺山と齋藤氏を全方向から解剖した『寺山修司・齋藤愼爾の世界――永遠のアドレッセンス』（10年）が出されている。宗田安正は、本書冒頭のタイトルを「棄郷の方位」と名付け、二人のキーワードとして、東北、父、母をあげ、出郷者の文芸なのだと言う。だから出郷者の不安――脅迫観念から、一刻も早く相手にわかってもらうために二人はまくしたて、早口でしゃべるのだという。実生活においても、単身者として終る未来を予測していたのだった。

＊齋藤愼爾の俳句を知りたければ、髙澤晶子代表の年刊俳句誌「花林花」を見るとよい。この雑誌は毎号1年をかけて俳人研究を行っているが、その最新号（２０２３年2月刊）は40頁を使って齋藤愼爾の4句集（『齋藤愼爾全句集』所収のもの）を鑑賞している。齋藤愼爾俳句特集はあまり見たことがないだけに齋藤愼爾の全貌を知るには欠かすことができないものであろう。いつかさらに全句集以後の句集『永遠と一日』、『陸沈』まで含めて論じられることを望みたい（『永遠と一日』については、俳句四季２０１２年5月号で、依光陽子、神野紗希、筑紫で座談評論している）。

齋藤愼爾氏追悼——日録風に

井口　時男

齋藤愼爾さんに最後にお会いしたのは昨年十一月二十二日だった。本誌「コールサック」一一一号の関悦史氏の簡潔にして要を得たインタビュー「齋藤愼爾——飛島のランボー」を踏まえて、さらに掘り下げた話を聞き出したいと、鈴木光影氏と二人で西葛西に伺ったのだがうまくいかなかった。

早々にあきらめて飲みながらの雑談に切り替えた。やがて興に乗ってきたらしく、俳句界に一石を投じる雑誌を作りたい、いっしょにやろう、一週間以内にプランを作る、と言い出した。実は五年ほど前にも聞いたことのある企画だった。実現すれば齋藤さんの最後の「花火」になっただろうが。

足腰もかなり弱っていて、帰路、やや前傾姿勢でそろりそろりと足を運ぶ姿が翅を傷めて夜風に吹かれる蝶のようだった。

その後、年末にもう一度お会いするつもりだったが、コロナ感染者も増えていたので、年が明けたら新年会を、という約束にした。しかし、年末から急激に衰弱された。何度か電話もしたが、やはり耳の具合が悪いようで、会話にもならない短いやり取りだけで切るしかなかった。

二月二十一日、齋藤さんが現代俳句協会の現代俳句大賞を受賞したと鈴木光影さんからメールあり。すぐに齋藤さんに電話したが、やはりまるで会話にならないまま電話は切られた。

耳のせいばかりでなく、それは齋藤さん自身の拒絶の意思表示でもあったのではないかと思う。親しげに、しかし無遠慮に踏み込んでくる第三者の図々しい「善意」に対する拒絶、いわば翅破れた蝶の最後の「ダンディズム」ではなかったかと。

そんななか、三月十六日、黒田杏子さんの突然の訃報。不思議にも、その日の朝、マンションの庭に一本だけある杏の木の花が咲いていたのだった。黒田さん追悼の文章は「鬣」八七号や「件」四一号に譲って、ここにはただ追悼句を二つだけ。

杏 咲 く 朝 の 訃 報 は 承 け 難 し

「すべてよし」この世の朝の花あんず

三月十八日、現代俳句大賞受賞式。出席はされず、受賞の言葉が代読された。光影さんがネット上にその言葉を控えてくれている（「齋藤愼爾氏を悼む」）。

「また、俳句の世界では、師弟関係がはっきりしていました。その家元制度のような師匠と弟子との関係性は、文学からは非常に離れていると感じました。しかし、俳句というものは純然たる文学であるべきだ、という思いで私は俳句を始めたし、もしそうでないなら、そんな状況を変えていきたいという気持ちがずっとありました。」

周知のとおり、齋藤さんは高校時代に彗星のごとく俳壇に現れ、大学時代の前半で句作を放棄し、自分の鑑識眼に適う書物だけを出版する深夜叢書社を始めた。二十年後に俳句を再開してからは結社にも協会にも所属しなかった。出版でも句作でも単独者を貫いたのだった。この稀有な単独者が公の場で我々に遺した最後の言葉である。

三年前の二〇二〇年、黒田さんが俳人協会所属でありながら現代俳句大賞を受賞した時、齋藤さんは大いに喜んで黒田さんに電話して、分裂している協会を統一するのはあなただ、と言ったそうだ。（それを私は齋藤さんから聞いたのだったか黒田さんから聞いたのだったか。）

　師もなく仲間もない「馬の骨」たる私は、齋藤さんに句集を出してもらって「俳人」を自称し始め、黒田さんにあちこち引き廻されて「一人前」面をし始めた。二人の「恩人」はともに真の自由人だった。齋藤さんは単独者の孤高の自由。黒田さんは師系を大事にして自らも大きな結社を主宰していたが、結社や組織の垣根を平然と踏み越えることのできる人だった。

　そして、例年より半月も早い桜が満開を迎えるなか、不意に花冷え花曇りが数日続いた三月二十八日、高橋忠義さんから電話で齋藤さん死去の報。朝、弟の齊（ひとし）さんが訪問して発見されたのだそうだ。八十三歳。

　　花冷えや黒衣をまとふ今朝の蝶

　もともとほとんど眠らず、食も細い人だったが、最後は栄養補給はヤクルトで済ます、という状態だったらしい。地上の肉体的生命を養うだけの行為にはまるで関心がない人だった。食事や買い物に外出する体力が失われていたのも事実だろうが、死が迫るにつれて、それはますます強い「意志」のようなものになったのではなかったか。

　私は、齋藤さんが親しくしていた埴谷雄高『死霊』の序章に出てくる「餓死教団」としての「耆那教（ジャイナ）」の思想を思い浮かべたりしたが、誰にも言えなかった。

　亡くなる十日前につつみ真乃さんが訪ねたとき、何か食べたいものがあるかと聞いたら、アイスクリームが食べたい、と答えたそうだ。

　このときも私は、宮沢賢治の詩「永訣の朝」を思い浮かべたりしていた。齋藤さん、あなたも「さいごのたべもの」に「天上のアイスクリーム」を望んだのだろうか。

　　天上の蜜に渇くや蝶の旅

　三月三十一日午後二時半から西葛西にて告別式。齋藤さんにふさわしく簡素な別れの式だった。

　　蝶の棺に砂粒ひとつ入れておく

　蝶だって何だって、齋藤さんだってこの私だって、無神の国の単独者はみな砂漠の住人なのだ。4LDKを埋め尽くし、床を隠しベッドを隠し湯舟の縁まで迫っていたという無数の書物が、そのすべての頁のすべての活字が、増殖する砂粒でなくて何だろう。だが、単独者たる詩人は、砂粒を花びらに変える秘法を探究するのである。砂漠の商人になったランボーだってその秘法を探し続けていたのかもしれないのだ。

　四月十一日夕方、高橋さんに誘われて初めて齋藤さんの団地へ。齋藤さんのダンディズムが秘していたその内奥の場所だ。高橋さんたちの尽力で大分片付け作業が進んでいたので、私はただ砂漠にして花園だった土地の残影を垣間見ただけだ。

　夜、高橋さん、髙林昭太さん、齊さんと駅前の寿司屋で痛飲。目覚めたら小田急線の日ごろ使わぬ支線の見知らぬ小駅。深夜一時近く、電車もなく、タクシーも走っていない。駅前のコインランドリーの椅子でうとうとしながら夜を明かした。

　おお、実に久しぶりのわが懐かしき愚行よ。「馬の骨」いまだ死なずか。

句集『冬の智慧』に見る齋藤愼爾の死生観

高澤　晶子

齋藤愼爾——類稀なる才能であった。

百日紅死はいちまひの畳かな

齋藤愼爾には『夏への扉』『秋庭歌』『冬の智慧』『春の羇旅』という四季四部作の句集がある。右の掲出句は『冬の智慧』の冒頭の一句である。齋藤の生はこの句から始まっている。

齋藤愼爾・略年譜によれば「小学校五年のとき叔父安吉と磯見舟で夜、イカ釣りに出漁、動力船と衝突し破船沈没、千メートル沖の暗闇の海から辛うじて帰還したことも。」とある。弟齋によれば、愼爾は船がぶつかる直前に海に飛び込んだということである。少年時のこの事件は現実としての死を眼前にした体験であったと思われる。

岬端の笹鳴死にそこねては

『冬の智慧』に多出している語のひとつに〈死水〉がある。

てのひらの窪の死水は蝶のもの
死水を春の流れと思ひけり
死水を欲せりかつての螢の身
淵を来し螢にあまれる死水かな

死水に道とほすなり春の瀧

〈死水〉はここでは「死者の末期に口に注ぎ入れる水」と考えたい。合せて選択されている物質は〈春の流れ〉〈春の瀧〉であり、転生の象徴である〈蝶〉また「あくがれ出づる魂」である〈螢〉という小動物である。この句群では、季節の移ろいと共に地球を循環し再生を予兆する〈死水〉が詠われている。

螢火や吾がかつて在りし世を
めつむれば螢の死後に通ふとも
青蚊帳を出づるかつての螢の身
此岸より彼岸が近き金魚玉
死後の景すこし見えくる柱かな
仮の世の空蟬も生きとし生けるもの
前(さき)の世は先の世春瀧けむるかな
浄土すぐそこにある囀りや
世を弱く生きし蜉蝣あの世にも

この句群には〈螢〉〈蚊帳〉〈金魚玉〉〈柱〉などを媒体として三世を自在に往還する愼爾の句境の在り様が髣髴としてくる。生命体は分子から出来ている。また生物は情報の集積体であり、遺伝子は情報の集積体である。人間という知的生命体の遺伝子の中に宇宙の記憶が組み込まれているという可能性も否定は出来ない。とすれば、この句群に見られる三世（過去・現在・未来、前世・現世・来世）を往還することも非現実的であるとは言えないだろう。このような多次元的時空間に立てば、集中にある〈母もまた候鳥なりしか水枕『冬の智慧』〉のような句も違和感なく比喩として或いは自然の景として見えてくるであろう。（〈候鳥〉は渡り鳥）

生は寄しかして死は帰青山椒

〈寄〉は「よる、かりずまいする」、〈帰〉は「人間や動物がもとの場所に戻る、終わる、死ぬ」。生の連続としての終着に死があり、もとの場所に（故郷に・初心に）帰ったものには新しい始まりがある。死に様は生き様であり、生死一如であるといえよう。〈青山椒〉は涼味を誘う夏の季語である。

死の終に冥（くら）し空蟬死に死んで
生（しょう）の始に暗し空蟬生れ生れて

〈空蟬〉は蟬の成虫が抜けたあとの殻。〈冥〉は光がなくてくらい。あの世、死後の世界。〈暗〉は日の光がない。知恵がない。
生死（しょうじ）は繰り返し、〈空蟬〉は生死の境に在る。

一睡のあとに甘き死桃の花
花莫蓙に座し一生を経し思ひ
死はつねに瑕瑾のごとし蟬の爪

物事の始まりを「生」とすれば終わりは「死」である。ここには主観的時間感覚の伸縮自在性が見られる。即ち小さな死。

青芒一痕として生まれしか

齋藤愼爾の生は謙虚であった。

顔洗ひつつ滅びるわれら百千鳥

例えば朝になれば〈顔を洗う〉という行為即ち日常生活を繰り返しながらいつかは〈滅びる〉〈われら〉。〈百千鳥〉はチドリ・ウグイスとも言われるが、ここでは「色々な鳥・数多くの鳥」と捉えるのが適切であろう。
齋藤愼爾は他者を生かす道を選んだ。

光放つが最後の思想白芒

齋藤愼爾の魂は光となり自己の思想を完結させた。
肉体が滅びたという現実に反転し、再びクオリティの高い齋藤愼爾という生命現象の全景が、新しい相をもって起ち上がってくるであろう。

合掌

ひとり行く黄泉路の桜見頃にて　晶子

哀悼――私はいつも間に合わない

武良　竜彦

一　わたくしごと

現代俳句界に影響を与え牽引してきた黒田杏子氏と齋藤愼爾氏の相次いでの訃報に接して、深い喪失感の中にいる。

お二人は、私のライフワークとする石牟礼道子論の完成を励まし続けてくださった恩師である。お二人は私が現代俳句評論賞を拝受した石牟礼道子俳句論を書く以前から、私のライフワークが石牟礼道子文学であることを知っていた方である。

社会批評的な視座を含む石牟礼文学論を書くことを想定して、彼女の作品の研究をしていた私には、俳句論を軸としてそれを纏めるという視座はなかった。その視点からの起稿を教唆(きょうさ)されたのが、このお二人だったのである。

その論考執筆は未完であり、目下「小熊座」誌上で連載中である。論稿の完成を楽しみにして頂いていたお二人に献じる望みは、突然絶たれてしまった。私はいつも間に合わないのだ。石牟礼道子、渡辺京二に続き、更なる深い喪失感の中にいる。

だが、その喪失感の中に留まっているわけにはゆかない。

二　齋藤愼爾俳句について

黒田杏子氏と齋藤愼爾氏の現代俳句への貢献の実績については、他で紹介され論じられているので、ここではその俳句世界についての私見を述べさせていただく。

断 崖 に 島 極 ま り て 雪 霏 々 と　　『永遠と一日』

日本海の孤島「飛島」で思春期を過ごした時期のことを、第一句集『夏への扉』（一九七九年刊）でこう述べている。

「私は刺客のように押し寄せる冬波に孤りふるえながらも何ものかに敢然と対峙しているといった不敵な情念をたぎらせていたように思う。いや、単に存在それ自体が苦しく発酵し空しく出口を求めていただけかもしれない。」

菜 の 花 や 父 を 弑(しい) せ し 吾 の 来 る　　『永遠と一日』

旧 軍 港 直 立 の 父 傾 ぐ 母　　〃

西洋型の父性の真似事をして、国土を荒廃の極地に追い込んでしまった日本の父の姿に投網を掛けるように、齋藤愼爾は二十歳のとき「日々の死」の中で冷やかに象徴的にこう詠んでいる。敗北し荒廃した日本という風土を、大きな文明批評的視座で、反時代的な俳句という伝統的な韻律の枷の中で詠み続けることに、齋藤愼爾氏の文学的主題表現の方法論がある。そのことと、現代人が生と死の実感を失って、上の空のような人生を送っている精神の危機という認識と、齋藤愼爾氏の「望郷」的風土を詠む方法論には密接な関係がある。

螢 火 に 月 光 と い う 鉄 格 子　　『冬の智慧』

螢 火 も て 螢 の 闇 を 測 る か な　　〃

死 水 を 欲 せ り か つ て の 螢 の 身　　〃

喪失と滅亡の間に明滅する命。それが齋藤愼爾俳句「望郷」の真髄である。また命の根源的な本質の表現でもあり、同時に現代日本人の魂が抱える空虚性の象徴でもある。

齋藤愼爾俳句の独創的な文学的主題を一言で言い表すとしたら「喪郷から心的創郷へ」と言えるだろう。「喪郷」とは風土性を喪失した現代日本人の中空構造的精神性のことであり、「心的創郷」とは生きる価値基準を外在的なものに依存せず、一人ひとりが自分の中だけに創造し確立すべき心的風土性のことである。

三　黒田杏子俳句について

齋藤愼爾氏が『木の椅子』増補新装版で指摘していたが、「俳人協会」「現代俳句協会」等々の区別は、もうほとんど無意味化していると述べて、「俳人協会」に身を置く黒田杏子氏が昨年、「現代俳句協会」の大賞を授与されたことに、これまでの狭いセクショナリズムの壁が崩壊してゆく気配を感じているという意味のことを述べていた。

翌年、現代俳句協会は無所属の齋藤愼爾氏にその同じ大賞を授与している。俳句界再編統合の兆しはこのお二人の逝去によって遠退いてしまった。

黒田杏子氏の第一句集『木の椅子』には巡礼・魂の道行きのオリジンの輝きがある。日本古来の、特に仏教思想の流れによって育まれた日本人の精神性の底流を貫き伝承されてきたものである。巡礼とは己を虚しくして魂の遍歴を行う精神的な行為である。会派を超えて先達・後輩の創作的精神性に寄り沿い、敬愛と励ましの真心を捧げる黒田杏子氏の行為の根幹には、この巡礼の思想がある。

蟬しぐれ木椅子のどこか朽ちはじむ　『木の椅子』
父の世の木椅子一脚百千鳥　〃

『木の椅子』という句集名はこの句に拠る。

木の椅子は常に自分に居場所を与えてくれるものであり「巡礼」に出かけてはまた還り来る場所でもあり、そういう魂の活動と循環の末に朽ちゆくものでもある。

自分の居場所には「蟬しぐれ」を降り頻(しき)らせ、父の居場所には「百千鳥」の鳴き声を降らせている。伝統的な俳句表現では無常観の表現として詠まれて詠嘆的になる傾向があるが、黒田俳句ではそれを決して「嘆き節」にはしない矜持がある。

牛蛙野にゆるされてひとり旅　『木の椅子』

必ず死で終わる命の旅を終末観などでは詠まない。人間中心主義ではなく、生かされて「在る」という天の摂理への感謝と釣り合う自己肯定感と拮抗するような詠み方である。

ホメロスの兵士佇む月の稲架(はさ)　『木の椅子』

古代ギリシャ（紀元前八世紀末）のアオイドス（吟遊詩人）であった「ホメロス」は盲目であったという説もある。本邦の平家物語を「かたる」琵琶法師、過去の不幸の物語を三味線で「かたる」瞽女という盲目の「かたり手」。古代ギリシャでも、日本でも、盲人が社会で就けた数少ない職業が「うた」の語り手だった。この句では月夜の苅田に佇んでいるのは「ホメロス」が「うたった」叙事詩の中の戦場にいる「兵士」だ。

ここにも孤高の俳人精神である「巡礼者」としての、黒田杏子氏の吟遊詩人のような身上の投影があるように感じられる。

稲光一遍上人徒跣　『一木一草』
涅槃図をあふる月のひかりかな　『花下草上』

魂の巡礼は此岸彼岸の境も超えてゆくのである。

お二人のご冥福をお祈り申し上げる。

近くて遠いお二人

鈴木　光影

三月二十八日に亡くなった齋藤愼爾氏は今年初頭、第二十三回現代俳句大賞を受賞されていた。実作、批評、俳句関連書の企画編集など、長年にわたる俳句界への多面的な貢献が高く評価されての授賞だった。三月十八日に開かれた現代俳句協会年度総会内で行われた授賞式にご本人が出席できるか否か、齋藤氏と周りの方々は最後まで検討されていた。しかし体調が整わずに当日は欠席され、「受賞の言葉」を代読という形になった。その場に出席していた私は、齋藤氏を慕う方々に後で知らせてあげようと、小林貴子現代俳句協会副会長が読まれた次の言葉を記録していた。

受賞の言葉に代えて

私が俳句を始めたのは、高校時代です。私は初めから俳句を文学として選んでいました。周りを見ると、俳句は趣味でやるものだという雰囲気でした。そういう意識が作者本人にもあって、「文学としての俳句」というふうに考えている人はあまりいませんでした。また、俳句の世界では、師弟関係がはっきりしていました。その家元制度のような師匠と弟子との関係性は、文学からは非常に離れていると感じました。しかし、俳句というものは純然たる文学であるべきだ、という思いで私は俳句を始めたし、もしそうでないなら、そんな状況を変えていきたいという気持ちがずっとありました。今回、現代俳句大賞をいただいたことを、とても嬉しく思います。どうもありがとうございました。

今となっては齋藤氏の遺言になってしまった。齋藤氏は、大多数により既に一つの雰囲気が生成されているとしても、俳句作家個人の意識はそこから独立して存在しているべきだと考えた。齋藤氏は他者に対して厳しい批評を行ったようでいて、最も厳しく矛先が向いていたのは自己自身に対してだったのだろう。そして齋藤氏が醸し出す人としての温かみは、そのような孤独な内省の深奥から発せられていたように思う。西葛西駅に一人佇み、訪問者を見送っていたいつもの姿が忘れられない。

二〇二三年三月十五日　談　齋藤愼爾

齋藤氏に先立つように黒田杏子氏が三月十三日に亡くなった。『証言・昭和の俳句　増補新装版』刊行後、「黒田さんは俳句の未来の世代にこの本を継ぎたいのだ」と考えた私は、現代俳句協会青年部部長の黒岩徳将氏に企画を持ち掛けた。結果、関悦史氏、家藤正人氏を含めたYouTubeのオンラインインタビューを実現できたことは思い出深い。インタビュー当日、私は黒田氏ご自宅にお邪魔し傍らで待機していた。モンペ姿の背中から勢いよくあふれ出す言葉が、全世界へと発信されていた。

また飯田秀實随筆・写真集『山廬の四季』に黒田氏が寄稿した「山廬と私」には、「私は私の生きているうちに何とかこの本が世に出る。それが悲願でした」との言葉が記されていた。一生の有限の時間を意識し一瞬一瞬を悔いなく生きる姿に触れ、私も前向きな気持ちが自然と湧いてきた。黒田氏逝去の翌々週、現代俳句協会青年部メンバーで山梨県笛吹市の山廬に訪問した。黒田氏は生前この企画にあたり、若手俳人たちが当日作った吟行句を和紙に筆で揮毫することを秀實氏に提案しており、当日それが実現された。最後まで名プロデューサーだった。

特集2　『日毒』はなぜ脅威となったのか（2）

「日毒」と西日本ゼミナールを巡って

仲本　瑩

『コールサック』一一三号に掲載された鈴木比佐雄氏の「八重洋一郎詩集『日毒』はなぜ脅威となったのか」を読んでいくと、いろいろ想起される事柄があるので記しておこうと思い筆を取った。日本現代詩人会西日本ゼミナールin沖縄は二〇一六年二月二七日にロワジールホテル那覇を会場に開催された。ゼミナール第一部は八重洋一郎、平敷武蕉の二氏による講演を中心に、アトラクション、詩の朗読を挟み、一六四名の参加の盛会となった。引き続き第二部の「交流・懇親」では、おもろ詠唱、琉球古典音楽独唱、琉球舞踊を取り混ぜた懇親となった。

開催にあたっては沖縄タイムス社、琉球新報社の後援、沖縄県文化協会、那覇市文化協会、浦添市文化協会、南風原町文化協会の協賛、沖縄県立芸術大学音楽学部、王府おもろ謡きゅる保存会、国立沖縄高専エイサー同好会の出演協力があった。結果的に総予算一三五万円（内詩人会四〇万拠出）規模のイベントとなった。

西日本ゼミナール開催の話は、当時貘賞選考委員のY氏から私含めた三名にあった。内容は開催にあたって協力して、助けてくれという、あまりにトップダウン的な構想だったので断った。広く沖縄の詩人たちの意見を集約できるような実行委員会方式であるべきだと考えたので、開催方法を巡って折り合いがつかなかった。Y氏の背後に誰がいるのかわかっていたので、自分に協力してほしいという権威主義的方法に反発が先にあった。日本現代詩人会の会員中心の開催運営は無理だということも分かっていた。会員は沖縄では十名弱位しかいないし、その後動きはなかった。

ゼミナール開催の話が動き出したのは、二〇一五年六月に北川朱実西日本ゼミナール担当理事からS氏に開催打診があってからである。準備会を立ち上げ、実行委員会結成に向けた諸準備を整えていった。情報収集、会場交渉、プログラム構成を整え、県内詩人一〇〇名余に第一回実行委員会（九月六日）立ち上げへの参加を呼びかけ、実行委員会がスタートした。参加者へ講演者に関するアンケートを実施し、第二回実行委員会（九月十五日）で討議し、八重洋一郎、平敷武蕉に決定した。この段階でゼミナールの骨格は固まっていたといっていい。組織は実行委員二四名で、一二ＷＧ（ワーキンググループ）で実作業担当するよう構成した。

そこへ飛び込んできたのが開催日変更依頼だった。当初二〇一六年三月二六日開催予定だったのを、以倉紘平会長のスケジュールとの兼ね合いで変更して欲しいとのことで、急遽二月二〇日へ変更した。変更したと書くのはたやすいが、二月は球界の春のキャンプとのタイトな綱引きとならざるを得ず、三月二六日のようにはいかなかった。ホテル本館ではなく別館の会場をなんとか確保することで乗り切った。しかし、当初抑えた会場とは条件が厳しく、会場ＷＧ担当者は最後まで会場運営に振り回されることになる。ゼミナール会場から懇談・交流会場への設営切り替え、仮舞台の入退場の動線確保、演舞出演者の控室確保等々三月二六日に抑えた会場ではスムーズに進行できたことが、新しい会場では手間暇がかかる。ホテル側が実行委員会の要望に柔軟に対応してくれなかったら、会場の確保は難しかった。

準備が進む中で、実行委員会副会長のH氏は、「以倉会長から講演者の変更について打診があった」と報告（十月十二日）。S氏（事務局長）は西日本担当理事より理事会における講演者をめぐる状況について説明を受けたと報告（十月十三日）。十月十六日西日本ゼミ担当理事からS氏（事務局長）に理事会において講演者の沖縄案了承との連絡があった旨報告。一連の動きを受けて、第五回実行委員会（十月二三日）は組織決定をないがしろにする動きに同調せず、決定事項を遵守することを申し合わせた。

ゼミナールで八重洋一郎氏の講演に対する質疑は多かった。主に「日毒」を巡る質問であった。ゼミナールの翌年、二〇一七年に詩集『日毒』がコールサック社から刊行された。八重洋一郎詩集『日毒』をめぐる野沢啓と二〇一八年の日本現代詩人会の理事会との論争を読んでいると、西日本ゼミナール開催と以倉紘平会長の立ち位置のようなものがよく見えてくるようだ。ゼミナールを終えて以倉会長とのゼミナールの感想のやりとりを、鈴木比佐雄氏は、「八重洋一郎詩集『日毒』はなぜ脅威となったのか」で、「鈴木さん『日毒』は中国を利することになりますよ」と記してある。排斥の論理を持っているのであれば、実行委員会にストレートに提示してゆけばいいのに、後ろに手をまわして体よく葬り去ろうとする手法はいただけない。実行委員会はそのような政治手法含めて、あえて決定事項は譲れないとしたのである。いろんな信条を持つことは構わないが、講演者を誰にするかについて、アンケートを実施し、論議を重ねて決定に至った。その講演者の再検討を求めた。しかも、明確な理由を提示しないまま、ひっくり返そうとする手法ははねかえされた。それ以上の行為があれば実行委員会から糾弾される羽目になったと理解している。

日時の変更、講演者の再検討と揺さぶられたが、実行委員会はゼミナール開催を成功させる意気込みは捨てなかった。県内の詩人たちが各同人誌や個人の中に閉塞され、横の交流というものがなく、どうしたらもっと交流を通した対話を深められるか求めていた折でもあった。第一回実行委員会で提案されたのが、県内詩人の交流会の設定、ゼミナールに向けたアンソロジーの発行である。二〇一五年十一月二〇日に交流会を開催し、ゼミナールに合わせて「沖縄詩人アンソロジー『潮境』」を発行した。沖縄に関わって詩を書いている詩人九五人に原稿依頼し、五五名の参画を得た。それは第二号へと繋げ、今年の発行を目指して現在第三号の準備に入っているところである。ゼミナールを契機とした流れは続いている。

野沢啓氏の一連の『日毒』を巡る論評は、ややともすれば埋もれてしまいがちな部分を浮かび上がらせようとする、排斥の論理に抗する誠実な振る舞いとして理解できる。沖縄を虐げて来た歴史の積年の恨みの底流を、八重洋一郎は「日毒」として日本の懐に突き立てたのである。沖縄で抵抗の声を上げれば、中国を利するとするヘイトはすでに口を広げている。

八重洋一郎詩集『日毒』はなぜ脅威となったのか（2）
——日本現代詩人会理事会へ『日毒』を巡る第三者委員会の設置を提案する

鈴木　比佐雄

1　秋亜綺羅氏の「公開質問」と以倉紘平氏の反論

人はなぜ人事や名誉で人を支配したり、ランク付けやヒエラルキーを作り出して、人を差別し排除してしまうのか。少なくとも文学団体においては、賞の選考過程においては、透明性や公平性が保たれて、そのような支配や差別や排除の弊害に陥らないような考えの持ち主たちが運営しその理念が貫かれていなければならないだろう。残念なことに二〇一八年の日本現代詩人会の「現代詩人賞」選考過程であり得ないことが起こっていた。

詩人・評論家の野沢啓氏は「八重洋一郎の詩に〈沖縄〉の現在を読む——言語隠喩論のフィールドワーク」（二〇二二年夏号の『季刊 未来』）を執筆し八重洋一郎詩集『日毒』を排除しようとした現代詩人会元会長の以倉紘平氏が当時の会長だった新藤涼子を背後で操っていた行為や言論の在り方の問題点を告発していた。その重要な部分を再度左記に引用しておく。

《二〇一八年の日本現代詩人会主宰の現代詩人賞の第一次選考委員会でわたしが推薦して受賞候補にくわえた八重洋一郎詩集『日毒』にたいして、当時の新藤涼子会長が、最終決定をするはずの第二次選考委員会が始まるまえに、そのときのH氏賞選考委員とわれわれの現代詩人賞選考委員が両方とも集まり、ほかに理事会の関係者も数人いるまえで、あろうことか、この『日毒』は受賞してはならない、と発言したことに言及した。こんな無法なやりかたはないだろうと思ったわたしはすぐにその理由を糺したのは言うまでもない。すると新藤会長はそれは「ある筋」からの意向だと言うので、さらにわたしがその「ある筋」とは誰のことかと追及したところ、名前こそ出さなかったものの「この詩集の賞金を出す基金を預かっている者だ」と返事したのである。（略）はからずもこの一件について誰が係わっているかを問われるがままに白状してしまったのである。そして言うまでもなくこの人物は桃谷容子基金ほかの公益信託基金の形式的な代表とされている郷原宏氏のことではない。その裏で実権を握っている者のことだ。／そう言えば、この人物は、数年前に沖縄で現代詩ゼミナールが開催されることになったとき、講師に八重洋一郎が呼ばれたことにたいし、理事会でその担当者をものすごい剣幕で怒鳴りつけたそうである。これは理事会の何人ものひとから聞いている。》

また今年四月になって「言語隠喩論のたたかい——時評的に3」（「イリプスⅢrd」03号）では、「未来」に掲載した批評文に対して当時の理事長だった秋亜綺羅氏、詩集担当理事の中本道代氏たちは、野沢氏の批評文が「勘違い」か「悪意に満ちた中傷」であると批判し「公開質問」をしてきたことに答えて、手厳しい反論がなされた。野沢氏は二人を操っているのは以倉紘平氏ではないかと推測している。なぜなら以倉氏は今年になって刊行された「歴程」６１４号「奇怪な文章　――故新藤涼子の名誉のために」で《野沢氏は、どうしてありもしない話を、でっち上げようとしたのか。何かわけがあるに違いないが、憶測記事を書くわけにはいかない。九〇歳の新藤涼子は、昨年の七月にその文書を読み、一〇月七日、亡くなられた。さぞ無念であったと思う。》と語り、野沢啓氏の批評文を「でっち上げ」と明言して、野沢啓氏が妄言を吐く人物だと切り捨てる。

実はこの以倉氏の「奇怪な文章」の後には高橋順子氏が『「歴程」・混迷の後へ』という文章が載っている。編集・発行人の新藤涼子氏は晩年にはかなり判断力が衰えていたようだ。二年半も発行できずに原稿が溜まっても合併号にすればいいとして、発行を引き延ばされて驚き呆れていたようだ。高橋氏は最後に「教訓。歴程のふところの広さを、何でも許される、と勘違いしないこと。」と「歴程」の編集・発行人新藤氏を批判している。つまり新藤氏の亡くなる数年前から正常な判断はできない状態であったことが親しかった高橋氏から明らかにされている。したがって以倉氏は新藤氏が「名誉棄損で訴えたい」と話したとされる記述はとても疑わしく、私には以倉氏のそうあって欲しいという、新藤氏に擬した創作の言葉ではないかと推測される。

2　沖縄の仲本瑩氏の証言

前号の「コールサック」一一三号で私が発表した「八重洋一郎詩集『日毒』はなぜ脅威となったのか」は、その後にしっかり読み込んでとても重要な反響が届いた。その中でも沖縄の詩人・評論家の仲本瑩氏から『「日毒」と西日本ゼミナールを巡って』という貴重な証言を含んだ以倉紘平氏に関する文章が寄稿された。仲本瑩氏については、長年沖縄タイムスの詩時評を担当して、その批評文は沖縄の若手・中堅詩人の試みを様々な角度から的確に論評して、沖縄の創作現場を掬い上げて、思索的な文体を持つ文芸評論家だと畏敬の念を抱いていた。以前に沖縄で話す機会があった際には思想・哲学にも通じていて、それらを背景にしているからこそ緻密な論考を執筆できるのだと感じられ、現在の沖縄を代表する詩人・評論家だ。

その仲本氏は西日本ゼミナールの実行員会の中心メンバーであり、その当事者からの証言内容を読んで驚いたことは、二〇一五年九月から二〇一六年二月当時の日本現代詩人会会長であった以倉紘平氏が、八重洋一郎氏を排除するために、前例のない暗躍をしていたことが明らかにされていた。実は私は以倉氏が会長になる前の二期四年間の理事を務め、最後の二年間は財部鳥子会長・北畑光男理事長の下で国際担当理事となり、韓国から高炯烈氏と権宅明氏を招待し日韓の詩についてのゼミナールを開催したり、四年間を通しては会の新しいホームページの再構築の担当となりその企画案を提案し、二〇一五年八月の総会で企画案と予算案の承認を得て、次の以倉会長の理事会に引き継いだりもした。

その年の春頃に西日本ゼミナール担当理事の北川朱美氏と瀬崎祐氏は沖縄を次の西日本ゼミナールの候補に挙げた企画案を理事会に提案し承認され次の理事会で実現することになった。瀬崎氏は当時のホームページ管理や変更業務を兼任していたので、北川氏が中心になって沖縄での西日本ゼミナールを進めていた。四年間の理事会での経験からゼミナール担当理事は地元の実行委員会とのパイプ役であり、詳細は現地の実行委員会のプログラム案を尊重することが基本であり、開催の総予算の中の四十万円を支援し，求められれば企画に助言をすることはあるが、基本的には地元の企画・人選を見直させたりすることはなかった。ところが先に引用した最後にあったように、八重洋一郎氏が講演者になったことを北川氏から報告されると以倉会長は「理事会でその担当者をものすごい剣幕で怒鳴りつけたそうである」と野沢氏は複数からの伝聞であると断りながらも記している。しかしこの八重洋一郎氏を排除しようとした件は、今回の仲本氏の批評文の証言でその当時の生々しい排除を試みた実態が明らかになり、事実を裏付けている。

3　以倉氏からの執拗な講演者の変更要請

仲本氏は私の「八重洋一郎詩集『日毒』はなぜ脅威となったのか」を読んで、当時のことをよく思い出したという。そして次のように記している。

《西日本ゼミナール開催の話は、当時貘賞選考委員のＹ氏からを私を含めた三名にあった。内容は開催にあたって協力して、助けてくれという、あまりにトップダウン的な構想だったので断った。広く沖縄の詩人たちの意見を集約できるような実行委員会方式であるべきだと考えたので、開催方法を巡って折り合いがつかなかった。Ｙ氏の背後に誰がいるのかわかっていたので、自分に協力してほしいという権威主義的方法に反発が先にあった。日本現代詩人会の会員は沖縄では十名弱しかいないし、会員中心の開催運営は無理だということも分かっていた。その後動きはなかった。》

この「当時貘賞選考委員のＹ氏」とは与那覇幹夫氏のことを指しているが、「あまりにトップダウン的な構想だったので断った」と仲本氏が記しているのは痛快だった。与那覇幹夫氏とは昔は詩誌や詩集の交換をしていたが晩年は交流が一切なかった。ただ沖縄の若手詩人のところに突然電話をして来て、自分の言うことを聞けば賞を取らせてあげると言っていたと何度か沖縄の若手詩人から聞いたことがあった。また与那覇幹夫氏が解説文を書いている詩集が送られてきてそれを読むと、その詩作品を深く読むと言う解説文ではなく、自らと作者の関係性だけが優先されて、詩集に込めた詩人の感受性や思想性の特徴に踏み込まないで書き流しており、批評・解説文以前のレベルであると私には思えた。実のところ山之口貘賞の選考は本当に大丈夫なのかと心配していた。
仲本氏とその他の実行委員の詩人たちは、同じ山之口貘賞選考委員であった以倉氏が与那覇幹夫の背後にいると直観したのだろう。財部鳥子会長の下で以倉氏は総務担当理事だったように思われる。またその意味では北川ゼミ担当理事からも相談を受けて、沖縄でやるなら以倉氏の意向を聞かせられるトップダウン方式でやりたいと考えてまず初めに親しい与那覇幹夫氏から打診させたのだろう。

《準備が進む中で、実行委員会副会長のH氏は、「以倉会長から講演者の変更について打診があった」と報告（十月十二日）。S氏（事務局長）は西日本担当理事より理事会における講演者をめぐる状況について説明を受けたと報告（十月十三日）。十月十六日西日本ゼミ担当理事からS氏（事務局長）に理事会において講演者の沖縄案了承との連絡があった旨報告。一連の動きを受けて、第五回実行委員会（十月二三日）は組織決定をないがしろにする動きに同調せず、決定事項を遵守することを申し合わせた。》

以倉氏はトップダウン方式を断念させられたが、「広く沖縄の詩人たちの意見を集約できるような実行委員会方式」のアンケートを踏まえて決定した講演者八重洋一郎氏の変更を、以倉氏の意向を受けた「実行委員会副会長のH氏」である星雅彦氏を通して、S氏である佐々木薫氏に迫ったことが分かる。その中でも仲本氏を中心として実行委員会は知恵を発揮し、矢面に立つのを事務局長を高齢の佐々木氏から若手詩人の宮城隆尋委員長に変更させて以倉氏の強引な要求をしなやかに躱（かわ）して、「第五回実行委員会（十月二三日）は組織決定をないがしろにする動きに同調せず、決定事項を遵守することを申し合わせた」ことで本来の総意を貫いたのだったと仲本氏からお聞きしている。この間の以倉氏の執拗な八重洋一郎氏の講演を排除しようとする動きは、沖縄の詩人たちの民主的な総意を踏みにじる以倉氏の恐るべき強権的手法であった。仲本氏はその当時ことを振り返り、沖縄の詩人たちの決意を次のように語っている。

《鈴木比佐雄氏は、「八重洋一郎詩集『日毒』はなぜ脅威となったのか」で、「鈴木さん『日毒』は中国を利することになりますよ」と記してある。排斥の論理を持っているのであれば、実行委員会にストレートに提示してゆけばいいのに、後ろに手をまわして体よく葬り去ろうとする手法はいただけない。実行委員会はそのような政治手法を含めて、あえて決定事項は譲れないとしたのである。いろんな信条を持つことは構わないが、講演者を誰にするかについて、アンケートを実施し、論議を重ねて決定に至った。その講演者の再検討を求めた。しかも、明確な理由を提示しないまま、ひっくり返そうとする手法ははねかえされた。それ以上の行為があれば実行委員会から糾弾される羽目になったと理解している。》

私はこの決して忖度しない沖縄の実行委員たちの毅然とした

言動を以倉氏やそれに同調した人びとは肝に銘じた方がいいと考えている。私はこの間の遣り取りを日本現代詩人会会員はもちろんだが、沖縄を愛する人びとにも知ってもらいたいと考えている。

4　日本現代詩人会へ『日毒』に関する第三者委員会の設置を提案する

どうして以倉氏は1で引用した「歴程」での空虚な言い逃れをしてこのような沖縄の詩人たちの総意を踏みにじる越権行為を悪いと認識せずに、繰り返していくのだろう。たぶんその原因を解くカギは以倉氏の詩集の中に潜んでいるに違いない。

二〇二二年四月に刊行した最新の詩集『明日の旅』に与那覇幹夫氏について二篇の詩が収録され、今年初めの詩誌「アリゼ」にも与那覇幹夫氏についての一篇を以倉氏は発表している。これらの三篇の詩篇を読んでいると、亡くなった与那覇幹夫氏から聞いた言葉を通して以倉氏はその霊と一体化してしまい、沖縄の一部の美を何か絶対的なものとして信じてしまう傾向がある。例えば詩「水字貝（すいじがい）——与那覇幹夫」では「私は彼から沖縄の民俗　宗教　文化のあらましを学んだのである」と言っているが、それは宮古島生まれの与那覇幹夫が体験していた限定されたもの過ぎないはずだ。その一〇〇キロ先の石垣島、西表島などの八重山列島はまた異なる歴史も美的感覚も存在する。石垣島の八重洋一郎氏の詩集『日毒』に向き合えない以倉氏は、きっと与那覇幹夫氏から与えられた八重氏への先入観があったのではないかと私は推測している。それは詩「与那覇幹夫の無念——与那覇幹夫の無念」の次の引用部分を読めば明らかになる。

《王朝のある沖縄本島の人々は／人頭税を科せられなかったのだ／本島と宮古島との差別の構造を／与那覇幹夫は第一詩集『赤土の恋』で暴いている／赤土の島　宮古島出身の与那覇幹夫は／沖縄本島の詩人が　日本が毒だ　〈日毒〉だと　糾弾する時／宮古の人間にとっては沖縄本島〈琉球〉こそ毒だ。／日毒より琉毒が先だと怒っていた》

この以倉氏が「日毒より琉毒が先だと怒っていた」と与那覇幹夫氏から聞いた言葉を根拠として、詩「日毒」を世に問うた八重洋一郎氏の詩集『日毒』を排除しようとしたことは、全く理解に苦しむ行為だ。そもそも「日毒」という言葉は、八重氏の明治初頭の石垣島の高祖父たちが使用していた言葉を八重氏が甦らせたものだ。それは薩摩・徳川から支配された琉球王国の民衆が置かれていた苦悩、明治政府の琉球処分によって琉球王国が消滅させられた苦悩、さらに沖縄戦、米軍統治、米軍基地の固定化の現在までの苦悩が大和・日本によってもたらされて今も続いていることを指している。

八重氏は、沖縄本島、先島諸島全体が大和・日本から被る毒のような苦悩を伝える詩「日毒」を朗読し、本土の日本人の多くが無自覚である薩摩・徳川から引き継ぐ日本政府の権力悪を「日毒」という言葉を使用して西日本ゼミナールで講演したのだった。それにしても以倉氏は事実誤認を正当化し、その歴史認識は事実に立脚しないで稚拙な神話のようなものだ。八重氏が石垣島の詩人であるのに、あえて沖縄本島の詩人が「日毒」と言っているようにすり替えてしまう。本当に与那覇幹夫氏が言ったならば彼は詩集『日毒』を全く誤読していたか、「日毒」を使った八重氏への対する近親憎悪のような冷静さを欠いた悪意を持っていたからだろう。

たぶん以倉氏は自らも八重氏の「日毒」という言葉に衝撃を受けたが、その言葉を検証することもなく、宮古島出身の与那覇氏から聞いた「琉毒」という過去の琉球王国の悪政を正すことが優先すべきであることにこだわり、八重氏の「日毒」という現在も進行中の日本の権力悪を直視する精神性に気付こうとしなかったのだ。それどころか『日毒』を排除するためにこの詩集は「中国を利する」ものであるという根拠のない政治的な理由を作り上げてしまったのだ。二〇一五年九月は安保法制が強行採決された頃だった。以倉氏はもしかしたら詩人の世界において安倍元首相のような存在になりたかったのかも知れない。

例えば以倉氏の詩集『明日への旅』の詩「ぼく等の世代」を見れば明らかだ。以倉氏は司馬遼太郎に召集令状が来た時に道端に遊ぶ子供を見て「ああこの子たちのためになら　死ねるかも知れない」という話を聞いて、当時の子供だった「ぼく等をいかしめようとしてくれた」から「ぼく等は大きな借りがある」と言い、その故郷の子供たちを守るという一点だけで、日本帝国の兵士たちが中国、朝鮮半島、沖縄などでどのようなことをしたかという戦争責任を不問に付してしまうのだ。沖縄では制空権もなく、五十四万人の米軍艦などの米軍に取り囲まれても沖縄の民衆を巻き込むゲリラ戦を選択し、沖縄本島を焦土化して約二十四万人のもの死者を出してしまった。司馬遼太郎は戦車部隊に関係していたらしく戦争末期に米軍が上陸して来た時に、道に民衆がたくさんいた場合はどうしたらいいかと尋ねると、踏み潰して戦えと言われて、日本軍は民衆を守らない軍隊だと対談で語っていた。以倉紘平氏の詩や考え方の致命的な欠点は司馬遼太郎など文学者の一部の言葉を都合よく利用して自らの世代の神話を語っただけでなく、後世の世代にあたかも靖国神社を全ての日本人に参拝させるような右翼思想を押し付けてくることが、今回の『日毒』を巡る最大の要因だったと私には思われてならない。

このように以倉氏の言動が全く信用できないことが分かる。また八重氏の「日毒」は、「琉毒」とは比べることができない日本の歴史を洞察し他国を侵略しその国の民衆への痛みを内省する際の重要なキーワードとなる言葉であり、比較すべき次元の言葉ではない。その根拠として八重氏の詩集『日毒』の中でも私が最も感銘を受けた詩「紙綴（かみつづれ）」を引用したい。

《わが高祖父は明治初頭　この南の小さな島の書記　文書保管係のような役を勤めていた模様　当時のメモが一枚だけ残っている　それはキラキラ光る特殊な漉き紙に書かれているからメモというより「写し」「控え」あるいは「書き損じ」であるかも知れない　一文字だけ訂正の跡がある
島の高級役人から首里王府　いや直接　琉球中山王（ちゅうざんおう）へ

宛てられたものらしく　その文体は漢文　和語　沖縄方言まじり　そして石垣島方言を何とか当て字で漢文めかして書いてあるので　私には殆ど読めないが　おぼろな内容は察せられる／／まず初めに世子誕生の賀が述べられ　これで我が国は愈々安泰　礎が固められたと記され　然し乍ら

　と語は継がれる　先年　我が琉球国にも黒船が来航　それは　大大和をも直撃し恐喝し　御蔭で彼の地は大混乱やがて将軍様は覆され　天子と称する御方が天下を総攬する事となったが　それは稀に見る大奏功　今や大和は威力充溢　武力旺盛　それはまた我が国にとっては容易ならぬ事態である　というのは我が国は慶長以来　薩摩　徳川に監視され苛斂誅求され　塗炭の苦しみを舐めさせられてきたが　その「日毒」が今やまた新たな姿となって我々に浸み込んでくる惧れがある　返す返すもこの国は民百姓一人一人に至るまで気を張りつめねばならぬ　私共は斯様に覚悟しております故　王に於かれては御心安らかに消光くだされたく…　続いて書を了えるための煩瑣な文辞が重ねられ　恐惶頓首頓首で閉じられている　その恐惶の「惶」の一字が訂正されている／／他にもう二三枚　粗末な紙の綴りがあって　これは前書とは異なり別の筆跡で　呟きのようなかすれた崩し字　書き手は誰であるか全く想像がつかない　以下その大意である／／琉球王朝は滅びた　王府と言っても四百年前　前王尚徳から反乱によって王権を簒奪したにすぎず　前王の世子妻女まで悉く殺している更にそれ以前の王統と言えども武によって他を圧したにすぎず　その花飾りとして唐の国の冊封を受け威を張ったにすぎない　力というものは須く不公平なもので使用人から身を起し成りあがり　主家への裏切り謀略によって王となった者でも　その出身地伊是名　伊平屋島は無税　我が島は酷い人頭税を課された　従って島人は王府滅亡に依り「琉毒」から脱れられるとも思ったが　姿を変えたもっと悪性の鴆毒が流れ込んできただけであった／今　大和は清国に勝ち　髭を捻り太刀を叩き意気揚々と武張っているが

　あと七十年もすればどうなるか分らない　今　大和人が悉く恐れ敬っている　あの道教漢籍から無理矢理抉り出し

　潤色模造した称号もどうなるか分らない…》

八重氏の詩「紙綴」は、石垣島の文書管理係であった高祖父の視線で、沖縄王朝の中山王の末裔の王族へ宛てた手紙として構想されている。この中に出てくる「日毒」と「琉毒」との関係性も直接読み取って欲しいと願っている。

最後に私は沖縄の詩人たちを愚弄した以倉紘平氏とその意向を汲んで詩集『日毒』を最終選考の前に「受賞させてはならない」と語った新藤凉子氏たち二人の元日本現代詩人会会長と当時の理事会幹部（理事長、副理事長など）が、八重洋一郎詩集『日毒』に関してどのようなことを行ったかを検証する第三者委員会を設立することを、ご多忙のことと想像するが現理事会の八木幹夫会長と佐川亜紀理事長に対して提案したい。今年の八月に開かれる総会には私も参加するつもりだ。通例では総会の前には質問用紙が届くと思われるので、この文書などを添付して正式に要請するので二〇一五年から二〇一八年の間の二人の会長がどのような不祥事を引き起こしたかを検証されて欲しい。そしてその検証結果で私たちが指摘したことが立証できたならば、日本現代詩人会は過去の理事会のことであれ、二人の行為を諫めた野沢啓氏、不当に排除された八重洋一郎氏、沖縄での西日本ゼミナールで講師変更を強要された仲本瑩氏などの実行委員会のメンバーへ正式に謝罪されて欲しいと、詩集『日毒』の版元である私は願っている。

新川明が語る「反復帰」論・自立の思想
――「反復帰」論ヤポネシア論の継承と深化

聞き手・安里　英子

「時の眼―沖縄」批評誌「N27」第10号（N27編集委員会）
二〇二二年十月二十七日発行より再録

■後編の序文にかえて

「復帰」50年とは言う。しかし忘れてならないのは、そこに至る前史である。明治政府による琉球の強制併合、沖縄戦（戦争）、累々たる骨の山。なかには台湾、中国、朝鮮などの植民地から強制連行されてきた人々の骨もある。その上に築かれたのが米軍事基地である。ムラは奪われ、いまだ還れない人々。沖縄人は半難民である。そのような歴史を背負って今に至る。ここに新川明の詩を引用する。

日本が見える（序章より）

あの日から
古里は南の海で
一匹の蛇になった

蛇は　原子砲の疼きに痺れて
おどろ　おどろと身悶え
古里に住めないぼくたちは
渡りの季節を待つサシバのように
異郷の街角に立って
南の空を睨む

（詩画集『日本が見える』画・儀間比呂志）より

詩は、長い連詩になっていて、コロス（民衆）の歌も聞こえてくる。朗読劇として舞台上で演じられるのも期待できる。

新川明は詩人であり、思想家である。昨年9月22日以降、3日間12時間余におよぶインタビューに挑んだ。あれから、およそ一年ぶりで後編が完成することになる。（前編は21年12月発行の「N27　№９」に掲載）。いま思えば大虎に子猫が勇敢にも挑むかのようであった。前編で、『琉大文学』についてもわずかにふれたが、迂闊にも新川明の詩を紹介していない。それでここに、長編詩の出だしの部分だけを紹介させていただいた。（『沖縄文学全集第２巻』所収・１９９１年）。

沖縄タイムスの八重山支局時代に書かれた『新南島風土記』の文章の美しさと緻密さは新川の詩人たるゆえである。幼少年期を過ごした石垣島での体験が、そのまま島々への愛情になって表現されている。単なる島ちゃび（離島苦）への詠嘆だけではない。そこに生きる人々の祭りや歌謡を通して体感する精神の深さ、文化への豊穣を伝えている。島人への信頼である。

その島々の豊穣が、今日、無残にも破壊されようとしている。

それは巨人な資本の力にもよるが、政治や行政の生態系（エコロジー）に対する、無知、無策の結果でもある。一方で、領土拡張、軍事力による威嚇が琉球弧の島々への自衛隊配備への口実となっている。第三次大戦を起さんばかりの恐怖・緊張感を世界の人々に与えている。

私たち沖縄人や世界の人々に必要なのは、自治・自立の思想・行動でそれぞれの政治の流れを変えることではないか。新川明はそのように語っている。

■はじめに

安里　前回は、新川さんの生まれてきし方を主にお聞きし、新川さんのルーツにふれることができました。父親が亡くなられた後、６歳の時に母子４人で石垣島に渡たり、そこでの暮らした少年時代の様子や戦争体験など、新川さんの精神風土を知る上で、とても貴重なお話を伺えたと思っています。また、沖縄島に帰還し、コザ高校、琉球大学時代のことなど、これまであまり知られていない新川さんの横顔を垣間見たようなきがします。

今回は、島尾さんが提起なされたヤポネシアの思想、沖縄では様々な分野で影響を受けています。一方で、ヤポネシア批判もあります。そういう熱い時代もありましたが、このごろの若い世代はヤポネシアという言葉さえ知らない人がほとんどです。また、「復帰」50年ということで「反復帰」論については、くり返し問いなおされているように思います。これらのことなどについて展開いただければと思います。どうぞ、よろしくお願いいたします。

新川　その前に、2022年度は「復帰」から50年、琉球処分から150年にあたりますが、ちょうど節目の年に、我部政男の『日本近代史の中の沖縄』が刊行されたのは時機を得ている。そんなところから話をしたい。琉球処分以後の、沖縄の近代史を考える上で必要な本です。つまり「復帰（再併合）」50年を考えるとき問題を「琉球処分（国家併合）」に始まる歴史の流れのなかで捉え返し、現在の状況を正しく把握して将来へ向けた創造力＝想像力を養い、発揮しなければならない。そのための行動指針を学びとる啓発の書でもある、と思うので大いに推奨したい一冊です。

安里　新川さんは「復帰」50年をどう考えていますか。私ごとですが、復帰5年目に、『地域の目』というミニコミ誌を個人で出しました。そのころ、地域でいろんなミニコミがだされました。金武湾闘争の「東海岸」や「山原」、新川さんも関わったＣＴＳ阻止闘争を拡げる会の機関誌『琉球弧の住民運動』もそうですね。「復帰」への批判が噴出した時期です。

新川　僕ら川満信一とか岡本恵徳とか「反復帰論」者と言われているけれど、若い人たちの一部には引き継がれていたと思いますよ。与那嶺義雄などがやっている「自己決定権の会」というのがあるでしょう。しかし、全体として、たとえば先般の衆院選挙で見られるように、いわゆる保守側が勝ったというか議席を伸ばしたというのは、いわゆるオール沖縄は負けたわけですよね。沖縄自体も日本の大きな体制の流れに呑み込まれている訳です。僕らは、日本に対する一種の絶望みたいなものを起点にしていたわけだけど、そういうのが全くなくなっている、それを感じるものだから……。だけどいまさら世の中の流れに対して、僕自身が何の対抗する力になり得ないと思いますしね。なぜなら体力も落ちてうっとうしいし、世間に向かって書いたりしゃべったりする気力もなくなっているしね。

安里　人間は当然限りある命です。消滅していきます。精神とか言葉も一緒に消えるのでしょうか。色川大吉さんでも、思想を残された。次の世代の生きる力になる。新川さんが残した言葉や行動を若い人がどう受け止めて発展させていくか重要だと思います。

新川　確かに言うように若い人たちがどのように受け継いで発展させていってくれるか、非常に関心があるが、僕にとっては書いたこともしゃべったことも過去にそういうことをやったということであるわけで、また同じようなことをやれないしね。ただそのことを若い世代がどのように受け止めてくれていたのか見つめているという状態です。

安里　次世代に継承することは私たちの責任でもありますね。この聞き取りの記録をしてくれている若い世代の大城尚子さんもニシムイの美術村のことも知らなかった。米軍の援助でできた、ということを知ってびっくりしています。沖縄の現実を正面から表現している儀間比呂志さんと対照的。なぜ新川さんが儀間さんに感動したのか。そういう対話を繰り返していくうちに、次の世代の人たちがこういう時代にこういうことあったのだ、と理解していく。過去を知らないと今の沖縄の現実を見られないし、変える力にはならないのではないかと。

新川　それはその通り。過去を知り、くみとっていく、それは彼らの責務であると思う。でも僕らがそれを強要することできない、見つめるだけ。頑張ってくれよ、と思うけれど、口に出してはね。

安里　お書きになった著書を読んで学ぶこともできます。

新川　そうしてもらえればありがたい。僕らが「君たち勉強してくれ」というのもおこがましい。

■八重山支局のころ

安里　復帰協が結成されたのは、1960年で、祖国日本に還るという民族的な色が濃かったわけですが、69年に日米両首脳による佐藤・ニクソン会談で沖縄返還協定にかかわる共同声明が発表されました。ところがその内容は沖縄民衆が望んでいた内容を裏切るもので、「復帰」幻想が消えたのはそのころからです。基地はそのまま残ることになり、日本に帰れば、平和憲法に守られると思っていたのが裏切られたわけです。そのころから「復帰」運動は反戦平和の内容に変わりました。後に新川さんは「反復帰論」を展開していきますが、そのころ新川さんはどのように思っていたのですか。

新川　64年から69年まで八重山支局にいました。当時は、今とちがって那覇とはすごく温度差があった。だって、八重山は当時、テレビもまだない時代。飛行機もないころ。そういう意味では文明的に隔絶したころであった。新聞は、朝刊が夕方着いて、夕方読む。しかも世界的なニュースも返還問題も含めて新聞でしか知らない。限られていました。沖縄全体とか世界の動きはそんなに身近な問題として感じない環境にあった。八重山諸島の島々を巡り、新聞に連載を書いていて後に『新南島風土記』として出版されましたが、連載を終えた後は、他に刺激もなく仕事もないから喜舎場永珣翁の、『八重山民謡誌』復刻の手伝いをするほかは、ぼけっとしていた。そういう状態の、69年1月に川満信一から吉原公一郎編著『沖縄本土復帰の幻想』（三一書房1968年）が送られてきた。その本の中で琉大文学時代の仲間たちが熱い議論している。

安里　新川さんは呼ばれなかったのですか。

新川　呼ばれるわけないさ。那覇にいる川満を中心に「復帰運動におけるナショナリズムの正と負」のテーマで討論している。川満くんと伊礼くんの他に中里友豪、真栄城啓介、嶺井政和などが加わっている。真栄城は早く亡くなったし、中里、嶺井、伊礼くんも亡くなった。

　那覇では復帰を巡って議論が沸騰しているが、僕は八重山でそういうことも感じない状況に置かれていて、ものすごくショック受けたね。俺は何をしているんだろう、と。

　琉球政府の主席公選を巡っての議論もある。伊礼くんの主張は、革新陣営から屋良主席を誕生させ、沖縄に自治政府を作ることによって、復帰後は逆に、ヤマトまで影響及ぼしていく、という考え方なんだね。川満は真っ向から反対していて、とんでもない幻想だ、と。うろ覚えだから今しゃべったことは正しいか分からないが、ずいぶん後になってから、何年か後、伊礼くんは自己批判しているよ。あのころは自分の主張は間違っていたって。復帰の意味、主席公選の意味を巡って熱い議論をしていることについて、僕は一人八重山の島で、世界も日本も含めて世界の大きな動きに対して何も感じない。無風地帯にいて、のんびり暮らしている自分に衝撃を受けた。そこで編集局長に「本社に戻して下さい」と懇願する手紙を書き、69年4月に本社に復帰することができました。組合活動が原因で鹿児島に1年、大阪に4年、本社に帰って1年で八重山へ再配転されるという会社の仕打ちに反発、八重山では、仕事をせずに遊んで暮らすことを心に決めて赴任するというひねくれた根性で行き、実際取材もせず記事も送らないでいました。しかし、やはり新聞記者の習性で、ある日、異常気象がみられたのでこれを送ると、編集局長から喜びと励ましの電話を貰ったぐらいです。

　そこへ、週1回全ページの八重山レポートを書けないか、という打診があり、これを受けて64年8月から翌年9月まで連載したのが「新南島風土記」で、13年後の78年11月に単行本として刊行されて同年の「毎日出版文化賞」を受けた。また、八重山支局に在任中は多くの出会いがありました。喜舎場永珣、宮城信勇、森田孫栄、玻名城泰雄、など地元の識者はもとよりだが、大江健三郎、谷川健一、真喜志康忠など島外からの来訪者で島での出会いを機縁に親交を深めた人も多い。いずれにせよ八重山への〈島流し〉は、結果的に僕にとって大きな財産になる貴重な体験だったことになります。

安里　あの時代に八重山の島々を取材されたというのは幸運というか、すごいことだと思います。今はリゾート開発などで様変わりしていますからね

新川　当時は天気が悪いと船も出ない。中央だけにいたら分か

らないことといっぱいありますよ。辺境から中央を見るということも大事。

安里　東京に行った時思ったのですが、国会のまわりに新聞社やテレビ会社とかがあって彼らはその周りで取材している。沖縄は遥か遠い。一方、那覇と宮古や八重山の島々との関係も、全く同じだなと感じました。

新川　那覇から東京を見る視線と、八重山からまず見るのは那覇であって、はるかかなたに東京があって、二重三重の構造がある。

安里　八重山の人の意識は、島を出る場合、那覇を飛び越えて東京に行く人が多い。琉球王府による支配への怨念がある。いわゆる八重洋一郎さんの叙事詩でいう「日毒」ならぬ「琉毒」ということでしょうか。そこには複雑な支配関係がある。

新川　宮古もそうかね。宮古と八重山仲が悪かった。対抗意識。首里城のこともそう。どうして首里城の再建が必要なのかと。八重山在住の八重洋一郎とかがはっきり書いている。大田静男とかも。

■ヤポネシア論について

安里　ヤポネシア論についてもう少し、お聞きしたいです。前回、島尾さんとの出会いについては、お聞きしました。新川さんがタイムスに入社してすぐに鹿児島支局に勤務することになり、ちょうど奄美が日本に「復帰」して5年目を迎えていたのですね。一方、島尾さんは57年に奄美日米文化会館長として勤務していて、翌年の58年に鹿児島県立図書館奄美分館が設置され、そこの分館長も兼務されていた。そこに挨拶にいかれたのですね。その後、交流がはじまる。新川さんは、大阪支社、さらに八重山支局に「飛ばされる」ことになります。ここで前回の新川さんの言葉を再録させてください。

「そのころ島尾さんは初めて沖縄を訪問するが、そのとき島尾さんは八重山まで僕に会いにきてくれた。その前から彼は小説とかエッセイ集とか出したら、そのつど送ってきてくださっていたわけだね。『ヤポネシア序説』が出た後で、谷川健一が読書新聞にヤポネシア論を書いた。それで全国的にヤポネシア論が注目されるようになりました。僕もこれを読んでヤポネシア論に大いに啓発されて、傾倒していくことになる。ヤポネシアという言葉が包んでいる概念、世界観が従来の日本という国(単一国家)の固いイメージを解き放している。」(『N27 №9』2021年12月)。今日はもう少し踏み込んで、沖縄に住む私たちにとってとりわけどういう意味をもつでしょうか。

新川　「ヤポネシア」の概念は接する人によって多様な形で受容されますが、私の理解を端的に言えば、日本国と私たち琉球弧の人間の関係をどのように考えるか、という問題を解くうえで貴重な足場を提供してくれた、ということに尽きる。つまり日本という列島国家の「国家」という枠組みの硬い殻を破り、取り除いて汎アジア的視野で観察すると日本列島も南太平洋に連なる島嶼群の一部にすぎない、というイメージ(ヤポネシア観)に到達する。そこで、おのずから日本国という「国民国家」に封じ込められた窮屈な呪縛から自らを解き放ち、豊かな想像力をもって、「国家としての日本」との関わり方を問い直す地平にたつ視点を獲得することになる。とりわけ日本国の桎梏と加虐に苦しんだ琉球弧の私たちは、その視点を提示した「ヤポネシア」論に大きな刺激と影響を受けたわけで「ヤポネシア」論にはそれだけの衝迫力がありました。

安里　その後島尾さんとの交流はどのように発展しましたか。また、ヤポネシア論は沖縄の中でどのように根付いたのでしょうか。ヤポネシア論のその後についてお聞きしたいです。

新川　ヤポネシア論は、民俗学などの中でも共有されていますね。湧上元雄著『沖縄民俗文化論』の冒頭に次のように書いている。「アジア大陸の東に、花づなのように連なる弧状列島ヤポネシア。その南の端に黒潮綾潮のわたなかを巨大なみずちのように浮かぶ『琉球弧』南西諸島を古来「南島」と呼ぶ。」とあります。

安里　島尾さんは、1975年に鹿児島県立奄美分館を辞職され、鹿児島の指宿市に移られますが、同年に「新沖縄文学賞」の選考委員となり、その後毎年沖縄に来られていますね。

新川　1975年。編集局から文化事業局出版部に移されて『新沖縄文学』をみることになった。『新沖文』はもともと沖縄の文学振興を目指して創刊された文芸誌だったが、僕が移籍した時、文芸誌から総合誌への転換が図られたため、文芸振興という本来の目的を引き継ぎ、発展させるために「新沖縄文学賞」の創設を企画したとき、その選考委員に奄美在住の島尾敏雄に来てもらうことを絶対条件と考えた。そこへ折よく島尾さんが来島したのでお願いすると「東京での同種の選考委員は全て断っているが、君の頼みは断れない。但し、選考委員会は必ず那覇で開くこと。それが条件だ！」と快諾。早速、地元の大城立裕、牧港篤三にもお願いして企画をスタートさせた。それで以後、毎夏には来沖されるようになったのです。第1回の佳作入賞に又吉栄喜の「海は蒼く」が選ばれたが、又吉の資質を評価する高尾さんの推挙が印象に残っている。その評価の通り又吉は作家として大成しました。

　また、76年12月から翌年4月までミホ夫人と沖縄に長期滞在します。適切な借家を那覇市大道に確保して迎え、沖縄タイムスに「那覇日記」を連載してもらった。「大道界隈」「沖縄芝居」など滞在中の沖縄見聞録として滋味あふれるエッセイ8編が綴られている。(『島尾敏雄全集』第17巻に収録)。ミホ夫人は毎日、栄町市場で買い物を楽しんでおられました。

　このほか、毎年の夏に来る時は、当時、前島の58号線沿いにあった海勢頭豊のギターラウンジ「パピリオン」で文学仲間たちが寄り集まり、島尾さんを囲んで大いに盛り上がったが、時には川満またはボクと2人きりで波の上あたりの歓楽街を探訪することもあった。

安里　ヤポネシアについて話をしましたか。

新川　特にそれについて2人で話すことはなかったね。雑談ばかりやっていた。まともに話をしようとしたのは、川満信一と岡本恵徳と僕と島尾敏雄と4人で『琉球弧』という雑誌を出そうと企画をして島尾さんもOKしてくれました。1978年、創刊号の冒頭で4人の議論を掲載しようとの計画で座談会をやり、その表紙まで決めてあった。儀間比呂志に連絡して、表紙の絵と題字を彫ってもらい版木も送ってきてもらった。そこまで準備していたのだけれども。これ全部ぱあーになった。

安里　どうしてですか。

新川　事務局の僕の準備がすすまないうちに『沖縄大百科事典』刊行の事業が始まり、雑誌の発行どころではない状態になった。ただし、座談会自体は『新沖縄文学』71号（87年3月）の「島尾特集」で「幻の座談会」として掲載された。タイトルは「琉球弧とヤポネシア」。

安里　それぞれみんな考えが違ったのですか。

新川「ヤポネシア」のとらえ方が違った。川満くんとも違う。岡本はいくつかヤポネシア論書いていています。

安里　琉球共和国憲法草案の違いとか、そういうこともありますか。

新川　時代背景が違うし、テーマも違うけれど全く関係ないとは言えないでしょうね。

安里　ヤポネシアの範疇に沖縄が入る。そういうこともあるのでしょうか。

新川　それもあるし、奄美の森本眞一郎が、島尾さんのヤポネシア論をものすごい批判をしている。「社会文学」（日本社会文学界21号）に「島尾敏雄の帝国と周縁・ヤポネシアの琉球弧から」と題して書いています。批判の内容は、大まかにいえば「琉球弧の範囲に吐噶喇列島を排除し、ヤポネシアに千島列島を囲い込む」などと批判している。「島尾ヤポネシア」論の盲点を衝いた好論です。

安里　歴史を遡ると、もともとそれぞれの諸島は、独立していたという考え方があります。奄美諸島は「アーマン世」があった。それを琉球王府が侵略して琉球とした。喜界島の征伐から始まって。そういう意味では奄美の人々も首里に対しては違和感を持っている。結果として琉球文化に似ているのは侵略した結果。奄美文化はあったのに、琉球文化でしきならした。ひとくくりに琉球弧といったときの違和感。しかし、歴史の流れの中で日本本土に翻弄された奄美、沖縄。そういう意味での日本の政治の狭間にあったという点で共通点ありますね。それは宮古、八重山と琉球王府との関係についても同じことがいえるわけです。日本も単一民族と言われてきたが、蝦夷、東北の蝦夷、南のクマソとかがある。ヤポネシアに対してはどう共感しましたか。

新川　凝り固まった日本の国のイメージを解きほぐしたわけでしょう、そこに共感する。

安里　影響を受けたのですね。特に奄美諸島を含む琉球弧という概念は深く浸透したように思います。沖縄大百科事典の理念がそうでしたね。

新川『沖縄大百科事典』刊行の理念は「刊行の辞」で大略つぎのように述べました。奄美、沖縄、宮古、八重山と連なる琉球弧の島々は、自然環境、文化、歴史に独自性を発揮して今日にいたったが、「復帰」という世替わりで大きな変容をみせているため、琉球弧の全体像を総合的に解明する作業を求める声が強い。この社会的ニーズに応える大事業として編集刊行に取り組む」と。この理念に1千人余の研究者が応えて、2万に近い項目を執筆、刊行事務局の編集員たちの献身的な作業で事業は成功しました。僕は刊行事務局長兼編集長として販路開拓の営業をはじめ事業全体の責任者ではあったが、編集実務を全部仕切った上間常道君の功績が一番大きい。

安里　私も編集事務局として編集に関わらせてもらいましたが、たしかに大変でした。その項目の多さ。たしか約二万項目ありましたね。今日のようにコンピュータのない時代ですから、その作業の過酷さ。命縮むくらい。「琉球弧」という理念のもとでの編集ですから、膨大なものになる。特に私は地理の担当で、琉球弧地図を作成するとき、とても苦労しました。

委託した地図製作会社も一枚に行政区域のちがう沖縄と奄美を入れることが困難で、苦労していました。そういう意味では、画期的なもので、日本には一枚しかない地図になったはずです。改めてヤポネシアという時に、どういう思いを込めたいですか。

新川　森本慎一郎以外にも、浜川仁がヤポネシア論批判をしています。法政大学沖縄文化研究所所報62号（２００８年）に掲載していますが、僕は63号に反論を書いて彼のいい加減な論法を徹底的に批判したが、その後、彼は何の反応もみせず沈黙している。

歴史学、民俗学、文学、いろんな分野に対して与えたいろんな影響、衝撃力は大きい。ネシアという言葉が、島々の連帯とか共同体というイメージでそれを使ってイメージしようとしていたんだよね。島尾さんはヤポネシアだが、琉球新報の三木健さんはオキネシア、高良勉さんは、うるまネシアとかね。島尾さんが言ったヤポネシアというのを自分に引きつけて、三木くんは三木くんなりに沖縄からの広がりを描いたんじゃないかね。島尾さんが言った広がりのある、北海道から与那国まで含めて、日本の国家、国の枠を取り外して膨らみをもたした。ヤポネシアのイメージを沖縄を中心として考えた場合、沖縄、つまり日本の一県という、沖縄から宮古八重山まで枠があって、沖縄県というシステムに閉じ込められているのをそれでオキネシアというイメージで開放して、言ってみれば文化的な力の波及に求めようとしたのではないか。ヤポネシアの発想に触発されて、身近なところから考えたらそういうことになる。立っている場所から中心に考えたら沖縄、奄美を含めた空間をイメージした概念として理解できるし、高良勉のうるまネシアも同様です。

安里　越境という言葉もはやっている。越境というのは植民地問題とかで踏み込んでいる方が多い。日本だけでは解決できない問題がある。ヤポネシア論を私たちの世代がどうつなげていくか、という問題もあります。

新川　ヤポネシア論にこだわることはないと思う。

安里　ある時代にとっては非常に重大な思想、解放論だった。歴史の一コマとして。

新川　今はむしろそれを超えて、その視点は踏まえつつ、具体的な社会構造を考える地点に行き着いた、という感じです。ヤポネシアは、日本を中心としたイメージがある。それを超えた形の発想想像力が求められる。ヤポネシア論を超えなければ、現在の状況は、突き破っていけないのではないか、とも思います。

■国家とは何か

安里　個別の問題ではそうですね。朝鮮半島、中国、台湾の問題もあります。

新川　個別の問題も含めて、問題は、沖縄に住む僕たちがどういう視点でどういう想像力を働かせて現在の状況を打ち破るか、その中に朝鮮半島の問題にしても中国、台湾の問題、生活の問題もある。そういったところ、たとえば過去に話題になった琉球共和憲法と、それと琉球独立研究学会、そういったものを含めて議論を整理していかないといけないのでは。

安里 必要ですね。独立と言ってもいろいろある。私たちがどのような社会を目指すか明確にしないといけないですね。

新川 独立論を議論したら、ひっかかるのはナショナリズムの問題でしょう。つまりは、いわゆる国家論に通じている。

安里 国家をどう考えるか。反復帰論とも関わるが、われわれにとって国家とは何か。今、日本国の中にいますが。

新川 その中であがいている。われわれだけでなく、全ての国の人々が同じ状態で一部の富裕層が良い思いをしている。

安里 その中で沖縄はどうすべきでしょうか。琉球の民族国家を作るのか、そうではなく国家を超えた新しい社会を創造していくのか。

新川 国家を超えて、新しい社会をイメージしたのが、川満の共和社会憲法でしょう。一方で仲宗根の共和国のイメージは、琉球弧の各群島分権主義の連合国家を想定したうえで、地球連合政府が樹立されるときこれに参加して解消する、という発想。それは具体的であるわけよね。リアリティーがあると思う。大事なことは、独立して琉球国をまず国家として日本国と離別して作ることを目的とすべきではない。それが目的化したら、国家を固持していこうという力が働く。それを否定しなければなりません。それが基本になければいけない。それが目的ではなく、国家の枠を超えた共和社会のイメージがその先にあり、そこに至る手段であって、そのステップにすぎない。川満はいきなり一種のユートピア的な社会システムを提示したもんだから、多くの知識人がそれに感動してたたえているけれど、僕的にはリアリティーが感じられない話であって、仲宗根のほうを支持したいというのがあります。

安里 独立国家をつくることが目的じゃなく、共有する社会があるということですね。

新川 木下順二の本『沖縄』の中で、日本も沖縄もそれぞれ自己変革をする中で、開放されていくというのがあります。また、琉球独立学会の中で、沖縄が独立するから日本も独立したらどうか、と言っている。連合社会、インターナショナル的なことができるのではないか、というイメージですね。

安里 日本が変わらないと朝鮮半島との関係は変わらない。今の日本はかつて朝鮮を植民地にしたという、反省が全くない。今の若者はその歴史さえも知らないのではないかしら。それでは差別されている「在日」の方々も救われないですね。差別のない社会を築くには極端に言えば日本と朝鮮が連合社会を創って、それぞれの自治社会を形成することだと私は思いますけどね。難しいのは分かっていますが、日本が変わらなければ、東アジアの平和はありません。

新川 日本は変わらないですよ。なぜなら天皇制があるから。天皇をなくすならば変わるが、天皇制を温存している間は変わりません。天皇制は、太平洋戦争の敗戦で良いチャンスだったが、占領軍も温存することでうまくコントロールし、利用した。日本人の精神土壌の根底には、天皇制がしみついており、それが日本という国民国家存立の基盤になっているわけだから、日本という国が存続する限り、その構造は変わることはない。つまり、その遺制が続く限り、日本国も存続する。

■「反復帰論」ではなく「沖縄自立論」

安里　最後に反復帰論のについてお聞かせください。ある意味1人歩きしているような感じもうけます。

新川　そう1人歩きしているし、僕なり川満なり書いたりしゃべったりしたことを含めて反復帰論というネーミングで括られる復帰反対論を、僕が書いたりしゃべったりしたことは無い。それをはっきりさせておかないといけない。反復帰論というと、復帰に対する反対、と誤解されていますが、完全な間違いで、政治運動論的なものではないのです。そういう意味で書いたりしゃべったりしていない。川満も。そういうものも含めて反復帰論とネーミングされて、仕方ないから「反復帰論について」とか書いたりするが、こちらの真意は全然問題にされない。あたかも72年の復帰に対して反対で、いかにも政治的な反対論というイメージですが、そういう議論をしたことないです。

安里　そうですか。

新川　たとえば大山朝常元コザ市長が書いた『沖縄独立宣言』とか山里永吉らの「沖縄人の沖縄をつくる会」などが、政治論としての反復帰論です。僕のやっていたのは、そういう意味の反復帰論ではなく、復帰を支える精神意識に対する「反」であったわけです。

復帰という意識は、日本国に政治的にも一体化しようというような願望であるし、そういう思想に支えられた運動であったわけですよ。そういう思想に対して反対だった訳です。日本という国家に同一化していこうという運動。同一化ということが一方的に琉球処分以降、皇民化政策があって方言も禁止し、沖縄の文化を消し去るという力が働いた。しかし、それだけで同一化できるわけない。それに迎合していく精神的一体化していこうという流れがないと成立しない。明治の琉球処分から大正、昭和、沖縄戦に行き着いた。

その結果を踏まえ、戦後、沖縄にできた政党は、日本と距離をとり、はっきり独立的な考えを基盤にしていた。日本と決別するが信託統治を望む、というのもあった。それがいつの間にかつぶれていって日本復帰運動ということで日本と一体化しようとなっていった。これが問題なのです。なぜそうなるのか。沖縄人の精神を束ねた原動力になったのは、屋良朝苗を頂点とする教職委員会を中核とする組織された運動の力ですよね。

僕の主張は、自ら国家にすり寄っていく、没入していくこと、この精神の在り方をたたき直さない限り、沖縄の自立的な生き方はできない、ということ。そういう意味での復帰運動反対、それを支える思想に反対したのです。それを縮めて「反復帰論」者とネーミングされているから、全然違うわけ。極めて政治運動論的なイメージで語られるが、さっきから言っているように、これは政治論ではなく思想論だから。そういう意味では、反復帰論ではなく、「沖縄自立論」または「沖縄自律論」と言い換えても良い。その辺のことがなかなか理解されない。

安里　日本にすりよっていく、その精神を批判しているのですね。

新川　はい。沖縄戦という結果を見たにもかかわらず、そこに行き着いた、なぜかというところを見ないといけない。沖縄人の精神の弱さ、事大主義。その元凶は教職員会だった。僕は教職員会が、一番罪が深いと思っています。戦後の復帰運動の中で、屋良朝苗が教職員会を束ねて復帰運動を推進していき、最初の主席公選で当選して沖縄の米軍支配から琉球政府の自立的なものを作ったみたいな、持ち上げる風潮がありますけどね。

　また、屋良さんは、戦前、戦中、台湾で教師をしています。それに対する植民地における日本人教育の最前線にいたのです。それに対する自己批判は一切ない。沖縄では屋良さんに限らずそれが全く欠けている。戦争責任、主体性論、自治論に対する議論の不足、それを問い直さないとね。復帰50年を総括するときにその点をおろそかにしたら総括できない。屋良さんは台湾で植民地教育をしていた自己批判もなしで、戦後沖縄の日本人教育に携わっていった。屋良朝苗の主席や知事としての言動を天皇との関係で見ると、完全な天皇主義者なんですよ。これははっきりしていますよね。戦中戦前の天皇に対する姿勢とこれっぽっちも変わっていない。

安里　沖縄側にある被害者意識、それが、沖縄人同士がかばい合って、加害性が見えなくなる。ということもあるような気がします。

新川　確かにね、そうなんだね。あることで議論しているとき、川満は戦後沖縄を支えているのは何か、と言い出した。それはヤマトにおいて、文壇、文学者の戦争責任問題が一時期盛んに言われた。沖縄でそれがない。教育者の戦争責任論や文化人、知識人の責任論が欠落している。大城立裕さんも上海の東亜同文書院に、国費で留学していたとき、その「スパイ学校」でスパイの働きを強いられています。『カクテル・パーティー』の中では、沖縄の被害者性と中国に対する加害性も書いているが、彼自身の加害性の問題に触れたことはありません。

安里　ないですね。小説『朝、上海に立ちすくす』をめぐってインタビューしたことがありますが、加害のことは言及しませんでしたが、「スパイ的なこともやったしねー」、と言っていました。田舎に行って集めた中国語の文章を日本語に訳していく。そのことをさしてのことだと思います。

新川　そういう仕事をやらされた。

安里　加害性の問題をもう少し踏み込んでいれば戦争文学にもなるのですが。その域には達していない。ただ、この作品は、『カクテル・パーティー』の元になるもので、興味深く読みました。一方、当時中国にいた堀田善衛は戦後日本に帰ってから小説「時間」で日本軍が南京を占領したときのことを中国人の立場から書いています。

新川　なにかの議論の中で、戦争責任論、主体正論について、沖縄の戦後文学界の中でそれは欠落している、ということを川満と話したことがあります。それから、立裕さんと僕が対立したのは文学者の主体性についてであった。その決着がつかないまま立裕さんは逝ってしまった。

■天皇制について

安里　天皇制についてては、どうですか。

新川　小学校国民学校時代から、徹底的に軍国教育をたたき込まれた訳だから軍国少年で育ってきた。そして戦後、沖縄に引き揚げて来たときには、米軍支配になっていて、天皇の世界とは切り離されている。

まわりの大人たちも、これまで天皇崇拝だった教職員も、8月15日以降がらっと変わって民主主義を唱えだした。高校でも民主主義的な話しかしない。全てのことが天皇と切れてしまったのです。

安里　アイデンティティーの核がなくなるわけですね。その後、どのように自らを立て直してきたのでしょうか。

新川　僕の場合、小学生で強制的に教え込まれたが、精神までは刻み込まれていません。小学生はたかが知れている。奉安殿に最敬礼して学校に入っていくけれど、日本の一番偉い神様だと思わされているだけで、全く別世界の存在でしたので、子どもたちのあいだでは「耳の位置が目尻より下の方にある」（獣類は目の上にある）と、神格化された超人性を真面目に話し合っていた。旧制中学の先輩たち鉄血勤皇隊の世代は別ですが。

■復帰50年

安里　復帰50年をどう捉えますか。

新川　今から50年前に思想論として反復帰論と言われているやつをやった。ところがそれがいつまでその種子が育って受け継がれていくのか、後から来た世代が育てていくのか、捨て去ってまったく別な道に流れていくのか、気がかりでした。全体としては、ほとんどそのまま通り過ぎていくのが流れだと思います。ただ、それが完全に消滅したわけではないと思うのは、こういう場を思いつくのはその1つであって、希望は失われていないと思ったりします。マスコミで復帰50年という企画、タイムスも新報もやると思う。それをみたいと思っている。復帰について、どのような評価をしていくのか。今後沖縄はどこに向かうべきか、という議論になると思う。それを見て、50年前にまいた種がどの程度、正しく認められているのか、あるいは無視されているのか、反対に配慮されているのか、その辺もマスコミの論調、寄稿などを見てみたいと思っている。その上でまた、自分たちがやったことが少しは役に立ったのか、無意味だったのか、分かってくると思う。

■どこに向かうのか

新川　沖縄の向かうべき道がどういう方向にいくのか、ある程度見えてくるんじゃないのかな、と思う。沖縄戦があって、米軍統治があって、その中で島ぐるみ闘争があったりして、復帰して50年たった、復帰前後に反復帰論も出てきたし、その後も独立論も出てきた。独立研究学会も作られた。あれができた時に、歴史的な事件だと思った。さっきも言ったように、終戦直後独立志向の政党もあったが、政治的な独立論とは別に、学会という形で、30、40代、50代中心で、政党人でない大学人たちが独立を研究するという意味で組織した訳でしょう。戦前戦後含め、沖縄の初めての抵抗図。大半が外国留学を経験した人たちでしょう。近代史の中で特筆すべき大事件だった。一方で冷ややかに冷笑する人たちもいるが、それは情けないと思います。

社会学者もいるし経済学者もいる。そういう研究者たちが学会を立ち上げたことは歴史的な事件だと思います。

国家権力が弾圧を続けている現実の中でどのように沖縄社会が、変わっていったのか、50年間で相当、ヤマト化が進んでいる。ヤマト化というか、体制、政権、権力側にすり寄るような流れが強くなってきているのは否定できないと思いますよ。この50年を踏まえてこれからの50年どうするのかが課題でしょう。だからどうするのかについて、問題を提起し、解決に取り組むのは、若い人たちの責務であるわけです。

■住民運動と「沖縄の自立問題」など

安里　話題を70年から、80年代、90年代に戻します。復帰直後の70年代は、地域の住民運動が激しくなった時期です。金武湾の石油備蓄基地（ＣＴＳ）に反対する「金武湾を守る会」（73年結成）などがそうです。それを支援するための「ＣＴＳ阻止闘争を拡げる会」が結成され、『琉球弧の住民運動』という機関紙が発行されています。その第3号に新川さんが書いていらっしゃいます。新川さんは新崎盛輝、岡本恵徳、伊礼孝さんらと、会の結成にかかわっていらっしゃいますね。

新川　会の旗もつくってね。白い布地を買ってきて僕がミシンで幟（昇り旗）を作って、岡本がこれに「ＣＴＳ闘争を拡げる会」と大書してね。これを掲げて、現地にいくわけです。あのころは、そうですね。喜納昌吉のことがとても印象的で、いわゆる芸能人が「番長小」（ばんちょうぐゎあ）や「いちむし小ぬゆんたく」など権力を笑いとばす反権力の歌を大衆集会で堂々と歌っていることに驚き、機関誌『琉球弧の住民運動』で紹介、その活動を称えました。「団結遊び」とかでよく歌っていましたね。

安里　そのころはいろんな運動体がミニコミを出していて、熱い空気がありました。また交流合宿には奄美、沖縄、宮古、八重山のから人々が集まって、意見交換などしていましたね。

一方では、自治労などが自治権構想を打ち出したり、自治・独立をテーマとしたシンポジュウムも盛んに行われていました。忘れてはならないのは、新川さんが中心になって95年12月24日に開催された「『沖縄自立』を求める市民フォーラム」です。

新川　95年は、３人の米兵による少女へのレイプ事件があった年でした。それで急遽シンポジュウムをやることになり、できるなら年内でということでクリスマス・イブに開催しました。安里さんにも事務局を担ってもらい、新崎盛輝さんのお宅にもお邪魔して呼びかけ人になってもらいました。呼びかけ人には、船越義彰、屋嘉比収、高良勉、金城美智子さんら11人がおり、様々な分野から45人が賛同者に名を連ねています。故人になられた方も多いですね。あのときは事件の後ということもあって、会場は熱気に包まれていました。そのときの開催趣意書が残っているので、一部紹介します。

「沖縄と沖縄人は、日本国とその政府によって、くり返し、人間としての尊厳と権利を踏みにじられてきました。（中略）かつて私たちの祖先は、平和的な手法でアジア諸国・他地域と友好の絆を築きあげるという誇るべき独自の歴史をつくってきました。沖縄の地理的な条件、沖縄人の特性や生き方の知恵がこれを可能にしてきました。ボーダレス時代といわれる現代にあって、その条件と可能性に変わりなく、私たちは経済の自立をはじめとする沖縄と沖縄人の全的な自立を求める議論を深め、将来構想を具体化する歴史的な局面、いま立たされていると考えます。私たちは沖縄と沖縄人の自立（自己回復・人間回復）へ向けた各分野における息の長い多様な取り組みを無党派市民の立場でつくり出していくことにしました。以上の問題意識に立って、『市民フォーラム』、を開催し拡がりのある議論をまきおこしたいと思います。」

安里　あれから、27年が経過していますが、その呼びかけの趣意書はどうでしょうか。まだ、新鮮さは失われていないような気がしますが。復帰50年の今、どのようにお感じになりますか。

新川　世情も変わり、世代も替わりましたが、あとに続いた世代が育っていることを心強く感じております。たとえば『越境広場』10号（22年3月）総特集「復帰50年未完の問いを聞く」で「反復帰論」はあらためて審問されておりますし、沖縄タイムス社は『新沖縄文学』18号（70年12月）、19号（71年3月）の「反復帰論」特集を復刻して『反復帰論を再び読む』（22年5月）を刊行して問題提起をしました。

『越境広場』は「あの日から50年、世は変わったが変わらないもの、残余は未完の問となって岸辺に漂着する〈未完の問い〉の扉をこじ開け辿り直し、検証してみたい。その先に何が見えてくるのだろうか」と総特集の企図を述べています。沖縄タイムスの『反復帰論を再び読む』は、「復帰して50年が立ちましたが米軍基地は残り、自衛隊は増強されています。沖縄の自立を思想的に主張した反復帰論は今なお占びることなく現在に警鐘を鳴らしているといえる。自由に生きるために沖縄の人々を勇気づける決意を促す言葉がそこにあると信じます」と復刻の意義を述べています。このような形で「反復帰論」の命脈が新らたな視点で受け止められ、深化が図られていくことを心強く思いますし、あの世への佳い土産が出来たと意を強くしています。

安里　新川さんには、３日間にわたりお話をお伺いしました。ありがとうございました。しかし、90年近くの生涯の物語としては、かけあし、であったことは否めません。たとえば、収容所での経験はどうであったとか、もっと詳しくお聞きすればよかったと、そんな思いも残ります。とはいえ、新川明さんの思想形成を理解する上での、幼少期や青年時代のお話をお聞きできたことはかけがえのない貴重なものでした。また最後につけ加えたいのは、新川さんのおつれあいであられる愛子さんのことです。

話の中で、たびたび愛子さんの話題におよびましたが、誌面の構成上、割愛してしまいました。たとえば、各地を転々と移動したくらしの中で、ウチナーグチがまったく使えなかったが、妻の愛子さんから教えてもらったことなど。愛子さんは舞踊家で85歳になる今も、地域でボランティアとして教えてらっしゃいます。

これからもお元気で、私たちを叱咤していただければと思います。

「生物多様性」を詠う234名の俳句・短歌・詩

A５判384頁・並製本・1,800円　編／鈴木比佐雄・座馬寛彦・鈴木光影

第一章　誰がジュゴンを殺したか　金子兜太　玉城洋子　上江洲園枝　松村由利子　謝花秀子　大河原真青　馬場あき子　照井翠　おおしろ建　石川啓　柴田三吉　栗原澪子　髙橋宗司　神山暁美　森田和美　萩尾滋　築山多門　斎藤紘二

第二章　海のかなしみ　金子みすゞ　曽我貢誠　草野心平　新川和江　ドリアン助川　淺山泰美　中久喜輝夫　うえじょう晶　村尾イミ子　星乃マロン　日野笙子　山本衞　青柳晶子　門田照子　植木信子　坂田トヨ子　橋爪さち子　福田淑子　青木みつお　秋野かよ子　ひおきとしこ　勝嶋啓太　金野清人　大塚史朗　高森保　山野なつみ　沢田敏子　中尾敏康　村上久江　末原正彦　武藤ゆかり　室井大和　おおしろ房

第三章　花に神をり　小林一茶　喜納昌吉　八重洋一郎　安井佐代子　影山美智子　高橋静恵　北村愛子　悠木一政　あゆかわのぼる　森三紗　吉田隶平　大掛史子　中川貴夫　埋田昇二　清水茂　比留間美代子　上野都　方良里　谷光順晏　柳生じゅん子　大城静子　福井孝　池田祥子　西巻真実　鈴木文子　小谷博泰　朝倉宏哉　糸田ともよ

第四章　昆虫の叙事詩　種田山頭火　高浜虚子　能村登四郎　森岡正作　渡辺誠一郎　大城さやか　鈴木光影　小山修一　ローゼル川田　藤田博　吉川宏志　坂本麦彦　後藤光治　福本明美　橋本由紀子　豊福みどり　髙橋淑子　福山重博　藤谷恵一郎　市川つた　相野優子　伊藤朝海　秋野沙夜子　中原かな　市川恵子　馬場晴世　根本昌幸　青山晴江　苗村和正　北畑光男　榊原敬子　梶谷和恵

第五章　悲しい鳥　松尾芭蕉　黒田杏子　能村研三　金井銀井　天瀬裕康　尹東柱　谷口典子　石川逸子　清水マサ　近藤八重子　飽浦敏　志田道子　安部一美　佐藤春子　長嶺キミ　佐々木久春

第六章　森の吠えごえ　与謝蕪村　太田土男　奥山恵　光森裕樹　坂井一則　矢城道子　小田切敬子　伊藤眞理子　江口節　谷口ちかえ　玉木一兵　赤木比佐江　高橋英司　宮本勝夫　望月逸子　小林功　室井忠雄　安森ソノ子　瀬野とし　日高のぼる　いとう柚子　二階堂晃子　熊谷直樹　水崎野里子　肌勢とみ子

第七章　「動物哀歌」が響きわたる　村上昭夫　杉谷昭人　みうらひろこ　高野ムツオ　中原道夫　岡田美幸　座馬寛彦　伊藤眞司　松沢桃　原子修　神原良　永田浩子　池田瑛子　小谷松かや　草倉哲夫　くにさだきみ　向井千代子　恋坂通夫　秋葉信雄　佐藤怡當

第八章　それぞれの命の香　高橋公子　琴天音　山口修　伊藤朝海　片山壹晴　植松晃一　佐々木淑子　園田昭夫　望月孝一　宮本早苗　酒井力　鈴木比佐雄

第九章　脆き星　永瀬十悟　中津攸子　向瀬美音　服部えい子　井上摩耶　貝塚津音魚　志田昌教　高柴三聞　徳沢愛子　こまつかん　佐野玲子

第十章　風景観察官　宮沢賢治　若松丈太郎　佐藤通雅　前田新　せきぐちさちえ　かわかみまさと　堀田京子　長谷川節子　田中裕子　関中子　藤子じんしろう　前田貴美子　赤野四羽　近江正人　登り山泰至　鈴木正一　石川樹林　呉屋比呂志　間瀬英作　武西良和　鈴木春子　本堂裕美子　青木善保　有村ミカ子

第十一章　荘子の夢　吉田正人　宮坂静生　つつみ眞乃　原詩夏至　山城発子　甘里君香　笠原仙一　永山絹枝　美濃吉昭　佐々木薫　香山雅代　古城いつも　伊良波盛男　柏木咲哉　篠崎フクシ

詩 I

風が凪ぐ

坂井 一則

風が凪ぐ。

それが己の本来あるべき姿であるかのように、
風は鎮まる。

木も葉も枝も幹も、川も海も山も空も、
すべてが静寂のなかに息を殺す。

だが「風が凪ぐ」と考えることは大きな過ちだ。
むしろ矛盾でさえあるのだ。

なぜならそれは、
風の内には、
騒ぐもの、風にこころ穏やかならざるものがあり、
それがある日、
和らげられ、慰撫されたために、
こんなに冷静にいられたのだ。

風は本来、一つ所にはいられない代物なのだ。
「凪ぐ」ということ自体が、動悸させ脈打ちさせていたものを、
突然静止し、
たまたま世界が驚きをもって受け入れたかの如き状態になったのだ。

だから風が凪ぐことが非常時だとしたら、
風は常に動くべきことが存在なのだ。
風は常に動くべくことが顕現なのだ。

地球は動く。
風も動く。
時に人間だけが、ひとり淋しく、
凪ぐ。

スズムシ

スズムシが泣いていた。

でももしかしたら、
スズムシは鳴いていただけなのかもしれない。

草の中に鳴く虫のすべてが、
「泣くスズムシ」ばかりとは言えないのに、
なぜかそれは、
スズムシの音だと思った。
スズムシが泣いているのだと思った。
そうでなければいけないと私は確信し、
渇望すらしていた。

（スズムシは淋しいね）

あの鈴の音には、
私の如何なる無常にも違った。
如何なる有為転変とも違った。
ただただスズムシの音に縋（すが）りつきたかった。
無音にリーン、リーンと、
私の胸の中を締め付けていたから。

（スズムシは哀しいね）

それがなぜスズムシだったのか、
そうでなければいけない理由があったのか、
本当のところ私にはわからない。
ただ昔、亡くなった朋友がどこからか聞こえてきて、
生きろ！　生きろ！
と駆り立てるのだ。

（スズムシは切ないね）

梅めぐりするひと

坂本　麦彦

季節がほぐれ
あの廃屋の奥庭を円錐形の小風が包(くる)むと
その底面へ
接線を引きに来る人がいる
梅の木の根元が必ず接点で
ときどき接線は
それをずらして撓(たわ)んで靡(なび)き
静謐(せいひつ)を
冬咲きの椿に渡す

梅の枝々
そこに綻(ほころ)ぶ蕾ひとつひとつは
凍えに囲まれ暖をとり
やがて
くぐもるように花としてひらくが
花は
枝間の残り陽が角度を変えるたびに薄暮れに隠れるので
この日 香は辷(すべ)っても
風がそよめきだしたことに気づき
接線を靡かせようと立ち寄ったところで
花びらは見えない

三月が季節に触れるころ
梅は
雪と見紛(みまが)う古人(いにしえびと)の
袖へうつした香をなぞることなく花を
終える
ひとびとの気分は桜に逸れだすが
接線には温(ぬく)みが這い巡り
柔らかさを迷い込ませながら
ときおり煙雨に濡れる
やがて
南へずれだす小風
円錐の底は楕円にゆがみ
接点を湿らす雫を吸いに集まる蜂や虻
日脚の延びが背後から被さって
接線の人はしばらく
姿を隠す

六月
梅の実が山吹に色づくから
接線の人は戻ってくる

たとえば雨休みの午後
自身の幻影に蓑(みの)を纏(まと)わせ
自分はカッパを着こみ
ほどよい実から採っていく
細雨を掠めて葉風を入れ
接線が
里の方位へ靡くと満足し
一杯になったバケツを荷台にくくり
ゴム長を輝かせながら
帰っていく

*

土用が過ぎてその人は
像(かたち)を暈(ぼか)しながら
奥庭へ
最後の訪(おとな)いに入る
円錐を畳み
接線を消し
微かに
接点だけを根元へ残して
スーパーカブに跨る
梅干を配ってまわるのだ
だからその中から
顔がなくなるほど笑っている一個をえらんで
ありがたく
いただく

因果

高柴　三聞

深夜に、冷たい缶のさんぴん茶を求めてふらふらと外に出た。何といっても、行き詰った時は外を歩くことに限る。考えに夢中になって先にゆかなくなったときは、考えることをやめて無心になるのが一番いいのだ。

アパートから少し歩いた先に県道が横たわっているのに突き当たる。丁の字になった交差点の突き当りはいかにも場末だという感じのスナックビルがある。場末のスナックがイデア界に存在するとしたらば、これこそザ場末といった感じだ。安っぽいネオンと看板が光を放ち建物の中から力いっぱい歌う音の外れた歌声が聞こえてくる。結構な事である。

当然にスナックには入らず、右に道を折れてとぼとぼ歩くと目的の自販機があるはずである。その、自販機の所までにたどり着くまでの道に黒い大きなシミのようなものが微妙に浮いているように横たわっている。目を凝らすと人が横たわっている。

「今時、行き倒れではあるまいね」と独り言ちた。やや、内心怖いと思いつつ近づいてみる。真っ黒に日焼けした男が塊のようになって寝ている。服も黒っぽい以外は何の特徴も無い。労務者風の男が酔っ払って寝ている。これもまた結構な話だと思う事にして私は彼から遠ざかった。

その時は、それだけの話だ。飲み屋の近くで酔っ払いが寝ている。しかしである。男はずっと道でシミのように翌日も、そのまた翌日もそこにあり続けた。

一日二日は一週間に、一週間は一月となり半年となり一年経った。しかしこれは、そこに何ら変わらぬ姿で依然としてあり続けた。

やはり、死体ではなかろうかと不安になった。ある日の事、日中たまたま自宅に帰るさいに男の方に目をやるとやはり寝ていて日傘をさした老婆が何もない様子で男の傍らを通り過ぎていく。私の幻視なのだろうか。

仕事が終わり帰宅して色々方してしまうとあの男の事が急に気になりだした。自販機に行く際に男の様子を見に行こうと思った。

やはり、男は日焼けした顔で地面の上で寝ている。よく見ると大きな鼠のようにも見えるし作り物のマネキンのようにも見えなくもない。流石に棒のようなものでつつくのは気が引けたから、注意深く顔を近づけた。

突然男の眼がカッと開いた。黒目の大きな目であったのを覚えている。男が何かつぶやくのを聞きながら私の意識は遠のいた……。

「やっとかわりが来た……」

確かに、その男はそう言ったように思えるが定かではない。男の後姿が辛うじて記憶にあるのだがなぜか曖昧である。

ただ明瞭なのは、私はあの男と同じ姿勢で同じ場所に延々と居続けているという事である。どうやら自分で動けないのだ。何故だか嬉しくも悲しくも無いのだが、唯々不思議なのである。この仕組みは何の因果で成り立っているのだろう。

声

末松　努

じぶん、の、こえがきこえる
それは
てん、の、こえではなく
かみ、の、こえでもなく
じぶん、の

大人だね、といわれることが喜びになり
いつのまにか
じぶん、の、こえ
を拾えなくなったことに悲しみを感じることもなく
それぞれが違う拍子を刻んでいたメトロノームが
時間が経つと同調して同じ拍子を刻む姿に勲章は授与され
立派な人間と扱われる世界

そこでは、
じぶん、の、こえがきこえない

抑えつけ
目立たぬようひっそりと生活を送ること
それがなによりの幸せ

そこには、
じぶん、の、こえがない

消し去っていたはずの
じぶん、が、
ストレスに圧死しかけたとき
こえ、がよみがえった
これが、
じぶん、の、こえか
と疑うほどの違和感を伴って

その日
世界は真っ青に輝き
ただ、晴れていた

バニシング・ツイン

淺山　泰美

わたしたちは　ふたご
生まれるまえから
いつもなかよし　手をつなぎ
紫苑荘の空き部屋に棲む
黄色いキャンドルの灯が揺れて
わたしたちの姿は
見えたり
見えなかったりする
夕陽が染めあげる長い蠟引きの廊下に
鞠がひとつ転がっているときなど
わたしたちは　ちいさな手で
トントンと
窓ガラスを叩くの

わたしたちは　ふたご
紫苑荘の空き部屋でまどろみ
夢のなかでの飲食を好む
月の光が差しこんで
枯葉の匂いのする寝台は
水底のように蒼く翳る
家守が
わたしたちの顔を覗きこむ
庭のマグノリアの木が
子守唄を歌うように風に撓(しな)って

わたしたちに
昨日もなく　明日もなく
ただ
わたしたちはあなたで
あなたはわたしたち
窓辺の鬼火が小さく揺れて
ＳＥＬＦ　ＡＮＤ　ＯＴＨＥＲＳ
とこしえに
ひとり

藤谷　恵一郎

遊びから今戻ったかのように

寒い国からやっと脱け出せ
蕾が開いてゆくように
おまえは私のそばに来て　私に呼びかける

苦しみからやっと脱け出せ
もう二十年も姿を見せていないおまえが
遊びから今戻ったかのように
春風のように
私のそばに来て　私に呼びかける

のっぴきならぬ仕事からやっと脱け出せ
やはり姿を見せないまま
幼かったころのように
それでいて懐かしそうに
私のそばに来て　私に呼びかける

お父さん

非戦の旗

丸い地球の
海原に囲まれた
列島の
丸い緑の丘の上
非戦の旗が風に光っている
非核宣言都市の旗が
いくつもいくつも
風に光っている

その顔の裏

甘里　君香

三か月ごとに病院から送られて
くる封書から写真を取り出して
ウォルナットの丸テーブルに伏せる
私の知らない君がいるから

たった一年前まで
生きる意志を持っていた眼差しは
三か月ごとにぽっかりと失われ
手当たり次第に放擲（ほうてき）していく

不自由な手でスプーンを握り
ぼろぼろ溢（こぼ）しながらも食べていた頃
漲っていた明瞭な意志は
経鼻経管栄養になり粉々に砕かれた

祈る思いでテーブルの写真をめくる
これまでになくのっぺり弛緩した表情で
眉が額の上に引っ張られ
両目はきょとんと虚空に向けられる

鼻の管を噛み千切ろうとするんですよ
認知症だと医師はいうが
食べたい　噛みたい本能が
管を噛み千切らせるのだ

どんなところにも行きたがった
どんな人間も好きだった
話がしたい
議論がしたい
触れ合いたい
愛し合いたい
食べたい
もっと食べたい
君の生命力は満ち溢れしたたっていた

チューブを抜く選択肢を
私が握っているのだという
餓死という自然死を
私が決められるのだという
配偶者という何者でもない人間に

どうしたらいいのと何も
見ていない君の目に問いかける
ふいに弛緩した顔が床に剥がれ落ち
頬に顎にとめどなく流れる涙顔を見せる
リビングルームに嗚咽が響く

ルーティン奇跡

まどろみながら寝室の片隅で着替えている音を聞く
階段を上がるとひとしきり猫たちを撫で鰹節をあたえている
いつもそこで二度寝をするから
次に気配を感じるのは玄関の引き出しから鍵の束を取り出す音
臙脂(えんじ)に白いストライプのキーホルダーは
還暦祝いに京都伊勢丹で選びプレゼントしたもの
喜ばなかったのに一生使い続けるようだ
玄関ドアを開け
門まで行ってまた戻ってくる
ポン　と新聞を放りドアを閉める
鍵をかける音はくすぐったいメロディ
向かいの収集場所にごみ袋を捨てると
エンジンキックの音が響く
バイクが遠ざかり
いま坂を下った

新聞を持って階段を上がる
ウォルナットのテーブルにいつものメニューが並ぶ
卵焼き　黒豆　野菜サラダ
前夜派手な闘いを繰り広げても
丸テーブルに
いつもの卵焼き　黒豆　野菜サラダが置かれていて
明日に続く今日を約束する
ポットのほうじ茶は必ず飲み干してあって
そこだけが惜しい
茶葉を足しても一煎(いっせん)目の香りは戻らない
小さな不満と小さな満足の
それが私の朝食だった

まどろみながら
音のしない寝室で目を開けると
君の幻影さえなく
ただ私と同じ質量の空気が漂っている
起き上がるきっかけを摑めずに横になっている
猫たちが入ってきて
布団の私を縦断するから仕方なく上半身を持ち上げる
郵便受けまで新聞を取りに行って二階に上がっても
大きなテーブルには何もなく
ポットを手にして水を入れる

出窓の猫たちが
外に向かい大声で啼いている
バイクが遠ざかる方角に向かって毎朝泣き喚くのだ
何もないテーブルのリモコンでテレビをつけ
猫たちの声を掻き消してみる
掻き消すことはできない
その声は私の声

亡命

神月　ROI

あの壁の向こうに自由がある、と
そう聞かされていた幼かった頃
遠巻きに
何処までも隔たる高い壁を眺めていた
羨望とか希望とか
そんな感情ではなく
いつからあの壁が存在しているのか
疑問に思っていただけだった

自由ってなんだろう?
ボンヤリとしていて想像がつかないや…
そう思いながら
何となくあの壁を見ていた記憶がある

ユダヤ系の僕達は、特に僕は日本人とのハーフだから
ネオナチ集団から
いつ狩られるか、いつ吊るされるか
判らない恐怖の中で
身を潜めるようにして
危険だと教えられた地域には絶対に
足を踏み入れないように
常に気をつけていた

東ドイツでは
いつも貧しく空腹で
水を飲んで飢えを誤魔化していて
パンや缶詰は特に大切に食べていた

ある日
父とその友人家族が大きな車を入手して
僕達子どもに言った
鬼気迫る声音のようで、だけど穏やかに
何かを硬く決意した面持ちで
「ベルリンの壁を突破するぞ」と

僕はポカンとした
あの壁は
僕達を通してくれるの?と
父に聞いてしまった
その問いに父は
「運が良ければ」と
そう答えた

真実と事実

私は言葉に
私だけの本当の想いを託しております

私の唇から紡ぎ出す
私だけの本心からの言葉は
アナタに向けての真実の言葉ですが
それには嘘が含まれているのは御存知でしょう

私はアナタを大切に想う
この心は、この想いは
紛れも無い一点の曇りも無い事実です

アナタが大罪を犯した者として
世に吊し上げられることになろうとも
それが絶対的な事実だとしても
私がアナタに告げる言葉は
『アナタは全てからもう赦されるべきです』
でした

アナタが殺めた人々の御遺族の方々や
その友人達や恋人からは
決して赦されはしないでしょう
赦されるべきでは無いのです

いつの日か、アナタが捕虜となり
慰み者にされていた私のことまで救い出し
そして護る為に戦い
地獄のような戦場の中で数多の人々を
老若男女問わずに
マシンガンで撃ち殺したのだから…

本当は
本当は、アナタは赦されるべきでは無いのでしょう
戦争とは雖も
人々を殺めた事実は確かに存在するのだから

だけど
アナタも被害者なのです
そして
アナタの存在こそが
私にとって唯一無二の存在だから
だから私は真実と言う名の嘘を吐くのです

『アナタは全てから赦されるべき人なのだ』と
そして『私にとって、アナタは英雄なのだから』と
いずれアナタには裁きが訪れるのでしょう
それでも私だけはアナタの心の支えになりたいのです

『赦されるべきだ』と想う
『英雄だ』と想う
この嘘が
アナタを想う私だけの
本当の、本物の
紛れも無い真実なのだから

アナタを愛してしまった時から
私は嘘を吐く罪人になる覚悟を決めました

この嘘に塗れた真実と言う名の罪を
愛したが故に生まれ出でた罪を
この罪を贖う為に
アナタと共に
いつか裁きが訪れる日まで
アナタの罪も罰も共に背負い
生きてゆく覚悟を決めたのです

だから
裁かれる日が訪れた時は
一緒に地獄へと堕ちましょう
私だけは
貴方の傍に
ずっといたいのです
私にとっては

事実よりも
真実のほうが尊いのです
だからその道を私自身で選んだのです

春空、端末装置

日野　笙子

あぁこんなにも
遠くに来てしまった
空が震え
霞にさらされた月影が
ほんの少し動くと
わずかな陽の深みに
秘められた思い
夜はまだ冷たい
寒い心は
春と共に震えた

電子音が響く
無音の音に
喪失の時が重なる
それは消されていくことによってのみ
遺された者の
単独の
痕跡をいっそう顕わにした

夜の底から
フィードバックするみたいに
花びらが
今遠い時間を越え
降りてきた

春の夜
闇の底から
パラシュートが開いた
花の破片ひとつひとつが
孤独な鼓動を伝え降ってくる
ここは電子シャーレの片隅
凍てついた端末装置
敗れた思い出の集積ばかりが
仮象の世界のように
今舞っている
それは遠い死の国の
絵画のようで
不思議に恬静に満ちていた

とうに旅立った人よ
世の災いよ
自然の怒りよ
わたしは懐かしい風景に
会いに行くようなのだ
どこまでも

令和(レイワ)五年(いつとせ)の二月(きさらぎ)の歌(うた)

成田　廣彌

○

しろしろと　月も立つ立つ
目交(まなか)ひに　あんな遠くの。
ささのはの　心もがささ。
人の息(を)を　思はなくても。
のらねこの　横切(よこぎ)りを切(き)り
名(な)にし負(お)ふ　ふらりのひとり。
ふら行(ゆ)くよ　いやふら行くよ。
野守(のもり)かと　見まちがへてよ。
あかきいろ　あをとかぞへて
その色の　足はあゆんで。
ふゆかぜの　泣き澄(す)みわたり
つめたさと　わたりきるまで　いやふら夜(よる)を。

○

傘に道に雪のぽそり。
雪のぽそりのぽそりの重さに
誰かのいつものてくてくも
ぽそりと白く傳(つた)はれば
ぽそりぽそりと耳のこゑ。

○

うたがひを
降(ふ)り晴(は)らしたよ。
雪の子は
まこと問(と)うたよ。
降り晴らしたよ。

○

うらうらの
來るか來ないか。
えりまきを
戀(こ)ひ戀ひしてた
日(ひ)もまた去(ゆ)くか。

○
八束穂（やつかほ）にぐんぐん
實（みの）らせ給うた神に
たてまつる「どうぞ」のこゑも
「いただきます」も
今また一つ遠くなつて
今また稲の神を、また
實らせ給へと祈るこゑ、
たてまつらむと申し上げ。

○
雨のぽつぽつを
屋根に聞いたよ。
聞かせてもらつたよ。
――ところで、その
　ぽつぽつぽつりは
　どつちのぽつり？
雨も屋根も
ぽつぽつぽつり。

○所澤の溫泉（ゆ）で吹き出した歌

首（くび）までお湯の
爺（ぢ）さまのおめめが開（ひら）きません。
さうなると
こちらのからだも動きません。
そのうちに
若いざぶりが二人ほど。
さうしたら
爺さまのおめめが開いたよ。
ざぶりにつらをしかめたよ。
爺さま爺さま。
爺さま生きててよかつたよ。
爺さま生きててよかつたよ。

○
このかへる
いつまでゐるの。
この雨の
止（や）むまでゐるの。
人の子は
家に急ぐの。
この雨の
かう降るからね。

恋文

――「本田訓　自分の為の第三詩集」によせて

高田　一葉

ファインダーの向こうに
私の好きな貴方を独り占めしている
四次元的な記憶の道で
あの時の私を見つけた
記憶に意志があるのかどうか
測りようのない奥行きを
蛍の点す灯のような
無数の記憶が飛んでいる

時のガラス管の先端から落ちる
純度の高い言葉を試験管に採集し
言葉と言葉の連結による加速効果
言葉と言葉の混色による芳香効果
言葉と言葉の間隔による音楽出現効果
言葉と言葉の捕食による淘汰と増殖効果…
人が持つ「言葉」の可能性についての実験と測定は
多分始めも終わりも無く
ただひっそりと続けられている
その貴方の机にあの日のまま
牛乳瓶に挿された月見草

バーナーの青い火に翳(かざ)した「愛」という言葉
分子構造　発現率　幻視幻聴出現率　熱効率
色　匂い　伸縮性　柔軟性　耐久性　吸湿性　転移性…
飛蚊症の目を凝らし
硬い鉛筆で次々に項目を埋めていく
貴方のその傍らに
佇んでいた気がした
きっと今頃は
しょぼつく目を夜空に向けて
あのビルの裏口で煙草をくゆらせている
分かってる
並べられたどんな数値より
貴方の胸深くから吐き出される煙の方が真実

昇って行く煙を追う
ほら　あれがリゲル
貴方の声が肩に触れ
ふと立ち止まったそこは
古い祭りの夜店のような
ゆるく捩れた記憶の道筋

植木や　金魚や　花火や　綿飴や
お面や　ひよこや　回り続ける灯篭や
無愛想に煙草を吸って座っているどの店の主も
貴方　ね
いずれ私が来ると見込んで
ずっとそこに居てくれたんだ
帰り道の消えた遠い懐かしさに抱かれて
祭りを歩く
誰と来たのか　どこから来たのか　この祭りの果ては…
もう
何も分からなくていい
彗星のように散らしてきた記憶が
次元の薄膜を抜けて
ほら　蛍灯に突っ込んで行く

瞬間
自覚せずに発し続けた私という信号が
時の色を変える
制御不能の火達磨の発信
闇の宇宙にただ懸命に灯を点す
命の痕跡が煙る

カメラの四角い視野の中に
貴方を見ている
どこにもいない私が

貴方の在り処に吸収される
シャッターを押すまでの
凍結された一瞬の輝きが
果てのない宇宙を走り続ける

童子の現（うつつ）

青木　善保

三途の川を渡り　人間世界に別れを告げて
y明王とz童子は　ひたすら歩く
「此の世」と「彼の世」を分断する大自然
霧に巻かれた広大な湿暖原野は
二つの世界を隔絶する
この道の果てに「彼の世」が待っている
しかし　辿り着くことができない人がかなりいると聞く
明王の古びた法衣（ほうい）と童子の荒れた草鞋（わらじ）が
難行苦行の長旅を物語る

童子の胸中は「此の世」の人間情感に憧れ
明王に還俗を懇願し「彼の世」を後に
「此の世」に向かう
童子は明王の教えに抗いつつ釈迦念仏を呟き
「此の世」を覆う無愛の渦中に没して行く

突然整歩を歩く童子の体が反転し
剃頭の頭部を道わきの大きな株根（かぶね）に激突
物音に振り返る 明王 舞うように瀕死の
童子を抱きしめる
剃髪頭部　出血口に法衣の一片を当てる

とある大木の洞に天上の愛を納める
明王の素肌が童子に心温かさを伝える
童子の眼に涙が光る
明王の瞳に大粒の涙が光る

「彼の世」と「此の世」を行き来できる人がいる
「彼の世」の記録にはy明王　z童子のことは
　残されていない

筆投のとき

コハクチョウ　北帰行の季節
信州犀川からシベリヤへ帰る
白鳥の声高く優雅な鳴き声は
その命絶える前の時　悟りの時にあると伝わる

昭和二十三年の夏　専門学生
男二人女二人が　上高地より日帰り山歩き
　槍ヶ岳登山は
　私の大事な想い出　ありがとう
九十歳余の小学同級生Ｓ子さんから電話がある
間もなくＳ子さんが永眠された知らせがあった

正岡子規は長年病床にあり
門人に助けをかりる
　痰一斗
　　　糸瓜の水も
　　　　間に合わず
上野の雪も観ず九月一九日
墨痕鮮やかな匂いを残し
余力搾って手にした墨筆を手放つ
我が筆は　いつ最後を迎えるか

最期に筆が持てない　字が書けない
そのときが迫っている

感触

久嶋　信子

半世紀をこえて
インシュリン注射を
し続けている
父の腹部は　硬く
小さな　しこりが
あった

インシュリン注射を
するたびに
打てる場所を
手触りで　探りながら
決めて
消毒をし

貧弱な
父の
腹部を
軽く　つまんで
直角に　なるように
注射針をさし

薬剤の
インシュリンが
余すことともなく
ゆきわたるように
注射針に
神経を　集中した

病んだ　父の体内が
活性化することを
信じて
注入ボタンを
強く押し
祈り続けた

父と病との　壮絶な
入退院の　闘いに
家族は
泣き笑う
繰り返しの
日々だった

父は
なんども
低血糖を　おこし
意識を　失い

救急車に　運ばれ
死線を　さまよった

父は
意識が　戻れば
何もなかった　顔で
家に帰る　と
受付で　会計をする
母を　急かした

緊張の糸が
溶けた　母は
父狐に　だまされた
思いで
父の後を
慌ただしく　追いかけた

父と
母との
笑うに
笑えない
再生回数
満杯の　珍道中

つきあい
きれない
と
思わず
わたしは
言ってしまった

インシュリン注射を
しても
改善されない
父の病状に
緑内症の
合併症も　加わって

手助けが
必要になった
父の病の　管理は
父自身から
なにもかも
母が　担っていった

わたしは
他人事の
ように
父と
母を

見ていた

レーザーを
何度も
照射しても
父の　緑内症の
診断は
変わることなかった

聞こえてくるのは
ますます
視野が
限られてゆく
父の
深いため息

あきらめることなく
あきらめきれない
父の思い
わたしは
蓋を
せずにおれなかった

片時も
母を
離さず
母を
呼びつけて
号令をし

言いようのない
思いを
母に
きつく
当たり散らす
父が　許せなかった

母なしでは
もう
生きては
ゆけない
父の
はずなのに

母に　甘えきる
自覚のない　父を
母は　なぜ
文句を　言わず
受け止めようと
しているのか

無償の愛　と
言わせない
わがままな
父に対して
言いたい言葉を
母にも　あるはずだ

毎日　欠かさず
当たり前の　顔の父に
インシュリン注射を
かいがいしく
世話をする
母の　日課

母は　父に
インシュリン注射を
するたびに
かわいそうに　と
なんども
哀悼の目で　つぶやく

わが身に
降りかかった災いを
自分の

ことのように
心の奥から
絞り出す　母の言葉

わたしたちの
知らない場所で
苦しみのなかから
はいずり上ろうとする
父の姿を
母だけが　見ていた

突き刺された
注射針の先に
残された
命の　明日を
切実に　願う
父

突き刺した
注射針の彼方に
あきらめることなく
前を　歩みたい
祈る
母

対峙して
入り混じり
父と母の
濃密な　時間が
時のゼンマイに
巻き込まれていった

はじめて
母に　頼まれて
わたしは
母のかわりに
父に
インシュリン注射をした

闘い続けた
痕跡が
刻む
腹部を
ふるえながら
つまみ

逃げたい思いを
押し殺して
インシュリン注射の
針を

わたしは
はじめて　突き刺した

父の　全身に
薬剤が
染みとおってゆく

父は　心配そうに
わたしを
のぞき込み

父の　自縛から
しばし　解き放された
母の　つかの間の　休息

注射が　完了するまでの
十秒間の　沈黙の
待機時間

インシュリンの注射器を
危なっかしく　握った
わたしの　手の　感触

どれも
欠かすこともなく

わすれられない
まま

わたしは
いま
生きている

忘れそうで
忘れられない
生身の
感触は

父と
母から
贈られた
わたしへの
さいごの
プレゼント
だった

手を挙げて、武器を下ろし、命を奏でよう

鈴木　比佐雄

いつも一人で決断する時には
いつも聞きたいピアノ曲がある

数えきれないほど全身で聴いてきた
数えきれない細胞も欲して住み着いてしまった

本当におまえは純粋に一人で判断し行動するのか
本当に自分や他者に正直に生きているのか

次の時代の悲劇を回避し水の惑星を再生できるか
次の時代の生き物のために働けるかと告げられて

ピアニストの十本の指先とピアノが語り合い
ピアニストの断念と憧れと夢が空気を調合させて

迷える子羊のような単独者に勇気を伝える
迷える荒野の儚い生命体たちに希望を植えて

put your hands up (piano version)
「手を挙げて、武器を下ろし、命を奏でよう」
という坂本龍一氏の深層の言葉が響いてくる

詩

Ⅱ

レモングラス

レモングラスの香りに誘われて
時がとぎれた場所に降りたつと
あなたとの様々な思い出があふれでてくる

あなたが恐れていたものは死か苦しみか
真実を裏がえしてみても誰にもわからない

ただ　今は試練に打ちかち
生を勝ちとる時だ

とこしえに　神の恵みのもとで
満ちたりた笑顔をとりもどすまで

方　良里

戦禍の中で　Ⅱ

倒壊し　瓦礫と化した家の片隅に座り
　茫然とする人々

戦禍の爪痕は　街の至る所に残り
　その無残な姿を　日の光のもとに晒している

歪んだ視線の先に見えるものは　何か

どこまでも続く瓦礫の山を　乗り越えて
　その先に　希望を見出さなければ

兵士たちは　燃え盛る火の粉を振り払うように
　木々の間を進んでいく

季節は　移り変わり
　街を通り抜ける風も　冷たくなり

戦いは　厳しさを増していく

謎を解く鍵を握っているのは　誰か
　それは　勝利を信じる一人一人の手中にある

雄々しく　進め　勇士たちよ

戦禍の中で　Ⅲ

破壊され　荒廃した街並み
繰り返される殺戮
行き場のない人々

悲しみに憑かれたその姿に慄然とし　心を焼き尽くす
それでも朝日は昇り　夜は闇に包まれる

路は遠く　路は長く
誰が問い　誰が答える
ただ　輝きのみ
ただ　力のみ

或る一人の兵士は　万感の想いを胸に
進みゆく勇士たちとともに
滅びゆく国家へのレクイエムを歌いながら
こと切れた

リアル・持続可能な開発目標

風守

高い目標と低い実現可能性
富の一部の者への偏在は
年を追うごとに高まっていく
ジェンダー平等は掛け声だけにとどまり
ＬＧＢＴへの偏見は続き
多様性は無視される
環境より利己的な経済が優先され
やがて地球は住めなくなる
武力による威嚇や侵攻はなくならず
多くの無辜の市民の血が流され続ける

この現状に目をつぶり
目の前の利益を求める者の
行く先にあるのは「滅亡」のみ

これからでも遅くないと
絵空事ではない
真のＳＤＧｓへ向けて
全世界の各自が一歩踏み出せるかどうか

全人類が滅亡するのか生存するのか
未来を決めるのは
誰でもない
我々一人一人だ

ＲＥＡＬ・ＳＤＧｓ17の目標

①貧困をなくさずそのままに
②飢餓をなくさずそのままに
③一部の者だけに健康と福祉を
④一部の者だけに質の高い教育を
⑤ジェンダー不平等をそのままに
⑥一部の国だけに安全な水とトイレを
⑦一部の者だけにクリーンなエネルギーを
⑧働きがいと経済成長の二者択一を
⑨産業と技術革新の基盤づくりを最優先に
⑩人や国の不平等を温存
⑪住み続けにくいまちづくりを
⑫つくる者の無責任とつかう者の無責任
⑬気候変動へは無策を
⑭海の豊かさを守らない
⑮陸の豊かさも守らない
⑯世界に戦争と不公正を
⑰協力してＳＤＧｓの目標を達成しない

ＳＤＧｓの達成年限は２０３０年

あいのうえ（愛の飢え）

ああ
あいたし
あなた

いま
いてもたっても
いられない

うれいのおおい
うきよに
うまれ

えいえんの
えにしに
えいたんす

おもいはふかく
おおきく
おわりなし

あしたへと

いのりよとどけ

うちゅうに

えんをひろげたし

おおいなるわがねがい

ああ

いとしきひとを

うちにひめ

えがおで

おくるひび

あいの

うえは

おくふかきかな

帰還

高細　玄一

過ぎた期待をして出発した旅は
決して自由にたどりつくことはない

なぜ自分は生まれ　なぜこうやっているのだろう
なぜ　自分を遡ってはいけないのだろう

ある選択をすることで誰かを傷つけてしまった
そこに悪意はなくとも　そこにあった究極

時間の経過が　問いかける
破綻しても愛していたのかと

匂いもせず　目にも見えず　五感には感じられず
前とは違う　毎朝毎日　色が失せて行く

怖さ　息を吸う　訳がわからない
公園で遊ぶ子どもは一人も居なくなって

十二年　種子が飛ぶ　ただの心配だけなのか
十二年　海洋放出がはじまる「関係者」という幽霊と約束を交
　わす

女たちのヒソヒソ話の先には　空白の日程表
飯舘村　長泥十文字　二〇一一年三月十五日
白装束の男たちがやって来て
ガラス戸の中に貼り付けていった線量　今も残る色褪せた紙
普段着のまま　明かりも人の気配もしない夜
三月十一日

真っ黒な空から白い雪が降った
真っ白な雪は昨日までの雪とは違う三月十二日
全町一斉避難　町だけはそのままがらんと残る
人のいない町　となった　三月十五日

誰もがこの十二年 ひょっとしたら夢なのかと
そうではなかったこの十二年

（いいところだったなあ　我が家は　ここさ来っと
気持ちがスウーとするんだ　なんて言ったらいいだべなあ

この感じは）

誰が言ったのだろう　もう故郷は
いちばん好きな故郷へは　もう還れない
忘れられて終わりなのか　森から声がする
そこへ還る　色褪せた線量計の紙の残る町へ

＊原発事故で帰還困難区域となっている飯舘、浪江、富岡の三町村
内で特定復興再生拠点区域が二〇二三年四月から設定される。

難民のニホンジン

四歳の姉が。　二歳の弟の首をしめる。
しぐさをしてあそぶのだという
喰えなくなって。　死のうとした母の手が。　自分の首にさ
わった。

片羽登呂平「首をしめる」

もう人生つまらないから自殺でもしちゃおうかなって言ったら
娘がさあ　自殺する前に生命保険の定款よく読んどけって言う
んだよ　自殺してもお金おりない保険が多いんだから自殺する
なら　ビルから飛びおりるとか　それらしいのはダメなのよな
んか事故っぽいっていうか　自然な感じじゃないとダメよ電車
もダメね　賠償金取られるらしいし
そんな話聞いてたら　以前のこと思いだしたよ　仕事で朝早く
現場に着いたときに車が止まっていて　邪魔だから動いてもら
おうと思って覗き込んだら　後部座席のところにほらあれ　煉
炭があって　人間が座席下で転がっていて　腕はなんか空を摑
むように　目も口も開いて　浅黒いかたまりだった　ギョッと
してすぐ警察に電話したよ　そんなの思い出しちゃって　イヤ
になったよ　男だったよ死んでたの　今のおれくらいの
日本人は誰だって自分ではそんなことになるなんて思っていな
いだろうね　世界中では死にたいけど自分だけ死ねない人がた
くさんいるんじゃないかな　「難民」って言われる人たちだって
まさか自分が「難民」になるなんて思っていなかったと思う
その国で生まれ家族をつくり　毎日生きなければならない　そう
思い暮らしていたんだきっと　まさか自分の土地が住めなくな
るなんて　自分が差別される存在になるなんて「難民」になる
なんて思っていないさ
「難民」だって同じ人間だよ　そうだろ？　何処かで家族とと
もに生きて　そこにいけばより良い未来があると信じる　この
土地で生きていかなければならないと必死だ　でもそこには古
くから住む人がいる　小さな店を始めてなんとか暮らしはじめ
ても　よそ者にはつらいんだ　店の窓ガラスが投石で割られた

りとか　かつてのユダヤ人の店のように　もうここには住めないとなるんだ
「自分と同じ経験を自分の子どもにはさせたくない」きっとそう思う
今日 生きることがとても大変でも大切だと　生きていることは大事なことだと理解出来るように生活を再建したい　戦争のない土地へ行きたい　運命を変えたい　そうだろ？　そうおもうだろ
死ぬより生きることのほうがもっと辛いし大変なんだ

僕の海

じつにわたくしは水や風やそれらの核の一部分で
それをわたしが感じることは水や光や風ぜんたいがわたくしなのだ

宮澤賢治（「種山ヶ原」の下書稿の「パート三」より）

採血で看護師が「いつもどちらの腕から採りますか」と聞く
いつもどちらの手からか解らないので　両方の袖をまくってみた
左手の青く細い血管に注射針が刺され　すうっと血が注射針から細い管を通っていく
流れている
水の流れ　昔こどものころ　海岸で浅瀬だと思って深みにはまった
どぼどぼどぼ　浮き輪が外れ　もがいていると
水の流れの中で　不思議な声が聞こえた
誰かが僕を見ている　水の流れ
それは　どこかで見たことがある風景におもえた
流れは僕の身体を透明な液体のように通っていき
水と僕は　そこでは流れであり　ひとつであり
はじめであり
終わりであった
注射針がわずかな痛みとともに抜かれ　ふっと僕の身体から離れた液体を見た
液体はもう僕の中から外に出て　ぼくではない試験管の液体になり
分離したのだ　それでもあの海の中で流れていた透明な液体のように
流れている　試験管の中の海は僕なのだ

ある詩人

中原　かな

長年続く月刊雑誌の読者会は週末の夕方だった。
定刻にぼさぼさ髪の詩人が現れ、会は始まった。
詩人の講話も聴いた事がある。ＢＧＭを入れたりしてお茶目に
笑った。全体的にナチュラルな印象。自由闊達な人だ思った。
彼の眼は情け深さをたたえていた。そして冷めた所がない。
突き放す所がない。つまり人間として信頼できる。
困った時には何らかの形で手を差し伸べる、現代には珍しい人柄。
彼は読者会で話し合われた事を自費でタイプ印刷に受注して
手紙で配布してくれた。年が明ければ年賀状も送ってくれる。
細やかな配慮で会の出席者を大切にしてくれた。
名もない人々をここまで尊重してくれた。組織の作り方を心得
ている。
ある日雑誌の編集担当の批評家が来た、
詩人は偶々、雑誌の内容について活発な意見を述べ提案をした。
すると、批評家が激怒し、手酷(てひど)い反論をした。
詩人は黙り、会は沈滞し、終了した。
詩人はそれきり来なくなった。お金にもならない事に時間を割
いて自費で会を育てたがこれで詩人の主催の会は消えてしまった。
人の熱意を冷やすには手酷い批判。気力をなくす特効薬。人間
の尊厳を脅かす毒評。
しかし、愛に富む詩人は復元力が早い。
彼は恨む事無く復活する。「わが新宿」という名品を残す。
芥川も太宰も文学批評には心を痛めていた。
詩人の名は関根弘、打たれても打ち返さず人の尊厳を守り通す。
彼の何でもいちばんという詩はすぐれた洞察力の詩人だという
事を証明する。

今日の生を

村上　久江

雨が降る
縮小した日本列島のなか
小さな傘が雨粒を落とし
今日の空模様は　曇そして雨
乾燥がつづいた寒の日日に
久しぶりの雨

予報を伝える者は人前に己をさらし
今日の仕事に励む
今日の生をいとなむ

画面には出てこない
小道具や照明係、スタイリスト
突然に入ってくる　途方もない電信を受け
画面に文字をはしらす役目の者も
今日の仕事に励む
今日の生をいとなむ

スイッチひとつで繋ぐ　画面の前
こちら側で
わたしは　わたしの
今日の生をいとなむ
蛇口をひねり　水を流し
コーヒーカップや皿、茶碗を洗う
手を洗う

だが　このささやかな今日の生さえ営むことができない
数多の人達
住む家を捨て逃げまどい難民となり他国へ逃れていく
哀しみの闇の空に精一杯の希望の星を散らし
今日を明日を生き抜こうとする人達
今日のわたしの生よ
忘れてはならない

プロローグ

この世に生を受けたばかりの児の
なんと果無(はかな)い愛らしさ
母は精魂をこめて
己の体内から　この世の
果てしない漂いのなかに送り出す

あどけない人形のような無辜(むこ)
児は　これから始まる
己が試練を予感して泣いた

刻は常に迫りくる
一刻も油断なく
寝首を襲う魔の手のように
この感動的な生を知らせくる
人間の雛にも

焚き火

小山　修一

山林の中腹辺りから
黒っぽい煙が立ち昇っていた。
そこは別荘分譲地の一画で
細い道が網の目のように分岐し
家々には樹木が繁っている。

煙は焚き火とは思えない勢いで
昼下がりの空に広がった。
僕は路肩に車を停めて１１９番通報した。

火事ですか？　救急ですか？
問われるまま状況を伝え
おおよその住所や周辺の特徴を話していると
火元の主がやって来て
火事でないことがわかったが
一度通報を受けたら
消防車が現地に向かうことになっているので
と、署員は事務的にこたえた。
火元の主は
僕に無精髭(ぶしょうひげ)の顔を向け
ご迷惑をお掛けして…と
消え入るように呟き
チョコンと頭を下げた。
いつの間にか煙はおさまっていた。

小石を蹴ったり、空を眺めたり
手持ち無沙汰に待っていると
赤いランプを点滅させながら消防車が近づいてきて
空き地ぎりぎりに停車した。
下車した署員は僕に声を掛けたあと
火元の主の後ろに付いて
急な上り坂をゆるゆると歩いていった。

昨今は、定年後をのんびり暮らそうと
都市から引っ越して来る人が増えている。
火元の主も、そんなうちの一人で
枯れ枝や落葉を燃やしていたのだった。
僕は彼らの後ろ姿が見えなくなるまで見送った。
いちめんのススキの原が
秋の涼やかな風に揺れていた。

紙と鼻毛

バスがその地を通るとき
乗客は申し合わせたように
窓を閉めて顔を顰め
ハンカチを取りだして鼻に当てた。
河川は澱み
水面のあちらこちらから
ねっとりとした気泡が絶え間なく弾けていた。
近隣住民の鼻毛は伸びるのが早く
剛毛になると噂されていた。

悪臭の原因は
製紙工場の敷地に積まれたチップや
製造過程で使用される化学物質の混ざった排水や
ネズミ色の煙だった。
排水は河川から湾に流れ込み
ヘドロとなって海底に沈殿していったので
肺を侵された港湾労働者や住民が相次ぎ
公害裁判が起きた。
経済発展と比例して
大気汚染と水質汚濁が
深刻な問題になっていた時代のヘドロ公害。
大煙突から立ち昇る煙は上空に広がり
北にたなびいていった。

五十有余年の年月を経て、今
雲は白くて綿菓子のようだし
空気は爽やかだし
鼻毛の噂は遠い過去の話になった。
港の浚渫（しゅんせつ）土を利用して
広大な海浜公園が造成され
この春には
ダイオキシン類を含む汚染底質の除去も完了したという。
豊富な湧水と森林に恵まれた紙の都の
北に聳えているのは霊峰富士。

そこに立ちはだかって

原　詩夏至

そこに立ちはだかって
君らは一体
誰に
何を
見られまいとしているのか。

そんなもの
もう皆
とっくに
見抜いてしまっているかも知れないのに。

それでも君らは動かない
いや
それとも
本当はもう動けないのだ――

なぜなら
少しでも姿勢を崩せば
たちまち垣間見えてしまうかもしれないから
君らが
そんなにも見られたくない

その当のものが
誰より
君ら自身に。

だから
大きく迂回し通り過ぎる
俺らは
凝然と凍りつく君らを
遠巻きに。

君らが
そんなに見られたくない
（そして見たくもない）
その〝何か〟の
丸見えの背中を
指差して。

ばかやろう

ごらん
襤褸(ぼろぎ)着の
ギャンブラーたちが
もう一度
賭場へと帰ってゆく。

結局
足など洗えないのだ
というより
そもそも洗いようもないのだ
だって
あいつらは
生れた瞬間から
あいつら自身に何の断りもなく
勝手に
出鱈目(でたらめ)に
配られた手札に
納得できないのだから
どうしても。

だから
もう一度配り直したいのだ
というより
出来れば総取っ換えしたいぐらいなのだ
あいつらは
自分の持ち札を
最初にやつらに札を配った
目に見えない
誰かと同じくらい
勝手に
出鱈目に。

傲慢?
神への挑戦?
たぶんね
だって貰った札から
黙って
まあまあ我慢できる程度の
〝役〟を作っていくのが
つまりは
カタギな
賢いやり方なのだから。

だから
大ばかやろうだ
あいつらは。
天に唾して

野壺にハマって
自分で自分をがんじがらめにして
気づけば
最初より
何にもなくなって。

そして
そう言う俺も
やっぱり
ばかやろうだ。
だって
そういう
ばかやろうな
ばかやろうに
ただ
「ばかやろう！」としか
言ってやれないんだから。

讃美歌

空を見上げて
もうそこまで迫った
巨大隕石の
真っ白な輝きを
何なすすべもなく
ただ
綺麗だな、と。

これが
世界の終わりなのか、と
怯えながらも
不思議に納得して
讃美歌など
小さく
ハミングで。

ウォーキング

坂本　悟朗

いや
散歩でいい

一日五〇〇〇歩のノルマ
達成するには
少なくとも三〇分
意識的に歩かなければならない

義務感
気分転換
陽を浴びたい
などの気持ちで
歩き出す

時間の無駄な消費ではないか
というような思いが
一〇分も歩くと途切れ
歩行モードに入って
両腕を上げたり
深呼吸をしたりして
今体に良いことをしている

との思いが湧く

五〇〇〇の数に縛られ
それだけを追求して
歩く意義を見失うことも多い

体のケアは毎日のこと
やったことは体に残る
と言い聞かせ

思索の時間にもなる
リラックスの意味など
考えながら歩く

生活語で詩を書く
追悼　有馬敲

外村　文象

関西を中心とした
朗読詩と歌のコラボの
イベントの開催

平明な表現で親しみやすい詩を
庶民の目線を大切にして

フォークソングの盛んな時代が
高田渡　中川五郎　高石ともや
岡林信康　北山修が活躍した

全国各地への朗読キャラバン
活字からではなく
耳から詩と親しむ

地方の方言を大切にして
土地の言葉で朗読する
世界の詩人たちとも交流した

年譜をなぞりながら

1993年　61歳
8月「第4回アジア詩人会議（ソウル）」に出席
1994年　62歳
8月「第15回世界詩人会議台北大会」に出席
1995年　63歳
「第32回ベオグラード国際作家会議」に出席し、東西ヨーロッパ各国の作家たちと交流
1996年　64歳
4月　スペインの「第3回ムルシア国際詩祭」に招かれる
8月　英国デボン州の「第5回ダーティントン文学祭」に出席
10月　カナリア諸島グラン・カナリアのラス・パスマル市で開催された「第1回国際詩祭」に招かれる
1997年　65歳
5月　クレジ・ナポカの「ルチアン・ブラガ記念国際詩祭」に出席
7月「第17回カリブ文化祭」に招かれ、国際交流基金の助成事業として日本現代詩の紹介と詩朗読リサイタル
8月　アルゼンチンのブエノスアイレスで開催されたボルヘス国際財団主催の記念詩祭に出席
1998年　66歳
3月「第4回国際華文詩人筆会」に招かれる

5月　「第2回グラン・カナリア国際詩祭」に出席
6月　コロンビア「第8回メデジン国際詩祭」に出席し帰途
「日本メキシコ詩朗読交流会（メキシコシティ）」で細野豊と
　共に出席
2000年　68歳
6月　「第67回国際ペンクラブ・モスクワ大会」にオブザー
　バー出席
12月　「第4回グラン・カナリア国際詩祭」に出席
2001年　69歳
3月　スペインの「ムルシア国際詩祭」に出席
8月　中国大連の「第6回国際華文詩人筆会」に出席
12月　「第5回グラン・カナリア国際詩祭」に出席し、アラン
　チダ賞受賞
バグダッドの「マルビット詩祭」に出席
2002年　70歳
12月　中国の「第7回国際華文詩人筆会」に出席
2004年　72歳
6月　「モンゴル国文化基金賞受賞式（ウランバートル）」に出
　席

「現代生活語詩集2022」には一二二名が参加した
これからも毎年継続して発行されるだろう

有馬敲の灯した火は消えることはない

そのことについて話しあおう、きみと。

羽島　貝

ありきたりということについて
考えている。

誰しもが共感して
誰しもに違和感がない。

ありきたり。

◉

言葉が
言葉を
呼び覚まして
この言葉は
きみの
言葉になる
（鮮やかにキーボードを叩きつけて）
言葉。

（分かりあうことが幻想だ
　というならばそれも構わない
　ただ世界の隅できみと
　分かり合えない靄々を
　愚直に弄り倒したい）

◉

与えられた言葉が救いなのではなく
その言葉の中に自ら救いを見出すのだ。

たぶん

エスカレーターを
歩くようなものなのだ。

好ましくないことであるのに
空けられる右側
（それは東のルール
　慣習と悪習の紙一重の）

抗うべきは

マジョリティへの何かなのか。

◉

帰路。

駅のコンコースを抜けて
名前を落としたことに気づく。

名刺を出しても
社名と部署名ばかりで
名前がない。

果たして

名前をなくしたこの自分は
どこへ帰ると言うのか。

帰路。

◉

行くべき方向が
見えているならば

（遥か遠くとも）

それは
幸いだ。

帰るべき場所が
あると言うのならば

（そこがレンタル・スペースだとしても）

それも
幸いだ。

路頭に迷った自分は
懐中電灯ひとつで街灯もない

この路上にて

幸いでなかった今夜を
静かに嘆いている。

◉

腐るな。
走れ。

雪国
――あるいは豪雪被害

水崎　野里子

テレビニュースを観ていた　豪雪被害が多い
日本の北国　屋根から滑って落下　死んだ事故
彼は雪下ろしで　自分で積んだ雪に埋まった

彼はシャベルで雪を掻き　下に放り投げた
屋根の傾斜に滑り　積んだ雪の中に転がり落ちた
その地方では　屋根建築は特別の急斜造り

この頃　私たちは　このような事故に慣れた
雪に埋もれた車の中に閉じ込まれ　凍死した人々
車中で　二酸化炭素で中毒死した人々もいる

今　テレビの報道官は豪雪警報を警告
東京ではさほど雪は降らない　でも　雪が凍れば
道路は滑りやすい　歩行には注意が必要

子供の頃　わたしは　雪が降ると嬉しくて踊った
近所のともだち仲間と　雪合戦で遊んだ　わたしには
空から舞い散る雪は　とてもきれいな風景だった

木々も地面も　すべて白い衣で覆われて行った

でも　高齢の今のわたしは　寒い中の雪は好きではない
家に閉じこもり外出せず　ニュースを観ている

思い出す　幼い頃　秋田県の湯沢温泉に行ったことを
日本の北に位置する　父と一緒に　スキーと温泉に浸かるため
父は好きだった　川端康成の小説『雪国』

「長いトンネルを抜けるとそこは雪国だった」と記憶
小説の有名な冒頭部分　私は実際に経験した　本当だった
私たちは二階の暖かい部屋に宿泊した　下はボイラー室

宿の名は高半旅館　川端もかつて宿泊した旅館
そして川端は小説を書いた　雪国に暮らす芸者駒子の話
私は思う　駒子は雪国で暮らす　貧しい女の代表だと

ウクライナの大統領が　最近アメリカを訪問した
彼は訴えた　ロシアによる彼らのエネルギー施設の攻撃
ウクライナの人々は電気はなく　温まる術もない

彼らは寒さに耐え　雪の中で凍死しそうであると

ウクライナの人々は　日本の北国より北に生きる
凍えた心臓は温まり　溶けて愛が芽生えて欲しい
（2023年3月18日：カリフォルニアPOVズーム詩人会で英語版を朗読）

温交不変

コロナ禍など騒然の時節を越えて四年ぶりに旧友に会う。

近頃時節騒然也
我看朋友離開世
世界毎次有戦乱
然而我們情不変
山是緑笠清水流

近頃時節は騒然とす
我友に会う世を離れ
世に未だ戦のあるも
我等友情是変わらず
山は緑の笠清水流る

（二〇二三年三月韓国光州（ゴンジュ）にて）

She represented the poor girls in the snow countries I think

The President of Ukraine visited USA recently
He claimed that Russia attacked their energy generators
The people have no electricity and no warmth

People feel frozen or frozen to death in the snow
They live in farther northern area than the north of Japan
May frozen hearts unfreeze and dissolve into love

(Oral recited in california POV zoom on march 18,2023)

On Snow Countries ; or Heavy Snow Damages

Noriko Mizusaki

Watching TV news in Tokyo I saw many snow disasters
In the north Japan from a roof a man sliding down into snow
He was found dead buried in the snow heap he made

He was shoveling snow and hurling it downward
when he slipped upon his roof and tumbled downward
I hear in his area they built roofs steeply slanted

In this time we got accustomed to such accidents
Some people were frozen to death shut in cars buried in snow
Some ones were dead with carbon dioxide poisoning

Now TV reporters give us the alert alarm on heavy snow
But in Tokyo we have not so much snow though when snow is frozen
We have to watch our walking steps on iced roads slippery

In my childhood I rejoiced to dance with snow falling
I played snowballs throwing game with fiend kids in vicinity
The falling down from the sky looked so beautiful to me

Trees and grounds came to be covered with white robes
But now in my elderly age I do not like snow in the cold weather
I stay home watching the TV news sitting not going out

I remember in my younger age I visited Yuzawa of Akita
With my father in the north of Japan for skiing and for a hot spa
He liked a novel of Yasunari Kawabata's "Snow Country"
"Getting out a long tunnel there it was a snow country"
It is a famous beginning of the novel I really experienced really
We stayed in a warm room just one story above a hot stove

The hotel was called Takahan where Kawabata had stayed
To write the novel on a geisha Komako who lived in a snow country

ウクライナの少年

座馬　寛彦

その眼はカメラのレンズや質問者に
向けられることはなく
宙吊りになったように落ち着かなかった
その声は淡々と続くかと思うと
突然鉈が振り下ろされたように途切れ
瞬前痙攣に似た震えを伴った
それでも地の底から這い出すように
少年は徐ろに次の言葉を起こす

ロシア軍の侵攻のために地下に避難した
ウクライナ・キーウの少年が
テレビのインタビューを受けた
一年前の短い映像を時折思い出す
全身厚い防寒着にくるまれた中に
蒼白で半ば硬直しかけたような顔を見せ
自分が体験したことを語ろうとしていた

眼の前で堅固な建物が粉砕され
たわいもなく人が殺された
しかし少年の声に恐れや悲しみや怒りは
感じられなかった

感情に収めきれないものへの
戸惑いばかりが見られた
それでも血の滲んだ言葉を
よろめき揺蕩うように零していく
使命感や誠意というのではなく
ほとんど反射的な
しかし確かに意志的な抗いが
底から彼を突き上げたのではなかったか
そんな風に私は少年を理解しようとした
いや忘れようとしたのか

テレビでウクライナの雪の映像を見る
その雪に清らかな白さはない
「部屋の中に灰色の雪が降っていた」
十年以上前に遠くに住む友人から受け取った
短いメールの一文がなぜか思い出される
その頃友人は打ちひしがれ憔悴しきっていた
私はそのことに気がつかなかった
気づこうとしなかった

インタビューの少年は雪を見たろうか
見たとしたらどんな色に見えたろうか
虚空を見つめるような
その眼差しを思い浮かべても
彼の目を通してその雪を見ることはできない

詩

Ⅲ

波が来る

波が来る
大きな波が来る
圧倒的な波が来る
どんな高台なら
この波に抗(あらが)えるだろう
大切な手に触れる間もなく
さらわれてしまいそうだ

かつてない寒さを忍んで
ほっと一息
あのころのように歩んでいけると
ふわふわ足がつかないまま
あたたかさにくるまれて
大波の轟音は聞こえない

笑顔のまま
運ばれていく
夢見るまま
沈んでいく
不意に

植松　晃一

天は見ている

ふたつと同じ空がないように
風の香りがいつも違うように
月に満ち欠けがあり
星の位置が季節ごとに変わるように
80年の人生は
３万もの風景を描く

必要なときに
必要なことが
必要なひとに
望ましいものも
望ましくないものも

「僕の前に道はない
僕の後ろに道は出来る」
その道は
なるようにしかならなかったものであり
なるべくしてなったものだ

ひとよ　裁くな
天は見ている

うねり

無音の海に
若い僧侶の長い影
未曽有（みぞう）　聞きなれなかった

2時46分
読経に合わせ
カモメが
とぶ
　お焼香を
と
　2本
　差し伸べると
　風が邪魔をする
まだ帰らぬ友よ
探せと言いたいか
手をつくせと
　　帰らぬ友　すうさん

つぶやき

東梅　洋子

　命の尊さ量りにかける事は出来ない。紛争で病気、自死、殺人、尊厳死、私達は選ぶ事はできない、死という人が人でなくなる時間の空間。

　先日、ロストケア・プラン75、という映画をみたが、俳優達の役所での葛藤も、見る者の心を摑（つか）んだと思う。現実の話しとして捕らえた時、介護施設、訪問看護師、介護を必要とする者、又、家族であるというだけで看取る義務に縛られ、幸福という言葉を見失いがちな現実もある、福祉制度が一般的になっても、なを、家族の負担が大きい事、底辺で暮らす人、独居老人など、老々介護もしかり、自分の事として考えた時、自分の人生を終わらせる時期、考えても良いのでは、尊厳死、外国では法律として認められている国もあると聞く。

　ただ、その事も踏まえて、医療に携わる人達医師のリスクも、大だと思います。

特に介護施設、訪問介護師　ヤングケアラーと呼ばれる家庭、老人をかかえる家族、終りの選択を考えた時、医療と考えるのか、殺人者となるか二者択一しかない今、高齢化社会の我が国、困窮する生活者の見きわめが―

　私はもし自分自身が壊れ始めたなら、迷うことなく尊厳死と言うものがあるのであれば、お願いしたいと切に願いたいものです。

過ぎゆくもの

青柳　晶子

二歳の子に「名前はアキコ」と父が教える　三鷹の米軍兵舎跡のがらんとした六畳一間　長い廊下でアキコはまりをつく　外につないである山羊を見ながら　しいしいをさせてもらう　母は坐りこんで白い布を縫っていた　アキコは赤い服が欲しかったが　じきに弟が生まれて　白い産衣でくるまれ　家族が六人になった　父は米軍が食べるトマトやレタスをつくる仕事をしていたらしい　戦争が終わって　はじめてのわたしの記憶

そんな時代がふたたび来るかもしれない　昔から人は侵したり戦うことが好きであった　脅すつもりの核兵器で誤って人類が滅ぶことがあるかもしれない　たくさんの独裁者が　世界征服を目論んで　ことごとく潰えた　ほんのひととき　英雄になる夢を見たばかりに

おびただしい建造物から人々は消えて　アンコールワットのように深いジャングルの底にからめとられていく　海の底にはたくさんの沈没船　交易品や金銀すべてを残して　船乗りはどこに消えた　広大な砂漠の砂の下にも繁栄の痕跡　膨大な墓のみごとな副葬品や美しい絵画　戦いにあけくれた者たちも　駱駝も共に去って　砂漠はますます広くなった

嘆いたり悲しんだりしても仕方ない　恐竜の時代が終わり人の時代が過ぎて　森はこんもりと深くなり　生き残った者たちがとびまわる　鳥であったり昆虫であったり　海の中にもいろいろな生きもの　数を増して群れとなり泳ぎまわる　地球は静かな星のひとつとして　銀河の中でまわりつづける

時の筏

宮川　達二

人は、同じところに
留まっていることはできない
私は、そんな言葉を繰り返し
呟きながら
厳冬の夕暮れの
海の光景を見ている

三浦半島森戸海岸
白い葉山灯台
山々のシルエットを背景にした
江ノ島灯台
この二つが深まる闇の中で
一定の間隔を置いて点滅する

目の前に広がる
穏やかな相模湾の彼方に
鮮烈な夕陽が落ちてゆく
静かな冬の海景
照り返しに
紅に染まる西の空と
丹沢、富士山、
箱根、伊豆半島が
背後の照り返しに浮かぶ

地球が出現してから
こんな夕景が
幾度繰り返されたことだろう
鷗が鳴き声を発しながら
海面すれすれに飛んで行く

時の筏が
海と空の間を
音もなく流れてゆく
時の筏を海に浮かべ
西の残照の空を永遠に
見つめていたいと思った

夜が更けた頃、青白い月が昇る
無数の星が瞬き
海の彼方から遥かなる潮騒が
聞こえてくる
人は、同じ時に
留まっていることは出来ない

三月

植木　信子

Ⅰ　春の雨

暮れなずみ杏の花が薄あおいカンバスに広がりふるえている
開いたばかりの葉が微風に小さく揺れる
人の声がして姿が遠く土地からの声のようだ
日、一日芽が伸び
花や麦の芽のためにうぶ毛の柔らかな草の芽を刈る
冬を越した芽を摘む
命の連鎖が切り、刻み、重ねる　それで春の野に
喜びあるや
サー切る　サー刈る　毒薬をかける
明日には死んでいるだろう
惨劇に疲れて草に腰をおろせば暖かく
小指ほどの葉が香りを運んで来る
さらさら揺れて風が見える
空に朱は見えなくて明日は晴れるだろう

夜遅く雨がふっている　朝もふっている
もう一度眠れば滲みでて来るものがある
地からだろうか
草を湧き出る姿だろうか

ぼやけた景色の奥に輝く目を見た気がする
十代のはじめに惹きつけられた緑の想いに似ている
麦を播き　稲を育てる　汗する
喜びあるや

木々の向こうから地底から滲みでている
秋の稔りのために
食べ物があるということに
眠るところがあることに
空へ繋がる轟きは命の循環
私たちの民人の海を渡って来た処
根は地を深く張り巡らされていた
平和の時、戦火の時にも生きのび命を繋ぐ、そのことに
喜びあるや
平和であることを喜ぶ

雨は私のなかにふり　水溜まりをつくり　小川へ流れていく
雨はしずかにふっている
花咲く木に　田に　働く人に古くからの声がする

Ⅱ　木の影が長くなった

量子的時間を離れ
幸せの瞬間は流れ過去にも未来にも流れていた
過ぎた思い出が連続の渦になって私は巻き込まれる
　渦は開いて未来へいくのだろう
愛した人たちのなかにいて摑(つか)みかねていた幻想ではない
あなたがいる
少しの動き、目や口もとにマシュマロが溶けていくような
優しい時にいる
老女たちは皆、打刻された傷を愛おしく抱えている
長く生きてきた軌跡に佇み抱きしめ歩いていくのだろう
瘦せて皺の細い体は炎になって燃えているようだ
時間は過ぎたのだ
面影を今に重ねる
時間は流れる　そうして時は流れていく
幼い安らぎにいて寂しくないな　今
遺したいのは愛かも知れない
忘れていて時折ふりかえる
体を流れる腐蝕画の一瞬一瞬が逆流して燃える時があるのだ

木の影が長くなってきた
老女たちは夕暮れの光を浴びて並んで立っている
残せるものが愛であるといい
涙の布を広げ乾かして面影が刻印できるならいい……

鳴尾新川を歩く

狭間　孝

阪神高速道路武庫川出口は
くるくると道路が回る高架を下りていく
武庫川ランプ公園は
回って下りた高架道路の敷地にあり
その隣を流れる鳴尾新川の桜が咲いていた

桜を見上げると
今年も桜を愛でることができた
そんな歓びがふつふつと湧いてくる
油断して満開を見逃しても
川に流れる花筏を楽しむこともできる

毎年　鳴尾新川沿いを歩くことを
楽しみにしてきた
今年はどんなふうに歩こうか

鳴尾新川の橋の名を確かめながら
桜を眺める
ランプ公園の前にある月見橋
ほんの少し下って遊覧橋　笠屋橋
神日(しんにち)橋と続き神寶(しんぽう)橋　三笠橋
臨港線沿いの橋の名は本田橋
三軒屋橋 西に曲がる辺りは境橋　中川橋
小学校の辺りで暗渠となり
地上に現れた所にあるのが上田橋

橋名と桜を愛でながら
この地の歴史を思い浮かべた

鳴尾新川に橋を建設した昭和八年
ドイツでは
ヒットラーが首相になり
日本では
小林多喜二が築地署で暴行を受け
三十一歳という若さで生涯を終えた
戦争準備の年が続いていく

鳴尾競馬場は
海軍の飛行場となり
隣接する地に
紫電改を造った川西航空機の工場があった
終戦の年
鳴尾は焼け野原になった

春の用水路にて

遠くに諭鶴羽山（ゆづるはさん）が見え
三原川と成相川（なりあいがわ）が合流し扇状地が広がっている
今は玉ねぎの出荷で農家は忙しい

松帆地区の田んぼの周りに続く用水路を
歩きながら
探しているものは
水路や田んぼの畔の石積みの代わりに
積まれた砂利の多いコンクリート片

畔に咲く野の花や
玉ねぎを収穫する農民の笑顔に
カメラを向けるわけでもなく
ひたすらコンクリート片を探し
ピントを合わせている

用水路の補強に使い
田んぼの境界の畔の石積み
橋桁にされたものもあった
意外に多く見つかるものだ

僕が探していたものは

戦争末期に造られた○○（まるまる）飛行場の
滑走路のコンクリート片
飛行場の周りを囲み
排水用に造られた用水路は
戦後、田畑を潤す水路となり
今では玉ねぎの特産地に必要な水源だ

人びとは軍機密漏洩（ろうえい）の罪を恐れ
「飛行場」という言葉を一切使わず
それを『○○（まるまる）』と言った

飛行場建設のため
立ち退きを命じられた松帆脇田榎列（まつほわきたえなみ）の住民は
戦後すぐ　滑走路のコンクリートを撤去し
農地に戻し
家を建てた時　家の土台となった

のどかに広がる田畑
田畑の中に集落があり
朽ちた空き家が増えてきた
昔「○○（まるまる）」があったことを
知らない世代が大半となってきた

妖怪図鑑「朱雀」

勝嶋　啓太

認知症と心臓病で　永らく自宅介護生活を送っていた父が
誤嚥性肺炎を起して　緊急入院となってしまい
幸いにも一命は取り留めたのだが
もう口から食べ物を食べることも出来なくなってしまい
治療のために　いろいろ検査してみると
思ったよりも　父の体は　あちこちがボロボロで
体が弱ったことが関係しているのか　認知症も一気に進んで
これ以上　自宅で生活するのは　もう無理　ということで
療養型病院に入院することになった
医者からは
もって　あと3～4カ月ぐらいではないかと思う　と言われた
ということで　この1ヶ月半ぐらいは
とにかく病院探しや入院手続きやらで　バタバタしていたのだが
とりあえず父の療養型病院への入院も無事済んで
今　ちょっとひと息ついたところだ
そこで　今日は　気分転換に
上野の国立科学博物館に　恐竜の化石を観に行くことにした
（恐竜マニアなので）
でも
死んで　今は　骨だけになってしまった　恐竜たち　と
180センチの大きな体が　どんどん痩せ細って
骨と皮だけになって　信じられないぐらい　小さくなってしまった
父　の姿が重なってしまい
正直　気分はまったく晴れなかった
でっかい恐竜たちの化石が展示されているホールの片隅に
鳥は実は恐竜の仲間だった　というコーナーがあって
小さな鳥みたいなやつの化石　が展示されていた
始祖鳥か……と　ぼくが何気なくつぶやくと
突然　その小さな鳥みたいなやつの化石　が
失礼な　あんな飛び方のヘタなやつと一緒にしないでくれ
こっちは本気出せば　飛行速度マッハ4だぜ
と言いはじめたので　ビックリしながら
え　でも　説明書きに「始祖鳥」って書いてありますけど　と言うと
まったく　学者ってやつは
いつでもいい加減なことばっかりやりやがる　と言いながら
ムクムクムクと膨らんで
光り輝く鳥の姿になったので　二度ビックリ
あれ？　どっかで見たことある鳥だな……
あッ！　あなた　もしかして
手塚治虫先生の漫画に出てきた　火の鳥　ですか？
どっちなんスか？
いや　あいつはネ　俺の　弟っつうか　妹っつうか……
いや　俺ら　実はオスとかメスとかないからさ
要は　あいつは　俺より　年下ってことよ
ああ　そういうことですか
で　俺は　朱雀　っていうのよ　火の鳥より体が赤いでしょ

あ、そう言われてみれば　真っ赤ですね
ちなみに　鳳凰　とか　フェニックス　も　俺の兄弟だから
あ　そうなんですか　……じゃあ　つかぬ事をお聞きしますが
あなたの生血も　飲んだら　不老不死　になるんですか？
うん　ヤクルト1本分ぐらい飲めば　もう絶対　死なないよ
え⁉　そんな量で大丈夫なんですか？
じゃあ　お願いです
あなたの生血をちょっとわけていただけませんか？
ヤクルト1本分とは言いません
ほんの数滴でも構いません　と言うと
あげること自体は　まあ　ヤクルト1本分だから
別に構わないけど　理由　教えてくれる？　と言うので
実は父に飲ませてあげたいのです　と言って
かくかくしかじか　と父の今の状態を説明し
とにかく　父に死んで欲しくない
ちょっとでも長く　生きていてほしいのです
と　正直に　今の自分の気持ちを伝えると
朱雀さんは　なるほどね　と言ってから　静かにこう言った
あんたがどうしてもって言うなら
生血をわけてあげるんでも　俺は構わないんだけど
でもね　俺はさ　それはやらない方がいい　と思う
あんたの親父さんにとって　それって
果たして幸せなことなのかな？　って思うんだよね
人間は　不老不死　っていうと
なんだか良いことのように　思いがちだけど
実は　そんないいもんじゃないいんだよ

そもそも　不老不死　っていうのは
俺たち鳳凰一族がヤンチャやり過ぎたんで
神さまから与えられた　罰　だからね
え？　そうなんですか？
どうして　不老不死　が　罰　なんですか？
だって　死　がないってことは
生　にも　特別な意味がない　ってことだからね
つまり　何もない　ってことさ
死という　終りというか　区切りというか　ゴールがあるから
生　が　特別で　意味のある　尊いものになるのであって
生　が　限りある特別な時間だからこそ
喜んだり　笑ったり　怒ったり　悲しんだり　ということの
ひとつひとつが
忘れられない　愛おしく　大切な　特別な意味　を持つんだよ
あんたの親父さんは　90年も　一生懸命　がんばって生きてきた
あんたに　死んで欲しくない　と思われるぐらいにね
だったら　それは　もう
特別で　忘れられない　愛おしく　大切な　尊い　生　じゃないか
もう　それで　充分じゃないか
もうそろそろ　親父さんに人生のゴールインをさせてあげなさいよ
尊い　生　を全うした人から　死　を奪ってはいけないよ
ぼくは　朱雀さんに　ただ
そうですね……　としか言えなかった
まあ　今はまだ　わからなくてもいいけどね
朱雀さんはそう言うと
元の　小さな鳥みたいなやつの化石　に戻った

妖怪図鑑「玄武」

熊谷　直樹

伊三郎や　ちょっとこちらへおいで　と
父の佐市に呼ばれた伊三郎さん
はい　何でしょう　とかしこまって座りますと
知っての通り　以前からおっ母さんの具合がどうもよくない
ただでさえ具合のよくないところへもってきて
このところの暑さだ　早く涼しくなってくれればいいが……
で　杉田玄白先生に診ていただいたところ　漢方のお薬で
桂枝芍薬知母湯　桂枝越婢湯
芍薬甘草附子湯　大防風湯　あたりがよかろう
とのことなんだ　決して安くはないが身命には替えられぬ
大事な使いなので　小僧にもまかせられぬ
すまないがお前　小石川まで行ってきておくれ
ここに五両ある　これで一ト月分には足りるだろう
ちょっと待ってくださいお父さん　出かけるのはいいが
とても覚えられるもんじゃあありません
ナニ　大丈夫だ　ちゃんとここに紙に書いてある　安心おし
気をつけて行ってくるんだよ　と送り出された伊三郎さん
神田神保町から小川町を抜け　御茶ノ水から水道橋を通り
飯田橋を過ぎ　しばらく神田川沿いに歩いて行きますと
一艘の小船に大きな亀が捕らえられているのが目に入りました
伊三郎さん　思わず
船頭さん　船頭さん　ちょいと尋ねるが
一体　その亀をどうするんだい
何？　明神様の御供物にするって？　と聞いた伊三郎さん
子どもの頃に小さな亀を飼っていたことを思い出しました
名前をつけて可愛がっていて　カメ吉　カメ吉　と
まさかあれがカメ吉だとは思われませんが
船頭さん　その亀を譲ってくれないか？　ナニ？　駄目？
そこを何とか……　と伊三郎さん
父親に渡された五両を押しつけて強引に亀を買い取ると
いいかい？　もう捕まるんじゃあないよ　と
亀を放してやりはしましたが……　さあ困った
おっ母さんを助けるための大切な五両を
まさか亀に替えてしまったとも言えません
だからと言って　そのまま帰らないわけにもいかず
どうしたものかとトボトボ来た道を引き返していますと
水道橋を過ぎたあたりで人が騒いでいます
どうしたことかと聞いてみますと　何と先程の船頭が
船を引っくり返して溺れてしまったというではありませんか
ああ気の毒に　と思いながら神保町の家へ戻って参りますと
おや伊三郎　どうしたことだい　と父の佐市が問いただします
いや実は……　と伊三郎さん
お父さんから預かった金は亀に替えて……
と言い訳をするのも　何と間の抜けた話だろうと
情なく思って困っておりましたところ
薬を買って来いとは言ったがお医者まで手配して

気の利く話だ　と上機嫌な様子です
驚いた伊三郎さん
いえ　そんなことはありません　実はあのお金で
しかじか亀を買い　放してやったのです　と言いますと
何を馬鹿なことを言っているんだ？
杉田玄白先生のお弟子さんという先生がいらして
おっ母さんを診てくださり　お薬も処方してくださって
早速ながらおっ母さんの様子も
だいぶ調子もよくなったようだ
薬だけでなく　名医まで探して来るとはたいしたものだ
私は孝行息子を持って大変嬉しいぞ　と言います
伊三郎さん　何のことやらさっぱりわかりませんでしたが
ふと柱に掛かっていた暦を見てみますと
「放生会」と書いてありました

ね？　不思議な話でしょう？　と我が家の化け猫が言う
うーん……　何の話だい？　と聞くと
これはあなたが見た夢の話です　覚えていませんか？
これもあなたの御先祖の話なんですよ　と猫は言う
私の見た夢？　ふーん……　御先祖の話ねぇ……
あなたの父方は　確か元々は神田神保町でしたよね
伊三郎さんのおっ母さんは　このお薬の処方からすると
どうやら関節リュウマチか何かだったようですね
小石川には養生所に隣接して薬草園がありましたから
それで出かけて行ったのでしょう

ふーん　相変わらず詳しいね　で？　お医者さんは……
お医者様は　玄武です　とキッパリと猫は言う
玄武……？　と聞くと
ええ　四神のあの玄武です　玄武は亀の化身ですからね
うまく杉田玄白の弟子になりすますことが出来たのです
ふーん　玄武だから玄白のところにねぇ……
これとよく似た話が　昔の天竺にもあります
あなただって子どもの頃　飼っていた亀を
井の頭の池に放してやったことがあるじゃありませんか
オドロイタね　何でもよく知っているね
ところであなた　最近お墓参りに行きましたよね
そりゃあ　お彼岸だものさ　お参りはするよ
あなたの父方のお墓は小石川ですよね
それで夢を見たのかも知れませんね
ははァ　なるほどね
それとね　あなた案外　自分で思っているよりは
孝行息子なのかも知れませんよ
あなた　いつも自分を親不孝者だと思っているでしょ？
けれどもそれは
けっこうそう思い込んでいるだけなのかも知れませんね
と猫はそう言うとにっこりと笑って片目をつむってみせた

※参考　「宇治拾遺物語（亀を買て放つ事）」

黒曜の水

酒井　力

アスファルト道路が途絶え
草むらに隠れ
ところどころ見えないが
その道は
たしかに
続いている

現代へとつないできた
思いと願い
原始に生きた人たちの影は
草いきれになって
かすかにみちてくる

何がそうさせているのか
いま
どうしてこうなっているのか

創造した人工物の世界と
すさまじい雑踏の波を
気にもせず
これが
人の生き方だ
あるべき理想の社会だ
と定義づけてしまったみたいに

日一日と肥大し
巨大化する
奇妙な怪物の
足音が
きみには聴こえているだろうか

草むらから
湧きでる
いのちの水は
それでも
冷たく
私の喉を潤し

かつては
一万年とも
一万二千年ともいう
黒曜石の
時代の似姿となって
いまも
生きつづけている

辛夷の花

縄文の時代に住んだ
住居が
だれかの手によって
復元され
湧水の近くに
ひっそりと風雪に耐え
佇んでいる

なにひとつ
ものを言うでもなく
泣くでもなく
笑うでもない

その貌（かお）の奥には
ほんの少し
さみしいような
小さな目が
暗がりに
澄んだ光をたたえていた

乾いた萱の
喉先に
幾重にも雨すじが
染みつき
火をくべた
かまどの窪みには
草も生えているが

彼は
落葉樹の林に
崩れながら
そのままの姿を
息づかせようとしている

傍らに
辛夷（こぶし）が一本
花ひらき

人と人とが支え合った
古代の
豊かな生活に
満面の笑みを
浮かべてみせる

流しそうめん秘話

近藤　八重子

夏になると
平家谷の流しそうめんが恋しくなる
うっそうとした木立ちの下を流れる清水
冷んやりと谷の水のせせらぎを聞きながら流れるそうめん
素朴な味は昔を偲ばせる
この薄暗い場所は平家伝説を孕(はら)んでいる谷

源氏に追われた平家一族がこの谷に身を隠し
見張らしのいい丘に順番に見張り番をした
ある朝
海岸に白い物がたくさん現れたので
見張り番は源氏の旗群と思い込んでしまった
皆に知らせると
源氏に殺されるより自決した方がいいということになり
平家一族の血筋を絶やさないために
若い男女一組を残し皆自決した
その後
その白い物が白鷺(しらさぎ)であることが判明したという
戦争(いくさ)の生と死が生生しく浮きあがり
生きる厳しさを今も伝えている平家伝説

平家谷の流しそうめんが冷たいのは
自決した平家一族の涙の冷たさなのだろうか
それとも
権力を握った者の
高慢や傲慢から流れる血の冷たさなのだろうか

甘い誘いには毒がある

若者よ
高額報酬という甘い誘いには毒がある
身も心も未来までも滅ぼす毒がある
闇バイトに誘う偽善者はやさしく近寄り
ＳＮＳの魅力的な誘いで
君の顔から笑顔を奪っていく

若者よ
人間の脳は困った時ほどよく動く
どうにかしなければ　と活発に動く
それを狙う偽善者の餌食になるな
偽善者への従順は自分を失う
高額報酬という汚れたお金で
全てが叶う錯覚に陥（おちい）るな

若者よ
無知は常に不安だ
心の貧しさに溺れ大切な日々を失っていく
朝の訪れもなく昼の明るさにも出会えず
闇夜ばかり生きる危険を含んでいる

若者よ
失うものがないほど強いものはないと言うが
君には若さや青春という宝ものがあるじゃないか
未来という輝かしい日々が待ってくれているじゃーないか
青春という人生を戦争で失った者には羨（うらや）ましいかぎりだ
未来ある若者よ
素直に笑えた日々があっただろう
これからも腹の底から笑える日々であってほしい

やっと一言
お母ちゃん　と呟いて死んだ幼児の分まで
自分らしく明るく胸を張って
正しい人生を進め
偽善者の餌食（えじき）になるな

へいわをかえせ

天瀬　裕康

あれから
もう
七十年が
過ぎてしまった

峠三吉が死んだのは
昭和二十八年の春
一九五三年三月十日
まだ戦後といえる頃だ

その後　追悼の
式典や資料展は
幾度も行われた
没後七〇年祭は
五日の日曜日に
碑前で挙行され
十三日まで展示
が原爆資料館で……

『原爆詩集』
によって　すでに
ある程度　有名になっていた
この詩人は
胸からの喀血(かっけつ)を繰り返す

最初の喀血は十八歳
戦前の診断は肺結核
肺結核は不治の病だ

喀血も反復して継続した
が　戦後の正確な診断は
気管支拡張症による喀血
手術で治るかもしれない

あの詩集の序において
《ちちをかえせ　ははをかえせ》
と　詠い始めた詩人は
長篇詩の構想を持っていた
それを書き上げる健康を取り戻すため
彼は手術を決意する

《としよりをかえせ》
入院したのは
一九五三年三月九日
《こどもをかえせ》
九日午後一時三十五分　麻酔
二時十五分　手術開始
《わたしをかえせ　わたしにつながる》

彼の右肺下葉は　横隔膜と
背側肋骨に　高度の癒着を起こしていた
《にんげんをかえせ》

午後四時十分　癒着剝離ほぼ成功
下葉を切り取るだけになったとき
急に血圧が下がり脈拍が速くなる

危い——強心・血圧上昇剤　輸血
三吉の喀血を救ってきた輸血は
午後八時には総量二二〇〇cc

十日午前二時　親しい者たちが手術室へ
三時三十分　仲間が『原爆詩集』の序を朗読
《にんげんの　にんげんのよのあるかぎり》
四時四十五分　三吉逝去　享年三十六
《くずれぬへいわを》

私と妻が原爆資料館地下一階の
情報資料室で開かれた
「没後七〇年記念特別公開資料展」
に行ったのは　三月六日の月曜日
天気予報では九日から天気が崩れるので
命日より早めに行ったのだった

資料展には　いったい幾度赴いたことか
今回の出品では　日記は六年ぶり
原爆日記の草稿は九年ぶり
いろんな想いが駆け巡る

三吉が死んだのは
朝鮮戦争が終わる四か月まえ
今はウクライナ戦争の
分岐点だろうか
もう　これ以上
戦争を続けないでほしい
いや続けてはならぬ

《へいわをかえせ》
へいわをかえせ

年賀じまい

鈴木　正一

まもなく年の瀬　　年が明ければ
あの日から　十二回目の新春
「あけまして　おめでとう」
めっきり少なくなった年賀状を
したためる　時期が来た

一時帰還して　二年が経過
帰還した浪江町民は
　一、九五〇人程（九％）
他方　転出した町民は
　その三倍以上（二七・九％）
約千七百人いた小中学生は
　三九名（二・三％）に
復興の担い手は　想定外の少数

復興は　途についたばかりなのに
ここまで　一二年もかかった
「被災者に寄り添う」は
　嘘っぱち
帰還困難区域の全域除染は
　住民意向の有無に　責任転嫁
国は　原状回復の責務を
　放棄した
中間貯蔵核ゴミの　最終処分地は
　未だに定まらない
ふるさと復興は　目隠しされた

復興予算は
　防衛費に転用で　先行き不安
次世代原発開発・六〇年超運転は
　世論困惑の説明欠く　政策大転換
三・一一の教訓は
　忘却の彼方へ　追いやられた

東電一Fの廃炉に
あと　何十年かかるのか
処理水（汚染水）の海洋放出
　被害は如何に
被ばく不安もあるところに
　帰還する人は　どれ程いるのか
絆を奪われた核災棄民は
　年初め　なに想う

恒例の　つぶやき
〝あけまして　おめでたい　？
　私の新春は　まだ来ない……〟
ペンは　　動かなくなった

戻れない　核災棄民

三・一一フクシマから　一二年が経過
除染が終わり　帰郷してもう二年
心静かに見渡す　自宅からの眺め
変わり果てた　見慣れた風景

日課で楽しんだ　花木の剪定
除染で除去され　稀有になった花木
雑木林のたまご茸は　生涯食できず
一〇年経っても　五千ベクレルの汚染
ため池は枯れ　魚・水鳥の姿は消えた

それでも　山茶花、柊、ビワの花
椿のふくらんだ蕾、頭の垂れた南天の実
強風で　雨あられのごとく積もる落葉
記憶にある　風景のかけら
自然の蘇生力には驚き　癒される

生活の中に　ひっそり潜む放射線
二年間の被ばく線量は
　年二・三ｍSv

国際放射線防護委員会の
平常時の公衆被ばく線量限度は
　年一ｍSv

環境省の再除染基準は
　年四・三五ｍSv
除染の目標値は　年一ｍSvだったはず
環境省の再除染基準は
　異常に高くはないか
自宅の再除染の要請は　黙殺された
日常生活は
　放射線被ばくの人体実験

転出した町民　六、〇〇九人は
帰還者　一、九六四人の　三倍超
住民登録者は　二八％減少して
　一五、五三三人に
　転出傾向は　急加速している
　　　　　　　（二〇二三年一月末）
被ばく不安でも絆の失せた　ふるさと
元の街に戻ることもない　ふるさと
遠い記憶だけになった　ふるさと
　戻りたくても
　　戻れない　核災棄民

自動販売機の憂鬱

千葉　孝司

どうして　そこにいるの
そう聞かれたら
風船をふくらます勢いで
周囲ごと吸い込み
思い切り吐き出してほしい

この場所が
退屈と怠惰の果てにたどりついたのなら
とっくに夕日が沈む向こうの
どこかを目指している

でもここは
秋風に飛ばされた落ち葉が
形を失う直前にやっとたどりついた
道端のコンクリートの湿り
足音に耳をそばだて
凍えながら
しがみつくしかない

ここではないどこかへと
制帽を目深にかぶった言葉が降ってきたら
消えてなくなってしまえと
自分に呪いをかけるしかない

ほの暗い一角で
かすかに光る自動販売機
毎日のあなたに必要
薄くなった宣伝文字
あなたが選ぶのは
「人を受け入れること」
それが一番楽になれると思い込んでいる
でもボタンには手が届かない

隣には
あなたが目も向けない
「自分を受け入れること」
いつか
そのボタンが押せますように

無題

どんな題名よりも
名付けられない作品に心惹かれる
名前をつけたところで
「本質」は、するりと逃げていく
だから
無題でいい
無題がいい
「環水平アーク」なんて名付けられたことを
真っ直ぐな虹は知らない

小高の風

石川　樹林

ガタンゴトン
いわきから各駅へ
列車は軽いのに重い

車窓からの空は
波と毒を消せず
雲を祈りに変える

駅のホームは
ひび割れ
雑草は下を向く

緊張の空気のまま
小高駅に到着
十年後の…

フルハウス*が人を迎え
「死霊」の人も
「死の棘」の人も
この地に　息づいていた*

小高を愛し
越えていくほどの
永遠の問い
守り人たちの営み

この町は
共苦と
文学を
住まわせている

相馬の野馬
ひゅーっ
カフエの前
通った気がした

ふくらむ
にがさのなか
わたしのなか
小高の風となり
駆け抜けていく

＊フルハウスは、柳美里が「魂の避難場所」として創設のブックカフェ
＊埴谷・島尾記念文学資料館。隣接した図書館には尽力した若松丈太郎氏の著作も並ぶ

俳句・川柳・短歌・狂歌・作詞

俳句とエコロジー
――令和五年度牡丹俳句大会講演録

鈴木　光影

日時　二〇二三年五月十三日（日）10時15分～11時30分
場所　須賀川市民交流センター（tette）たいまつホール

皆さんこんにちは、鈴木光影です。昨日昼頃に須賀川に着きまして、永瀬十悟さんに牡丹園をご案内いただきました（地球温暖化の影響もあってか年々開花時期が早くなっているようです）。その後「桔槹（きっこう）」有志の皆さんと街中吟行をして市役所の展望台からウルトラマン（＊須賀川は特撮映画監督の円谷英二の出身地で、市役所展望台がウルトラの父の身長と同じ高さに設計されている）と同じ目線を体感したりして、「風流のはじめ館」で句会をやりました。実はそれ以前にも須賀川には何度かお邪魔したことがありまして、二〇一八年に牡丹焚火に参加したり、乙字ケ滝をご案内いただいた事もあります。この会場の「tette（テッテ）」もとても素敵な施設だと思っていたので、本日こちらでお話をさせていただくことを光栄に思っています。

今日は、最近特に地球規模でのニュースになっている「エコロジー」ということと俳句について、お話してみたいと思います。私は環境問題の専門家ではありませんが、一人の俳人としてこのテーマについて考えています。私の話を聞きながら、ぜひ皆さんも一緒に考えていただければ嬉しいです。

お配りしたレジュメの最初に、二つの質問を書きました。

Q1.「エコロジー（エコ）」と聞いて、どんなことが思い浮かびますか？

いかがでしょうか。エコバッグ、「エコだね」（省エネ）、リサイクル、再生可能エネルギー、地球温暖化、気候変動、環境汚染、絶滅危惧種、生物多様性、ＳＤＧｓ…このような言葉が思い浮かばれたのではないでしょうか。

Q2.「俳句とエコロジー」と聞いて、どんなことが思い浮かびますか？

こちらはいかがでしょうか。エコロジーが自然環境のことだとすると、季語、自然、四季…こんなところでしょうか。そもそも俳句とエコロジーは何か関係があるのか？という疑問を持たれた方もいるかもしれません。

今日はまずこの二つの疑問、「エコロジーとは何だろう」ということと、「そのエコロジーと俳句はどのように関わるのだろう」ということを考えてみたいと思います。

◇地球環境（温暖化）の現在

まず、何故私達がエコロジーのことを考えなくてはいけないかというと、人類が今直面している「地球環境（特に温暖化）」が危機的な状況にあるからです。皆さんもニュースなどで耳にしていると思いますが、改めてどのような状況にあるのかを、レジュメで引用しています。

国連の気候変動に関する政府間パネル（ＩＰＣＣ）の最新の報告書によると、世界は産業革命前からの気温上昇を一・五度に抑えることを目指しているが、すでに一・一度上昇しており、このままでは今後二十年の間に一・五度を超える可能性が高いという。一・五度に抑えるには、二〇三〇年に世界の二酸化炭素（CO2）排出を現状から半減させる必要がある。報告書は「この十年の我々の選択と行動が、現在と今後数千年に影響する」とした。国連のグテーレス事務総長は「気候の時限爆弾の時計が刻々と進んでいる」と述べた。

（参考　二〇二三年三月二十四日　サイエンスポータル）

ちなみにこの「産業革命前からの気温上昇幅一・五度」というのは二〇一五年の「パリ協定」で立てられた国際目標です。せっかく世界のみんなで目標を立てたのに、それが達成できない可能性が高い。そして「時限爆弾」とはなかなか強烈な言葉ですね。それでも私たちは普通に生活しています。このままでいいのだろうかという漠然とした思いを私はもっていますし、きっと皆さんも同じ思いなのではないかと思います。

◇エコロジーとは何か

エコロジーを直訳すれば「生態学」です。では生態学とは何かと言えば、私なりに変換すると、地球はひとつの家で、生き物たちはその家で一緒に暮らしている家族なんだから、互いに助け合って仲良く暮らしていこうよ、そしてどうしたらそれができるかを考える学問だと思っています。より具体的に、三つの項目に分けて説明したいと思います。

①地球上の生物と生物、生物と環境（海、山、川、空気、土…）、生物と人間の関係を考える学問

誰でも生きていると持ちつ持たれつということがあるように、生き物と生き物などそれぞれがより良い関係を築くことで、全体が幸せになれるのではないかということです。

②地球環境における循環を考える学問

関係があるということは、その間をいろんなエネルギーが循環していくということです。

実は私、今年の二月に知床に流氷を観に行ったんです。知床は世界自然遺産になっていて、その豊かな生態系ということがその決め手になったようです。どういうことかというと、初春になるとオホーツク海から流氷が到来します。流氷には植物プランクトンが含まれていて、それが知床の海で溶けて大量発生します。それをエビなどの動物プランクトンが食べる、それをサケやマスが食べる、サケが海から川を遡上する時にヒグマやキツネ、シマフクロウやオオワシが掴まえて食べる。というように海と陸上が一つの生態系として循環しているんですね。また貴重な植物の環境も残されています。知床は生態系、エコロジーということを考え体感するのにとても貴重な場所だと思いました。しかし、最近地球温暖化の影響で流氷の量が年々減っていたり、見られる時期が遅くなっているそうです。これは知床の生態系にとっても危機的なことです。

さて、①生き物同士の良い関係と②良い循環があるのは良い環境、良い生態系ですね。それを実現して行こうよということで、「環境保護」という意味合いがエコロジーに生まれました。

③脱・人間中心主義

これは人の意識の問題です。私達は人間として生まれて今も生きていますので、どうしても人間中心にものごとを考えてしまいますし、自分達が快適に暮らせるように環境を開発してしまいがちです。「わかっちゃいるけどやめられない」ですね。でも、たくさんの生物との関係や自然の循環の中で人間という一生物がいると思うと、人間中心ではなくて、人も動物も植物も命として平等だという気持ちが、「エコロジー」の基礎にあるということです。人間としての欲望をどこかで押しとどめて、エコロジーの考えを導入していくことが、先程言ったような危機的状況における人類の生きる道なのではないかと思います。

その意味で私は「エコ」の反対は「エゴ」でないかと思っています。自分だけ幸せになればいいんだという「エゴ」を超えていこうというのが「エコ」の考え方ではないでしょうか。かといって自分のことを全く考えてはいけないと言っているのではありません。自分とは違う人や生き物と一緒になって幸せに暮らす生態系を模索していくことが大切ではないでしょうか。そんな人間中心ではない俳句として、一句あげてみます。

下萌えぬにんげんそれに従ひぬ　　星野立子

季語の「下萌え」は、春になって草の芽が萌え出てくることですね。その草の芽を踏んで歩いている人間は、気付いていないだけで実は下萌えに春の力をもらってそのおかげで生きているんだという句ではないかと思います。

立子のお父さんの高浜虚子はこの句を引用した後に、

畢竟(ひっきょう)人も草木禽獣魚介の類と共に、宇宙の表れの一つであるに過ぎない。

（高浜虚子「いずれも宇宙の現れの一つ」より）

と言っています。つまり人間が上で草木禽獣魚介が下ではなく、みんな平等に草萌えのような宇宙の表れの一つなんだということですね。この人間中心ではないということが俳句の基本なのではないかと思います。

須賀川にもこの立子と同様に人間とそれ以外が平等、もしくは人間の方が下だという思想で作られた俳句があります。牡丹園のパンフレットに載っている柳沼源太郎（俳号　破籠子）の、

園主より身は芽牡丹の奴かな　　破籠子

という句。「人は私のことを牡丹園の園主と呼ぶが、そんなおごり高ぶった気持ちはなく、愛らしい芽牡丹に心から仕えている一人に過ぎない」と解説があります。現在の牡丹園の名声を築き上げた園主の源太郎が俳人でもあったということは、須賀川という地にとって意味深いことだと思っています。

◇高浜虚子の「花鳥諷詠」観

さて、高浜虚子が俳句で大切なこととして言ったのが「花鳥

諷詠」です。花や鳥といった自然を題材にしてそれを諷詠するのが俳句なんだということです。その花鳥諷詠について、「循環」ということと共に説明している箇所を引用してみます。

天然の風光が明媚で、また四時の循環が順序良く行われる、その天恵を享受しているこの日本にあっては、祖先伝来の特殊の文芸である花鳥諷詠詩が存在して居るということを忘れてはいけません。

（高浜虚子「俳句への道」二）

今、この言葉を聞くとちょっと現在の実体とは違うんじゃないか?と思われる人もいると思います。温暖化で花が咲く時期がどんどん早くなっていっていますし、長雨や大雨があったり、虚子が生きていた明治から昭和中期とは実感が違いますよね。

また「天恵を享受している」という点からすると、もちろん日本は外国に比べ四季が分かりやすいですが、それよりも「古今和歌集」の昔からの四季に心を寄せる日本人の精神性が「天恵」と思わせているふしもあると思います。しかし、確かに俳人の多くはこの虚子がいう「四時」つまり春夏秋冬の四季の循環が順序良く行われることに期待して俳句を詠んでいますよね。そうならば俳人こそ、もっと自然環境の保護に関心を持つべきではないか?などと私は思ってしまいます。もちろん、では具体的にどうすればいいのかというのは難しいのですが、まずは俳句と環境問題は別物だと思わずに、関係するんだという意識が大事なのではないかと思います。

◇俳句の「いま」「ここ」「われ」

さて、私が俳句を始めたころに、上田五千石が書いた、俳句は「いま」「ここ」「われ」を詠むんだという入門書を読んで、とても納得した記憶があります。その文章を引用します。俳句には感動が伴うんだということに続く箇所です。

感動とは「いま」「ここ」に「われ」をゆさぶり、生きて在ることを確認させるものであります。俳句くらい、この感動そのものを端的につかまえようとする詩型はありません。俳句の短さが、生き、生かされるのは、この感動の直接的把握、瞬間的感受にあります。

（上田五千石『俳句に大事な五つのこと』）

今読んでも確かにそうだなと思います。しかし、先程お話した「エコロジー」という観点から考えると、「いま」「ここ」「われ」とは、少し「エゴ」に近いのかなというふうにも感じられます。私は俳句は「いま」「ここ」「われ」を詠むことが大事だし基本だと思います。しかし、特にこれからの時代においては、「いまではない、ここではない、われではない」ものを自分の中に宿しながら、地球の未来や他の生物というエコロジー的な視座を共に持ちながら、目の前の「いま」「ここ」「われ」を詠んでいくことが大切ではないかと考えています。そしてそのような俳句が、「エコロジーの俳句」ではないかと思います。

◇芭蕉に息づくエコロジー

花にあそぶ虻（あぶ）なくらひ（喰）そ友雀（ともすずめ）　松尾芭蕉

「な～そ」は禁止の意味なので、雀に対して、虻を食べないでよーと言っています。花に遊ぶといっても、虻も蜜を吸っているんですが。花も虻も雀も、そしてそれを少し離れた所で見ている芭蕉も、「友だち」なんだよ、というエコロジー精神があるのではないでしょうか。

おもしろうてやがて悲しき鵜舟（うぶね）哉（かな）　芭蕉

鵜飼漁をする人、漁に使われる鳥の鵜、鵜に一度呑み込まれて吐き出される魚が登場します。この句は、謡曲の「鵜飼」を下敷きにして作られた俳句とも言われていますが、実際に岐阜県の長良川の鵜飼を見て詠まれています。この句を読んで、現代にも通じる感覚だなあと思ったことがあります。動物園や水族館に行って観ている時は面白いんですが、ふと動物と目があってたまたま寂しげに見えたりすると、檻や水槽を出て大自然の中で伸び伸びと走ったり泳いだりしたいのかなと思うことがあります。もちろん、動物園・水族館の飼育員さんは動物たちができるだけ自然に近い形で生活できるよう苦労なさっていると思いますが。芭蕉のこの句も、鵜舟という面白い見世物が終わってしまった悲しみだけでなく、人間に使われる鵜や、鵜に食われる魚たちの悲しみを感じているのではないか、そんなことを思います。

◇エコロジスト一茶

「エコロジーの俳句」を具体的に考える時に、特にご紹介したい俳人が小林一茶です。フランス人の一茶研究者、マブソン青眼さんが『江戸のエコロジスト一茶』という本を書かれていて、一茶がエコロジーを体現した俳人だったということがよく分かります。私の方で一茶の句を四句挙げてみました。

やせ蛙負けるな一茶これにあり　小林一茶

蛙の世界の競争を人間の一茶が応援しているんですね。蛙界と人間界、それぞれ生き延びるために競争があると思います。一茶は蛙界で弱い立場にいるやせ蛙に共感を寄せています。そして「これにあり」の「これ」は人間の側ですが、蛙の側にもとても近い。蛙界と人間界の境界が無い、その境界を越えていく俳句です。ここには異なる生物が心を通わせて関係していくエコロジーの思想があると思います。

目出度さもちう位也（なり）おらが春　一茶

さきほど人間の「エゴ」、欲望という話をしましたが、めでたいことも「中くらい」がいいんだということを教えてくれます。「足るを知る」ですね。際限なく欲望を叶えていったら、その時は良くても、どこかに負荷がかかって、そのうちに身を亡ぼしてしまいます。自分の幸せを中くらいで止めておいて、春のあたたかさにのせて全体の関係性の中に目出度さを循環させておく、そんなイメージが感じられます。

露の世は露の世ながらさりながら　一茶

この句は、一茶が長女さとを亡くした時の句です。この世は露のような儚いもので、人の命も儚いものだとわかっているけれども、それでもあきらめられない。「露の世」「露の世」「ながら」「ながら」という繰り返し表現から、本当につらい、身が引き裂かれるような思いが感じられます。この経験の後、一茶は小動物などを慈しむ句を多く詠むようになったと、マブソンさんは解説しています。この世に生まれてきた「命」というものの重さが、この句を何度も読むうちに感じられてきました。そしてそれは人間に限らず、他の生物、全てに通じる命の重さなんだと思います。

やけ土のほかりくや蚤さはぐ　一茶

一茶が晩年に火事にあって家が全焼してしまった時の句です。ふつう、家に住んでいた人間として、途方に暮れますよね。それでも一茶は、その焼け跡に息づいている小動物の蚤の小さな世界をめでています。自分の不幸と他の生物のたくましい営みが同時進行で起こっています。エコロジー的な視点によって、人間の不幸な状況も大きな生態系の中に置いて可笑しみに転換した一茶の精神に、しなやかな強さを感じます。

◇生物、環境、人、地球

ここからは江戸時代以降の俳人に目を向けてみます。

おおかみに蛍が一つ付いていた　金子兜太

蛍にしてみればおおかみは大きな生き物、おおかみにしてみれば蛍は小さな生き物ですね。蛍はおおかみの体の一部にひっついて、まるで命そのもののように光っています。その時、おおかみも蛍も一つの対等な命だということが思い起こされます。

猪が来て空気を食べる春の峠　兜太

よく自然の中で深呼吸をして「空気が美味しいな」なんて言いますね。コロナ禍でマスクが日常になった後はなおさらです。東京暮らしの私にとっても須賀川の空気は美味しいです。都会や工場の排気ガスの中では本当に「空気を食べる」豊かさが貴重です。猪から教えられます。

絶滅のかの狼を連れ歩く　三橋敏雄

この句の狼は絶滅したと言われるニホンオオカミです。生態系を保護して生物多様性を保っていくことは、様々な動植物が季語になっている俳句の精神と重なります。福島県飯舘村で狼の天上画のある山津見神社を見学させていただいたことがあります。そこは狼を神様として祀っていて、天上より、狼から見られているような気がする場所でした。この句も、人間活動の影響もあって絶滅した狼のたましいを連れ歩くように感じながら共に生きる、エコロジーの俳句だと思います。

暗く暑く大群衆と花火待つ　西東三鬼

この句は、人と人のエコロジーということがあるのではないかということで挙げてみました。花火大会の夜、「暑く」にはむんむんとした熱気もあってちょっと不快な感じもします。見知らぬ人たちと一緒に同じ場所にいるということは中々大変なことです。それでも、美しい花火を待つ大群衆が、意識するしないに関わらず、なんとか良い関係を築いていこうとしている。私はここにエコロジーを見る思いがします。

水の地球すこしはなれて春の月　正木ゆう子

ふつう私たちが地上から春の月を眺めてそれを俳句に詠むときとは違って、地球を飛び出した宇宙空間からの視点で読まれています。こう読まれることで、日常では気付かなかった地球が水の惑星なんだということや、月と一緒に宇宙空間を漂うひとつの宇宙船・地球号という感覚を与えてくれます。潤んだ春の月と水の地球の良い関係性にも、地球を飛び出したエコロジー精神があると思います。

◇大きな時間

「いま」に、過去や未来やもっと大きな時間が詰め込まれた俳句を紹介します。

なつかしや未生以前の青嵐　寺田寅彦

夏目漱石の弟子で物理学者でもあった寺田寅彦の俳句です。「いま」「ここ」の青嵐を感じて、「なつかしい」「自分が生まれる前に吹いていた青嵐と同じだ」と感じたということでしょう。とても変わった感覚ですが、例えば、自分のご先祖さまも同じ感覚だったのかななどと思うと、自分が生きる現在が過去と繋がっているような気がします。

わが墓を止り木とせよ春の鳥　中村苑子

この句を詠んだ時、作者の中村苑子はもちろん生きていました。しかし、自分の死後のことを想像しています。想像して、春の鳥に自分の墓を使っていいよと言っています。自分が死んでもこの世界は続いていく、地球や生物たちは生きていくし、次世代の人類も生きていく、そういう「われ」なき後の世界への愛を感じる俳句です。「死んだら終わり」じゃないのです。ここにも心のエコロジーを感じます。

百代の過客しんがりに猫の子も　加藤楸邨

この句は有名な松尾芭蕉のおくの細道の冒頭「月日は百代の過客にして、行かふ年も又旅人也。」を踏まえています。先程の高浜虚子が言っていた、草も木も鳥も獣も魚も、芭蕉も楸邨も、様々な事物、時の旅人たちが列をなしている絵をイメージします。そしてその最後尾を小さな仔猫がついて行っている。きっと仔猫の後にも、次にこの世に生まれた生物、旅人たちが続いていくんだと思います。大きな時の流れの循環を感じます。

◇「食物」と俳句

生態系の中では「食物連鎖」がありますが、我々人間も他の生物たちを「食物」として食べて生きています。

鶏毟るべく冬川に出でにけり　飯田龍太

私の田舎の秋田できりたんぽ鍋をやるときに、昔は庭で飼っていた鶏をその日につぶして料理していたという話を祖父母から聞いていました。今はそんな生活も中々なくなったのではないかと思います。その代わり、動物の肉や鳥の卵が生産される現場がブラックボックスになってしまって、動物を殺して命をいただいているという意識が薄くなっていると思います。この飯田龍太の「冬の川」には、命をいただく痛み、荒涼感が表れているのではないかと思います。

秋草の靡くや牛に食はれつつ　鈴木牛後

北海道で酪農を営んでいる鈴木牛後さんの俳句です。牛よりも牛に食われる秋草に眼目が置かれています。人間に乳を提供する牛、牛に食べられる秋草、そんな人と動物と植物の関係性を静かに見つめ、その中に身を置く視座があります。

黄金の波へ乗り出す稲刈機　若井新一

新潟県で農業を営んでいる若井新一さんの俳句です。「黄金の波」が豊作の稔り田を感じさせます。また稲刈機という機械と共に行う田んぼの農家のリアルが感じられます。機械と人間と自然がどのように関わっていくかということもこれからの地球環境にとっては大切な課題だと思います。

◇子どもと俳句

未来の地球を生きる子ども達を詠むことにもエコロジー的な視点があると思います。

曼珠沙華どれも腹出し秩父の子　金子兜太

お腹を出して「腹減ったー」と言いながら遊びまわっているような戦後の子をイメージします。田んぼの畔などに群生する曼珠沙華の噴き出すような赤色が秩父という山国の自然の荒々しさと相まって、この秩父の子には土地の生命力のかたまりのような無垢なエネルギーを感じます。

どの子にも涼しく風の吹く日かな　飯田龍太

龍太のこの句は、自分の子も、他人の子も、皆等しく未来に向けて育っていく存在として、その次の世代への平等であたたかい眼差しを感じます。自分の次の世代への幸せを願って風を吹かせている感じがします。因みに山梨県の飯田蛇笏、龍太の旧家「山廬（さんろ）」は、龍太のご子息の秀實さんが今も維持管理をして、「俳句の聖地」としての山廬の自然や生活を次世代に伝えています。

眠れない子と月へ吹くしゃぼん玉　神野紗希

私と同世代で、いま俳句界を引っ張ってくださっている神野さんの俳句です。神野さんは一児の母でもあります。この句は、親が上で子が下という上から目線の構図ではなくて、眠れない子の隣で、親である作者が共に同じ月へ向ってシャボン玉を吹いているという感じです。子どもを子ども扱いせずに、一緒になって未来を作っていこうとする姿勢が感じられます。

◇震災と俳句

鴨引くや十万年は三日月湖　永瀬十悟

十二年前の大震災をきっかけに生まれた俳句にもエコロジー精神を感じます。永瀬さんのこの句は、放射性物質が無害化するのに十万年という時間がかかるという事実をもとに詠まれています。福島の立入禁止区域の形が、川が蛇行してそこだけ三日月形に取り残された湖である三日月湖のように見えます。事故が起こったら十万年先の地球の生物たちに責任を取らなくてはならない原子力発電を、人類はどうしていくべきなのかを考えさせられます。

給水にならぶ草の芽を踏んで　江藤文子

まさに大震災直後の俳句だと思います。災害が起こった時、ライフラインの一つが水です。水は私たちの命を繋いでくれる自然環境です。非常時になるとそのことを思い出しますが、普段からそのありがたみを思いたいですね。江藤さんの「草の芽を踏んで」という足の感覚には、被災時の不安な思いと共に水のありがたみが刻み込まれているのではないかと思います。

沫雪や野性にもどる棄牛の眼　大河原真青

放射能汚染により立入禁止区域に残された飼牛が野性に戻った様が詠まれています。その土地に暮らしていた人たちは、結果的に土地を奪われ、国の電力政策によって棄てられた「棄民」ですが、牛たちも棄てられた「棄牛」なんですね。しかし、その牛たちは、人間をどのような眼で見ているでしょうか。「何で棄てたのか」というのか、それとも「自由になってせいせいした」でしょうか。文明が自然に問われている。そんな状況が季語の沫雪によっても表されているようです。

海の日の沖に傾く小さき松　　鈴木光影

二〇一八年、いわき市で開かれている海の俳句大会に参加して、福島の豊間・薄磯海岸に行った時の私の句です。津波で流された沿岸地域がかさ上げされて、そこに松の苗木が植えられていました。松が成長して、将来は防災緑地になります。この松が未来の津波から人の命を救うかもしれません。遠い未来の防災・減災、ここにもエコロジーの心があると思います。因みに、いわき市にある「道山林（どうざんばやし）」（クロマツの暴風・防潮林）は江戸時代に植えられたものですが、これが3・11での津波被害を減災させたことが分かっているそうです。

◇戦争と俳句

あやまちはくりかへします秋の暮　　三橋敏雄

戦争は国家と国家、人と人との関係が悪化して起こります。森林が燃やされたり、武器弾薬の使用により温室効果ガスが排出されたりで、地球環境へも大きな悪影響を及ぼしています。三橋敏雄は第二次世界大戦に海軍として出征しています。広島平和記念公園の原爆死没者慰霊碑には「過ちは繰返しませぬから」と刻まれていますが、この句はその言葉を逆手にとっています。反語的に、原爆が再び使用される危機が詠まれています。「あやまち」をきちんと過ちとして次世代に繋げていく、平和への努力を循環させていくことの大切さを反語的に感じさせてくれる句です。

The wind is driving clouds / To the war side / So quickly. . .

戦線へ流るる雲の早さかな

ウラジスラバ・シモノバ（ウクライナ）

翻訳監修　マブソン青眼（二〇二二年三月三十日　東京・中日新聞）

今、戦争のさなかにあるウクライナの俳人が詠んだ俳句です。戦線と雲の早さの取り合せにより、緊迫感が伝わってきます。

ちなみに海外の俳句は約七十カ国二百万人以上に広まっていると言われています。そして海外の俳句は、季語や五七五の韻律が必須ではなく、三行か二行の短い詩としてそれぞれの言語で作られています。日本人だけ、日本語だけでなく、俳句はこれから世界の人々が繋がるツールになる大きな可能性を秘めています。多国籍、多文化、多言語の人々を繋いでいく、これも俳句のエコロジーだと思います。

◇俳句と身体（身体のエコロジー）

詩は「身体的諸機能を開発する装置」である。

ポール・ヴァレリー（1871～1945　フランスの詩人）

（参考　伊藤亜紗『ヴァレリー　芸術と身体の哲学』）

私たちにとって一番身近な自然とは何だろうと考えたときに、それは自分の身体だと思うんです。自分の肌をじっくりみるとなかなか面白いですし、体の調子も日々変化しています。俳句をやっていると、そんな自分自身の身体の感覚、身体的諸機能が活発になる、開発されるように感じる事が時々あります。自分の体という自然を感じること、そして俳句の言葉にすることでその身体が活性化されること、それも体の中で起こっている一つのエコロジーではないかと思っています。

斧入れて香におどろくや冬木立　与謝蕪村

この句では、冬木立に斧を入れた瞬間に立ち上がる香りが詠まれています。それを自分の身体、嗅覚が感じて驚く。「おどろく」というのは俳句にとって基本ですね。驚くからこそ、それを言葉にしようと思うわけです。

ピストルがプールの硬き面に響き　山口誓子

競泳のピストルの音を聞く聴覚、プールの水面を見る視覚、それが堅そうだなと感じる触覚、三つの感覚器官が駆使されています。私たちは何となく視覚の場合は視覚だけと、一つしか使っていないように感じるかもしれませんが、同時に複数の感覚器官を使いこの世界を認識しています。頭をまっさらにして身体で自然と向き合うとこのような身体感覚が「開発」されて俳句ができることもあると思います。

鶏頭の十四五本もありぬべし　正岡子規

子規庵で寝たきりの子規が庭に咲いているだろう鶏頭を見るでもなく見て詠んだ句です。「ぬべし」はあるだろう、あるにちがいない、くらいの意味だと思います。きちんとは見られないけど、「十四五本あるにちがいない」、これは視覚に加えて、子規の第六感が働いているのだと思います。俳句をやっていると時々これに似た、第六感のような不確かだけれどもそう思えるという「ぬべし」の感覚が詠まれることがあります。私はこれも俳句によって「身体的諸機能を開発」された結果だと思っています。開発するということは、新鮮な感覚を取り入れて循環させていくことです。

身体も自然である、そして身体感覚を開発して循環させる俳句はエコロジーであるということを感じていただけましたでしょうか。つまり、俳句をやることは身体にいいのではないか。句会に出す句が無いといってストレスを感じてしまうと良くないのですが、身体を意識して俳句に向き合われると、良い循環が出来てくるのではないでしょうか。

◇身体から心へ（俳句と禅）

仏教学者の鈴木大拙が俳句について次のような言葉を残しているので紹介します。

日本人の心の強味は最深の真理を直覚的につかみ、表象を借りてこれをまざまざと現実的に表現するにある。この目的のために俳句は最も妥当な道具である。（略）日本人を知ることは俳句を理解することを意味し、俳句を理解することは禅宗の「悟り」体験と接触することになる。

（鈴木大拙『禅と日本文化』より）

「直覚的につかみ」というのは、身体感覚が開発されるように、世界の本質を捉えるということではないかと思います。「表象を借りてこれをまざまざと現実的に表現」というのは、具体的な景で描写するということだと思います。そして俳句をやることは「悟り」に近い事なんだと言っています。悟りとは頭でどんなに考えてもダメで、体験しないと到達できないそうです。芭蕉の句〈古池や蛙飛びこむ水の音〉で言えば、「古池」が伝統的なものや常識的な世界の見方だとします。その静かで真っ平らな水面に、蛙が飛び込んで音を立て、常識をこわす。そのような新鮮な精神体験を言っているのではないでしょうか。身体と心で感じたことを俳句の言葉にすることは特別な「体験」であり、それこそが、俳句の「心のエコロジー体験」ではないかと思います。

俳句には体験が伴う、ここに俳句の真の価値があると思います。因みに今、ＡＩが作った俳句が話題ですが、生きた身体や感覚を持たないＡＩには、学習はあっても体験はありません。しいて言えば、ＡＩの俳句を読む人間の側に体験が生じます。体験、体感が伴った言葉こそ俳句ではないでしょうか。

そして、ひとりの人の中での驚きや感動といった体験が基礎となり、めぐりめぐって地球環境への良いアクションに繋がっていくのではないか。そんなふうに思っています。

◇俳句のまち須賀川のエコロジー

本日講演をさせていただいているこの福島県須賀川市も、エコロジー精神の息づいている土地だと私は考えています。芭蕉逗留の地という歴史を継いでいるところ。牡丹園という自然と俳句文化が融合した名所があるところ。そこで行われる牡丹焚火（供養）はその年の牡丹を供養して次の年に美しい花をつける循環を願う行事ですね。また松明あかしも伝統行事として過去から未来へと継いでいきます。こども俳句教室も土地に根付いた俳句文化を次世代へと繋げていきます。須賀川出身の映画監督・円谷英二が生み出したゴジラは水爆実験から生まれた怪獣で、自然破壊と核兵器への警鐘を鳴らしています。またウルトラマンは地球を守るヒーローです。最後に、本日のまとめとして三つの提案です。

①「エコロジー」をより広い意味として捉え直してみる。

②「心のエコロジー」を体験、体感しながら、俳句を詠(読)んでみる。

③俳句×エコロジーで何ができるか、地球環境への行動を考えてみる。

今日の話によって皆さんの中に「俳句とエコロジー」という観点が芽生え、より良い俳句の日常が循環されてゆくと嬉しいです。ご清聴ありがとうございました。

きのふ聞いたこと

蒋　草馬

寒明の庭のくらさは水族館
啓蟄を聞きまちがえてとぼけたい
めんたいこくちびる梅の樹が太る
鹿尾菜(ひじき)揺れる夢地下鉄の座席にて
春闇が渦巻く坑のすべり台
まちがえる僕がだいすき石鹸玉
鉄網に野の見えてゐる春の昼
喉仏重たしげんげ田に午睡して
いうれいとたまに白魚飯を食ふ

海を見にゆく坂けはし卒業す
ヒヤシンスしばしば移すくらしかな
倒れこむソファーが狭い終い彼岸
行春の肌で眼鏡を渇望す
狩人の子孫の絶へて余花の森
きのふ聞いた口笛のこと滝涼し
生家から離れて麦のなかをゆく
果てしなく夏至だ魔法が使へない
涙滾(たぎ)る青蘆原に空落ちて

花丸のかたち

岡田　美幸

春の海土産物屋の貝を買う
ひこばえや腱鞘炎が治らない
ひなまつり雑用全部別の日に
花粉症コントみたいなくしゃみ出る
咲くまでに力を隠し持つ桜
空蟬は偉し変化はストレスぞ
きれいだと父の喜ぶちらし寿司
秋の風ペットボトルの水の色
花丸のかたちのままで落椿
変わりたい眼鏡に付いて溶ける雪
幹に触れ朝通勤の冬木立

冬木立理解されたい人ばかり
小春日や観光バスの中で寝る
地方紙のモノクロ写真観梅会
発芽したような寝癖の春の朝
塩漬けの桜大事に嚙む和菓子
桃色に爆ぜよ桜よ退屈よ
何が詩で何が常識春雨聴く
春雨のおそらく和音含む音
パンジーの開花予想は暇つぶし
春風は花の香りをまぜてみた
蟻穴を出でる地球の毛穴から

幻影の冬

松本　高直

冬日中固有名詞が失踪す

年の暮れ不思議な扉（ドア）の鍵開ける

木枯しが保険保険と吠えている

雪便り炬燵の中の猫と聞く

白馬の稜線目映（まばゆ）い冬の朝

年の瀬に鮭を背負った熊となる

不条理の油が跳ねる鍋の上

戦争はノックもせずにやってくる

寒風に嘘が転がる五番街

砲声の幻聴の中で蜜柑剥く

赤シャツも末生（すえな）りもおり炬燵猫

空風が凍った恋を運び去る

宝船夢に浮かべて冬銀河

真贋を見極め飛び去る明烏（あけがらす）

雪の街演歌フレーズどさ回り

梅好きの俳人ひとり木戸の外

和歌俳句狂歌川柳江戸の恋

キリストの横っ面を張る和平案

悔恨のシュプール残る春の山

春一番窓枠揺れる幻影の里

春嵐が自分勝手に吹き通る

桜より銭金気になる花見かな

春や春

山﨑　夏代

のどかさや乱調これぞヘボの棋譜
莫蓙あるか？　花の下での囲碁どうだ
「死にたいの？」「殺してみろよ」ホーホケキョ
鶯に待てよしばしと長考す
ホーホケキョ碁形の生死極まらず
盤外の奇手は草餅きな粉散る
うふふふふ目白の夫婦も喧嘩だわ
中空も笊でありしや花の散る
花いくさ「いやさお富」と碁石持つ
花びらの追い落とされて碁笥（ごけ）に死す
花いくさ茶を飲み干して碁を投げる
遠き日の荒れ地よ春の空襲よ
遠き地の「荒地」の四月死の焦土
残酷の春よ血に染む戦車過ぐ
「タバコ吸うつかの間」ありや春の兵
狂えるか人よ春の地雷
人とはなにか？　戦場の春に問う

半夏生

今宿　節也

この道通れますとあり酉の市

割れ鍋の蓋失ひし師走かな

広島胡子大祭

鳥居までも辿り着けずに胡子(えびす)講

そしてまた歓声あがり初日の出

弾初めの太夫「いい音(ね)が出まっしゃろ」

晴着より見せたき干支の迷子札

無機質な渋谷駅ハチに冷たく

雪しげしハチの向かひに甘栗屋

二・二六事件　教師語る勿れといふ

雪ヲ蹴ッテ反乱軍決起ス少年期

有識者てふ言葉のなんと寒々し

一陽来復　穴八幡に幟立つ

蒲公英やよそゆき言葉気障(きざ)っぽく

薄墨の空支へてや水温

ロボ猫と添ひ寝をしたり花の昼

肩上げの元禄あれは端午の日

ととすととボサノヴァ風の梅雨の音

蚯蚓(みみず)ずるずる道ゆずる蟻の列

諧謔調

老醜を太郎なじれば亀は鳴く

父亡き児母うら若き半夏生

うしろしか見せぬ小町の秋思かな

この魚の捨つるとこなし放生会

美しく去り行くものが秋である

あしたの仮面

福山　重博

三猿や荒野の果ての日向ぼこ
饒舌な廃屋の闇冬の蠅
冬の蠅あしたの仮面買いにゆく
寒鴉スマホを棄てて一ヶ月
残像のバブルの街や除夜の鐘
立ち並ぶ鉄の恐竜初日の出
うぐいすや微笑み誘う誤字脱字
風光る天使が近くにいる気配
アルキメデスもメロスも裸よもぎもち
陽炎や青春時代をもて余す
パンジーや服着せられて歩く犬

チューリップきおくのなかのきみのかげ
春の虹知らない曲のオルゴール
春探し知にあこがれる野獣たち
真夜中のマッチョな町のしゃぼん玉
しゃぼん玉荒野に兎と亀の骨
犬の糞らしきもの渇く春の昼
ローマへのみち途中からあみだくじ
桜桃忌叔父の十八番のオムライス
蟬しぐれ地図にない町に住んでいる
向日葵や鏡のなかの深き闇
カブトムシ荒地にころがる赤い靴

桜蘂

原 詩夏至

春山をだいだらぼつち立ち去れり
堅雪に残る靴跡泥混じり
銃創に春光触るる屍(かばね)かな
啓蟄も待たず出で死ぬ甃(いしだたみ)
遠く子を呼ぶ春郊のこゑの張り
音と声との鋭(と)き間(あひ)を磯嘆き
砲声を遠く林に鳥交る
英霊も連れ磯菜摘より帰る
鈍痛に似たる性欲蠅生る
揉み洗ふ夜半の掌春厨
春昼の警報(サイレン)東から西へ

春装の姫七人の小人(ドワーフ)も
歪み飛ぶ幻影(マーヤ)ひとりのしやぼん玉
帰り来ざれば会ひにゆく磯遊び
愛憐の甘き濁りゐ朧の夜
二分咲の枝間淋しきもの通る
美しき人王国の花蔭に
「もう帰る」とて泣きゐたり花疲れ
眠る花人携帯は未だ鳴り
己が美に倦み夕光(ゆふかげ)の八重桜
定まらぬ晴雨忽ち桜散り
何か濃き夢桜蘂(さくらしべ)降るやうな

正月前後

水崎　野里子

蕎麦食へ法華経寺の除夜の鐘
除夜の鐘聴きてさよなら去年（こぞ）の罪
贅沢なおせちの宣伝晦日のテレビ
われ作る毎年ならひのおせちかな
手作りのおせちを食べてね母の味
贅沢は敵それに量も多すぎる
太るよね大きな海老のフライなぞ
質素なりさうは言へども栗のきんとん
黒豆を水に浸して芋ふかす

紅白の歌合戦は婆（ばば）見ない
大晦日夜はふけゆく布団をかぶる
暗黒に光灯さん年来たれ
こころ浄く迎へる元旦明けて朝
カーテンを開けて見上ぐる空澄みて
今年こそ大福来い来い笑ひ来い
宝船七福神乗せ帆を上げよ
紅白の蒲鉾切りてしゃんとする
初詣で今年も無事の祈りかな

春の葬

鈴木　光影

万有のしんがりとして芽吹きたり

ピアノ叩きて春光の砕け散る

笑ひ声名残り惜しげに春の暮

半仙戯一漕ぎ目より老い始む

ふらここの虚空より脚還りけり

配膳ロボット春愁をのせて来る

亀鳴いてぐわんぐわんと回る街

銃声の空しくなつてゆく春野

朧夜のガードレールに腰掛けて

たんぽぽの綿毛吹く子の命かな

一箱に収まる一世花の昼

知床

流氷の最も蒼く崩れ陥つ

流氷の一塊として漂へり

ももいろの心臓に降る斑雪

海獣のごとき車体や春の泥

悼　黒田杏子

さまざまの桜咲かせて逝きしかな

身のこなし軽く飛び乗る花筏

山廬

踏み込める斜面の深き楤芽摘み

杏子まだをるか春寒の狐川

落椿後山に置いてきたきもの

悼　齋藤愼爾

反骨の喉仏坐す真夜(まよ)の花

一代の本を焼(く)べたき春の葬

鬼はどこ

堀田　京子

蠟梅の香り集めて春を呼ぶ
福寿草はなが咲いたよ鬼は外
良いことがありますように恵方巻
物価高豆もまかずに鬼払い
福豆をスズメにあげて春を待つ
ふがいなき己攻めつつ豆を食う
あたたかき布団の中に福がおり
豆食べて冥途の里へまた一歩
鬼はどこ戦争おこす悪い奴
深夜便子守唄にして床に就く
楽しみは深夜便聴く寝床かな

何事もなく暮れ行きし良き日なり
事故にあい真坂の坂を転げ落ち
運転手消え去りゆきて砂をかむ
ああ無常事故車は逃げて我一人
腰さすり心まで折れ月悲し
差入れの友の心のありがたさ
この命使い切るまでがんばろう
深夜便夜の学校きらきらと
苦悶してプラス思考にたどり着く
喜びは喜びの母連れてくる
わが父の命日忘れて時流る
人の目を気にせず行けばねじり花
意味がある一つのシワも勲章だ

色硝子

水崎　野里子

なにゆゑかふと思ひ出しスマホ取る硝子破片の歌を書きたし

わがむかし高校教師に教わりぬボードレールに硝子詩ありと

ガラス屋の運ぶ硝子を石投げて割りし男のパリの憂鬱

その硝子透明硝子であるらしき色硝子ならより良きと彼

その彼は国語の教師でありしかなボードレールは日本語であり

一点の疑問を残しわれ老ひぬ年長けて今反駁せんか

花火ごと砕け散りたる硝子なりパリならずともいづこでも見ん

キーフでもトルコでも見し破片山水晶のごとわが涙ごと

きらめくは太陽光の為ならず天の涙よ星屑涙

ミサイルも地震も破壊の街中にゴミと散り敷く硝子の破片

生き残る人間子どもが踏み行きて血で染まりゆく色硝子かな

尖りける硝子破片の体中刺さりて浴びて死神悲惨

ヒロシマもナガサキ悲惨破片浴び血の色硝子大地に床に

いくたびや同じ地獄を生きしかなボードレールを再読せんか

点描画

原　詩夏至

これは夢だと薄々は知りながら歩く粉雪の街一人きり

歓声に応えながらも遠空をゆく鳥ばかり目で追う王女

ドネルケバブの肉塊の傍らにしんと募金のお礼春寒

雪と見まがう白砂を海からの風が降らせている甃（いしだたみ）

点眼のため仰向けばさんさんと降りそそぐ見えない紫外線

もう暮れた車窓に探す昼間なら今頃見える筈の富士山

点（つ）いたままずっと消えない内線の赤い灯何の話如月

あの二人たぶん不倫ときみが指す隣席にほの紅くキャンドル

昔ＵＦＯは「空飛ぶ円盤」とまったりと呼ばれて星朧

やがて「まんず」と清掃のおばさんが座を立ち終わらせる昼休み

黒く煙を上げながら怪獣の屍（かばね）が燃えてゆくゴミの島

童話の森に陶然ときみを待つ美しい毒きのこ春風

今何か邪悪なものが燃えている真っ黒な煙と緑の火

嫌いではなくでも好きになれなくてつつく灯に煌めくひじき豆

行楽の紳士淑女がみな河を見ている静謐な点描画

何かマイクで告げながらミニパトがゆっくりと近づく宅配車

春夜必死に野を急ぐ金色のキリンをきみもまた見たと言う

鮮緑に線二筋の緩いジャージで茫洋と少女故郷（ふるさと）

やがて高まる雨音を聴きながらきみまた夢の続き晩春（おそはる）

ほんの一瞬窓越しにきみに応える王様の白い手袋

冬枯れの日日

大城　静子

診察待ち声をかければおろおろし〈もう死にたい〉と孤独な知人

老夫の押す車椅子乗ってあの老女痴呆になって安堵な表情

〈あいたい〉と約束のまま老女Aの電話が消滅　行方不明に

杖ついて傘を差しては散歩できず家(や)ごもりすれば痴呆が気になる

ある老男　癇にさわったか食品を〈返品〉と吠えて投げ捨てており

近所にまた線香の香(か)の流れいて夜の北風老いの身に沁む

老いの閨　冬の雨音遣る瀬ないあの人この人思い侘しむ

亡き主を探しさ迷う猫の声冷雨の夜半　軒から軒を

しげしげと電話かけくる孤独な旧友(とも)突然ケイタイ消滅ショック

冬枯れの平衡感覚気をつけて蹌踉(よろ)けぬようにおまけの旅路

美(は)しき冬空

冬太陽(ひかり)　二羽のカラスが落木で恋を語るや　いい声してる

冬太陽(ひかり)浴びて爺婆(じじばば)スタスタと杖音かろく駅前散歩

冬晴れや　野良猫久しコンビニ前肥満腹してねころび戯ぶ

冬ひかり浴びて和(にこ)やか道の辺(べ)の小さき草花　老いを励ます

冬晴れにこころ勢(はず)めば六千歩も少し歩(ゆ)けそう老いの片意地

冬ひかり浴びつつ歩(ゆ)けば勢(せい)もでる老いのなづきに閃きも降る

小説の作法も知らぬ枯つむじ気ままなペンとおまけの旅路

改札を行き交う人の靴音は人それぞれの命のひびき

口癖の〈もう死にたい〉という老女命の軽視に腹立ち覚ゆ

晴れわたる美(は)しき冬空いつの日も穏やかにあれ　万国の空よ

また初春（はる）が来る

村上　久江

風荒るる寒の街角旗ふりて早く渡れと吾（あ）に指示をする

三年余の時は過ぎゆき夫在りし世のうすれゆきまた初春（はる）が来る

ひざ小僧のぞくジーパンはく女スマホ打ちつつ電車に揺らる

亡き夫の育てて形見の仙人掌（さぼてん）が玄関の空（くう）にすつくと伸びたり

黄泉の国の夫よ如何あなたにも揃ひの御守り求めましたよ

ウクライナの両親と無事伝へあふ姉と弟パソコン画面に

病院の裏口より台車に乗せられ死者がひそと出でゆく

待てる犬鳴きふるえつつ飼ひ主が買物を終へ出で来るまでを

「きよ」の名の通りに生きて七十四歳にて逝きし母を想へり

犬も猫も飼はぬ吾には独り身の息子が共に住みくれるなり

わたしの正解

岡田　美幸

新しい朝の雪降る輪郭がわたしの形忘れるくらい

好きな本聞かれるたびにたくさんの本が好きだと気付く喜び

充電が切れかけているスマホ持つわたしは何とつながりたいか

溺れるがくるしい意味を含むのは肺呼吸するヒトだから春

好きなもの等しく愛でるある昼のぽろぽろ欠けるガトーショコラも

水と雪違うが同じ材料で良い子は都合良い子ってイミ

憧れはやりたい事に紐づいて糸引き飴の大粒みたい

ピスタチオあんぱん桜あんぱんで悩む売店両方買った

父曰く仕事に悩む娘には「のんきに生きる人が勝ちだよ」

見送るよ　わたしが進む道だからわたしがわたしの正解になる

鉄筋校舎

福山　重博

夢のなか鉄筋校舎という廃墟カラスが告げるクラス会の日

きょうもぼくは銀幕のなかさまよってかげろう燃えるフィルムが溶ける

政治の季節終わって〈三無主義〉の種子蒔かれた鉄筋校舎の渇き

あのひとにとてもよくにてるかおのバク　しろいハトのゆめたべてまんぷく

空が青一色になったぼくの町　白い雲すべて排除する町

はるがきてせなかにはえてきたつばさ（でもとばないぞ撃たれてしまう）

残業で終電だけど本愛し虚構を愛し眠りを愛す

活動写真（えいが）の基本一、筋　二、抜け　三、動作　フィルムがすべてだった青春

鉄筋校舎踏み潰すたび怪獣は幽かに自分の前世を思う

しっぽ切ってとかげが逃げてゆく線路　切れたしっぽに蟻がむらがる

春空

座馬　寛彦

自転車は赤信号に射抜かれてはろばろとした空の掌の中

右ほほをかすめていった薄絹のような感触　春は貴方か

先を急く雲に押されるように発つ背に信号の青いもらい火

止めどなく目から流れ込む春空をしばし溢れるままにしておく

皆おなじ歩幅を強いる階段と取っ組み合うかにのぼりゆく背よ

不意にビリー・ジョエルが黙しぴしぴしとシザーの響く小理髪店

磨りガラスに揺れる隣家の白百合の影が此界を叩き続ける

鈍痛をこらえる暗い Cloud は膨張しすぎて接続不能

自転車をとばすわたしと執拗に降る春雨と生真面目を競る

朔の夜　気管に肺にくぐらせる黒曜石の色の外気を

「遺骨の声」を聴く　大城静子と田村広志の歌

座馬　寛彦

杳杳と見渡すかぎりされこうべ蟻が棲みたり　おおき黒蟻

先日、本誌に作品を寄稿されている大城静子さんに、ある新聞記事を見せていただいた。「東京新聞」二〇一六年六月二十二日夕刊の「一首のものがたり」という連載記事だった。八歳の時に沖縄戦を体験した大城さんへのインタビューをもとに、東京新聞の加古陽治氏が書いている。その「一首」が冒頭に引用した大城さんの歌。放置された遺体を食い太った蟻という異常でおぞましい光景に、人間の尊厳を蔑ろにした沖縄戦の凄惨さが滲む。第三句、第四句と二度切れ、さらに絶句するように一字あき、第五句がくる。あえて「蟻」を繰り返し、感情を表現する言葉を用いない。こうしたことで、作者がこの光景から受けた衝撃の強さが伝わってくる。この歌は大城さんの第二歌集『記憶の音』（砂子屋書房）にも収録されている。記事によると、敗戦の翌年一九四六年、大城さんら真和志村（現那覇市）の住民たちは、米軍の軍用地として使われた真和志村の代替地として、摩文仁村（現糸満市）米須をあてがわれ、移住することになった。当時はまだ亡くなった兵士や民間人の夥しい数の遺骨が放置されていたという。村長の金城和信は米軍に掛け合い、村民総出の遺骨収集を始める。大城さんの父もこれに参加した。そして、「三千体ほど集まったところで、金城らは沖縄で初の慰霊碑を建てた」。それが後に合祀柱数三万五千、沖縄最大の慰霊塔となる、摩文仁の丘の「魂魄の塔」だった。

今年一月、糸満市米須の沖縄戦跡国定公園内にある熊野鉱山での採石を県が事実上認めたことに対し、沖縄戦戦没者の遺骨が混じる可能性がある土砂の採掘反対を訴える集会が、魂魄の塔で行われた。主催は沖縄戦遺骨収集ボランティア「ガマフヤー」の具志堅隆松代表と支援者の会。四十年以上前から沖縄戦の戦没者の遺骨取集を続けている具志堅氏は「採掘会社のお金をもうける権利と戦没者の尊厳のどちらが大切ですか、みんなで考えてほしい」「魂魄の塔がある米須周辺は霊域で、そもそも掘削していい場所なのか」と語っている（「沖縄タイムス」二〇二三年一月五日）。

その具志堅隆松氏に手ほどきを受け、沖縄戦で戦死した父の遺骨を探す歌を中心とした歌集が昨年九月に刊行された。田村広志氏の第六歌集『捜してます』（角川書店）だ。

捜してます昭和二十年六月二十日喜屋武岬に不明の父を

荒崎浜へ開いた小さいガマへ屈む追い詰められ斃れた父らへ

腹ばいてガマを掘るなり喜屋武岬まだ待っていて親父の骨は

喜屋武岬（現糸満市内）は、沖縄本島最南端の岬。一九四五年五月下旬、日本軍第三十二軍は司令部のあった首里の放棄を決断し、喜屋武半島へ撤退したため、特にこの地では住民を含む多くの犠牲者が出ている。一九四五年六月二十三日未明に第三十二軍の牛島司令官と長参謀長が自決しているが、一首目を読むと、その約三日前に、（前年に招集され沖縄にいた）田村氏の父は消息不明となったようだ。集中の長歌「喜屋武岬」には、戦死広報の「喜屋武岬」という記載、生還した父の戦友の証言から得た「戦闘地は／どうやら　喜屋武岬の崖下の　荒崎浜海岸」という情報を頼りに当地を訪れ、平和祈念館から紹介された具志堅隆松氏の手ほどきと案内により、遺骨の探索を始めたことが詠われている。二、三首目の、屈んだり、腹ばいになったりする姿は、死者との距離を縮めようとするかのようだ。

見落としたのではないかな掘りながら怯えてガマへふたたび屈む

言霊の霊（たま）は想うに憑（つ）くのなら想うわたしは親父の塚だ

てのひらに地を触れ撫でてそこに眠る遺骨の声を踏まぬように聴く

一首目、歌集の後書きから推測すると約十年間、「年に何度か」沖縄に渡って探索をしているのだから、見つからないことへの焦燥は募るばかりだろう。「怯え」という言葉に、不安や孤独などの感情も覗く。二首目、父を想う歌を通して、自分が父の「霊」の居場所、「塚」となってもいいと詠うのだろう。それは、生者としての悦びを犠牲にしてでも、死者のために在ろうとすることかもしれない。全身全霊で遺骨探索に取り組む作者の姿が立ち上がって来る。遺骨探索と共に歌もまた「父がこの世に在った証」となることを願っているのかもしれない。三首目、「てのひら」で「触れ撫で」て「踏まぬように」するその行動は、土の中に眠る遺骨を慰撫するようだ。父の遺骨を見つけたいというはやる気持ちを抑え、父を含む戦没者たちの遺骨を尊びながら、探索を進める。「聴く」のは遺骨の、死者たちの悲しみや苦しみ、あるいは憎しみや怒りの声かもしれない。しかし、そんな声なき声に耳を傾け、死者たちに寄り添うことが、遺骨探索を通じた慰霊になるのではないだろうか。

大城静子さんの第一歌集『摩文仁の浜』に次の歌がある。

螢火は摩文仁ヶ原を埋め尽し水無月の風よもすがら泣く

風となって聴こえてくる泣き声は、摩文仁ヶ原にて命を落とした戦没者たちの泣き声だ。死者たちの悲しみや無念に心を寄せるからこそ聴こえてくる声だろう。そして、田村氏の歌も同様に、歌にすることで、その声なき声を現に刻み込み、今を生きる人々に、次代に伝えようとしている。

ガマに眠る遺骨はいまにも切れそうな平和の尻尾を繋ぎいるなり

遺骨であり親父でもあり掘ってるは平和の尻尾のようでもある

『捜してます』からの二首。「平和」が立ち去ろうとしている現況を危ぶみながら、戦没者に想いを馳せ、その遺骨を探すことが戦争の実態に向き合うこととなり、平和の手がかり、「尻尾」を捉えることに繋がる、と詠うのだろう。

今年三月、二〇二四年までの戦没者遺骨収集推進法の遺骨収集の集中実施期間を延長する法改正を目指す、与党の方針が示された。ただ以前から予算が少額で成果が上がっていないことを指摘する声があるようだ。今年一月時点で国内外約一一二万柱の遺骨が未帰還、沖縄県内でも約一千柱が収集できていないという。一刻も早く戦没者の遺骨が遺族のもとに戻ることを祈るとともに、田村氏や大城さんの歌によって、戦没者たちの声に耳を傾ける人が増えることを願っている。

狂歌八首とおまけ（令和5年1月から3月まで）

高柴　三聞

飢えるとも兵器（へいき）さと高楊枝
　軍事有事と寝言ばっかり

貧困に老舗の灯り一つ消え
　二つ帰依して統一肥る

ここ最近は人相が蟋蟀に
　どうもこうのとよく似てきたな

泡沫の難波に消えた善意かな
　相も変わらず威張るイソジン

当選のお祝いにアワビとバナナ
　味の音痴は痴性学から

このロシアの大統領中々に
　しぶとく迷惑かけ続ける

春来たり恋せずもため息ばかり
　電気ガソリン諸々上がる

奥様は大統領と相談
　国で留守番の旦那そうなん

おまけの二首

はげませば神戸は寒し六甲の
　風に吹かれるのは尼がさき

勧められ断りつつもついついと
　一つ食べたら二つ三つと

ボクの大事なシンデレラ

作詞　牧野　新

昔の話をしてもいい
ボクとキミの馴れ初めを
恥ずかしいけどいっちゃうよ
ボクはキミのひとめぼれ
まだお酒　呑んでない
なのに顔は真っ赤だよ
ステキな出逢い　ありがとう
キミをえらんで　よかったな
ボクの大事なお姫様

続きの話をしてもいい
ボクがキミにほれたのを
出逢ったのはこの店の
合コンだった　覚えてる
まだお酒　一杯目
なのに顔が真っ赤っか
ステキな　レディで　よかったよ
キミは　あのとき　変わらない
ボクの大事なシンデレラ

今の話をしてもいい
ボクはキミに伝えたい
思い切って　いっちゃうよ
ボクはキミにプロポーズ
まだ一言だけだけど
なのに　なみだ　浮かべない
ステキな返事　ありがとう
やっぱり　キミは　かわいいな
ボクの大事な　およめさん

悲しみの房総沖

たくましい　偉丈夫で
わたしはあなたに惚れました
男の中の男だけど
海の藻屑と消えました
房総沖を眺めるたびに
わたしの心は時化になる
海よ　荒れるな　わたしの心も
あなたがいた日に
戻りたい
恋しくてたまらない　房総沖よ

どんなに　願っても
わたしのあなたは返らない
男の中の男だけど
海の時化にはかなわない
房総沖や　憎らしやと
わたしの心は津波なの
心荒れるな　わたしよ　泣くな
あなたがいた日を忘れたい
寂しくてたまらない　房総沖は
忘れろと　叫んでる

わたしにあなたはいうでしょう
男の中の男ならば

海に流せというでしょう
房総沖を呪っては
わたしの心は穏やかに
心鎮まり　わたしは　決めた
あなたがいた日を海に流して
わたしここを去ります　房総沖を

詩 Ⅳ

風と幽霊──鹿又夏実と高柴三聞の詩をめぐって──

原　詩夏至

私も参加している詩誌「カナリア」第４号（２０２２年12月発行）に、こんな詩が掲載されている。

港のカフェ

鹿又（かのまた）夏実

若いカップルが
風と一緒に
カフェに入ってきた

一瞬
店内に居座って
それから風は何処かへいった

子どものころは
港に接した公園で
寝泊まりする人たちがいたと思う
あの人たちを最近見なくなった
そうだね
色々な問題がある

人が人に追われ
風も風に追われてここへ来たのか
港の見えるカフェでひとり
瞳のなかの波が散っていく

発電所の排気塔をながめながら

二十一世紀の斜陽をくだる
追われながら
下り坂はどこまでいっても
どんづまりが見えない
たぶんいつか
風は終わるはずなのだが
まだ
波はたっている

〝風〟と〝波〟──共にこの詩のキーワードだ。だが、その意味するところは何だろうか。同誌の同人による相互批評会（2023年1月）の折、私はこう述べた──「ここでの〝風〟は、単なる自然現象（だけ）ではなく、もっと微かで仄暗い──そう、例えばいっそ〝幽霊〟と言い換え得る何かで（も）あるのではないか」と。つまり、こんなふうに──。

若いカップルが
幽霊と一緒に

カフェに入ってきた

＊

一瞬
店内に居座って
それから幽霊は何処かへいった

＊

人が人に追われ
幽霊も幽霊に追われてここへ来たのか

＊

たぶんいつか
幽霊は終わる（＝成仏する）はずなのだが

そしてそれは――と、私は更に言葉を続けた――ひょっとしたら、三連目で〝子どものころはいたと思うのに、最近見なくなった〟と伝えられている〝公園で寝泊まりする人たち〟の幽霊に他ならないのではないだろうか。

それから、この詩のもう一つのキーワード〝波〟。それは、目に見えない〝風（＝幽霊）〟がこの世に影のように落としてゆく、微かなざわめきのようなものではないだろうか。

そして、とすれば、最終連における〝下り坂にいつまでもどんづまりが見えない〟ことと〝いつか終わるはずの風（＝成仏するはずの幽霊）がまだそこにいる〟こと（又、その証拠に〝まだ波（＝ざわめき）がたっている〟こと）との間には、恐らく、何らかの深い繋がりがあるのではないだろうか。

単なる突飛な思いつきだろうか。だが、では、例えば、沖縄の詩人・高柴三聞の詩集『ガジュマルの木から降ってきた』（コールサック社・２０２２年）所収の次の詩の場合はどうか。

秋時雨の夜には、生まれた故郷を思い出す。幼い頃から高校を卒業するまでいた、田舎の夜の風景。誰も語らないけれど、あの男の姿は風景の一つだった。今もおそらくそうであろうと思う。
私がだいぶ幼いときから、秋時雨の降るたびにあの男は路地を、脚を引き摺りながら歩いていた。右脚を重たそうに引き摺りながら、こぼれた右眼を右手ですくうようにして。
ひょっとすると私の生まれる前からそうしていたのではなかろうかと思うが確かめる術はない。
左の顔は、闇に隠れていてよく見えない。右側は、酷く腫れた顔をして、目玉がドロンと飛び出ていて、これを右手の上に乗せているのだ。目玉の先から尻尾のように白い線が本来目玉のあるべきところまで伸びて繋がっている。
「へーい、へーい」
と、ゆがんだ口元をさらにゆがめて、声を出しながら、その男は暗闇を一人歩むのだ。秋時雨に身をさらしながら。痛そうだな、寒そうだな、可愛そうだなと子供ながらに思ったものだ。

（「秋時雨」より）

この「男」なら、誰しも躊躇いなく〝幽霊〟と呼ぶだろう――それも、何かの思想やメッセージを伝えるために人工的に構成された寓話（例えばカフカのような）の中のそれではなく、もっと素朴で土俗的で生々しい、いわば「実話」の面影を濃く留めた〝幽霊〟だと――例えば「遠野物語」のような。

といっても、もちろん、そこに「虚構」が一切含まれない、という意味ではない。例えば、民俗学者・赤坂憲雄は『遠野／物語考』（ちくま学芸文庫・１９９８年）でこう述べている。


事実は事実として、体験は体験として、そのままに語られることはない。どれほど些細な事実であれ体験であれ、それはひとたび、物語というフィルターを通して定型的な鋳型をはめられ、枝葉を刈りこまれ、肥大化と彩色の手を加えられたうえで、はじめて人々の口の端に乗せられるものだ。事実や体験から事実譚や体験譚へといたる道のりは、ときには近く平坦で、ときにはかぎりなく遠く起伏に富んでいる。（中略）たとえば、ひとかけらの事実が事実譚へと成りあがる過程には、物語が淡く、あるいは濃やかに影を落としている。事実が定型に抱かれ／抗いながら、事実譚として身づくろいを整えてゆくプロセスを辿ることは、おそらく物語の発生の現場に立ち会うことでもあるはずだ（後略）。


だが、としても、この「男」に、単なる書き手の作為には還元し切れない、もっと混沌として生々しい「他者」の気配と体臭を嗅ぎ取ってしまうのは恐らく私だけではないだろう。

と同時に又、もう一つ印象的なのは、この「男」の姿が、幼い「私」に単なる「恐怖」や「驚愕」（だけ）でなく、むしろ「痛そうだな、寒そうだな、可愛そうだな」という「共苦」の感覚を（も）同時に自然に喚起していることだ――そう、例えば鹿又の詩の〝公園で寝泊まりする人たち〟の姿が「子どものころ」の語り手の心に喚起していたに違いないような。

思えば、彼ら・彼女らは、本来、全き「他者」ではなく、むしろ、ほんのちょっとしたきっかけでそうなっていたかもしれない「もう一人の自分」だ――この無意味で残酷な偶然に満ちた地上の世界では。そして、とすれば〝幽霊〟たちも又、いつかは死すべき生者たちにとっては、常に幾許か「未来の自分」でしか本来あり得ない筈なのだ――たとえ、その姿が時にどんなに恐ろしく異様であろうとも。

だが、詩「秋雨」が真に恐ろしいのは、実は、その後だ。

ある日、小学生のころ、何の授業か忘れたけれど、授業中にめずらしく学校で一番のいたずら者が手を挙げた。そして、あの男のことを口走った。あれは、何なのだと。

当時の担任の先生は、地元の出身の若い女の先生で、おかっぱ頭に丸いめがねをかけた気の優しい人だった。その先生の顔が無表情になった。めがねの奥の細い瞳をより細くして針のように細めた。先生は冷たく、知らないと言っただけだった。後にも先にも先生のあんな貌を見たのはこの時が最初で最後である。

そして、そのいたずら者も、いつの間にか学校から姿を消した。級友達も大人も、そのいたずら者が、初めからいなかったかのように振舞っていた。誰も、そのいたずら者の名を口にしなかった。幼いながらに、大人の世界には、触れてはい

けないことがあるのだなということを思い知った。（同前）

「あれは、何なのだ」――そう、「私」も読者も、それが知りたいのだ。例えば、何故、あんな姿をしているのか。何故、時雨の夜に現れるのか。何か、訴えたいことがあるのか。それとも、助けを求めているのか。だとすれば、それは何なのか。

だが、謎は何ひとつ明かされない。先生は冷たく「知らない」と切り捨て、問いを口にしたいたずら者はいつの間にか学校から姿を消してしまった――そう、まさに鹿又の詩の〝公園で寝泊まりする人たち〟のように。そして、何故その子が消えたのか、その答えさえ与えられないまま、級友達も大人もただ、そんな子など初めからいなかったかのように振舞い続けるのだ――誰も、その名前すら口にすることなく。

「これは、何なのだ」――そう、その子でなくても問いたくなるだろう。だが、この様子では、当然誰も答えてなどくれまい。その先は、想像を逞しくするしかない。

例えば、①「男」は「故郷」の人々全員が加担した何らかの犯罪の犠牲者だった、という説――あたかも日本各地に伝わる「六部殺し」の伝説（「偶々訪れた旅の修行者を村人が全員で殺し、所持品を山分けにした」）のような。その場合、「男」は単なる〝幽霊〟ではなく〝怨霊〟であり、その出現の理由を人々は明確に自覚しているが、むしろそれ故にこそ決して口に出来ない。或いは、②「男」は「故郷」の人々が決して逆らうことの出来ない何か大きな力の犠牲者である可能性が高く、無闇に探るところまで「とばっちり」を受けかねないので敢えて触れないようにしている、という説。この場合、「男」はいわば「パンドラの箱」なのだ――例えば、その病因を探ると、住民の多くが就労している「チッソ水俣工場」に行き着く予感が極めて濃厚な、かつての〝奇病〟の患者たちのような。

共に背中の寒くなるような、その癖いかにもありそうな話だ――正に今、この社会の只中で進行中でもおかしくなさそうな。

だが、一方、又、こんな想像も出来る。

③かつて「故郷」の人々には普通に〝霊〟が見えた――例えば同詩集表題作「ガジュマルの木から降ってきた」に描かれる「マジムン」――といっても人形サイズの「普通のおじさん」らしいが――のような。或いは又、〝霊〟の正体を見抜き、それに対処する職能者も普通にいた――例えば、詩「アジサイの貌」に登場する、奇怪な人面疽を坦々と治療してくれる「ユタ」――「小柄で分厚い丸い眼鏡をかけた総白髪のおばあさん」――のような。そして、あの消えた「いたずら者」も「私」も、それから恐らく級友たちの少なからぬ者も、依然としてそういう世界に生き続けていたのだろう。

だが、「近代」は決してそれを許容しない。というより、そもそも「学校」とは「啓蒙」の名の元にそうした「未開」の森林を伐採し、人々の心をいわば何にでも転用可能な「更地」に造成するための制度なのだ。そして、そこでは「〝霊〟が見えること」は（例えばスポーツや芸術のような）認め、伸ばすべき「才能」の一つではなく、単なる薄気味の悪い「ビョーキ」に過ぎず、そんな力を秘めていたり、剰え露わにしたりする者は、〝人間〟というより、むしろ目玉の飛び出た「男」と同類の、排除すべき〝幽霊〟に過ぎないのだ。とすれば、本来は「気の優しい人」だった筈の「若い女の先生」の豹変は、あのいたいけな「いたずら者」を〝人間〟の世界から〝幽霊〟の世界――本来存在してはならない〝モノ〟たちの世界――へと締め出す、一種の「追放宣告」だったのではないだろうか。

　存在してはならない者――或いは、「制度」が己の分節構造のうちにその居場所を用意することが出来ない者。それは、言い換えれば、たとえ目の前にその存在がありありと見えていようとも、「公」には（つまり「制度」的には）それを決して認めてはならない〝モノ〟なのだ。そして、そうである以上、それは「ない」のだ――もし「制度」によって分節された世界のありようを即、永遠不変の「現実」と考えるなら、「現実」に。

　だが、もしただ「制度」が勝手に「現実」の一部をその全部だと僭称しているだけだとしたら、どうだろう。そして、己に都合の悪い者の存在をただ「知らない」と冷たく否認し続けているだけだとしたら――あの「若い女の先生」のように。

　最後に、再び「港のカフェ」に戻ろう。「人が人に追われ／風も風に追われて」。そう、「人」を追うのは「人」だ――その「人」を「風（＝幽霊）」とすることによって。そして又、一つの「風（＝幽霊が普通にいる世界）」を追うのも、やはり「近代」という別の「風（＝幽霊がいてはならない世界）」なのだ。そして、とすれば、ここでの「風（＝幽霊）」は、実はカフェから見える「発電所の排気塔」から排煙として吹き寄せて来たものではないだろうか。そして、あの消えた〝公園で寝泊まりする人たち〟は、ひょっとしたら、その「発電所（＝近代）」を駆動させる燃料として焼かれ、「煙（＝ゴミ、産業廃棄物）」として空中にばらまかれ、それでも消えきれずに「風（＝幽霊）」となってつかのまカフェに立ち寄り、そして又どこかへ立ち去ったのではないだろうか――まるで「秋時雨」のあの「男」のように、その存在の気配を感じ取り、右眼の飛び出したその姿を見、「へーい、へーい」というその声を聴き、遂にはその思いを受け止めてくれる「誰か」をあてどなく探し求めながら。

　恐らく、その「誰か」に巡り合えた時、「風（＝幽霊）」の旅は漸く終わりを迎える筈なのだ。だが、にも拘らず「まだ／波はたっている」――つまり、彼ら・彼女らは今なお「追われ」続けているのだ。

　だが、そうであり続ける限り、この「二十一世紀」という「斜陽」の「下り坂」は「どこまでいっても／どんづまりが見えない」のではなかろうか。そして、とすれば、その見えない「どんづまり」で、それでもなお、息を殺し、目を凝らし、耳を澄ませて彼ら・彼女らの訪れを待つこと――それこそが、この苦難の時代を生きる詩人のなすべき、そして恐らくは辛うじてなし得る、天与の「使命」なのではなかろうか。

生と死を見つめて

植松　晃一

「千年樹」第93号

　山本みち子さんの詩「動詩　研ぐ」は、生活を支える道具である包丁を研ぐことを通じて、現実から遊離せず懸命に生きる女性の強さ、人間としての生き方を描く。「夕食の後片づけの仕上げに包丁を研ぐ／肉　魚　野菜　果物　お菓子　時には指も／何もかもこの包丁一本で捌くのだから／包丁も草臥れ切っているに違いない／今日一日のねぎらいを込めて包丁を研ぐ／包丁職人が打った名のある包丁でもない／ありふれたステンレスの包丁は／ささやかな暮らしにはお似合いの刃物だ」

　山本さんは母の言葉を思い起こす。「包丁にお礼を言いながら研ぎなさい／女は人生の半分は包丁に助けられている／刃物を大っぴらに持てるのも女／研ぎ具合を指先で確かめながら母は言った／昔切ってはならぬものまで切った女もいたけれど／母は口の端で小さく笑った」

　おそらく一人きりになったキッチンで山本さんは包丁を研ぐ。「まだ夕食の匂いの残ったキッチンで／今日一日の暮らしを思い起こしながら　研ぐ／投げつけられた言葉を捨てながら　研ぐ／向けられた言葉の暖かさに感謝しながら　研ぐ／美味そうに食べる家族を思い浮かべながら　研ぐ／明日の献立を考えられる幸せを感じながら　研ぐ／／包丁を研ぐことは自分の心を研ぐこと／母の言葉を噛みしめながら／時間をかけて　今日の包丁を研ぐ」

「台地」第12号

　郡山美和子さんの詩「スニーカー」もまた、生活の道具を通じて生きるということの一面を明るく鮮やかに描いている。「下し立てのスニーカー／白すぎて／眩しすぎて／なぜか気恥ずかしく／足元ばかりに眼が向かう／／川沿いの遊歩道／さらさらと流れる風の囁き／朝の始まりに安堵する／アメリカ芙蓉の赤にも染まらず／アナベルの清楚さにも程遠く／／今日一日の糧を得て／今日一日の運を拾う／ささやかさと言う最高の贅沢／慎ましさと言うちょっとした傲慢／／空に鵯／雲に薄日／もう少し履き込んだら／このスニーカーは／不自然でない色に変わるのだろうか／私の好きな生成り色に／／そんなに遠くない頃／自意識ばかりに虐められて／どうしたら／上手く歩けるかと／転ぶばかり／／そりゃ／何も嫌な思いに身を馳せるより／何も知らないふりをしていたい／それが生きていく叡智であれば／このまま流されてみようか／と　石を蹴る」

「橋」第167号

「橋」同人で昨年8月に亡くなった野澤俊雄さんの追悼号。野澤さんの絶筆だという詩「桜桃忌」が収録されている。「さくらん坊は／ぼくの大好きな果実だ／名実ともにぴったりと／ぼくの心の中で／結び合って生きている／その市場にでる期日も短く／その味を堪能するまえに／姿を消すのも魅力の一つだ／さくらん坊の名から／坊の一字を削りとることを／随分長いこと考えてはいたが／不首尾に終わっていたが／たまたま太宰治の死を期に／桜桃忌と名づけてくれた人がいる／桜桃とはまさにさくらん坊にとって／名誉ある命名だし／食いしん坊のぼくには／桜桃の方が親しみやすい／ただ老齢を迎えたぼくに／あと何年その味を／心ゆくまで堪能する／機会が残されているのか／そんな淋しい忖度は許されない／召し上がれ召し上がれ／誰に気兼ねする必要もない／こんな可憐な果実の誘惑に／食指を示さないなんて／そんな愚かな老後はいやだ」

誰しも野澤さんにとってのさくらん坊のような存在があるのではないか。好きなものを好きなように楽しむことの正しさを教えてくれるようだ。

都留さちこさんは詩「語り合った日々――橋の会で」で同人による作品鑑賞の思い出を綴る。

「窓辺に射す光が／人を／私たちを照らしていた／／一つ一つの文字を／詩の一行を／読み解いていった／／言葉が交わされるたびに／遠く　近く／情景が浮かんでは　消えた／菜の花の咲く野原を／流れ続ける川の岸辺を／深い思考の向こうに在る闇を／辿っていった／／ある時は愉快に／また　襟を正し／作品を読み返した／／眩い景色を見出すこともあった／草深い景色に分け入ったことも／／明るい窓の在る部屋で／語り合った日々／大切な時間が過ぎていった／／今は　自室で／一行　一行　書きながら／ペンを止めては窓に目を向ける／もっと見なければならないものが／在ったような気がして」

日常の些事に流されるだけになってしまいそうなとき、詩の世界に立ち返らせてくれる同人という存在はありがたいものだろう。そこには様々な学びがあり、そのときの自分には見えなかった「もっと見なければならないもの」もあったに違いない。生気に満ちた集まりが増えることを願う。

「ちいさな森」27

関中子さんの個人詩誌だ。関さんは日々伝えられる世界の動きを見つめながら、人類の哀しみを詠う。詩「夜に夜や」の最終連。

「鳥が歌いだす／鳥が名をたずねる／何日も　何百日も絶えない／この世の／数増すゴーストよ／彼らを迎え割り込む浅い谷／何層も何百層も　はやしことばで／人／人に死に遅れる／陽／みるみるかけらになる／花はつぼみを揺らし／夜に歩く／夜や／夜」

裏表紙には「ありありと／死にたくない死がふえてゆく／戦争で死にたくないと／またテレビ」とも。これ以上、誰かに強制される死が増えないことを祈る。

「遠州灘」132

どうしても慣れることができない恐怖というものがある。竹原孝子さんの詩「老犬と雷鳴」。

「雷鳴がとどろくと／老犬ココは怯えて／わたしに身を寄せて

くる／／十五回目の夏と云えども／恐いことは怖いのだとばかりに／／そこに／大雨による避難指示のスマホが／音量高く追い討ちをかける／／たまったものではないと／トリミングしたばかりの毛先が／小刻みに震えている／／銃の音でなく／ミサイル爆撃の音でもなく／雷鳴がとどろく夏は／あと数回だからね／／そうつぶやきながら／首筋を撫でると／わたしの腕の中で／ふーっと力が抜け　まどろんでいく／／終戦記念日から／七十七年目の　夏」

老犬にとっての雷鳴のように、銃声や爆撃音に怯えた夏があったのだろう。77回の夏を過ごし、これから何度夏を迎えたとしても、心の傷が完全に癒えることはないのだと思う。

山中進さんの詩「包」。

「銀河を包む／地球を包む／水素原子の風呂敷に包んで神様は／永遠の宇宙の旅を楽しんでいます／／孤独を包む　言葉を包む　自分を包む／詩人はいつも／時の旅人　歴史を刻んでいます／／あなたを抱きしめようとしたら／あなたは涙に濡れて／泡になって消えてしまいました／――シャボン玉飛んだ　屋根まで飛んだ／屋根まで飛んで　壊れて消えた――／／風に包まれたのですよ／風の女神さまが優しく抱いてくれたのです／／包まなくてもいいのです／包まれている喜びを詩人は詠うべきです／／すべてに包まれているひとり　ひとりの／人間の物語／包まれた物語の喜びの謎を解くのは詩人／愛の水に包まれれば泡になるのです／水素原子管理の神心です／宇宙は「アワ」で包まれているようです」

包まれているというイメージが優しい。それと同時に「あ」で始まり「わ」で終わる、古代やまとことばの「あわうた」を想起した。「あ」と「わ」の間に森羅万象のすべてが含まれているという。とても豊かな言霊の世界。

「AD-LESS」第3号

野々原蝶子さんは詩「はい、」で生の意味を問う。

「本当は誰も生きていないんだよ、と神様みたいな人が言った、／私はそのとき、自分の細胞が分裂する、雪が降るような音を聞いていた、／あの夕焼けは美しいけれど、夕焼けが美しく燃えるのに、君はこれっぽっちも必要ないんだよ、と誰かに言われ、／私はなぜか、親友にひどい言葉をぶつけられたような気持ちになっていた、／聞きたい音楽がないから、海に行きましょう、とあなたが言った、／私は、はい、と言い、／はい、という言葉がぜんぶ、愛の言葉になればいいと思った、／あなたに聞きたい音楽がないのは、きっと私のせいだった、／私がダイヤに生まれなかったのは、あなたにちゃんと、傷つけられるためだ、／美しいものが美しくあるために、私が必要じゃない世界で、／それでもあなたは、私が死んでも美しく燃え続ける夕焼けに、何度だって生きる理由を見つけられるだろう、／涙をこぼしたりするだろう、／／あなたがいなくても花が咲く世界で。」

同誌は「全国のコンビニで印刷できるネットプリント型月刊詩誌」というユニークな発行形態を試みている。バックナンバーも同人代表・渡辺八畳氏の「自然派ストア」(https://

hachjo-w.booth.pm/）でデータを販売しており、気になる号があれば手軽に読める。発行や頒布のハードルが下がることで、様々な詩が広く読まれるようになることを期待したい。

「波」第22号

「黄昏どき」をテーマに同人が作品を寄せている。大塚欽一さんは詩「黄昏時」で、黄昏の神秘的な聖性について綴る。

「黄昏には恐ろしいほどに幻覚めいた美しさがある／なにか限りなく聖性なるものが／／海を見下ろす断崖に坐っていると／西空が黄金色から茜　浅紅　薄紫　明るい草色まで／色彩々の色彩に変化しながら燃え上がる／壮麗な天の祝祭が一刻幻想の世界へ誘う／／黄昏空の彼方には巨いなる生命の海があって／原子たちが分ちあえぬほどに融け合って輝き／そこからあらゆる生命が跳び出してくる／すべての生命はその一雫であり飛沫であり夢／／死は母なる無意識のなかへかえるだけ／我という小さな波頭が大海原に溶け入る／意識は瓦解し原子は飛び散って……／だが　そのひとつひとつの原子がいつかまた／新しい生の誕生に参画しないと誰が断言しえよう／それが新生なのだ／／やがて夕空が鬼火色から蜥蜴色　茄子紺色のかわり／無数の宝玉を鏤めた夕闇が忍び込んでくると／一刻の狂気から解き放たれて我に返る／そしてなぜか哀しくなる／／黄昏には恐ろしいほどに幻覚めいた美しさがある／なにか限りなく聖性なるものが」

黄昏は郷愁にも似た感覚を催させる。空の色が幼少期の温かな記憶を呼び覚ますからか。あるいは空の向こう側にある、生前の時空を無意識に想うからだろうか。黄昏時は「逢魔時」ともいう。昼から夜へ移り変わる時刻は、生と死、この世とあの世のあわいを諷示するようで、妖しくも美しい。人生の黄昏時もそのようなものであれと願う。

「ササヤンカの村」第29号

佐々木洋一さん発行の詩誌。佐々木さんは「詩人がこの世の隠喩だとしたなら、水溜りに沈んだまま、この世の濁りぐあいや清みぐあいをじっくり見つめていればいい」と綴る。ありのままを見つめ、ありのままで在るという生き方とも言えるだろうか。そんな詩人は詩「ぬけがら」で生と死を見つめる。

「生が抜け出した後の／ぬけがらのかるさをつまんでみる／／このぬけがらは生の支えだったのか／単なる役目だったのか／執着だったのか／／やみくもに死へへばり付こうとしたのか／それとも手短なものにやおらへばり付き／生を飛び立たせまいとしたのか／／生に飛び立ったものは／ぬけがらが己のものであったことなど一顧だにしない／／生から生へ／生から死へ／分かれながら／反目する／蟬とぬけがら／ぬけがらと蟬／素知らぬ振りしながら／憤りの生　沈着の死／／生が這い出した後の／ぬけがらのかるさをつまんでみる／／生から死へとなおざりにされたものは／一切なきを入れず／生から生へと飛び立ったものは／いたくなき叫んでいる」

連載　詩集評㈢「詩」と「俳句」と「短歌」のはざまで日常の原像を読み替える原理と状況から複数性の自由律の時代へ

岡本　勝人

1.『戦争とは何か』神山睦美（澪標）

批評には、原理論として考察されるものもあれば、状況論として論ぜられるものがあります。このふたつは密接に絡み合うので、原理によってその時々の状況を論ずることもあれば、変化する状況の現在性にひとつの原理を深める透察も見られます。そうした意味からすれば、「原理」と「状況」はコインの表裏の相互連関性の図像として受け取れます。

コロナ禍でいかに生きるかという状況から書かれたのが、前作『「帰って来た者」の言葉』（幻戯書房）でした。そこには、イエスの言葉と親鸞の言葉にコロナ禍による分断から他者との協調や連帯をどのように考えるかの愛と還相の原理が象徴的に指摘されています。

そして、ロシアのウクライナ侵攻にともない緊急出版されたのが、『戦争とは何か』（澪標）でした。書評もいち早く出て、この知識を横断して語る原理的な考え方への温度差や状況論的な見解への相違もありましたが、若手の書評者には反論を提出した著者です。その思考の中心は、原理としての「絶対非戦論」でした。ウクライナ戦争と同時に、SNSを通じて状況論的に「ウクライナ戦争への反対声明」を投じています。それはかつての「湾岸戦争」の時に、柄谷行人や中上健次が中心となった「声明」とも関係しますが、国家によるどのような戦争へも個人としてはかかわらないという原理批判を通じての「絶対非戦論」を打ち出したのです。こうした考え方は、戦後の発言である小林秀雄の感想や吉本隆明の原理論的思想や柄谷行人の状況へと関わる発言の流れに通ずるものです。

ロシアがウクライナに侵攻した当初には、東西冷戦の終焉が言及されたにもかかわらず、「地域研究」が疎かだったという反省もありました。と同時に、東西冷戦の枠組みは無くなっていないという驚きでした。西側の情報には、アメリカの責任を強くなじるチョムスキーや現在の羅針盤となっている『思考地図』や『第三次世界大戦はもう始まっている』のエマニュエル・トッドなどの知識人の批判もみえています。

本著では、ベンヤミンの「歴史の概念について」や『暴力批判論』の神話的暴力や神的暴力の指摘、『全体主義』や『革命について』のハンナ・アーレントや『重力と恩寵』のシモーヌ・ヴェイユなどの現代社会と関わる多くの著作から引用と例証がなされています。その文脈を短く語るには、相当の横超力を必要としますが、難解な読みのレクチュールから書くことのエクリチュールへと思索する筆者は、「ウクライナ戦争をどうとらえるか」「なぜいま絶対非戦論が問題とされなければならないのか」「戦争とは何か」について、より理解しやすくするために「です・ます」調で語ります。「絶対平和論」から「絶対非戦論」へと、破滅的な戦争に巻き込まれる権力の為政者を対象とすることから、より大衆の生命と生活への視線が感ぜられる神山氏の口調には、けっして知識人ぶった姿はありません。

現在は、政治的国家の権力が露出して、市民社会を圧迫するところまで生政治の実態がせまっています。その境界は、権力と一般市民との欲望が融通無下に融合しています。そうした市民の生活思想のなかで、大衆の原像を踏まえながら、百年以上も前のロシアと日本を浮きぼりにする「ドストエフスキーと「戦争」」と「漱石と「戦争」」による、二人の文学者の思想と行動へと研究する成果を焦点とした有意な透察を検討しています。

コロナもウクライナの状況も、政治を司るひとにぎりの「ゆるしがたさ」の権力によって起因したと遡行して考えることもできます。国家と大衆の狭間にあって、国民国家が起こすナショナリズムによるいかなる戦争にもかかわらないという大衆の「母型」としての非戦を唱える声は、政治的国家の権力構造に対して真実を語ろうとする「知識人」とは何かを問い続ける神山睦美氏の果敢な発言であり、十分に耳を傾けたいところです。

2.『金子兜太　俳句を生きた表現者』井口時男（藤原書店）

言葉を用いて何かを表現しようとする。そのひとの意味する表現とは何であろうか。そこには、表現者としての起源がたどれます。本書の心性の底に流れているのは、表現者としての力の源泉です。筆者の批評がむかったさきには、何があったのか。

第一句集『天來の獨樂』（深夜叢書社）を紐解くと、著者の出自とポエジーのありかが見えてきます。そこでは、年齢的にも仕事や心身の生理的混迷期を迎えての俳句という型のポエジーとの遭遇を体験したことでした。『柳田国男と近代文学』や『批評の誕生／批評の死』（ともに講談社）の評論を書いてきた井口時男氏にとって、そうした経験の閾を抜きにしては、俳句作家としての今はなかったようです。そのエッセイによれば、この間の「俳句的日常」も「東北白い花盛り」の事情も推察できます。そこに至った秘密が、天からふり降りてくるように描かれています。

第一句集では、北方の生地への強い視線が感ぜられます。「旧い句帖から」の「我こそは柑子盗人山の月」（１９７９年）は収中最初の句ですが、「ざくざくと恥踏みしだけ霜柱」（１９８７年）と句作の歩みを進めています。「新しい句帖から」では、仕事などの緒事情もあったかもしれません。「わらわらと抱かれ曳かれて春の犬」（２０１１年）へと転換しています。「白頭翁去って枯野が暮れ残る」（２０１３年）、「両眼を灯して霧の苛ち猫」（２０１４年）と、著者のテーマ句を含めた句作が増え続けるに従い、五七五となった身体は安定的な言語の発出となって型の芸の姿を見せています。筆者はこの前衛俳句の記号表現の連鎖に「俳句を生きた表現者」として、象徴界の喩へと存在論的な志向性をむけたのです。

表現の源泉の投射は大きく心身の養生となって流出し、やがて転移の回復を内蔵させながら、兜太の精神の身体である俳句にむかったようです。そこには、俳句に生きた身体をミクロコスモスとして表象した兜太を取り囲むコスモスとしての自然に連鎖する胸像的段階を描こうとする著者がいます。その時、著者は真のテクストとして何を想像していたのだろうか。自然から宇宙へ、そして内部への圧縮と置き換えの型の世界でした。言語を発出する身体……。俳人の「眼」と「身体」は、戦争体験や言語の職場体験を含めた兜太の状況を生きつつ、五七五の原理を型の解体する前衛性に求めました。そこに現代俳句という自由性のある前衛文学のスタイルがあったのです。

筆者は、兜太の俳句を秩父の風景や山影の磁場に還元せずに、突出した秩父人の大衆としての大地への巡礼のポエジーにつなげて解き明かします。そこに、兜太の全生涯の精神史である俳句の身体そのものを原理としての往相と還相から読んだのです。そこにあるのは、ひとつの回心と見ることもできると思います。新宿の「風花」から地下道を新宿駅方面に向けて歩いていったひとりの評論家が、私の故郷で生まれ秩父に育った俳句の泰斗について書く道筋には、著者の精神史をみることができます。

3.『自伝風　私の短歌のつくり方』福島泰樹（言視社）

ひとりの歌人が、その時代を生きたことはまちがいがない。福島泰樹が生きた時代である。歌人は、歌僧という特異な場所にいて、呼吸をしなければならない宿命をせおっている。著者は、このことを「自伝風」にさまざまな出来事を短歌やエッセイに込めて書いてきました。そこに「私」があり、そこに「短歌」がある。「私」と「短歌」のつながる他者とは明らかに異なる凹凸感の有徴をかもしている著者は、はじめて作歌の原理である「自伝風」の「私の短歌のつくり方」を上梓しました。型の芸の構造は、「です・ます」調の語りです。

三十三の歌集から百八首を選択する。「一首の背後には、書かれざる一千枚のドラマが啜り泣いている」と、みずからの「幼年」から「青年」と「壮年」へと転変する底辺的カオスから革新的な短歌的形象を紡ぎ出しています。本著の構造は、自らの思い出と社会の歴史を状況論として織り交ぜながら、短歌作成の骨子と著者選の百八の短歌とそれに連関する多くの短歌も加え、さらには他の歌人の作品から九項目の「創作の手引き」を網羅していることです。著者は、青春と現代短歌の黎明を「短歌」の常数を切断と破壊によって開陳します。

短歌に生きた人生の一コマは、「短歌」と「歌謡」に大衆への接近を企てる試みであるかのようです。石原裕次郎や美空ひばりとの状況的な出会いには、強い短歌素が感じられます。ここには、幼児期に失った母親の面影に通底する「記憶の再生とその方法」によって自己と歴史を語ることで、時代と短歌の風景を大衆の心性として浮かび上がらせています。

本著は、「各章」にふりわけられた百八の経験織の短章文と九つの「創作の手引き」を原理とする短歌論です。「短歌は、まぎれもなく、記憶と感情の錯綜という複雑な音数律を内包した音楽」という著者の文章には、「現代短歌」という「福島泰樹」の固有名が、存在しています。その表象は、歴史と社会と自己の精神運動のトリロジーで、「国家」と「伝統」にぶつかってさえも、それに反抗しつつ、歌の常数からはなれることで記号表現の連鎖を情念からの作歌とするものでした。

『1920年代の東京』（左右社）に、『中原中也の東京』と『中原中也の鎌倉』（ともに冬花社）を引用しました。その後の

『福島泰樹歌集　うたで描くエポック　大正行進曲』（現代短歌社）は、まさに1920年代の東京を語るものです。早稲田短歌会から出発しました。若き日には、定型から逸脱する異形の文体表現や変革を志向する塚本邦雄の作品との出会いもありました。処女歌集『バリケード・一九六六年二月』の出版後に、寺山修司と会っています。その縁で『寺山修司歌集』の解説を求められたそうです。毎月十日には、吉祥寺の「曼荼羅」で、短歌絶唱コンサートが開催されています。今回は、「寺山修司没後四十周年記念コンサート」に伺いました。ピアノ演奏する永畑雅人さんが、ロマン主義的な音を奏でています。それは、大正ロマンの生写しを強く感じさせますが、ロマン派に対抗する戦後の時代の空気があきらかに感じ取れます。

自坊の玄関先には、ボクシングに惹かれたタコ八郎の供養塔があり、左手奥には作家立松和平の墓があります。本書は、自己の人生をまとめた「現代短歌風の自伝」であり、福島風の「短歌」の手引き書となっています。

4.『歌について　啄木と茂吉をめぐるノート』　倉橋健一（思潮社）

かつて現代詩人には、俳句立ちの詩人、短歌立ちの詩人、漢字立ちの詩人という区分けが可能でした。いまよりも近代詩がもつ詩歌の範疇に乗り入れ可能な環境があった時代の認識です。これらの詩人たちには、その時代の詩歌（短歌、俳句、詩、漢詩）の素養が、普通の状態で、それぞれの詩の表現に短詩の韻律の精髄として抱え込まれていたのです。

しかし、現在は、そうした現代詩人の環境も変化しており、表現においては現代詩の隣接性としての俳句や短歌の創作へと直接的に赴いたり融合したりする傾向も著しいようです。いつの間にかこうした動きになっていたことに気づかされたのですが、巷では、いくつもの「雑誌」が「総合雑誌」化して、「詩歌」全体を網羅するようになった活動と時を同じくしています。

「クラハシ　クラハシ」と呼ばれていた。「私は父を戦争で失い、空襲にも遭い、北陸の疎開先から、やっとの思いで母と大阪にまいもどったころ」（「私にとって歌とは何か」あとがきにかえて）と書くベテラン詩人の歌との出会いから詩へと転換する姿があります。詩人も、短歌立ちと言ってよいと思います。

本書は、自由律や詩に関心を寄せた啄木と万葉を柱とした伝統的詩歌の型を尊重する茂吉のそれぞれの人生と作歌について、「文芸的な、あまりにも文芸的な」の「八　詩歌」や「僻見」「西方の人」（芥川龍之介）の文章と関連づけながら綿密に検討しています。最後は、ふたりの歌人を内在的に論ずる「十一　啄木の内部急迫（drang）」と「十二　茂吉の内部急迫（drang）」の章です。それぞれの歌の出来事は個別でありながら、方法としての弁証法をくぐり抜けながら、著者は「私にとって歌とは何か」とふたりの歌人との接点をみずからの詩との関係に添って問うています。歌との別れの回路には、「短歌的抒情の否定」（小野十三郎）が背景を成していたようです。ここに、著者の人生にとっての短歌的なものを吸収しつつ現在の詩との契機があったのです。その検討は、現代詩の変容と重ね合わせることで、戦後詩から引き受けてきた問題と交差することであり、今日の現代詩があいまみえる問題です。

ここで論ぜられる表象の中心は、著者の詩と伝統的短歌のリズムの流れや緊迫感と関わって今日に至る詩作についてです。詩集『無限抱擁』（思潮社）のなかにある短歌的区切れと韻律の一節が同一性として思いおこされてきます。「長いスカートをはいている　足首にはよく光る古びたサンダルがついている　ひと気のない廃墟のまちで　そのまんま　私自身　人形になっていく」（「日暮れ時の不安」）。ここには、若い詩人たちに見られる詩作現象に対する問題提起が圧縮されています。そこに、戦後の三好達治や伊東静雄の試作を引き合いに出す著者の姿があります。曹洞宗の寺の長男に生まれたのが、大逆事件に異様な関心を示して批評と詩を書き、一首三行書きの短歌に転換する啄木でした。いっぽうで、大逆事件など眼中になかった。勉学と自らの歌作と養子の人生に屈折していたのが、『赤光』から「私化したナショナリストの幻想領域」を背負った茂吉の姿でした。

最後でうまい詩を書くこの詩人は、最後の項目で、いい批評を提出する。最後のところで、変奏と字余りの極地に遊泳する。こうした無意識的な内在律が浮かび上がってきます。この詩人の鋭意に、伝統的詩歌の型の芸としての定型から自由な解体された詩的ポエジーの韻律について思うのは、私だけかもしれません。

5.『増補改訂版　宮沢賢治と文字曼荼羅の世界――心象スケッチを絵解きする』桐谷征一（コールサック社）

本著は、宮沢賢治の「心象スケッチ」について、詳細な論証によって絵ときをする試みです。賢治と「文字マンダラ」の検討には、本書の特徴がとてもよく伺えます。なかでも「雨にも負けず」の詩と「文字まんだら」が、同じ「手帳」のなかに書かれていた事実には、新鮮な感動さえ覚えるひともいると思います。生前の出版である詩集『春と修羅』と童話『注文の多い料理店』に対置するように、そこに具現された表象行為であった「心象スケッチ」には、法華経の「文字マンダラ」に一元的に還元する解釈が感ぜられます。

「雨にも負けず」が、死後に発見された手帳に書かれていたことは、賢治の大乗仏教の精神として、多く講演の挨拶や締めくくりに語られてきました。それは、「農民芸術概論綱領」の詩の一節「世界がぜんたい幸福にならないうちは個人の幸福はあり得ない」と重なって、繰り返し引用されてきたものです。著者は、これらの詩句と法華経の精神との整合性、佐渡に配流になったころから日蓮が民衆にわかりやすく語るひとつの図像として可視化した「文字曼荼羅」の関係性を追求しています。この「文字曼荼羅」は、国柱会で重要とされたものでした。しかし、国柱会と時代のナショナリズムとの関係には国家と戦争の問題があったようです。賢治はこの共同幻想としての会と関わりながらも、「童話」を書く創作提案と「文字マンダラ」を受けています。その後、この会からは距離をとっています。

従来、宮沢賢治を論ずる場合、短歌立ちの賢治の詩を自由にテクストとして読み解くものが多くありました。また賢治の人生に即して、自らの人生にかかわりをもつものとして論じられてきたこともかなりあるようです。しかし、賢治の信仰をめぐる論説からその詩の総体を論ずることはあまりありませんでした。というのは、法華経が難しい仏典であるだけでなく、賢治の父の職業や信仰の問題あるいは国柱会との関係など、党派的とも重なる問題があったのではないかと推察します。いずれにしても賢治は、当初は浄土真宗の文化圏に成長するなかで、何事にも真摯な精神態度から法華経を媒介とする大乗的な世界が思い描けると指摘するのが、通例でした。

賢治の浄土真宗から島地大等編の『漢和対照妙法蓮華経』をへて、田中智学と高知尾智耀の世話する谷中にあった国柱会への接近から最終的に独自の法華経世界との生活をもつなかで、法華経一元主義から日蓮至上主義による極端な解釈があるとすれば、そこには著者が宗門内の僧侶であることと関係がありますす。本書の序文を書いている渡邉宝陽氏とはよくお話をしたことがあります。賢治の妹が生活していた女子寮の近くを通ったこともあります。最澄や日蓮が読んだ漢訳とサンスクリット語訳の法華経を比較すると、そこには異同があり、阿弥陀仏や観音の記載も入っています。「手紙で読む自伝」（吉本隆明）や『年譜　宮沢賢治伝』（堀尾青史）も参考されているようですが、賢治の詩作や童話は、1920年代に型ができました。著者の「全集」から手紙を読み込みわかりやすく論証する姿には、真摯な実証性が感じられます。その実証性は、「国柱会」から送られた「文字曼荼羅」と「手帳」の「文字まんだら」の考察へとむかいます。大乗仏教経典の法華経も浄土系の経典も、西域から中国を経て、一部の人たちによって、伝えられてきた経典です。そうした時点の何処かの段階で党派性のもとに存立してきた歴史的な環境があったと思われます。

山形という北に遊学した若い日をもつ吉本隆明にとって、『初期ノート増補版』の「宮澤賢治論」に見るように、自由な詩や童話の表現のあり方として憧れ続けたのが、賢治でした。そこにあるのは、菩薩道にむかう志向性以上に大衆の原像にむかう文語短歌から自由律に転換した賢治の表現行為です。そこに決定的な矛盾はないのですが、このことを導線にして考えますと、賢治はわずか三十七歳でこの世を去りました。時代の「超自我」とも言える日蓮のような鋭い宗教的天才の場合もありますが、わずか三十七歳では浮世の世情から超脱することは現実的にはなかなか無理があるような状況があります。先の『宮沢賢治』の「日記で読む伝記」によれば、父親との関係は特異な絶対的な矛盾があったと書かれています。なぜならば、日蓮による在家主義のなかで折伏する賢治と日蓮による親に孝行せよとする思想は、その場面では絶対的な矛盾となり、賢治の実存にいやが上に大きな精神的な抑圧や鬱屈となっていたのではないか。年齢による経験値からすれば若い賢治の晩年にとって、その後の信仰による精神態度は摂受に傾いていました。

デクノボウと呼ばれる大衆の存在は、済度される愚者としての衆生と等価にちがいありません。賢治の詩は、複数性の自由律によるものですが、それを包括する大乗仏教の精神をさらに検討して見たいものです。

6.『シュルレアリスムへの旅』野村喜和夫（水声社）

ブルトンの『超現実主義宣言』では、森本和夫、稲田三吉、生田耕作、江原順、巖谷國士などの何種類もの翻訳に接することができます。

本書は、広範にわたって論究された「シュルレアリスム」の全貌に迫る大冊子です。中心と周辺には、フランスの１９２０年から１９３０年代に活動したブルトンを中心とするひとたちの功績と紹介が、著者のシュルレアリスムとの出会いや解釈理解と自身の翻訳詩の引用などとともにみられます。

私のシュルレアリスムとの関わりは、清岡卓行と彼の親炙するロバート・デスノスによりますが、戦後の「シュルレアリスム研究会」の動向が、その接近と研究の背後にありました。本著では、方法としての「無意識という穴」や「中心と周縁」そのものを章立てて説明してもいますが、そうした環境から論点をしぼりますと、より強い関心を寄せるのが、理論と詩作を両輪としたアンドレ・ブルトンです。ブルトンには、原理としての理論書『シュルレアリスム宣言』とその実験的状況作品である『溶ける魚』や『ナジャ』があります。多くのひとが『ナジャ』に感銘を得ると、『通底器』『狂気の愛』を経て『秘宝十七番』へと読みすすんだ経験があると思います。

『ナジャ』こそ、本著が取り上げる「客観的偶然」を牽引する作品ですが、シュルレアリスム作品の方法としての創作への心の持ち方とそこから発生する言語の流出をいったいどこの着地点にもつのかが論点となりました。そこに出てくるのが、戦争による精神障害に対応する臨床的な意味がある自動記述法です。この方法から言語表出の関係を絶対性へとむすぶ普遍的な視座の「客観的偶然」という概念に行き着きます。シュルレアリスムは、作品の無意識の形象の定点を結び、この方法によって見出された文学芸術における言語の美を発見することになります。

著者は、反精神分析の地点からもシュルレアリスムの動向を探りますが、さらにこの論点をカンタン・メイヤスーの相関論「思弁的実在論」やマルクス・ガブリエルの実存的な他者や身体に関心を寄せる「新しい実在論」との関係も語っています。アルトーをはじめ異数のシュルレアリストを新たな視点で論及したデリダやドゥルーズがいるように、著者の現代思想との結びつきは、ランボーやマラルメの象徴喩の世界からシュルレアリスムの自動記述と原理とした「客観的偶然」に貫通するものと同質性があります。

日本人にとって、シュルレアリスムは、翻訳の網目から浮かび上がってくるイメージによって、感受してきた創作表象の記述方法であり、日本語による言葉の格闘を経て感受された芸術形態のひとつのエクリチュールでした。自動記述という立場から創作をはじめるか、最終的なコギトーによって、芸術の至高点により詩作の収束地点にたどり着くかという方法の境界線もあります。近似値としてのシュルレアリストである西脇順三郎や滝口修造、吉岡実たちは、真性の方法としてのシュルリアリスムとは差異をもちつつも、日本の現代詩の周縁よりもより中心として現存しているとも言い換えることができます。

高橋郁男・小詩集『風信』

三十

東京・全球感染日誌　十二

二〇二三年
元日　日
届いた年賀状への　必要な返信を認（したた）めて
昼過ぎに　近くの郵便ポストに向かう
バス通りから一本入った小道に
これまでの正月には気づかなかった香りが漂っていた

　元日の路地やオリーブにんにく香

十八日　水
渋谷の東急百貨店の本店が　一月末で閉店するという
七階にある丸善ジュンク堂系の店も　無くなる
この界隈での会合や　買い物ついでに寄る所だったので
見納めにと思い　出かけた
ハチ公像の横から　ゆるい坂道を五分ほどのぼる
本店の入り口には「閉店の御挨拶」が掲げられていた
「一九六七年に渋谷区立大向小学校の跡地に
　開店しました――
半世紀余りの前まで
この小さな丘の上には　小学校の校舎がそびえていた
今は昭和の標準的な中層ビルといった風情の本店がそびえ
やがて　これが解体された後には超高層ビルがそびえ立つ
時の移ろいに連れて　建物の軒は　空へ　空へと伸び
その下の　渋谷という谷の底との落差は　増してきた

本店の七階に上がる
ずらりと並ぶ本棚は　以前と変わらないようにも見えるが
本の整理・撤収が進んでいるらしく
棚の半分近くは　空いている
以前　拙著『詩のオデュッセイア』も置いてあった
「海外詩集・詩論」と表示された棚の前に行ってみるが
見当たらなかった

延々と続く　空（から）になりかけた本棚の列を眺めていると
閉店後の全ての本を失った大量の本棚の行方が気になった
近くに居た店の人に尋ねると
「まだ　決まっていません」
この店の売り場の広さは　渋谷の界隈では最大級だった
もし　全部の棚を一列につないで並べてみたとすれば
延べ一キロ以上にもなるだろう

店の中ほどに　この書店と自らの思い出等を記した
小さなメモを並べた一角があった　ざっと百枚
開店から十余年　ここを訪れてきた人それぞれの

哀惜の念が綴られていた
確かに　いつもそこにあったものが無くなるというのは
それが　たとえ　道端の一本の木であっても
あるいは石であっても　寂寥の感を呼び起こすことがある
まして　長く通い続けた本屋であれば　尚更のこと

書店は　人の生に必須な　衣食住を商うわけではないが
人の心の糧になり得るという　稀な品物を商っている
閉店を惜しむ人たちも　これまでの書店との付き合いに
自らの生の遍歴や軌跡を重ねていたのだろう

渋谷のこの店が無くなっても　丸善ジュンク堂の
ほかの店が無くならないことは救いだが
近年　都心部でも　書店の閉店が目立っている
読書離れや　電子書籍の台頭による影響もあるのだろう
確かに　電子書籍には　紙の本には無い利便性がある
近年は　都内の図書館でも電子書籍が借りられるので
時に　利用している
ネットで検索して　即座に借りてすぐ読むことができる
手に触れる物ではないからコロナ感染を気にすることもない
しかし　目の前に本の姿が無いせいか
返すのを　うっかり忘れてしまうこともある
図書館からは　返却の催促が来ることもなく
電子的な操作で　音もなく　強制返却される

書店への哀惜には
手に取ることができない電子書籍とは違って
それぞれに形と重みとを備え持つ
物体としての書物への哀惜も籠もっている
平台に並んだ数多の本の連なりは
その時々の　文化の波の打ち寄せる渚を思わせる
書店の喪失は　その小さな波打ち際の喪失と重なっている

二月
六日　月
シリアに近いトルコ南部で　大地震が発生
地震の規模・大きさを示すマグニチュードは　7・8
あの日本の3・11大震災は　9・0だった
マグニチュードは数値が1・0増えると30倍になるから
3・11大震災よりは　規模はかなり小さい　しかし
震源が海底ではない内陸地震としては　破格の大きさで
震源の上の広い範囲の都市や村が激震に襲われた
高層ビルを含む多くの建物が崩壊して
3・11を大きく上回るほどの犠牲者が出た
それにしても　高層ビルが相次いで崩れ落ちるさまは
設計や施工のまともさを　深く疑わせるものがあった

八日　水
東京五輪を巡る汚職事件で
東京地検が　当時の五輪組織委員会の幹部らを逮捕

元・電通専務の受託収賄に続いて　今度は独禁法違反の疑い
事実とすれば　東京五輪の犯罪性が　更に暴かれた
莫大な税金をつぎ込む国家的催事の運営を
請け負ってきた広告代理店・電通と
請け負わせてきた政界・政権との関係も　改めて問われる

　この国や広告代理天国か

二十四日　金
ロシアがウクライナに侵攻してから一年
戦争は　収らず　拡大してきた
ロシアへの経済制裁とウクライナへの資金援助から
ウクライナへの弾薬提供　大砲の提供となり
戦車の提供に至る
これから　戦闘機の提供　ミサイル提供ともなれば
これまでの「臨・大戦状態」は　ついに臨界に達し
核大戦による滅亡が　現実のものになりかねない

三月
十一日　土
3・11大震災・原発爆発から十二年で
WHOの新コロナ・パンデミック宣言からは三年になる
三年前のこの日に渋谷駅前のスクランブル交差点に行った時
それ以前のような大きな人波は
コロナ禍によって　既に萎（しぼ）みかけていた
中国・武漢での「発覚」から　わずか三か月ほどで
全世界＝全球での感染に迄至ったことを　こう詠んだ

　星ひとつ三月（みつき）で覆うコロナかな
　新コロナ三月で全球感染す

今年の　この交差点は　ほぼコロナ前の賑わいに戻っていた
外国人のグループや家族連れも多い
その大半は　マスク姿で
つぼみが開きかけた桜の下の　ハチ公の像の前には
記念撮影をしようと待つ　外国人の行列が出来ている
七年前のこの日は
ハチ公前で　原発の廃絶のための選挙を呼びかける人や
発災の時刻に合わせて　黙禱する二人の青年がいた
今年の交差点には
震災や原発に絡むような情景は　見当たらなかった

十三日　月
大江健三郎さんの逝去が報じられた　享年八十八
戦後という時代と共に生き
戦後という時代と取り組み
戦後という時代に身を晒し
戦後という時代と人間の営みを　描き続けた
幼少期を戦時下で過ごし　敗戦を十歳で迎え

アメリカ主導の占領下で育った
その　深い時代体験と人生体験を糾(あざな)う表出を
世界的な文学にまで昇華させる
ノーベル賞を受けた後も文学の新たな地平を求め続けたが
二〇一一年の大震災・原発の爆発に深甚な衝撃を受ける

「この放射性物質に汚染された地面を――人はもとに戻すことができない――それをわれわれの同時代の人間はやってしまった。われわれの生きている間に恢復させることはできない……この思いに圧倒されて、私は、衰えた泣き声をあげていたのだ。」

「晩年様式集（イン・レイト・スタイル）」
（『大江健三郎全小説』講談社）

この後　「脱原発」を目指す都内の市民集会で
人間が制御できない原発を再稼働する過ちを
犯してはならないと語りかける大江さんを　間近に見た
空に　取材各社のヘリコプターが大音響で飛び交い
発言は　かき消されそうになることもあった
それでも訴え続けるその姿は　痛々しいほどだったが
それは　全身全霊で　時代の修羅と取り組み続けるという
強い決意の表れと思われた

遠い記憶が蘇る
今から半世紀以上も昔　私が二十歳の学生だった頃に
東京・成城の大江さん宅を　アポ無しで訪ねたことがあった
私の郷里・仙台にある大学での講演を依頼するためだった
玄関先で応対してくれた夫人らしい方に来意を告げると
――今は執筆中で取り次げませんが　伝言があればどうぞ
そこで　講演していただきたい期日や連絡先をメモにした
今なら携帯電話の番号を記すところだが　当時は無いので
メモには　仙台の実家の電話番号を書き込んでおいた

その日の夜遅くに　実家に帰り着くと
大江さんから私に電話があったと　母が言う
大江さんは　私が不在と聞くと
講演の希望の時期には既に予定が入っているので
残念ながら受けられませんと話されたという
そう聞いて　突然かつ勝手に家にやってきた
見ず知らずの一学生に対してまで
丁寧で誠実な返事をしていただいたことに　感じ入った
そして同時に　一寸驚いたのは　電話が来たという時刻が
大江さん宅を私が辞して間もなくだったこと
当時は　東京―仙台間は　特急で四時間ほどかかったので
その時刻に　私が在宅のはずはなかった
返事は早い方がいいという　大江さんの気遣いを感じつつ
時空の壁を自在に超えて羽ばたく
作家の想像力の翼のようなものを　感じたことだった

春浅き戦後文学旗手まかる

十四日　火
「マスクの着用は　個人の判断で」となった翌日
マスクをポケットに入れたままで　地下鉄に乗った
マスク無しでの乗車は　かれこれ三年ぶりになる
座って右隣の外国人はマスク無し　左の日本人はマスク有り
向かいの座席を見ると　マスク有りが六人　無しは二人
マスクの一人が　当方を見たが　咎めるような視線ではない
長く続いてきた「一律マスク着用の時代」は
ようやく　終りが見えつつあるのか
国内の累計感染者は三千三百万人　死者は七万三千人
世界・全球での感染者は六億七千万人に達し
死者は六百八十万人を超えている

＊

時を遥かに旅して一九六八年の日本に辿り着いたとする
元日
マラソン選手・円谷幸吉は　故郷の福島・須賀川の実家で
正月を味わっていた
「もう走れません」と書き残して　彼が逝ったのは
その翌週のことだった

　三日とろ、　美味しうございました
干し柿も、もちも美味しうございました

　　幸吉は、もうすっかり疲れ切ってしまって走れません
―――
遺書の文言は　長い歳月を経た今も尚　痛切に響く
巷に「恋の季節」や「ブルー・ライト・ヨコハマ」が流れた
この年には　戦後史に残る大きな出来事が国の内外で相次いだ
それは　四五年夏の第二次大戦の終結で始まった「戦後」という時代が　二十余年を経て　世界の各地でたてる
深い呻(うめ)きだったように思われる

一月　米空母エンタープライズの佐世保入港と反対運動
　　　ベトナム戦争での解放戦線によるテト攻勢
四月　米のキング牧師暗殺
五月　パリで「五月革命」と呼ばれる学生運動が激化
六月　米大統領候補ロバート・ケネディ暗殺
　　　東京大学で学生が安田講堂を占拠
そして　八月二十日
ソ連と　その同盟軍が　チェコに軍事侵攻を始める
それまで　アメリカの北ベトナム空爆を非難してきたソ連が
他国を侵略する姿に　世界が瞠目した

＝この項つづく

永山絹枝・小詩集『シルクロードの旅』

【一、絹の道を辿る】

シルクロードは聞きしに勝る　遠きところ
わが友から聞いていた　それは大変だった
降参した旅だったと
時は経った　世の中は拓けたはず
三蔵法師が仏典を求めて旅したルート
孫悟空ではないが　いざいかん　ひとっ飛び
そう　我いま、シルクロードの起点西安に立つ
かつて長安と呼ばれ千年以上も栄華を極めた
東西南北の門と城壁に囲まれたこの街
十字路から見晴るかし　西域を望む
駱駝が四頭　寄り添う商人の隊列像
さあ行こう　未知なる地へ
ところがなんと　魔法にかかったか
砂塵を浴びて安堵の帰路に立ち寄ると
西安の東方では　花とロマンでお出迎え
唐の玄宗が温泉を造営した華清池
春寒くして浴を洗う　華清池（かせいち）
温泉の水滑らかにして擬脂を洗う華清池
白居易が歌った「長恨歌」
西太后が北京を逃げ出してきた有楽地

【二、兵馬俑（へいばよう）と聖水祭壇】

兵馬俑とは殉死者の代わりに埋葬された人形
時の権力者　秦の始皇帝陵を守る
北京まで敷き詰めた万里の長城が甦る
山の峰々を龍の背のようにうねりながら続く長城
一里ごとに一人の人柱を埋めたと言われる
整列する地下軍団の兵士たちは眼球猛々しく
いまにも襲いかかって来るかのようだ
背筋に冷汗かきながら　たどり着いた「天地」
砂漠の中を歩く旅人にとって
天から恵まれた命の水のように尊い
一口飲むと　若返り、もう一口で幼児になった
旅人の逸話を想いながら雪を頂く霊山を崇める
「聖水祭壇」大きく平らな岩板に刻まれている
先住民族　朝鮮族の地　神聖な場所と崇め奉って来た
それが中国政府の一声で観光地化へ
聖なす町　黒服や迷彩服が民を威圧する
いまや街路には　ナンを売る店などが立ち並ぶ
かつて大学で中国の留学生のチューターをした
中国と言っても地域で文化も言葉も違う
漢民族がちょっと卑下する朝鮮族の学生
彼等は自力で必死にのぼりあがる
破裂語の火花とともに甦る

【三、ロバの幌馬車をひく】

「千円！　せんえん！　50元！」
陽気に話しかけてくるタクラマカン砂漠の少年
父親は　ロバに幌馬車を引かせ、少年は客引きだ
ロバと少年と父親　愛嬌に誘われた
「ソグド人は生まれたばかりの子供に
にかわを持たせ口には蜜をくわえさせ
銭を握るときは　にかわのごとくへばりつき
口には甘言をろうするように」願ったとか
よっしゃー　その手に乗ろう　轡（くつわ）を握ろう
旅の途上には陽気さが　うれしい
ロバ車に乗り込んだ
屋根はテントの幌馬車だ
好奇心が湧いた
ロバよ　私と一緒に　ロバ屋をしよう
なんと可愛い　ロバは頭を下げて頷（うなづ）いた
主（あるじ）も同じく頷いた
　お客は　勿（もち）　タクラマカン砂漠の少年と父親だ
いま私は　砂漠の中で幌馬車を引いている
新疆（しんきょう）ウイグル自治区にて　ロバ車を引いている
「千円！　せんえん！　50元！」
　旅は道連れ　世は情け
これがあるから旅は楽しい

【四、火焔山（かえんざん）とベゼクリク千仏洞（せんぶつどう）】

—タクラマカンの砂を手にとり拝みて
　若き日の夢果たし終わりぬ—　（井上　靖）
隊商の列ならぬ　バスの窓からは
行けども行けども　両側には何も見えない
「入ると出られない」という　タクラマカン
途上でシルクロードの要の一つ　火焔山に出遭う
小説「西遊記」では　山全体が燃え盛り
天竺（てんじく）を目指す三蔵法師一行を阻んだ

　火焔山の中を下りたつ
　ひとり　ぼつんと
　地上に取り残された少女
　どこから来たのか 何を見つめているのか
　凛として　ひとり
　火焔山のなかに佇んでいる
ハイキョノナカニ タッテイルヨウナ

火焔山中から川沿いの道を登るとベゼクリク千仏洞
元は高昌（こうしょう）国王の別荘で河を望む断崖に掘られている
ウイグル王国時代に石窟寺院に改造され
後にイスラム教徒との戦いに敗れ廃墟になった
さむざむと剝ぎ取られている石窟の壁画
灰色の瞳に映る山肌

【五、葡萄農家トルファン】

国破れて山河あり　強者どもが夢の跡
ああ　ここが玄奘（三蔵法師）が刻んだ場所か
トルファン盆地には　むかし高昌（こうしょう）という国があった
火焔山　高晶国といった「西遊記」の舞台には
いまや葡萄農家がさかんである

おお　砂漠の街にも清冽な天山山脈の　雪解け水
人情と信仰をのせて走る　カレーズ
むかしむかし　日本に於いても　水の流れは命の流れ
母の実家の川棚にも自家用のため池と流れがあって
濁酒（どぶろく）がつくられていた
カレーズの清らかさに惹かれ農家を巡る
ブドウの棚田は　日除けのトンネル
ナンを焼く窯　アラジンの壺
一軒の干しブドウ農家での一膳の昼食
祖母の家に来た気分で販売の手伝い

涼しい木の下では民族楽器を奏（かな）でる男たち
誘われ　歌って　踊って　手拍子とって
夜は魅惑的なベリーダンスに悩殺されながら
シシカバブーに舌包み

【六、高昌古城（こじょう）】　神谷　毅

ここは新疆トルファン
海抜マイナス一五四メートル
外気温四二度の交河（こうか）古城（こじょう）
小高い丘に土くれ残り
高昌古城の遺構が蒼天に建つ
悟空が空を飛び白馬の玄奘三蔵（げんじょうさんぞう）が
天竺へ歩んだ紅砂岩の地獄の露呈
陽は容赦なく照りつけ
身も心も乾燥させる
遥か蒼天に固まる天山山脈
雪解け水がカレーズを伝わって流れる

ベゼクリフ千仏洞（せんぶつどう）の石窟
仏教の壁画砂礫（されき）の中に
無の世界が広がり
祈りの空間が人々を支配する

「炎の大地」神谷毅詩集より

備考
沖縄の神谷毅氏より詩集『炎の大地』を贈呈うけた。
彼も江口季好氏の児童詩教育を敬愛する一人だ
詩集の中に旅の詩が数篇掲載されていた
「高昌古城（こじょう）」、彼の詩を奉った。

井上摩耶・小詩集『ある画家の話』四篇

一緒に

ただ歩いていた
飲んだアイスコーヒーの
ミルクとガムシロップの味
口の中で混ざったまま

母の居る施設へと
スーパーの買い物袋から
黄色いバラが顔を出していて
ただ歩いていた

永遠と続くかのようなその道で
春になろうとする日に
父を想っていた
長野松本の雪　雪　雪

母が実家近くの施設に転所をしてから
良く通うようになった
母の手はまだ若く
目の中は生き生きとしていた

部屋で付けられていたテレビでは
雪国のむかし話
少し音量が大きく
お琴の音が部屋に充満する

――パパ、トルコとシリアで地震があったんだよ――
――とても大きいやつね。皆んな大変だよ、極寒の中さ――
テレビで流れる雪の映像がノスタルジックで
日本文学を思い浮かべていた

母が時々質問をして来て
それに答えながら
時間は過ぎる
「キスして」と別れ際に母が言うので
おでこにキスをした

そしてまたただ歩いた
身軽になって
風を感じながら
私はあの二人の子供なんだと

どの季節にも
想い出はある

また作っている
死する者ともなお
一緒に

形のないもの

歩み寄り　歩み寄り
何か形にならないものが
何らかの形になろうとしている

それは目には見えないし
手でも触れられないけれど
確かに感じるもの

安心感とか
温もりとか
そういったもの

出逢って何年経っただろう?

その時々で違う形
その時々で近くなる
理解しようと努力する

投げ出した
お互いに
もう嫌だって

それでも繋がってきた
離れている時も想っていた
「今」に至る何かがあった

嫌なところも見たけれど
良いところもたくさん見てきた
心が潤った

最後にしたいね
家族になったって思いたいね
これからもずっと

縛りはないし
紙の上でも自由だけれど
きっと私たちは結ばれたね

歩み寄ってくれてありがとう
歩み寄って良かった
貴方を信じて報われた

負の連鎖

犠牲者が犠牲者を生む
その連鎖

破壊的カルト団体とはそういうもの
改めて思った

私がもっと長く中に居たら
きっとまた犠牲者が増えていただろう

私を入れたあなたも苦しんでいた
それを知って私も苦しかった

でも、同情はしない
めちゃくちゃになった私の青春は
もう戻って来ないから
誰のせいでもないけれど
私は多くの人に支えられここまで来たから
もう後戻りは出来ない

ただ願うよ
ただ祈るよ
あなたとその家族の事を

一回限りの連絡
もうおしまい
二十六年が経った今だから

誰も恨んでいない
全てを許している

それは私が歩んだ人生に意味が持てたから
多くの方に支えられたから

だからあなたもそうして
私は祈ることしか出来ないから

今もなお苦しんでいる人たち
置いて行かれてしまった人たち

犠牲者が犠牲者を生む
どこかでその連鎖を止めなければ

ある画家の話

人生に失格とかあるんか？
思うがまま生きて来ただけ

家族と恋人と仲間と
呑んで　騒いで　楽しんで

でもね、一人でいる時
俺は無性に寂しくなる時がある

写真には映らないもう一人の俺
小さな絵の落書きをしてさ

評価された　嬉しかった
でも、自分の中では「もう一人の俺」の投影でしかない

そんな絵を見て
俺を天才と言う人もいるけれど
俺はそんな風に思ったことはない
俺は逃げて来たから
逃げ続けてきたから

目の前の現実から逃げて
戦うことをしないで
日々の似非や安穏に浸かって
生ぬるい場所で描いて来ただけだから

それでも俺はやっぱり絵描きなんだな
犠牲にしたものも　健康を害したこともある
それでも「天罰」とか言って笑い飛ばして
人前では笑ってる
小さくうずくまる俺を知らない

人生に失格があるとしたら
まさにそうだ
逃げ続けて来た人生だからな
それでも自分を守るため
思うがままに生きて来ただけ
気が付いたらそこには絵があっただけ

堀田京子・小詩集『奇跡』十四篇

奇跡

生きている奇跡
出会いの奇跡
生まれてくる国は選べない
生まれてくる時代も選べない
そして親も選べない
生まれてきた奇跡
両親がいなければ私はいない
祖父母がいなければ両親もいない
先祖代々からの命のバトン
何度も危険な目にあいながら生きてきた
かけがえのない一つの命
存在することへの感謝
戦争という空しい戦いに
命を落とした大勢の御霊に祈る
戦争はくりかえしませんと
誓った人類のゆくえやいかに

お願い

青い空には　さえずる鳥
ミサイルはいらない
お願い空飛ぶ車も作らないで

深い海には　サンゴ礁
潜水艦はいらない
お願い汚染水も流さないで

緑の地球は生き物たちの楽園
お願い爆弾はいますぐやめて
山々にこだまが響き　花咲き雲が飛ぶ
風そよぎ命をはぐくむ大地の声

ある若者の声を聞く

電気代五万円　通信費二万円　オール電化の家賃も大きい
健康保険料・国民年金　保険金　数え上げたらすごい出費
交通費も値上げ　物価の高騰はまだ続きそうだ……
戦争の影響で
世界的なインフレの大波
様々な問題が浮上
風呂も節約二日に一回シャワーのみ
オール電化は便利だと進められて入居したものの……
何のために　働いているのかわからない
こんなハズではなかったが……

四〇歳にしてやっと結婚できた　が　厳しい生活
生きてゆくのも容易ではない
余裕がなく　外食もできない
待望の赤ちゃん誕生　妻は退職里帰り
喜びとともに　先の見えない不安
懸命に働けど　追いついてゆけない
今は誕生する新しき命に祝福の時
夢と希望に胸をときめかせている

子どもの情景

僕は二歳　犬じゃない　人間の子供
まだ少ししかしゃべれないけれど
歩くの大好き　どこまでも行ってみたい
どんどん大きくなりたい僕
でも母さんは僕の左手に手錠をはめる
世界は不思議にあふれている
触ってみたい確かめてみたい好奇心いっぱい
僕は自由にお散歩したいのに
ストレスで指しゃぶりをやめられない
ちょっと走り出すと綱で引っ張られてしまう
お手々つないでくれないかなー
分かっていないように見えるけれど
僕は意外と感受性が強いから理解しています
嫌だといえない僕です　困ったな　どうしよう
育児用品メーカーに言いたい　手錠の販売はやめて!!
バアバのお願い　聴いてよね

私が泣くとママはすぐスマホを見せる
本当は見たくないけれどだまされてしまう
言いたいこともまだ十分に言えない私
ママは私の気持ちを知ろうとも思わない
私はまだ二歳の子供　ぬいぐるみ人形じゃない

本当はバギーから降りて歩きたいんだ
ストレスでハンカチを握りしめしゃぶっている私
ママに抱っこをせがんでもなかなかしてくれない
たまにパパが抱っこしてくれるけれど　ママがいい
ママって呼んでもスマホに夢中
返事もしてくれないし振り向いてもくれない
寂しいな　ママのまなざしが欲しいだけなのに
指しゃぶりしながらタオルとスキンシップの私です

微笑めば　微笑みかえす　嬰児よ
ハイタッチ　繰り返しつつ　いとし子よ
子は宝　二度とは来ない　幼少期

ママは世界一　今触れ合わないでいつ触れ合うの
子供の幸せは　大人の幸せ　みんなの幸せは世界の平和

カレーづくし

膝がいたいんです
　　カレーですね　手術をしましょうか
腰が痛むんです
　　カレーです　これは治りませんね
高血圧に糖尿病　前立腺がん
　　皆　カレーです　薬を出しておきましょう
歯がぐらぐら　目がしょぼしょぼ
　　こちらもカレー　歯槽膿漏は抜くしかないです
　　インプラントもはずして入れ歯にしましょう
病院通いが日課となりつつある
「わしゃ小魚いっぺ　たべちょるけんが骨が弱ってしもうたと」
九〇歳の老婆が息子に諭されていた
「年を取ったせいだから仕方なかとよ　頭は認知症じゃけん」

カレーライスは大好きだけど　加齢三昧はいただけません
ハヤシやシチューはないのかな……
キノコカレーや野菜カレーもあるのだが
冗談はヨシローさんにして　一人で暮らせる日々に感謝
歩ける　食事ができる　トイレに行ける　自宅に帰れる
こんなことが実は素晴らしいことなんだね
なにげない日常に小さな幸せを見つけていこう
あたりまえだと思っていたことが加齢でできなくなる
樹木が自然に枯れるように　人間も枯れてゆくのだ
時代は進化しどこへ向かって行くのか横目で見定めながら

命拾いした日のこと

雨の日　後ろのバスをよけ
舗装の隙間にタイヤがはまり
気が付いたときは　スッテン転倒　バスにゴン
自転車もろとも投げ出され
起き上がる気力もうせ放心状態
無我夢中　痛さ忘れて起き上がる

近道を通ってみれば　待っていたのは　災難でした
出会いがしらに　自転車もろとも投げ出され
何事が起きたか　一時停止も消えかかり
財布にお守り　無事カエルが泣いていた
若ガエらなくても金も帰らなくても
事故にだけはあいたくない

元気は神様からの贈り物　そろそろ自転車は卒業か
歩いていてもケガはつきもの　油断大敵　危機一髪
二度ある事は三度あるかも　まさに注意一秒　ケガ一生
バカカバ　あんぽんたん　唐茄子カボチャの自分へ警告
一歩家を出たら一寸先は闇である　いとおしい命
まさに生きることは命がけのようだ

ああ　の　詩

あきらめず喜寿の手習いウントコショ
汗水を流して仕事ルンルンと
青い空眺めてゆけば悩み消え
あら不思議こんな所にフキノトウ
焦らずに石橋たたき歩きゆく
アハハハと笑い飛ばしてこの道を
愛唱歌歌えば心若返り
危ないよ　注意一秒忘れずに
安全の一時停止を怠るな
ああ悲惨こんなはずではなかったに
ああ無常戦場の雪ウクライナ
アッ地震命を守れ今すぐに
ああ友よ別れの言葉また会おう
逢いたいな亡きあの人に一度でも
愛情のかけら探して老いを行く
安心で明るい明日を夢に見て
ありがとの感謝を込めて生きる日々
雨あられあっと言う間の人生だ

自転車に乗って　あんな事こんな事

回想　始めての自転車　小学四年生頃
カラタチの白い花が咲く道　青いトゲトゲ
緩やかな坂道　婦人乗り二十四インチ
荷台を支えてもらい　スタート　何度も転びながら
いつの間にか立ち乗り
座ることはできないがバランスよく乗れる日が来た
次は父の自転車　男乗り　三角の部分にあしを入れて斜め漕ぎ
子供用の自転車等見たこともない時代であった

高校は村から町へ　自転車通学　土埃の道を三年間休まず通学
東京に出てきてからはしばらく自転車とは関係のない暮らし
子育て時代　再び便利な自転車暮らし
前に後ろに娘を載せて大荷物を抱え五年間の通園
次女が一歳の時　自転車が転倒し大事故になるところだった
頭蓋骨にひび……恐怖まさかの惨事　警察病院へ　誤診ですんだ
パート勤務中も自転車と共に
ブリジストンの自転車を購入　盗難にあう
長い保育園勤務の間も手軽な便利さがあり
自転車は手放せなかった
喜寿を超えても日常的に自転車はわが友であった
自転車の荷物を盗まれたことや
盗難にあい貴重品をすべて失ったこともあった

ぬれ落ち葉にタイヤを滑らせて転倒したこと
道路の溝にタイヤがはまり突然転倒したこと
段差を乗り越えようとしてハンドルを取られたこと
とどめは出会い頭の交通事故であった
それは見通しの悪い農道の交差点で起こった
転倒した瞬間はな何ごとかわからず頭が真っ白に
車の相手はあんたが一時停止しないからだとぼやく
連絡先は聞いたものの　相手はドロン　あちこち打撲
警察のお世話になったが　逃げられた
命拾いできたから何よりありがたい
しばらく通院　心理的に大ショック怖くて身震いがした
紙一重の事故
ＣＴは二回撮影　気分的に頭痛が続いた
もう自転車をやめろという警告でした
八〇歳までは乗りたいと思っていたが　あきらめる羽目になった
自転車に乗ってかけぬけた私の人生
私を支えてくれてありがとう！
自転車のお陰で骨密度もばっちり！
大事故に至らず生きてこられてありがとう！
長い間私の伴侶だった自転車に感謝状を贈りたい
自転車人生に乾杯

一億〇〇社会

一億総玉砕社会
右にならえ　前にならへ　左向け左
そんな軍国主義の厳しく辛い時代
働けど働けど生活は苦しく
出る杭は打たれ　抹殺されていった戦前

一億総白痴化
平和憲法のもと　民主主義の旗を掲げて懸命に戦後復興
やがて　テレビの時代がやってきた　人間は考える葦である
テレビが精神をむしばむといわれて久しい

一億総中流化社会
寝る間も惜しみ多くの犠牲を払って立て直した日本の経済成長
高度経済成長の波に乗り　誰もが豊かに思える時代であった
金・金がすべて　であるかのような時代となる
公害問題カドミウム痛い痛い病・みなまた水銀
大気汚染問題等々問われる
政界汚職　ロッキード事件　政治と金の関係は泥沼化
安保のもとにアメリカとの関係性はより従属的に
選挙の投票率は上がらず
自分さえよければという個人主義が定着
オウム真理教のようなオカルト宗教が世の中を震撼させる

一億総貧乏社会
バブルは夢はかなく消えて　経済がひっくり返った
富めるものとそうでないものの格差社会がやってきた
あくなき競争社会　不安定な雇用　定年まで働けるだろうか
コロナ禍の中で貧困問題が浮上　人間関係もますます希薄に

一億総狂騒化社会
何かが狂いだし止まらない　物騒な事件が多発　精神の荒廃
親も子もなく　無差別殺人や　地球の温暖化
さまざまの社会不安続出
統一教会・ものみの塔　政治と宗教の汚い癒着
東京オリンピックも汚職まみれ
喉元過ぎれば熱さを忘れる国民性
多くの宗教が悩める者たちに魔の手を差し出し始めた
「一人はみんなのために　みんなは一人のために」空回り

無関心・無感動・無気力・怒ることさえできない
自己中心の個人主義
こもり人　や自殺者が増加の傾向　悩みを語れない
豊かな物に囲まれて育った世代　進化の中での価値観の変化
常識という概念が消えて久しい
コロナ禍で人間関係がより希薄になる
健康な暮らしが危うい時代　食品の複合汚染
様々な弊害が体をむしばむ

なくならない交通戦争の悲劇
独裁軍事国家　戦争　温暖化による災害
原発　物価高騰　食料問題等々
世界は大揺れ　金融機関の破綻も相次ぐ
便利さの追求　進化の名のもとに信じられない遺伝子組み換え
自然に逆らう暮らしが地球を破壊しつつある
この世界はどこへ向かって　行こうとしているのだろうか

一億総カード社会
ＡＩ時代の到来　デジタル化の大波
カード社会　様々な詐欺師が善良な市民を狙う時代
安心安全な暮らしは保障されなくなっている
無意識では生きられない　目的をしっかり持って暮らす

子供たちは生まれてきてよかったと思えるだろうか
青年は　青春時代を謳歌できるのか
中年は　じっくりと仕事に向き合えられるのか
熟年は　充実した人生を描けるか
老人は安心して次世代へ
新しい時代を手渡してゆけるだろうか
暗闇をさまよぴながら
めぐりくる季節の中でみんなが立往生している

いつも

ふりむけば
いつもそこに　母がいる
元気で暮らせよ　と
微笑みかけてくる

空を仰げば
いつもそこに　父がいる
がんばれよ　と
励ましてくれる

山の彼方に流れる雲よ
沈む夕日に合掌すれば
いつもあの人がやってくる
生きている私に語りかける
喜びも悲しみも共にあり

武器はいらない

花見を楽しんでいる間に　戦争は始まる
飯を食っている間に　戦争は始まる
眠っている間に　戦争は始まる
きな臭いにおいに気づいたなら
声を上げなければ
あっと言う間に炎上　戦争は始まる
生か　死か　二つに一つ
正義の戦争などない　武器はいらない
始まったら　終らない戦争
殺すか　殺されるか
戦争ほど空しく醜いものは存在しない
命ある限り　誰かを静かに愛していたい
国のためと言いながら　弱いものを
踏みにじり抑え込み引き裂く大犯罪
為政者の卑劣な利己的満足のための
地球規模の大破壊　この世の終末
鳥の歌を歌いながら　この道を歩きたい
すべての命あるものは
豊かに暮らしたいと切に願っている
守られて共に生きられますように
唯一無二の青い地球よ永遠に

神様がいらっしゃる

私の神様は　私の両親
御先祖様との連綿とした繋がり
今ここにかけがえのない一つの命の誕生
大きな愛のみ胸にはぐくまれて育つ
生を受けて生きてきた不思議
日は昇り　日は沈む　光と影の中で
未来へつながってゆく

木にも神様がいらっしゃる
なんと素敵な桜の花
すべての生き物も神様からの送りもの
大自然は　センス　オブ　ワンダー
すべての出来事には意味があるらしい
月はかぐや姫のふるさと
壮大な宇宙は神様の住む国
広く深く果てしない神様の世界

人間は侵略者　文明という武器を振りかざす
進化という名のもとに大自然を破壊する
神からの賜物をずたずたに引き裂いてしまう
果てのない欲望という名の電車に乗って
どこまでもひた走る　悪魔の道化師

武器製造に命がけの為政者
何があっても核を武器にしてはならない
今この星は瀕死の重傷を負いながら息づいている
笑いあえる日のために偽善の仮面を脱ぎ捨てて
世界の人々が笑顔で生きられる日のために祈りたい

天敵

人間の天敵はウイルスや最近
目には見えない小さな輩

人間の天敵は憎悪や怒り
他人にはわからない心の闇

この世の天敵は戦争
平和を破壊する愚かな殺人鬼
地球の天敵は人間

微笑み燦燦

笑えば　笑え　笑うとき
笑えば福がやってくる
愛燦燦と　降り注ぐ
人を笑わせ　アッハハハ
笑顔満面　笑いヨガ
おかしすぎたら　イッヒヒヒ
ストレス発散　フフフフフ
人に笑われ　へへへへへ
恥は一時　反省しかり
嬉しすぎたら　ホホホホホ
人生今日も泣き笑い
最後に笑うものは誰
笑ってあの世へ
夕焼けこやけの極楽とんぼ

佐野玲子・小詩集『祖(おや)たちの祈り』五篇

1 闇夜

祖父の何万日
祖母の何万日
逢うことの かなわなかった
曾祖父母の…

祖(おや)たちの
朝な夕なの「いのり」の末流に
今夜も
ひとときの静寂

十世代で 千人を数え
二十世代で 百万人を超える
祖(おや)たち

その膨大さに
おののき
瞑想は 途切れ
思わず 目を見開いた

闇夜だから 何も見えない
無量無辺なる堆積…

自分は
その底辺に
這いつくばっている？
それとも その中に
紛れ込ませてもらっている…？

否
まだ肉体をともなう者には
近づくすべもない
きっと 超多次元の
ふくらみ

闇夜でよかった

2 紙撚(こより)

ご先祖さま どころか
親(ちか)しかった祖父母の
若き日の
当たり前の暮らしの風景が、
もう まるで わからない

晩年の祖父母の

心の在り処さえ
一番下の孫だった私には
何ひとつ わかってはいなかった

祖母は
毎日 お仏壇に
なにをいのっていたのか
祖父は
毎朝 神棚の火打ち石の火花に
なにを念じていたのか

古の日本人の立ち姿
その うすぼけた裾模様くらいは
まだ 幽かに
ほの見えていた時代だったのに

裏通りに響く
くずや〜 おはらい、
の呼び声

お勝手口では
御用聞きの
魚屋さんの威勢のよい口上
控えめなは口調は酒屋さん

按摩さんの
甲高い笛の音も
まだ耳の奥に 生きている

お正月
ことほぎの萬歳には
もう出会えなかったけれど
街なかでも まだ
門付けの獅子舞の訪れは
玄関の中に
招き入れていた

おとしだま
明治二十二年生まれの祖父が
薄い半紙を
細長い短冊状に切り分け、
一枚ずつ その端っこに
一、二、三…と 家族の人数分の数字を
小さく書き入れる

やがて
その半紙の紙切れは、
祖父の両の手の
親指と人差指に託されるや、
たちまち

しゅるしゅる ピシッ
しゅるしゅる ピシッ と、
次々に
針のように 細く美しい
みごとな紙撚（こより）に
姿を変えてゆく

それは
一等から末等まである、
くじ引き であった

家長が
《としだま》を
子・孫たちに分け与える
そんな 古の姿を
辛うじて留めていたかのような…

六十年経った今
ご先祖さまの袂に縋りつきたい、
そんな衝動にかられる

3　石の池

裏庭の
こんもりと茂る
大きな乙女椿（おとめつばき）の木陰に
きれいな小石ばかりを
たくさん集め
小さな池のように設えた一角があった

祖母が とくに大切にしていた
石の池
毎日のように
手にとって遊んでいた
色も形も とりどりの小石

日夜 洗われ続けていた清流から
光を知らずにいた何万年の向こうから
大空を跳ね飛んだ 彼方の記憶を留めつつ
それぞれ ここに集まり来た
何かを秘めた小石たち

あぶら石
と呼んでいた
少し平たい漆黒の小石は
祖母と一緒に
いつも親指で 丁寧にさすって
ひときわ大事にしていたから
その名の通り

つやつやと油光りしていた
その ひんやり すべすべした感触は
今でも
昨日のことのように
右手によみがえる

みごとにまん丸い
おにぎり石
胡麻石
ガマ石
ヘチマ石
はちまき石

かっこいい
手ざわりがいい
色がきれい
かたちが不思議…

幼かった私は
それぞれの小石たちに
その故郷を　来歴を
たずねることもなく
勝手に名付けて
遊んでいただけだったけれど

「石の池」を設えてまで
石ころと親しみたい
という心持ちには
原始の世から伝わる
心の眼が
まだ 奥深くに
生きていたのかもしれない

石に宿るなにものかを
まだ観ることができていた
中むかしの
祖(おや)の祈りが

4　とほうもない時間

人間に
文字など
要らなかった
どころか
言葉も 火さえ 使いこなす前

恐竜どころか
昆虫の星になる前

種子や胞子の萌芽もない

きっと
水の星になる前からの
とほうもない時間も
間違いなく詰まっている、石

神意を聴く石
成長する石
子産み石
夜泣き石
浜辺に漂着した ありがたい石
特別な日に 浜から拾ってくる小石
夢のお告げのとおりに得ることのできた小石

魂の宿りを観じられていた石、
あつい祈りがこめられていた石は、
大小さまざま
人の数ほどあったかもしれない

歳月の あつみ
祈りの おもみ

『石ころをじっとながめているだけで
　何日も何ヶ月も暮らせます』
とは、
九十歳を過ぎた
熊谷守一氏

5　永劫の炎

はるかな昔から
今も変わらないもの、
それを見つめる安堵感

朝焼け 夕焼け 雲のさま
泡沫（うたかた） 雨粒
広がる波紋
雪片 花びら
お月さま
空、海、そして
たき火の火

ゆらゆらゆら
いつまでも
見つめていたい
変幻　夢幻　炎の姿

魂ゆら…
そんな言葉も 浮かびくる

不可思議態なる ゆらめきを
いつまでも
ながめていると…

古代 上代 飛び越えて
神代をすらも 通り越し
原始の世へと
いざなわれ

煮炊きする
土器を囲んで
燃えさかる 炎に照らされた
知足の笑顔も
浮かびくる

けれど

変わらぬ炎を
見つめるほどに
安堵感の裏側からは
ふつふつと 重たい思いもにじみ出る
永劫に変わることのない ゆらめきとは
裏はらに

すっかり かたむき
変わりはてた
私たちの心が 照らし出されるようで
身がすくむ

温暖 多湿な この島々の
命にあふれかえる土…
「土とともに生きる」
まっとうな暮らしの中からは、

いまのような
あまりにも あまりにも
あまりにも
「人間中心」の発想など
芽吹きようもなかったのに、私たち

まだ百世代も
経っていないのに

原始の世も
今も、
私たち 生きものの肉体は
例外なく「命」から

《個体発生は 系統発生を繰り返す》
はるか 開闢からのいとなみを
ショートカットすることなど ありえない
「近代化・効率化」とは
相容れようはずも無い「命」から

成っている、
それだけは確かなことなのに
「命」への深々とした
「まなざし」は
いまや
ヒトが「利用するモノ」としての
乾いた「視線」

「進歩」と称する
果てしもなき 欲望の実現へ
まっしぐら

『才能は煩悩の増長せるなり』
……兼好法師の言葉が突き刺さる

『死にかわり　生きかわり…』
生きものの「さだめ」を
まるごと身体で 受け止めていたから

天地有情の「はしくれ」にすぎない、と
さとっていたから

逝きし世

われわれ人間よりも
あきらかに
「聖なるもの」として
畏れ うやまい
こころ 通わせていた
生きとし生けるものへ

何千本もの 毛髪で作った
何千万本もの 筆をもって
幾千億枚の礼状を
幾億兆通の詫び状を
したためようと

届きはしない

お月さまに
見つめられる度に
そう思う

柏原充侍・小詩集『空気の不思議』八篇

空気の不思議

うれしいとき　かなしいとき
いつも　日本の青空は　太陽の笑いをつれて
夏がもうすぐやってくる
人生の意味——悩んだけれども
正しい　生きていることは　正しい
やがて　空がくもってきた
梅雨の季節　てるてる坊主は泣いている
アスファルトに吸いこまれそうになる
道路のにおい　いつの頃だったろうか
ただ　いつも　いつも　笑ってくれたのは
あなたでした
同じ学(まな)び舎(や)で　青春を共にして
人は　人間は　誰でも皆　問題をかかえている
一年　また　一年
かたつむりがこわかった
松林から　夏の合唱が　〈命〉たちが
だた　風が私を　さらってゆくようだ……

お地蔵(じぞう)さまの花粉症

冬から春(はる)へ　春から夏へ
今も昔も　花粉は命をつれてやってくる
おしべとめしべ　なぜか　はずかしい
いとおしき季節(きせつ)　春の日だ
かつて　戦火にまみれた　街の灰(灰の街)
お地蔵さまは　笑っている　泣いている
花粉の季節がやってきた
世界のどこかで戦争が起こると
いつも　くしゃみをする
戦争を吹き飛ばして　平和をもたらして
お地蔵(じぞう)さま　おねがいです
コロナの季節に　疫病(えきびょう)の日々に
いつでも世界が平和の春であるように
命の雨をもたらして
決して　決して
空から爆弾を落とさないで
夏の日に

少年の面影

もうじき誓いの夏がやってくる
平和を誓った　志の日
核兵器のない　世界の平和を祈って
平和な明日がくることを　誰も　そう誰も
信じて疑わなかった

赤紙の来た日
愛する女性がいた　かつての若き祖母さん
国を守るため　愛する君を守るため
必ず　生きて帰る　そして君を幸せにしたい
もし——　もし　二人に子供が産まれたら
約束の証　戦争のない　平和な世界へ——

遠い空　青き空　飛行機雲の空
今ははるか　追憶の日
少年の面影は　約束をはたした
生きて帰ってきてくれた
すべての人が忘れない　平和の証へと

希望の夏

かの　想えば　桜のかおりは　かぐわしく
梅雨の季節を必死で　通り越して
どこまでも　つづく　青き海と　青き空
青春　それは誰もみな　約束された
また一年　もう一年　人は皆　時代と供に
少年の想い　必ず幸せにするからと
はるか遠くの　異国の空は　どこか黒き空
愛に狂った　人生を見失った
戦争という　人類にとって　決してなおらない
だれも皆　こころのなかにある　平和への祈り
終戦の日
現実をまのあたりにした　盲目（暗闇）のこころ
今は忘れてしまった　親の優しさ
海開きの日　広い海に散っていった
そう　希望の夏　それは約束の夏だったのだ
「かならず生きて帰ってね」
こころに咲いた　夏の誓い

大丈夫

ときどき想う
命の日はいつまでか
春に愛を覚え　夏に生きて
別れた　秋があり　冬は寝てすごす
危険は突然やってくる
おかあさんの詩
もの想いにふける
春先は　自らを否定することなく
ただ　梅の香は　かぐわしく
どこまでも　どこまでも
続いてゆく　続いてゆく……
春の日だ
空を見上げれば　どこまでも天はたかく
「大丈夫、まだ生きれますよ」
愛の言葉に　ただ　悲しみと喜びと
一日一日に感謝して
命の日はどこまでも　そう　続いてゆく……

先生にまた会いたい

また　会いたい
また　会いたい
梅雨を迎えて　いつかのにおい
放課後教室　友達に囲まれて
あれから　どれくらいの日が過ぎていったろう
やがて　青年になり　病にかかり
その刻の　貴方の言葉
「人間は　永い人生のなかで　一度や二度こういう時期がある
　の」
いまになって振り返ってみれば
確かに　確かに　そのとうりだった
古本を読みふける日々　理由などない
髪の毛を　紅くして　マッシュルームにして
ひとり　終電で家に帰る
笑えるほどの知識欲
人生は永い
先生にまた会いたい（逢いたい）

ジーンズをはくお年寄り

いつの時代にも　若くありたい
何歳になっても　万年青年でいたい
高度経済成長を　ただ　戦いづづけた
おとん
おとんはもうお年寄り
だからこそ　ジーンズをはいて
格好の良い　スニーカーにひもを通して
残酷な　戦火が絶えなかった
悪夢の時代
今の時代の主人公は　おとん　おかん
そう　お年寄りの時代です
たばこはやめること　できなかった
けれども　生きるのは　やめなかった
物知り　じいさん
戦争を止めること　教えてくれた
それは　信仰心
おかんは　今日もお経をとなえつづけた
「ああ　今日も太陽がのぞいて良い日だ」

愛の花

春の光につつまれて
夏のかおりに　よいしれて
秋の風に　詩を歌い
冬の空に　いさぎよく

愛の花
教えてください
貴方は　なぜ　こうも美しいのですか
どこか　こころ　あたたまる

貴方のほほえみ
すべてでした

話題の本のご紹介

新発見の95篇を収録！

村上昭夫著作集　下

未発表詩 95 篇・『動物哀歌』初版本・英訳詩 37 篇

北畑光男・編　2020 年 12 月 10 日刊
文庫判　320 頁　並製本　1,000 円＋税
解説：鈴木比佐雄／大村孝子／冨長覚梁／渡辺めぐみ／スコット・ワトソン（水崎野里子訳）／北畑光男

宮沢賢治の後継者と評された村上昭夫がH氏賞、土井晩翠賞を受賞した詩集『動物哀歌』。編集時に割愛された幻の詩 95 篇、初版本全篇、英訳詩 37 篇、5 人による書下しの解説・論考を収録。村上昭夫の実像と精神史が明らかになる。

「石川啄木、宮沢賢治に続く詩人」と評された村上昭夫の小説・俳句・散文にその詩想の源を見る

村上昭夫著作集　上

小説・俳句・エッセイ他

北畑光男・編　2018 年 10 月 11 日刊
文庫判　256 頁　並製本　1,000 円＋税

第一詩集『動物哀歌』でH氏賞、土井晩翠賞を受賞し、「石川啄木、宮沢賢治に続く詩人」と評されながらも早逝した村上昭夫。敗戦直後の満州を舞台に、人間心理を追求した小説「浮情」の他、童話、詩劇、俳句、詩論等、未発表の作品を数多く含む作品集。

エッセイ・評論

追憶の彼方から呼び覚ますもの（9）この長き冤罪に春を告げる

――袴田事件・二つの映画

日野　笙子

「私が長い獄中生活で学ばざるをえなかった『自由』というものは、このような痛烈な無念さと一種の眩しさを持っている。私はあらためて自らに質問しつづけている。おまえは罪のない身でありながら、いつになったら自由を取り戻せるのか」

（袴田巖「獄中日記」）

三月の休日だった。近郊の小高い森に続く雪解けの道を歩いた。春を告げる花、福寿草を見つけた。花言葉は二つ。「幸せを招く」と「悲しき思い出」。その対比のかなしみが合わさって黄金色の花が咲くのだろうか。鮮やかな黄色の花びらが何とも愛らしい。すぐ前に拡がる梢の群れの向こうは青空。隣町の家々の屋根が連なる。樹木の隙間を吹くようにまだ風が冷たい。小さな川が流れていて野鳥やエゾリス達と会えるこの小高い森に、私は週に一度ほど散歩をする。導かれるように山裾の丘に向かう。土手にはまばらな雪が残っていた。そこに咲く群生の花も福寿草だった。冷たい風に負けず春一番に咲く。花開く前の蕾は凜としてこれまた何とも可愛らしい。北国の春の森を歩く自由さ、そして時を忘れて自然に夢中になっている瞬間を発見しては少しばかり驚く。こんな年になってである。どんなことでも静かに受け容れる心で在りたい。そしてその時間があるという何よりも人としての「自由」があるという恩恵、それにどう応えてゆこうか。私の貧しい思考の歩みの中で記憶を掘り起こしながら拙いエッセーをものし始めたのだが。人は時間と共に生きている。それだけは平等なはずだった。

「…そうがっかりするなよ、これは春一番さ、これからが本当の春が来るんだ」（手塚治虫ブラックジャック「春一番」より）

冒頭の右記は、五十七年前の強盗殺人事件、袴田事件（註1）の袴田巖さんの言葉である。八七歳になられていた。姉のひで子さんは九〇歳。本当に長すぎる闘いだった。何とも居たたまれない。獄中ノートの筆跡はこの後くらいから非常に読みにくくなる。日々が死刑の恐怖、冤罪の怒りと苦しみであったのだ。

二〇二三年三月十三日、東京高裁は裁判をやり直す再審開始をようやく認めた。やっと認めたのだ。冤罪の疑いが濃厚でありながら、証拠も不十分どころか、当初から腑に落ちないことがたくさんあった事件である。四十八年間死刑囚として獄中で過ごした巖さんはその長い拘束で拘禁病を煩っている。

二〇一四年三月、静岡地裁は再審を決定、袴田さんは釈放された。しかし東京高裁は地裁決定を覆し再審請求を棄却した。二〇二〇年、ようやく最高裁は高裁決定を取消し審理のやり直しを命じたのだ。そして今年三月の再審開始決定である。

「五十七年間、闘ってきたかいがあった」袴田巖さんの姉ひで子さんがニュースの映像に出ていた。たくさんの支援者と共に。あの時の映画の女性だ。何だか涙が止まらなかった。

この文を書きだしたのが袴田さんのニュースが入った三月も

半ばだった。再審開始が三月十三日、姉のひで子さんや弁護団は、検察に対して、最高裁に特別抗告を行うことなく速やかに再審公判をと数日訴えていたのだ。この数日間は気が気でなかった。特別抗告するとしたら、あぁ、そんなことになったら、あの袴田姉弟は…、巌さんの健康は回復してはいなかった。一刻も早く助けてあげたい。多くの人が切に願っていたと思う。

そもそも無実の人が自白を強要される取り調べって、どんな酷いことが密室で行われていたのか。八〇年代だけで日本は、死刑確定事件の冤罪が四件（免田事件、財田川事件、松山事件、島田事件）も起きている。これまで公判で未提出だった証拠の開示を再審で義務付ける刑事訴訟法を改正し、検察が再審開始決定に対する不服申し立てを行うことを禁止すべきだという。検察側に証拠を開示させる為の法改正が必要なのだそうだ。再審を開始して公判のなかで検察は主張すればいいのに、と素人でも判る。二月二十三日以来、オンラインで意見書の公開と署名運動。捜査側が証拠をねつ造した疑いと、はっきり決定骨子（註2）に書いてあるじゃないか。こんな非人道的な司法の在り方ってあるのか。立場や力のある、ない、の違いで不平等に人が裁かれていいはずがない。しかしこの国はあった。怖ろしいことに。これが凶悪犯罪でなくて何だろう。事件発生から五七年、死刑が確定してからすでに四十年以上が経過。世界にも例をみない拘束の長さである。自白の強要、証拠のねつ造、死刑制度、残忍で姑息な悪事がこの国の闇には存在している。

戦前、日本には特高警察という超ブラックな歴史があった。治安維持法のもと、獄中で拷問を受け虐殺されたり獄死した人は百九十四人、獄中で病死した人が一千五百三人、逮捕された人は数十万人。（柳河瀬『告発 戦後の特高官僚』日本機関紙出版センター二〇〇五）。冤罪事件の非人間性、残酷さをも含めると、この国の公権力側の負の側面が現在も形を変え続いているということだ。断罪されるべきは何だったのだろう。

そして三月二十日「検察側、特別抗告断念」の速報。本当にハラハラした一週間だった。

なぜこんな思いになるのか判らなかった。自分が生きてきた途上でそしてある局面で否応なく何かにぶつかった時、想起してくる怒りのような感情なのだが。それはたぶん冤罪とか濡れ衣とか（強い立場の者による精神的虐待も含まれるだろう）、そういう人間性の侮辱に若かった自分は許せなかったのだ。そしてそれは正義感じゃなかったと思う。私は当事者ではない。そして法律的思考に身を置く立場にはない一庶民である。

袴田事件に関しては、時と場所それぞれ異なる知人の誘いで二つの映画を観たことになる。

冒頭に紹介させてもらった一文はドキュメンタリー『袴田巌、夢の間の世の中』（金聖雄（きむそんうん）監督二〇一六）のパンフから拝借した。もう一つは社会派ドラマ『ＢＯＸ袴田事件 命とは』（高橋伴明監督二〇一〇）である。十年以上前になるだろうか。今はもう取り壊された映画館である。確か銀座のとても古い感じの地下街だったと記憶している。当時の知人に連れられて。地方出身の私は銀座という名に緊張したが、風情のある古い地下街だった。映画の前にカレーショップに入ったのを覚えている。その頃から手頃な値段のカレー屋があちこちに出来ていたが。

老朽化した映画館と同じく埋め立てられてしまっていた。今はどんな風になっているのだろう。カレーの味覚と地下鉄の微かな振動音が、当時の何かを呼び覚ます感覚でもあった。映画のパンフは消失。ホームページからサマリーを引用させてもらう。「一九六六年の袴田事件で一審の死刑判決に関わり、その後二〇〇七年に無罪と確信していたと告白した元裁判官・熊本典道を主人公に、彼が背負い込んだ苦悩を描き出す。死刑判決が確定している実在の事件を題材に、人を裁くことの重みと難しさを改めて見つめた社会派ドラマである」。

キャッチコピーは「あなたなら、死刑と言えますか?」。

実はこの頃同時期に観た青春映画がある。昨年の早春、二月、五〇歳で急逝された芥川賞作家、西村賢太氏の「苦役列車」である。こちらのキャッチコピーが「友ナシ、金ナシ、女ナシこの愛すべき、ろくでナシ」。映画の方もおもしろかった。社会の底辺で生きる非正規労働者である若者のリアルな群像である。貧困の私小説家の原作だった。しかし作中の彼らには人間の当然の自由がある。一方、袴田巖さんはあまりに長い非人道的な拘束であり死刑の恐怖に怯えた。自由を奪われたのだ。

現行の再審制度の不備は、証拠開示の不平等だけではなかった。検察官に上訴権があるのも問題とされているが、それだけじゃない。非民主的な非人間的な罪状がどこかに在る。一般市民の弱者には高飛者で公権力側には腰抜けになるのは何故か。自分も所属している憲法の学習会などは公権力を断罪するのが目的ではない。この国の××側は一種前近代の利権屋の集まりみたいだ。もう何が出てきてもおかしくはない。このような日本のリアルを鑑みるに、一庶民の老女でさえ心配でたまらないのでござる。まるで封建時代でござる。江戸時代は当然ネットがなかったから、一揆は起きてもオンライン署名を募る社会運動はなかった。DNA型鑑定のような科学も進歩してはいなかった。そんな江戸の町でさえ人々には人権意識があったのではないのか。生活に根ざした正義が。時代劇だって弱きを助けるエラいお爺さんが必ずいる。だから三月二十日夜「袴田事件、検察が特別抗告を断念」ネット速報を聞いた時、本当に嬉しかった。これで袴田さん姉弟はやっと救われる。じわっと涙が出た。姉は苦しくて一時お酒に頼った。私は断酒の苦い体験のある時代、間接的に事件のことを知ったのだ。こういうことを書くといい目にあったことがないのだがこんな年になったらもういい。こんな国にした責任の半分は私達国民にはあると思う。ひで子さんは断酒して拘禁病で弱った弟にしっかりと寄り添い続けた。「権力に立ち向かうってのも、なかなか大変なもんだよ。巖の苦労は並みじゃない。三畳の狭い部屋で四十八年間も我慢して、よくぞ出てきたですよ」。(「袴田巖さんの再審を求める会」転載記事二月二十三日)

映画『袴田巌、夢の間の世の中』、これを見た時は再審開始決定の一文が私の目を引いた。「耐えがたき」を「耐え」させた絶望って、自白の強要が現代の誰がどういう権利で行われたのか。人が人を冤罪でおとしめるってどういうことか知りたかった。被害に遭った人が精神を病むほどに拘束されるって、想像を絶する人間の絶望を私は知りたいと思った。「国家機関が無実の個人を陥れ、四十八年以上にわたり身体を拘束し続けたことになり、刑事司法の理念からは到底耐え難いことと言わなければならない」。「拘置をこれ以上継続することは、耐え難いほど正義に反する状況にあると言わざるを得ない」とあった。

この映画は釈放後の巖さんと弟である彼を四十年間支えつづけ無実を信じ闘いつづけた姉のひで子さん（現在九十歳）との日常を追った記録映画だ。上映後は監督と姉のひで子さんのトークがあった。よくぞ作ってくれたものだ、と手放しで感動した。この日、「巖のあるがままの姿を見て欲しい」姉は笑顔で語っていた。今も覚えている。そのひで子さんはずっと裁判で一貫して弟の無実を訴えた。一九八〇年死刑が確定。その後再審を求め闘いは続いた。死刑の恐怖から逃れようと必死で生き抜いてきた巖さんは元ボクサーだった。釈放直後の巖さんは絶望的に無表情だった。釈放直後の頃に較べると記録映像の巖さんは、将棋をしたり、お姉さんと食事をしたり、親類の赤ちゃんを抱いて笑ったり、本当に日ごとに解きほぐされていく。巖さんはいまだに妄想は取れず、観ている側はどうしてあげたらいいのかわからない。ただ苦しい。同じ人間が同じ人間を嘘の証拠ででっちあげ拘禁し、途方もない年月、恐怖と絶望の淵に追いやった。残酷を通り越して何だろう。

そうなんだ。違法とか違法じゃないとか、そういうことで人の心は傷つきやしない。「この世には決して壊してはならないものがある」、どこかの国の文学作品で読んだことがある。

姉弟が日常を過ごす様子を静かにカメラが捉える。失われた時間のひりひりとした傷跡、人が時間と共に自由を生きるということ、尊厳の意味を突きつけられてくるようだった。〈了〉

註

註1　一九六六年、静岡県の味噌製造会社の専務一家四人が殺害された強盗殺人・放火事件。従業員だった袴田巖さんは同年八月、県警に逮捕され取り調べに自白したが、裁判では否認に転じた。静岡地裁での公判中に味噌タンクで見つかった「五点の衣類」が犯行を裏付ける証拠とされ、八〇年に最高裁で死刑が確定。袴田さんは死刑確定前から冤罪を主張。二〇一四年第二次再審請求審で、静岡地裁は衣類が「捜査機関によってねつ造された疑いが相当程度ある」として再審開始と死刑・拘置の停止を命じ、袴田さんは釈放された。東京高裁が地裁決定を覆して再審請求を棄却したが、最高裁は高裁決定を取り消し審理を差し戻していた。（朝日新聞、毎日新聞、東京新聞、静岡新聞等情報記事要約）

註2　東京高裁が袴田さんの再審開始の決め手とした骨子
一、死刑の確定判決で犯行時の着衣とされた「五点の衣類」。衣類に付着した血痕の色について、当時の捜査資料に「濃赤色」とあった。だが、弁護側は実験や鑑定などから「長期間、味噌漬けされた血痕に赤みは残らない」と主張し、高裁もそれを認めた。
二、科学的な結果に基づくものであり、高裁の判断は合理的で説得力を持つ。そもそも衣類は、事件から一年二カ月後に袴田さんの勤務先の味噌タンクから発見され、不自然さが指摘されていた。高裁は捜査機関による証拠捏造の可能性を指摘した。（出典「刑事再審に関する刑事訴訟法等改正意見書」日本弁護士連合会、「東京新聞社説」二〇二三年三月）

参考文献　上記註以外
平野啓一郎『死刑について』岩波書店　二〇二二
『ボクシングマガジン』
世界ボクシング評議会（ＷＢＣ）ホームページ

《尋ね人の時間》

山﨑　夏代

《楽しい》

とても単純な詩だ。あたりまえのことば。たったの四行。なのに。どうして？　わたしのこころに響いてきたの？　高橋馨さんの詩「ことば」。

《白い花がたくさん咲いている／楽しい！　／お母さんの手を離れて、三、四歳の女の子／楽しいという意味を教わる》

読んだ瞬間、わたしにも伝わったのだ、《楽しい》という意味。白い花はきっと小さな花だろう。春の花。いっぱいいっぱい野原に咲く花。ナズナ、ハコベ、ハナニラ、クローバー。なにかしら？

楽しい。きっと、生き物は、楽しさあるから、生きるんだ。動物のこどもたち、人間も含めてだよ、生まれてきたものはみな、楽しさを生きているんだ。だから、《楽しい》という単純なことばがわたしのこころを捕らえてしまった。大人になるにしたがって、楽しいということばは愉しいになったりして、そして、生きるというほんとうはとてもシンプルなことがらにいろんな不純なものがからみついてくる。生きているから楽しいんだ、野の花も虫も魚も、生きているその瞬間を喜んでいる、楽しんでいる。空気も風も光りも気温も、みんな自分ひとりのためにあり、それぞれみんな、ひとりのよろこび、ひとりのかがやき、すべてのものが、おのれひとつのいのちの楽しさを歌っている。そうして、いっぱいの〝かがやき〟になる。楽しいって生きているよろこびそのもの。

あそびをせんとや生まれけん、そうよ、遊び、楽しさよ、生きていくうえで必要なもの。

楽しむ心からは強欲は生まれない、強欲がなければ、支配は生まれない。圧力も強制もなければ服従も卑屈も生まれない。《楽しい》からは、戦争は生まれない。

白い花がいっぱい咲いてる楽しさ。わたしは、きっと、そういう世界にずっと住んでいたかったんだ。

《もののかたち》

都月次郎さんの詩に《もののかたち》というのがある。

戦車になり、砲弾になった鉄。（家族を殺された男は／死ぬほど砲弾を憎んだが／鉄を憎みはしなかった。／砲弾は砕け散り／鉄のかけらになった。／男はそれを拾い集めて／鍋を作った。／鉄は丸い尻をあたためられ／ことことゆれている）。

何になろうと、鉄の性質は変わらない。出刃包丁になろうと火箸になろうと、鉄は鉄。けれど、用途によって、形が変わる。性質が変わるのではない。形が用途によって変えられるのである。その用途によって性質が利用される。かたちを作り出すものの意志によって。

人間もそうなのだ、と、わたしは思う。個々人の性質は理知的であり、優しく暖かくあっても、個人は人間の集団にほうり込まれる。個人は影を顰める。人間の集団は集団を動かすものの意志によって形を作られる。目に見える形ではないけれど、全体を覆いつくす形である。

日本に軍国主義が覆いかぶさっていた時代、幼児のわたしさえ、日本人という《形》から自由ではなかった。どれほど多くの人間が、覇権主義の鋳型に溶解されて、そのもって生まれた性質を権力者の用途に合わせて使われたことだろう。勤勉も温和も人に逆らわない性質も、鋳型に合わせ、用途によってかたちを決めれば、使いやすい兵士に変わる。

火薬を詰めて閉鎖され、破裂を義務に破壊と殺戮を目的に作られた砲弾、人声や笑いや飲み物の香る中でコトコトと煮物を煮る鍋、同じ性質のものの、形の差、用途の差。

それは、ものを作る人の差、ものの用途を考える人の差。

ああ、わたしは鉄ではないのだ。わたしという個、個の性質〝私自身〟の意志により、〝私自身〟の用途を定め、わたしのための、わたしというかたちを作らなくては。

《尋ね人の時間》

戦争の時代が終わったとき、この、日本という国でも、どれほど多くの人々が行き場を失ったり、肉親から離れ離れになったり、外地にいったまま行方不明になったりしたことか。ラジオ放送に尋ね人の時間というのがあった。わたしの記憶では戦後六、七年もあったような気がする。肉親や知人の消息を尋ねる時間である。

わたしの祖母は戦争で息子を二人失った。将校であった息子の死は、遺骨はなかったものの遺品はあり、はっきりしている。学徒出陣した末っ子が、どこでどのように死んだのかはっきりしていなかった。祖母は尋ね人の時間がくると、ラジオの前に座り込んで動かなかった。息子を少しでも知っていそうな人の名前が出てこないかと耳を傾けていたのだと、長い間わたしは思っていた。

その祖母の年を過ぎ、気が付いた。尋ね人の時間で祖母が聞いていたのは息子の消息ではなかった。戦争という時代の悲劇を尋ねていたのだ、と。彼女のこころに終わることのない悲しみがある以上、彼女の戦争は終わっていなかったのだ。いま、ウクライナだけでない、世界中のあちこちに個人の意志や努力にかかわりなく、離れ離れになった家族がいる。どんなに通信手段が発達しても、家族を失う痛みを抱える人がいる。祖母のように喪失の痛みを同じような人の悲しみと重ね合わせつつ、耐えている人がいる。

わたしは、わたしの尋ね人の時間を心にもつ。神よ、あなたはどこにいるのですか？　どこでどのように人間の悲劇を見ているのですか。

ノースランド・カフェの片隅で　文学&紀行エッセイ

第三十六回　西行桜――京都勝持寺にて――

宮川　達二

花見にと群れつつ人の来るのみぞあたら桜の咎には有ける
(花見の人々が次々とやってくる。美しさを誇る桜の罪であろうか)
西行

――花の寺へ――

京都「花の寺」に咲く桜を見てから死なねばならない。ここ数年、春になると、こんなことを想い続けていた。今年(二〇二三年)の三月末、この言葉を胸に秘め私は、例年より桜の開花が早いという京都へ向かった。

京都滞在二日目の朝、JR京都線向日町で下車、駅前に止まる阪急バスの運転手に、勝持寺行きであることを確かめた。すると彼は、「花の寺ですね」と答える。土地の人には、勝持寺という名は通じなかった。平安時代末に、西行が二十三歳の時に出家した勝持寺には、私の旅の目的である「西行桜」がある。

バスが行き過ぎる車窓から見える幾つもの竹林が美しい。途中に竹の里という地名があり、道端で、採ったばかりの筍が売られている。終点の南春日町下車。坂道を登り、まず小塩山麓の大原野神社に入る。長い参道を先へ歩くと、見頃が二、三日しかなく幻の桜と言われる一重の千眼桜が目に入る。ぼんぼりのように花が咲き、目がたくさんあるように見えるのでこう呼ばれている。運よく満開の桜に出会えたら、千眼つまり「千の願いが叶う」とされている。この神社の左手の鬱蒼とした森の道に入る。

勝持寺正門へと向かう石畳の階段の両側には、荒削りの石塀、白い壁が続く。まず瑠璃光殿に入ると、寄木造りの西行法師像、本尊の薬師如来像、日光、月光菩薩像など、思いかけなかった美しい仏像があった。庭の階段を降りると、私を待っていたのが、意外にも細く背の高い「西行桜」だった。高く宙へと枝を伸ばし、見上げるほどの高さのところに咲く桜の花びらが青空に映える。桜のすぐ横には鐘楼堂が控え、山を背景にしたこの寺に鐘の音が響くと、桜に森厳とした美しさを感じるに違いない。京都に咲く桜は多々あるだろう。しかし、京都の桜を見て死ねと私に語り掛ける桜とは、この「西行桜」しかないと思った。

――謡曲『西行桜』――

保延六年(一一四〇年)十月、鳥羽上皇に仕えていた北面の武士佐藤義清は勝持寺で出家、名を西行とした。この時彼は、若干二十三歳。西行は、勝持寺へ草庵を結び一株の桜を植えた。世の人は、この桜を「西行桜」と称し、寺を「花の寺」と呼ぶようになった。

世阿弥作の謡曲に『西行桜』がある。冒頭に掲げた歌で西行は、「花見にと群れて寺を訪れる人々が次々とやって来るのは、桜の罪」と言い切る。桜を誰よりも愛し、多くの歌に詠んだ生涯を送った西行らしからぬ歌とも思える。室町時代の『風姿花伝』の作者世阿弥はこの西行の歌に違和感を覚え、この歌を題材に謡曲『西行桜』を残した。

ある夜、西行の夢に老いた桜の精が現れ、「無心の花に罪はない」ことを、若き西行に諭す。そして静かに舞い、やがて桜の精は、夜明けと共に消えうせてゆく。西行のこの歌は、僧としての修行と孤独に徹したい心、そして和歌を詠み、人恋しさを持つ相反するものの葛藤を表出した歌である。この二つの矛盾は、京都、高野山、吉野と住まいを変え、旅に明け暮れた西行に一生付きまとった感情でもあっただろう。

――芭蕉にとっての西行――

松尾芭蕉は、西行の生きた時代から五百年余りの後世を生きた江戸時代前期の俳人である。彼は、古人を追慕し、自分の芸術の模範とした人である。それは、紀行文の名作『笈の小文』冒頭の次の文章に明らかである。

・・・ついに無能無芸にして只此一筋に繋がる。西行の和歌における、宗祇の連歌における、雪舟の絵における、利休が茶における、その貫道する物は一なり。

松尾芭蕉『笈の小文』

芭蕉の西行への畏敬の念は強く、『おくのほそ道』は、東北での西行の足跡を追うのが、主要な目的でもあった。西行を慕い、その足跡を辿り東北へと旅した芭蕉は、西行庵のあった吉野山にも旅し『野ざらし紀行』でも、大きく時を隔てた西行への想いを吐露している。芭蕉は、西行の和歌を心に秘めて旅へ出て、自らの俳人としての世界を深めた。

――西行の生と死――

西行は生涯のうち二七歳、六九歳の時の二度、遥か遠き東北へ旅している。二度目の旅を終えた直後の文治三年（一一八七年）には、平泉に落ち延びた源義経が到着、この年に平泉の盟主藤原秀衡が死去した。さらに源義経の死、奥州藤原氏の滅亡が続く。そして、二度目の東北への旅の五年後の文治八年（一一九二年）に、河内の弘川寺で西行自身が命を閉じた。

東北の旅が生んだ桜を詠んだ傑作は、次の歌である。

ききもせず東稲山のさくら花吉野のほかにかかるべしとは

（奥州東稲山の桜は、聞いたこともなかったが、吉野のさくらにも劣ることがない）

次の二首は、死の十年ほど前に詠まれたというが、桜を心から愛した西行の生と死への想いを余すところなく表現している。勝持寺で桜の咎を詠んだ若き西行が、この境地へ至ったことを私は今後も深く心に止めていたい。

願はくば花の下にて春死なんそのきさらぎの望月の頃

（私の願いば、桜の下で春に命を閉じたい、如月の満月の頃に）

仏には桜の花をたてまつれわが後の世を人とぶらわば

（仏となった私に桜の花を供えて欲しい。私の後世を弔ってくれるならば）

エッセイ

小唄の師匠

淺山　泰美

母が亡くなった後、思い出される人が一人あった。連絡を取りたかったが、果たせずに過ぎた。その人の所在も連絡先も、おそらく母でさえ知らなかっただろう。けれどその人は紛れもなく元気で活力のあった頃の母を知る、今では数少ない人のうちの一人であった。

その人というのは、母の小唄の師匠だった。数年のことではあったが、母はその師匠に出稽古をしてもらっていた。私たち家族が左京区の下鴨蓼倉町に住んでいた頃のことで、私が小学校高学年から中学生にかけての時期であった。時代は昭和四十年代の初頭から半ばで、東京オリンピックが終わり、すでに日本は高度経済成長期に突入していた。

あの頃、今から思えば非常に奇妙なことなのだけれど、大人たちは猫も杓子も何故か小唄や三味線を習っていた。今となってはその理由もわからずじまいであるが、兎にも角にもブームだったのである。家の父までもが習っていた。お世辞にもうまいとはいえない小唄をテープレコーダーに吹き込んでいた。今も家のどこかにそれは眠っているはずだ。

母の小唄の師匠の名は柳＊＊と言った。たしか母親から聞いたところによると、九州の博多の花街の生まれで、母は当地の芸妓であったという。今でこそ、性的マイノリティーは珍しいことではなくなったが、昭和四十年代の頃は他人に知られることが憚られる私的な秘密であった。そのほとんどが、一般家庭の主婦が主であった「お弟子さん」などには決して知られてはならないタブーであったのだろう。

その当時、その師匠には生活を共にする「Tちゃん」というパートナーがいた。彼らはどうやら駆け落ち同然で郷里を離れて京都にやって来たらしい、と母から聞いた。「Tちゃん」はどんな美青年であろうか、と十代の私は想像を逞しくしたものだったが、実際の彼は小柄で小太りの、どこにでもいるような平凡な青年であった。二人は三条京阪の南の新門前通りにあった棟割り長屋に住んでいた。一度だけ、母とその長屋の前まで行ったことがあった。寒くもなく、暑くもない時節だったと記憶している。家の中には入らなかったが、後で聞いた話によると、部屋に私の小学生の頃の、写真スタジオで撮った写真が一枚飾られていたというのである。さらに驚いたことには、何とその写真の女の子は生き別れた娘だと師匠は人に言っているらしい。よくもまあ、そんな嘘を、と呆れかえるばかりだったが、そうまでして弟子の娘を「実の子」と他人に信じさせねばならぬ切実な思いが師匠にはあったのだろうか。少し可笑しく、少し哀しい。オーデコロンでも何でも、人の家にあるものを欲しがる人だった。師匠は何と言って私の写真を母にねだったのだろう。母に問いただすことはもうできないけれど。

この師匠、優男の見かけに反してきわめて短気な性分で、時には瞬間湯沸器のように激昂することがあった。まさに、「短気は損気」の見本のような出来事がおきたのである。その夜、師匠はある席で決して喧嘩してはならない人物と衝突した。年増の玄人（くろうと）であったという。弟子が割って入り必死で止めなければ、師匠は重い灰皿をその人に投げつけるところであった。芸は一流であったのに、その性分が災いして、師匠はその世界で開花することができなかった。芸では彼に劣る師匠たちが彼を追い抜いていった。

　その事件の後、小唄の出稽古もなくなり、師匠の噂を耳にすることもなくなった。世の中の小唄ブームもいつしか鳴りを潜めていったのだった。それから二十年以上も月日が経った頃、母は町でばったりと師匠に再会することがあったようで、師匠だったか、「Tちゃん」だったか、彼らのうちの一人が結婚して所帯を持ったという信じ難い話を聞いたのだった。

　かつて、師匠の部屋に飾られていた私の写真を目にした来客の一人が、「おっしょさんによう似たはるわ。なかなかの別嬪（べっぴん）はんどすなあ」とお世辞のひとつも言って帰っていったそうである。あの写真の少女はあと二年足らずで古希を迎えると知ったら、あの師匠はどんな顔をするであろう。彼は私の母とはひと回り下の丑年の生まれであったから、存命ならば八十の半ばである。まことに歳月は人を待たない。

若き表現者を探し求めて（6）
「理想の追求」について考える

熊谷　直樹

国語を教えるという仕事をしているからか、あるいは詩人などということをしているせいか、けっこう細かい言葉の違いが気になることがあります。例えば普段何気なく使っている「目標」と「目的」などもそうです。この二つの違いについて聞いてみると、意外にもあまりよく意識することなく使っている場合が少なくないようです。今、「何気なく」と書きましたが、世間でよく使われる「何気に」などもそうです。これは明らかな誤用で、本来は無い表現です。

偉そうにかく言う私も、昔は「目標」と「目的」の二つの違いをよく意識していない時がありました。そこで辞書などの説明だけでなく、実感として理解するために、用例で考えてみました。「数値○○」や「必達○○」「○○達成」と言う場合、「○○」に入るのはどちらか？　と考えれば、「目的」ではなく「目標」だということがわかります。するとこのことから「目標」という語には「何を？」「いつまでに？」「どれ位？」という数値化できるものがあるのに対して、「目的」の方は「何のために？」ということですから、そのような数値化できるものがあるわけではないことがわかります。

つまり「目標」と「目的」との関係は、「手段」と「目的」との関係にあることがわかります。

ある大学受験塾の宣伝のキャッチコピーの文句に「何で私が○○に？」というものがあります。この○○の中には日本で最も有名な東京にある大学の名前が入ります。私は以前から、どうにもこのキャッチコピーに違和感を感じてしまって仕方がないのです。これがもし、「何で私が○○を？」であったとするならば、恐らくそれ程、違和感を感じることはなかったのではないだろうかと思います。つまりこのキャッチコピーは、「私には○大に入るべき何の目的もないが、××学院に入って勉強したら、いつの間にか知らないうちに○大に入ることが出来ていた」というメッセージが込められているからです。こんなクソみたいなキャッチコピーがまかり通っているから、この国の教育はダメになるのです。これはただのキャピタリズムです。

ところがこの塾だけでなく、他の多くの塾、予備校の宣伝チラシを見れば、一目瞭然なのですが、やれ東大だ京大だ、早慶上智だ、ＧＭＡＲＣＨだ、と言った一流校の合格者の出身校は、麻布、開成、武蔵、灘、公立で言えば宇都宮だの浦和だのの地方の県立トップ校の出身者ばかりではありませんか。30年程前に「偏差値40からの大学受験」というキャッチフレーズで全国的にＣＭを流して、数十億の負債を作って倒産してしまった詐欺のような予備校がありましたが、実際の現場にいる者からすれば、偏差値40から上位校に合格するなどということはまずないか、あったとしても極、稀にしかないのです。その実態は、○○高校に入ったから学力が伸びた、○○塾に入ったから、○○予備校に入ったから学力が伸びた、のではなく、○○高校に合格できる学力があった生徒が○○塾や○○予備校に入って大学受験に合格した、ということに過ぎないのです。これもやはりキャピタリズムです。この国の教育は官民一体となって資本主義に魂を売り渡してしまったのです。一九六〇年前後は、高校進学率は全国平均でおよそ50パーセント程度でした。その当時の大学進学率はたぶん10パーセント行くか行かないかぐらいだったのではないでしょうか。それが高度経済成長を経て、この半世紀の間に、確かに生活水準としては豊かになったのでしょうが、高校進学率はほぼ100パーセント、大学進学率も50パーセントを超えました。が、大学進学率に関しては進学希望者の50パーセントに対して入学者も50パーセントですから、やはり100パーセント、つまり大学全入とよばれる状況なのです。

　昨年、ＮＨＫのテレビドラマ「ひきこもり先生２」が放送されました。このドラマの中で高橋克典が演じる中学校の元校長が、「教育をダメにしているのは親たちなんだよな……」というセリフがあり、印象的でした。「教育」をテーマにした報道やワイドショーなどのテレビ番組では、多くの教育評論家や専門の識者なる人が出演しますが、まず聞かれることのない発言です。この時、私は心の中でＮＨＫに快哉を叫んでしまいました。さすがＮＨＫです。スポンサーのある民放ではコレは放送出来ない！　目には見えない「放送コード」です。

　さて、植松晃一さんのコールサック１１３号の「お題目」です。

雨上がりの歩道に
小学生が落としたものだろう
濡れてちぎれた書き初めのお手本
いわく

「理想の追求」――

（「お題目」冒頭）

　さらに作品はこう続けています。〈理想を追求せよ理想を追求せよ／抜け殻をかぶせようというのか〉〈理想を追求せよ理想を追求せよ理想を追求せよ／まっさらな心を塗りつぶすように〉

　さて、ここで語られている「理想」とは、果たして「目標」なのでしょうか、それとも「目的」なのでしょうか？　どうも「目標」に相当するように思えてなりません。なぜなら、「理想」の中身については、ここでは立ち止まって考える機会が与えられているとは思えないからです。これは「洗脳」です。洗脳とはつまりポピュリズムでありファシズムでもあります。この国の教育は、キャピタリズムとポピュリズムとファシズムとに、すっかり毒され切っているということです。

　植松晃一さんは一九八〇年の生まれということですから今年で四三歳になる書き手です。コールサック誌面では毎号、詩誌評も担当しています。他誌の詩誌評と違ってとても丁寧に論じた評になっていて読みごたえがあります。

〈詩は文学であり、芸術であって他のものの手段とはならない。そしてそれは高度の批評精神をもつものである〉　これは社会派と言われた詩人、村田正夫の遺した言葉です。私は十七歳の時から村田さんの主催する詩誌で詩を書き始めました。個人的な願いになりますが、植松さんにも、今後も批評精神を忘れることなく活躍していって欲しいと思います。

「他者」と「改宗」
——W・C・ウィリアムズ「心と体」を読む——

原　詩夏至

「あるグループと連帯感をともにすることはいいことですが、あの情け深い老神父が奥さんに、救われるには唯一の道しかないと告げたのは、この世の他の人たちを排除することによって、最も非人間的な残酷さをあらわにしているってことを、忘れないでください。もし、自分がアフリカで瀕死の状態におちいっていて、友人の部族の長がわたしのために儀式の踊りを踊ってくれるよう呪術医の長に頼み込み、太鼓を打ち鳴らしてわたしを別世界へといざなってくれるならば、真の慰めになるでしょう。情け深い神父の神事よりも、もっと心の安らぎを与えてくれると信じます」——アメリカの詩人W・C・ウィリアムズの短編小説「心と体」(飯田隆昭訳『オールド・ドクター』所収。二〇一五年・国書刊行会)より。ちなみに語っているのは医師「ぼく」、「奥さん」はその患者「イングリッド」だ。「彼女は奨学金をブルックリンのある高校からもらってコーネル大学へ進学し、ラテン語とギリシャ語、論理学を専攻し、論理学の研究奨学金を得た。教師らは彼女の理論武装したことばの攻撃を受け、頭に変調をきたして撤退すると、彼女は攻撃をやめた。それから生活費を稼ぐためにある高校へラテン語を教えに行ったが、一か月後にそこを逃げ出した。生徒らの呑み込みの悪さに腹を立てたからだった。以後、ニューヨークのビジネススクールに入ってすぐさまそこを修了し、ニューヨークの有名な実業家の私設秘書になり、この実業家が不在のおりは一人でその業務をこなした。いわば巨大な組織体と同一の存在となり、彼が亡くなるまで、絶対的に信頼される補佐役を務めていた」。だがその後神経を病み、「自らの意思で治療を受けるべくそこへ入院し、そのまま居残って患者の世話をする看護人になろうと決心」。そこで夫となる「小柄で足の不自由なイエーツ、穏やかな話し方をする親切な看護人と出会った。彼は男の患者、彼女は女の患者の面倒をみるため雇われた。突飛で口達者な性格の妻と、温和な人柄の夫との結婚生活は非常に幸せだった」。そしてその際、彼女は自ら堅信礼を受けたルター派教会を去り、アイルランド人である夫とその家族の信じるカトリックに改宗した。彼女は言う。「イエーツはイエズス会によって人間形成させられたんです。イエーツの両親はまだアイルランドにいます。彼はわたしの教会に入信すると申し出ましたが、そうすると、どうなるのかわかってたんです。わたしたちは結婚したわけではないと彼の親は言うかもしれないし、わたしの宗派に入ったら、彼の家族を傷つけることになると考えたんです」「イエーツに改宗するよう頼んでも無理です。自分の教義をかたくなに信じることが心の支えになっているし、それが生きがいなんです。アイルランド人全体を一つの国家として存立させているのは、彼らの信仰している宗教なんです。踏みしめる大地の下が揺るがないからこそ、アイルランド人は前進する勇気を持っているんです」「それがアイルランド人の宗教なんです。彼のためを思って、改宗をうながさず、このわたしが彼の宗教に入ったんです。それと、看護の仕事なんかで彼は幸せなんです。彼の宗教を奪う代わりに彼に何をわたしが与えられます？
そんなことをしたら、彼は生きる目的を失ってしまいますよ。わたしにイエズス会の宗旨を教えにきた神父と話したさい、そんなの信じられないと告げたら、信じなさいと言いましたよ。神父さんは信じているのかと訊いたら、答えませんでしたが」。尤も、思えば彼女が嘗てルター派の堅信礼を受けた際も、動機は「自分（の救い）のため」というよりむしろ「（自分にとって大切な）他者のため」だった。「教理問答を勉強していたとき牧師に訊いたんです。牧師が言ったことはみな本当だと信じなければならないのか、信じなければ地獄へ行くのかどうかと。というのも、わたしには全然信じられないからです。誰だってみな同じことを言うんです。バカげていると牧師に言いました」「牧師はショックを受けて、そんなこと口にするなんて邪悪だとののしるんです。それで、心にもない誓いをして、母を喜ばせるため、その教会の信者になりました」。だが、それは所謂「信念」や「主体性」のなさの故では決してない。彼女は言う。「母はベッドで横になったまま、自分の子供たちに雷が落ちないよう神によく祈ってました。わたしはそんなお祈りは滑稽だと考え、母にそう言ったんです。もし神がわたしに襲いかかりたいなら、そうしないでと頼むのはこのわたしでしょ。わたしは恐ろしくなかった。襲われたら、それがどうしたっていうの」「人は心の中にあるものを吐き出すべきです。そう思いませんか？　わたしたちは自分を信じるべきなんです」「重要なのは生きるということ、自分の目で見て判断することです」。そしてその「判断」の結果が、今の場合は「改宗」だったのだ。

そして、その「判断」の裏づけは——たとえその物言いがいかに一見「上から目線」に見えようとも、かつ又、そういう傾向が彼女に皆無とは残念ながら言い切れなかろうとも、少なくともその「根っこ」においては暖かく繊細な——「自分」と異なる「他者」のありようへの配慮と尊重にあったのだ。

とすれば、彼女が何らかの「唯一の道」に固執して「この世の他の人たちを排除」し、そうすることで「最も非人間的な残酷さをあらわに」することは、恐らくない。というより、実は「ぼく」も内心そういう感触を得ていたからこそ、彼女個人に対してというよりむしろ一般論として前々から或る種の人々の或る種の生き方に抱いていたであろうその懸念を、表面上は彼女にかこつけつつ、だが意識下では逆に胸襟を開いて、彼女に吐露することが出来たのではなかろうか。というのは、この種の指摘は、屢々、それまでの良好な関係を一瞬で氷結させるほどの激しい拒否反応を引き起こすからだ——とりわけ、その指摘が真に、深刻に、該当するであろう人々には。と同時に、彼女は一方で夫や母の信仰を「かたくな」「滑稽」と呼びつつ、他方またかく言う自分も「他者」から見ればやはり同じくらい「かたくな」「滑稽」であること、そしてそれをやはり「他者」から配慮され尊重されつつ生きている（或いは、逆に言えば、そうされなければ生きられない）ことを鋭敏に自覚し受容している——たとえその配慮や尊重が屢々「上から目線」と感じられようとも。かつ又、周囲がそういう目線になってしまう誘因は、実際、彼女の側にもないとは言えないのだ。例えば、先述の「ぼく」の懸念に答えて、彼女は言う。「わたしもそう思いますが、同じことですよ。結局、悩みごとを打ち明ける誰かが必要なんです。きょういろいろなことをしゃべって、先生に退屈な思いをさせているかもしれませんが、とにかく言わせてください。わたしのこと頭のおかしな女だと先生は思っているはずです」。そして突然、ナフィという名の飼い犬が「病む箇所を見つけるまでわたしの胸をくんくん嗅ぎ回る」こと、そして「その箇所をなめると、すぐ痛みが消えてしまう」ことへと話題を飛躍させる——「これ信じられます？」「先生は信じていないようですが、本当なんです」「わたしは超能力といったものを信じているんですよ」と。というより、それ以前に、そもそも彼女が患者として「ぼく」に訴えている症状が、何とも怪しいのだ。例えば「お腹のここが痛くて。激痛が襲ってくるんです。九日間、薬で痛みを止めてもらってました。心臓も痛くなって、引きつけを起こしたみたいで。並の病気であるはずはないんですよ。それがどうしてわたしの思い込みだと言えます？　医者はわかっていないんです。バカなんです。ゆうべやけくそになって、お尻に石鹸水を注入して治しました。でも、やはり心配で。先生はこんなわたしを非難できます？」等々。「ぼくは念入りに彼女の腹部を触診したが、患部はどこにも発見できなかった。（中略）心臓の動きは一様で規則正しかった。赤味がかった頬、偏執症をうかがわせる目つき、顔面の小さな筋肉の震え、そして震える指が彼女のストレスの存在を告げていた。ついに彼女は無言となり、診断の結果を待ち受けていた。ぼくは何も発見できなかった」。

　失望する彼女。医師としての自分の職を守らなければならない「ぼく」。双方とも釈然としないまま、診察は終了する。「ぼくは彼女をバス停まで連れて行き、バスを待っていると、彼女はぼくに向かって言った。ところで、わたしのどこが悪かったんですか。どうなっているんですか？　わたしの神経がおかしいだなんておっしゃらないでください」。何故なら、それは、たとえ医学であれ自然科学であれ、更には世間の通念や常識であれ、ともかく救われるにはその「唯一の道」しかないと告げることで「この世の他の人々（例えば、この「わたし」）を排除」し「最も非人間的な残酷さをあらわに」することだから——恐らく、彼女はそう言いたかったのだ。そして、「ぼく」はその悲痛な叫びに遂にこう答える。「奥さんの病状はですね、解剖学的には毛細管顕微鏡検査という新しい研究、つまり顕微鏡による末梢血管の研究の中で発見されたようです。奥さんのようなタイプの人間の体内では、動脈と静脈の間にある末梢血管の屈曲部は長くて細いんです。しかも、もろくて簡単に拡大したり、縮小したりします。そのため、ご存知のような不安定な神経現象の原因になります」云々と——たとえそれが「友人の部族の長」が打ち鳴らす「太鼓」であろうとも。何故なら、それが己の「唯一の道」しか顧みない「神父」のどんな「神事」よりずっと「真の慰め」になるのだから。「この世での居場所を見つけたので生きたい。自分は主婦で夫がいるし、やるべき仕事もある。自分たちは人のために生きたい。一人では生きていかれない」——帰り際、「ぼく」が診察室を外していた間に彼女は「ぼく」の妻にそう告げた。そして、その希求に「ぼく」も又、彼女の「宗教」に自ら「改宗」することで応えたのだ。

エッセイ

莫迦亭亜北斎食道楽覚書

高柴　三聞

私は、コオロギが騒ぎになるずっと前に食べたことがある。ほかの虫をも食べたこともある。どれも乾燥していたけれど中でも何の虫か知らない幼虫は、ほのかにクリーミーな味わいがした。

子供の頃観た世界旅行の番組で芋虫をフライパンで炒って食べているのを観たことがあった。それがなかなか美味そうに食べていた。この国では缶詰で其の食品が流通しておりどうも結構食されているらしい。ちょっと、子供ながらにあこがれた。どんな味がするのだろう…。子供心がときめいたものだ。

まあ、しかしそれから何十年も経っても食べる機会は極めて少なかった。一度岐阜の人から蜂の子とイナゴの佃煮を御馳走になっていたけれど、中々美味かった。それからさらに時が経って沖縄にやって来た県外の量販店が珍しい食材を置くようになった。

無論、本気で食材に供するというよりは面白半分であっただろう。しかし、そもそも食材というのは好奇心によって広がるものである。

ダイオウグソクムシという三葉虫かダンゴムシのあいの子のような海底にすむ生き物も食べられるのだそうだ。同じ海中の生き物でクラゲだったりホヤやウニだったりを初めて食べた奴はきっとエライ奴に違いないのだ。このエライも、よほど勇気があるかよほど食い意地が張っているかという意味に他ならない。もっともフグを鉄砲と呼びながら食べ続けた日本人も、莫邪の剣の如くとその危険性を例えた中国の人もずっとフグを食べている。

美味しいものを食べられたら命は二の次という事らしい。味が美しいとかいて美味しいということは、食い意地は美に繋がっているのだろう。美という漢字は生贄の羊をささげている象形であるらしいから、命を投げ出すのも無理からぬことかもしれない。

こういった命をかけた美の営みに、止せばいいのに国が金を出して、そこに企業が群がるという有様になっている。救うべき、食料政策の根幹であるはずの農業や、酪農、牧畜等を見殺しにしながらコオロギ食を推奨している。まあ、人間も見殺しにする政府である。牛なんか採算が取れなければ殺せという事らしい。頗る冷徹だ。怜悧冷徹な精神はコオロギ食を政策として選択した。確かに工場のような環境で生産できるのは魅力的である。面積もそういらない。しかしながら、大量の大豆等が必要になるらしく、このエサはどこから持ってくるつもりなのだろう。もうその時点で無理だ。そもそも食糧難を防ぐためと喧伝されていたけれど結局農作物に依存するのだ。それは水の上で髪の毛を引っ張って落ちないようにしながら走るという種の企画だ。国防費は勢い良く伸びているが今の日本の食糧事情では、有事があると食べ物の流通がストップするのだそうだ。新手の安全保障か国家的自殺願望か知らないけれど、とりあえずコオロギに何の罪もない事は申し添えておきたい。

旭山動物園の狼たち（4）『夜の動物園』

石川　啓

昨年の八月十五日と十六日の休日に十七日の休暇をつけて、『夜の動物園』に行った。『コロナ禍の第七波』になる時期であったが、逆に『何処にいても同じ』という居直りになった。

二〇二一年にご病気で手術をされたTさんが「術後は順調です」と仰ったが気になっていた。休暇を下さった店長に深謝した。行くのを諦めて七月頃に『オオカミの知恵と愛』という本を読むと、生き生きとした狼の描写に逆に私の狼への思いが再燃した。十五日の午前十一時四五分頃に着き、先に所用を足した。快晴で気持ちの良い日であった。一時台のバスで動物園に着くと、ヒグマの「とんこ」を見た。道新（北海道新聞）で、「子供の頃動物園に保護されて育った」と読んだからである。奥にいるとんこと目が合うと一直線にやってきたが、少し立ち止まっただけで右側に歩いて行った。私の思い入れが浅かったのか？

三時過ぎに『オオカミの森』に行くと、改修されていた。岩山が前面に迫り出し、後ろに木が植えられていた。左端には小さな小川が奥に向かって流れている。より「森」らしくなった。

右端の木陰でワッカが脚を伸ばして寛いでいる。暫くすると岩山の右手の裏からノチウがレラをエスコートするように現われて、同じ岩の上に立つ。レラの体色が黒から焦げ茶色に変っていた。ワッカもグレーに少しベージュが入っていた。

ノチウとレラの姿が消え、少ししてレラが岩山の右横から歩いてきてワッカの横を通り、左回りに敷地の中で一周していた。ワッカは寛いだままでレラを攻撃しないのに安心した。

しかし三巡目に突然攻撃し、レラは仰向けに寝て降参した。だがワッカの攻撃は続きレラのお腹を噛んで引っ張るのを繰り返す。レラの頭の方にいたノチウが見かねて、「止めろ」とレラのお腹の上に顔を差し出しワッカの顔と向き合った。その隙にレラは後ろ脚でワッカの顔を蹴り上げた。『レラ、頑張れ!!やられたらやり返していいんだよ！』と応援した。

レラは軀を捻ってワッカから逃れたが、今度はワッカとノチウの闘いになった。二頭は立ち上がり、顔を噛み合うが段々とノチウは後退し、遂に二頭は岩山の後ろに入った。どちらが勝ったのか判らない。ワッカがレラを攻撃し続けると『オオカミの森』から出されるのでは？　と危惧した。ワッカ自身の為にもレラに優しくしてほしい。

暫くして二頭が出てきて同じ岩の上に立った。左にいるワッカの上唇にノチウが鼻先をチョンと当てた。『さっきはゴメン』と謝っているように見えた。ワッカは何の反応もなく、表情も変わらなかった。

レラは左端の小川に沿って奥から出てきて、正面まで来ると左回りにまた小川に沿って奥へと歩くのを繰り返している。人間の前を横切るのは、母親のマースを彷彿させた。

『オオカミの知恵と愛』の狼達は、私が思っていた狼と同じだった。大人になってもヤンチャで遊び好きでユーモアを持ち、人の心も読む。虎やライオンや熊等が人を襲った話は聞くが、狼が襲った話は聞いた事がない。ライオンは新しいリーダーは、前のリーダーの子供を皆殺すのは何度か読んだが、狼は新しいα（アルファ）は前のαの子供達を大切に育てるのをこの本で初めて知った。人間の幼児も育てた事例もある。

またαは群れの安全を第一に考える、と書かれている。αの「カモッツ」は領分の中に異変を感じるとすぐ確認に行く。

喧嘩に強いからαになれるものではなく、果敢で仲間の信頼を得られるのが重要なようだ。

お客が沢山来た時、ノチウがやってきた。お客と向き合いながら一点を凝視している。視線を追うと二歳くらいの女の子がはしゃいで両手を振って喜んでノチウを見ていた。その子がいなくなると、五、六歳くらいの男の子を見つめていた。『ノチウは子供が好きなのかナ？』と微笑ましかった。子供がいなくなると私の前に来て前足を金網の土台に乗せ、立って正面を見ている。その目は柵の前のお客よりもっと遠くを見ていた。

少しすると左側に移動し、お客の隙間から同様に外を見ている。その時「カモッツ」の行動を思い出した。ノチウも同じであったなら、短期間で何て素晴らしいαになったのだろう！と感激した。

同じ本で、狼が仲間を遊びに誘う時は独特なポーズを取るのを知った。「プレイバウ」と名づけられた、遊びたい相手に向かって顔を地面に着け、前脚を左右に大きく広げてお尻を高く付き出す。お客が少ない時、岩山から降りて左側にいるワッカと目が合った時に試してみた。両脚を広げて膝を曲げ、左右の手を膝に置き顔を低くしてお尻を上げてワッカを見た。ワッカは『何故ヘンな格好をしてるの？』といった目で見ているだけだった。「プレイバウ」のポーズは本能ではなく、狼の間で伝承されてきたもののようだ。

四時頃ワッカとノチウがいてワッカが遠吠えをしたが、ノチウは吠えなかった。先陣を切りたかったのだろうか？　ワッカも二度目は吠えなかった。四時三〇分と四五分の店内放送にも吠えなかった。放送の声の波調が合わなかったようだ。

レラは今度は岩山の左から出てきて右回りに歩いていた。私は右端の柵の前にいた。レラが正面から近づいてきて、私の前で右に曲がり岩山の裏に入っていく。元々レラは家族と距離を取って過ごしていたので、孤独感は少ないと思った。比べるとワッカの方が孤独な気がする。しかし三巡目を歩いてくるレラの沈んだ深い眸（め）を見た時、いいようもなくレラがいじらしく思え咄嗟に「レラ！！」と悲痛な声が出た。私の前で曲がって歩いていたレラが立ち止まり、振り返って私の目を見た。レラが立ち止まるとも思わず、何か言葉をかけようと呼んだ訳でもないので、焦って言葉を探した。4秒後くらいに「頑張るんだよ」と、ありきたりな言葉が出た。レラは表情を変えず、私の言葉を聞き終わると顔を前に向け歩き出した。その後ろ姿にまた「頑張って――」と声をかけた。

私は一階に降り、岩山の裏側に立った。旭山動物園の狼達はこちらから遠吠えをしても返答はしない。解ってはいるが、ワッカが以前遠吠えを交わし合ったのを覚えているか知りたくて吠えてみた。ワッカは元の木陰に座っている。何回か吠えると、少し経ってからノチウとレラが表から右端からやってきた。ノチウは『吠えているのは何物？』とウキウキしているように見えたし、レラはノチウと行動を共にしているのが嬉しそうだった。何分間か見合っていたが、また二頭連れ立って同じ所から表に出ていった。その後に左側からワッカが来た。私の顔と自分の足元を見比べながら、徐々に右側へと移動していった。

岩山の裏側は急な斜面になっている。狼は斜面の上り下りがあまり得意ではないと読んだ。狼が降りられない斜面の角度を把握している動物園に感嘆した。ワッカが無理に降りてきて軀の重さで登れなくなると困るので、遠吠えはしなかった。右端に行き着いたワッカと見つめ合っていた。ワッカは左端に戻り、元の木陰の下に座った。私が何回か遠吠えをすると、時折ヒョイと首を伸ばして私を見る。吠えなくなっても定期的に行なうので、私が同じ場所にいるか確認しているようで可笑しくもあり、嬉しくもあった。闇が濃くなり、白い円がワッカの顔かどうか判別できなくなったので、「ヘアーズアイ」に入った。半円の透明なドームの中で地面に顔を出してまもなく、突然目の前にヌッ！！　とノチウの顔が超アップで現れビックリした。軀が黒いのですぐ側にいたのが判らなかった。私の顔よりもずっと大きいのにも驚いた。ノチウは私の反応に満足したように、ドームの側面に右半身を擦りつけながら私の後ろ側に歩いていった。ノチウが笑っている雰囲気を感じた。

いよいよ真っ暗になったので表に出た。すぐ側の柵が空いていたのでそこに立った。ワッカが座っている木の近くだ。右隣りの六、七歳くらいの男の子の「狼が来た！！」に『え？』と思うと右手からノチウとレラが来て、私と男の子の間に立った。ノチウはやっぱり子供が好きなのだと思う。でも二頭は表にいると思っていたので、裏のどこにいたのか見当がつかなかった。その後ワッカも来たが、二頭の後ろを歩いて岩山に上がった。

九時少し前、閉園を告げる音楽が鳴ると岩山の左側にいるワッカとノチウが遠吠えをした。後ろで「これは吠えるように仕込まれているんだよ」と話している青年の声に、心の中で『いいえ違います。自発的にです』と答えた。

狼達が吠え終わった後で、『ワッカ、やっと来たよ！！』とお腹の底から吠えた。さっきは喉で吠え、かつメッセージも込めていなかった。吠えているのは狼達の意思の伝達であるのを忘れていた。私が吠え終わって一呼吸してから、ワッカが吠え返してくれた。それで充分だった。もう私は吠えなかったし、ワッカも続けて吠えなかった。それでも、憶い出してくれたのかもしれないと思った。先刻立ち止まって私の言葉を聞いてくれたレラと、今吠え返してくれたワッカ。心の底からの切実な声に反応してくれる狼達の優しさを改めて感じた。

帰りのバスの中でレラの行動について考えた。人間達の前を歩き続けるのは、マースの伝授ではないだろうか。パックから孤立しているレラを案じ、自分が亡き後のレラを心配し「人間達の前に出なさい」と促したのではないだろうか。

翌日の十一時三〇分にTさんが車で迎えに来て下さった。初めてお会いした時と変わらず、安心した。昨日と打って変わって雨が降ってとても寒い日だった。Tさんが来て下さる前に近くのコンビニで傘とレインコートと肌着を買って着込んだ。

昔から休暇を取って楽しんだ後は、仕事もいつもよりもっと張り切ってやっていた。今日風邪を引いて明後日の仕事に差し支えが出るのは避けなければ！！　と念には念を入れた。

Tさんの車の中で「動物園で、貼るカイロを買います」と言うと、「それならツルハで買った方が確実です」とツルハを探して寄って下さった。その後スターバックスでランチをした。

Tさんについて許可を頂けたら折をみて書かせて頂きたい。「天才というのは周りを全く気にしないと思います」と仰ったのが心に残る。私はその言葉に対してピカソについて話した。

ランチを御馳走になり、Tさんと別れて動物園に向かった。

『オオカミの森』の一階の建物の中に、黒い紙に白い文字で狼の上下関係の挨拶について書かれているのに気づいた。横には生後まもない子供達の写真がある。撮影年を見るとワッカが生まれた年である。写真を見て『これがワッカだ！』と判った。説明を読むとやはりワッカで、嬉しかった。活発そうだった。

あべ弘士さんの絵の狼の物語も貼られている。今まで狼をみるのに精一杯でそれらを見るゆとりがなかった。

表に出ると同じ岩の上に左にレラ、右にワッカがいた。ここが狼の不思議なところだ。攻撃されてもワッカと一緒にいるレラは強い。「水に流す」ことを知っているのだろう。

ワッカがレラの上唇を舐めた。レラはとても嬉しかったと思う。「ミアウ〜」というような甘い声を出して、目の前のワッカのマズル（鼻づら）を舐め返した。狼がこんな声を出すのを初めて知った。猫の声に近い。ワッカは顔を下げレラの左の前脚の脛に口を寄せた。ヒヤリ！！　とした。『ワッカまさかガブリ！！　といかないでしょうね？！』とハラハラした。ワッカは一旦口を離して少し顔を上げた。そしてまた同じ箇所に口を持っていくと、ペロンと舌でレラの脛を舐めた。ただもう嬉しかった！　ワッカがいつもこんな風にレラに優しくしていてほしい。初めて見る光景に、これだけでも今日来た甲斐があった。

遠吠えの時、迂闊にも私はその場を離れていた。姿は見えないが、遠吠えを聞き『みんな元気で仲良く吠えてくれたらいい』と、昨日ワッカが吠え返してくれた充足感が心にゆとりを持たせた。本当は見られたらもっと良かったのだが……。

雨が降ってとても寒い。カイロとレインコートがなければ風邪を引いていただろう。Tさんに感謝した。

暗くなってから狼の元に行くと人だかりがしていて何事かと思った。様子を見ていると雨の中で女性のスタッフが「狼は獲物の行動する時間によって、寝る時間が変わります」と説明していて貴重な話であった。説明はそれで終わり、前回にしても何とも私は間が悪い。「質問のある方はどうぞ」に、後ろで手を挙げたが見えなかったようだ。お客が散開した時にスタッフの方に「質問があります」と言うと、「どうぞ」と受けて下さった。

「道新でノチウがαになったのを知ったのですが、何か「αになった」という証明があるのでしょうか？」。「証明？」「はい。これでαになったという出来事があるのでしょうか」と伺うと、「いいえ、そういうものはなくてノチウのレラとワッカへの対応を見て、「やっぱりαはノチウだね」という事になりました。」「そうだったんですか。私はワッカとの喧嘩に勝ったとか、具体的なものがあるのかと思いました」と言うと「αとは群れの安全を一番に考えるのがαですよね」と仰るスタッフの方に「はい」と同意した。「ノチウはそういう点でも素晴らしいαです」に私も肯いた。

　そして昨日のレラへのワッカの攻撃に対応したノチウと、レラがワッカにやり返した事を話すと、「レラは時々ワッカにやり返しています」に安心した。今日はワッカがレラに優しくした話をすると、「ワッカも時々レラに優しいです」と教えて下さったので、「実はワッカがレラを攻撃していると『オオカミの森』からワッカが出されてしまうのではと危惧しています」と告げた。スタッフの方は「私達は狼の野生を尊重して見守っています」と仰ったのに感銘し、ワッカへの心配も消えた。そして坂東元（げん）園長の理念がスタッフの方達に浸透しているのを知った。スタッフの方の「こんな風に狼達の事を考えて頂いているのは嬉しいです」という言葉が意外で嬉しく、即座にお礼を言った。

　閉園の音楽と共に狼達は遠吠えをした。今日はレラもいた。ノチウが吠えた後、ひらひらと花びらが舞うような声でレラが吠えたので驚いた。ケンとマースがいた時は、皆一様に「ウォー！！」と吠えていた。『レラは遠吠えで自分の個性を出し、発散しているのだろうか？』と考えた。

　レラの後に続いてワッカへの別れを込めて吠えてみると、レラがピタッと吠えるのを止めた。レラが吠えている時は吠えるのを止める事にした。

　またノチウが吠え、レラが吠えるのを待った。しかし吠えなかった。レラを刺激しないようにノチウの声色を真似て吠えてみたが、レラは沈黙したままだった。レラに申し訳なかった。

　私は左端にいて中央の狼達を見ていた。遠吠えが終わって良く見るとワッカの姿がなかった。昨日ワッカがいる時はレラの姿がなく、今日レラがいるとワッカがいない。双方の確執が解けていないようなのが哀しくなった。

　ワッカの姿を見られなかったのも残念だった。

　今度来た時は、三頭揃って遠吠えするのを心から願った。

二〇二三年三月三日～三月六日

＊マースが死去したのは二〇二一年五月五日ではなく、五月二十五日でした。

＊『オオカミの森』の改修はされていませんでした。亡きαのケンが岩の上で私を凝視していた時、もっと遠くにいた印象が強かったからだと思います。

＊『オオカミの知恵と愛』
ソートゥース・パックと暮らしたかけがえのない日々
ジム＆ジェイミー・ダッチャー著
藤井留美　訳

エッセイ

『山廬の四季』拝読

三澤　邦子

『山廬の四季』は表紙の写真を見るだけでその風景の大きさに心が広がる思いがします。山梨のぶどう畑が見事に紅葉し向こうの盆地一面に雲海が湧き雪のアルプスの山々が連なりそして高い青空、美しい風景に引きつけられます。

　その風景に続く甲府に山廬俳諧堂と呼ばれる建物があり、そこに蛇笏・龍太お二人の俳人、随筆家の秀實の三代が暮らす、その住宅の裏には自然の恵みいっぱいの後山の地がある。想像するだけで魅力いっぱいに思えます。

『山廬の四季』はその山廬・後山の四季折々の自然、そして暮らす様子を写真と文で伝えられその場に行った気持になり引きつけられます。

　一章「山廬の春」の頁、椿、紅梅の花、山に咲く白辛夷の花、後山に芽吹く多羅葉の木、山椒、楤の木、お住まいに咲く山つつじの花等々写真で載っていて、その写真に咲く花々木々も色鮮やかで生々と映って美しく素晴らしさに見入ってしまいます。

　その写真を見ながら心の中に次々と思い出が浮かんできます。

　見事に咲く白辛夷の花の写真を見て、前に旅行中山の中に点々と咲く白辛夷の花のあまりの美しさに歓声を上げたことがあったこと。また多羅葉の葉の写真には、以前歩く会の時、先生に多羅葉の木を教えて頂き葉書の木とも言い葉裏に細い棒で字が書けるとも……、そして皆で試して葉に白く字が浮かんできた時面白く感じたこと等々を思い出しました。そして山椒の写真を見ると芽吹く頃、お隣から若葉、実を分けてもらい佃煮にして食べ香りを楽しんでいることを思いました。

　そして山廬庭の山つつじの見事な写真を見て、私の家に植えてあるつつじは昔伊豆の山に母と行き小さな苗を分けてもらったもので花咲く時はいつも嬉しかったこと等々思い出されます。

　山廬の自然、植物に寄りそえるように私の懐かしい思い出がある事をうれしく思います。

　二章の夏・三章の秋の山廬の様子も同じように豊かで憧れる自然の姿が伝わります。

　四章の冬の山廬の頁、後山に生えた楮の木で和紙を手漉きする写真を見て十年も前、宮城白石で和紙作りの作業する場を見学した事を思い出します。雪の降る寒い時で冷たい水の中に手を入れて仕事をする女性達に会い、紙漉きは大変な工程ばかりとの話を聴きました。その後続けて宮城蔵王山麓にある峩々の地に行きました。一月末の時です。そこで「一月の川一月の谷の中　龍太」山廬の写真と同じ雪景色に出会いました。今思い出し、山深く空気がピンと張るような寒さ身にしむ所でした。あらためて感動しています。

　山廬の四季、数々の美しい写真、やさしい文、お二人の俳句の心もあたたかく伝わってまいります。

　心の中に懐かしい気持が湧いてまいります。

追憶　幼なじみの君に捧ぐ

富永　加代子

昭和三十年代の日本は「もはや戦後ではない」と進化と成長に邁進していた。大人は必死に働き、子供達は学校から帰ると近所の公園や空き地に集まり、棒切れを振り回し、缶蹴りや秘密基地作りに明け暮れた。ビートルズの来日、夢の超特急と異名を持つ新幹線の開通、アジア初の開催となった東京オリンピック、所得倍増、高度成長へと勢いが良かった。長い戦争を潜り抜けてようやく手にした平和な生活だった。

小学校入学に合わせて引っ越し、かぎっ子となった私は、学校が楽しいとか、いやだとか考えることもなく当たり前に学校に通った。それでも私には、自分ではどうにも解決できない問題があった。それは小・中学校の九年間のほとんどを一人の男の子と隣同士で過ごしたということだ。その子はノンちゃんと言い、活舌に問題があるのか、言っていることが聞き手にほとんど伝わらないところがあった。忘れ物も多く、勉強も苦手なようだった。

一クラス五十人の時代である。先生は、一人一人に関わっている暇はなかったし、私をちょうど良いお世話役と思ったのだろう。私は二人用の木の机の大半を自分が使い、三分の一程のところに鉛筆で線を引いて、そのスペースをノンちゃんの領域にしていた。線からはみ出すと怒って彼を叩いたり抓ったりした。彼が鼻を垂らして泣き出すと、余計に私は意地悪をした。私は彼が上等な文房具や答え付きの教科書ガイドを持っていることにも腹を立てた。私には差別やいじめの意識ばかりか、人権を尊重することの意味さえ分かっていなかった。

子供にとって席替えは楽しい出来事で、友達作りには欠かせない。それなのに、私達は九年間のほとんどを自分達の意志に関係なく共に過ごした。彼から見れば、なぜこんな意地悪な人間といつも一緒なのかということだ。私の意地悪に先生方は目が届かなかったのか。それどころか、どの先生も私に彼の通訳をさせるのだった。

ノンちゃんは目と目の間に青筋を立てながら私に一生懸命に話す。私もはっきり聞き取れているわけでなく、雰囲気で通訳して彼が安心した顔をすれば当たりという程度だった。

こんなことが八年間も続いた中学三年のある日、ノンちゃんが学校を休んだ。三時間目が始まると担任の先生に、彼がどこに行ったか心当たりはないかと聞かれた。どこにと聞かれても困ったが、以前一緒に遊んだ崖の防空壕のことを思い出した。私は二、三人の友達と四時間目に学校を抜け出してその崖に走った。

高さ三、四メートルの崖の辺りは、畑仕事をする以外に人の来ない所で、飛び降りて度胸を競ったり、下を流れる小川でクチボソやタナゴを捕まえたりして遊んだ場所だった。そこに彼も一緒に行ったことがあったことを思い出したのだ。

中学校から崖までは三五〇〇メートルもあろうか。走って崖まで行くと彼は防空壕の中で膝を抱えて坐っていた。「何をしているの。」「なんとなく」と短いやり取りをして、学校に帰るよう促しゆっくり歩いて中学校へ戻った。

昼休みに校長室に呼ばれて室内に入ると、ノンちゃんとノンちゃんのお母さんが椅子に座っていた。お母さんは、「この子が何も言わないのでわからないけど、よく見つけてくれました。本当にありがとう。」と頭を下げた。校長先生が「よく居場所が分かったね」と聞いたが、私はノンちゃん流に「なんとなく」と答えた。当時は授業を抜け出しても騒ぎにならなかったのだろうか？　この件で叱られた記憶はない。

次の日は何事もなかったように彼は登校し、皆からはいつものように無視され、私からは行動の一つ一つを注意され怒られて過ごした。後日、彼のお母さんが私の家に来て「いつもお世話になっています。お嬢さんだけが友達だと息子が言います。これからも頼みます。」とお礼とお願いをして帰ったと母から聞いた。

私は女子高へ進学したので、ノンちゃんとの関係は中学卒業とともに終わったと思った。しかし、高校からの帰り道で、彼は私を見つけると「よう！」と格好をつけて声をかけてきた。彼女を紹介してくれたこともあった。それでも大学に入る頃には、私はノンちゃんを忘れた。

二十歳を迎えた秋の夜、私の家の前の森が火事になった。帰宅途中の人が枯れ草の中にタバコを投げたらしい。あっという間に、炎は広がり、隣近所から人が出てバケツで火を消していた。まもなく、サイレンを鳴らしながら小さな消防車が到着し、法被に地下足袋姿の消防団員が降りてきて消火活動が始まった。

一人の団員が私に近づき。「危ないから下がっていて。この火事は俺が消すから。」らしき言葉を発している。「ノンちゃん？」「うん。」それだけだ。この一瞬に炎よりも熱い衝撃が体に走った。翌日火事はすっかり消え、近所の人達にも日常が戻っていた。

何を言っているのかわからない。いつも鼻を垂らしている。ただそれだけの理由で活舌に問題のある彼を、嫌い、蔑み、いじめてきたのだった。いじめられて悲しくて、困って泣くしか術のないノンちゃんに、さらに腹を立て私は怒りをあらわにした。そして、そんな私自身こそが卑しくて大嫌いだった。それなのに、彼は確かに私を助けに来てくれた。

その後、五十歳の記念に行われたクラス会で、私はノンちゃんと再会した。それを機に房総の勝浦の海で釣れたといって何度もサバやアジを家に届けてくれた。魚を料理して私の家族と一緒に食事もした。そういうことが何回か続いた後、主人に「お前にできることはもうここまで。人間関係の距離感までは理解できない彼に薄情けはいけない。」と言われ、私はその言葉に従い彼を遠ざけた。

ノンちゃんの両親は、自分達の亡き後も、彼が困らないようにオート洗車場の経営を任せていた。しかし彼の両親の死後、しばらくして彼に残されたものはすべて人手に渡り、住んでいた家も追われて、今は消息が分からない。

年をとっても子供の時と同じ笑顔で魚を届けてくれた幼なじみ。優しくしてあげればよかったのに、私にはその懐がなく、意地悪することでしか関われなかった。それでも関わりを持つことが嬉しくて、私を友達と呼んだノンちゃん。彼が去った後も後悔と自分への嫌悪感は私の心の奥底でどんよりと漂い、実に半世紀以上も存在し解決することはない。

もし、大人達が生活再建で前のめりになっている時代でなかったら、また、私に仲良しの何でも相談できる友達がいたなら違っていただろうか。それとも、ともに戸惑いと不安の渦の中にいることを認識できたら優しくできただろうか。この命題を解くために、私は小学校教師になったのかと、ときどき思うことがある。

国分一太郎（こくぶんいちたろう）――「益雄への弔辞から『土』の綴り方教育」(3)

永山　絹枝

こぶしの花

北へ北へと／むいて咲き
北になにかを／望むらし　（国分一太郎）

来栖良夫氏は、「作文と教育」誌（一九八五年五月）に次のように「出会い」を紹介し、沈静しきった心情にあった国分がやがて光を当てているが、精神的に最も苦しかった一時期快復し活動を再開する経緯が見えてくる。

「国分さんはわたしより四歳の年上である。国分さんの「もんぺ」は　昭和九年から始まったが、そのころのわたしは、教育などなにもしらない。小学校の教員になって、『新興教育』『生活学校』『工程』などいろいろの古雑誌を先輩教師にみせてもらった。国分一太郎、相沢とき共著の『教室の記録』刊行のころ、国分さんは学校を追われ千葉県市川で病院ぐらし。いくらかでも売って費用の手助けにとわたしたちはその本を売りあるいた。平野婦美子さんが親身のせわをしたともきいた。それからの国分さんは百田宗治（ももたそうじ）氏の『綴方学校』の手助けもした。わたしたちは百田さんの紹介で、国分さんにきてもらった。紙芝居の実演と座談会だった。

これが生活綴方運動の若い騎手との初対面である。」

一、弔辞を読む【益雄への弔辞④】
―リアリズム綴り方教育論―

「昭和八年の夏、私は秋田であった講習会に行ったえんで、北方教育社同人になった。そこでまた、北方教育主幹成田忠久氏と親しく文通をしている益雄さんとの話題がふえた。童謡のすきな成田さんは、益雄さんの『五島列島』という童謡集を、北方教育社から出版してやる約束もしたらしい。

北方教育同人になると私は、成田氏をはじめ、佐々木昂（太一郎）さんや加藤周四郎さんたちからはげまされ、ようやく元気をとりかえした。「生活の現実に即く」ことだの子どもの「表現の必然性」を誘いだすことだのに、綴方教育としては、いっそう力を入れるようになった。

そのひとつから佐々木昂さんが「北方教育」誌上に連載したリアリズム綴方教育論に共感した。そこには現実につくことと、子ども内面のはたらきとを教育として統一しようとするもがきのあとが見られたのだ。さらにこれがまた、益雄さんとの交流の内容的な話題となった。益雄さんは人間の内面にふかく注目することを、自分の思想のありかたとしてとらえていたのだろう。

一方、私にも宮城県出身の千葉春男氏から、いろいろな注文がとどき、そろそろ雑誌にものをかくようになった。書くことは、すべて実践報告的なものばかりだったけれども、それを私は、周囲からはられた自分の「アカのレッテル」を一枚一枚はぐような気持ちで書いた。上のおおせのみにしたがう周囲の便宣主義やタイハイとのたたかいの気持があったのだ。のちに成田忠久氏が募集したさまざまな手紙を見せてもらうと、私の手紙のなかには、そういう心の中のうめきみたいなものをこめた「たたかい」ということばが、しきりと出てくる。そしてこの「たたかい」ということばは、「低俗」や「卑俗さ」へのたたかいとして、益雄さんや木村寿さん、平野婦美子さんの手紙にも、しきりに出てきていた。この千葉春男氏、その下で働く松本正勝氏との交流で益雄さんとの話題はまた豊富になった。

そのころ千葉氏は「社会性」ということをしきりに言っていた。同じようなことばかり書くが、私は「綴方生活」には「教国五人男」という（今井誉次郎さんがかいたらしい）近藤・木村・稲村・私・その他を　からかった記事が出たが、その大部分が小砂丘氏の支持者だったのである。

このような過程で、益雄さんや私、稲村謙一さんや寒川道夫さんは、松本正勝としめしあわせて、「綴方倶楽部」誌上に「生活詩」の運動を遠慮がちに出すということもした。これはじつは百田宗治氏の児童詩の選にひとしく不満をもったからだった。」

〜　〜　〜　〜

事実、北方教育主幹成田忠久は益雄の童謡集『五島列島』出版の約束を果たし、その後また実践記録『こどもと生きる』の上梓を手伝っている。筆者もだが、綴方教育で実践交換（文集交換等）していると、北から南まで友好の輪ができる。益雄は貧しかったので自力で出版できないでいた。助けたのが、北方の仲間たち、とくに成田忠久氏だった。

「明」と「暗」の北と南
——刊行された第二童謡集『五島列島』——

一九三一年といえば、国分が検挙された年である。飢餓と弾圧に苦しむ北方と、南の島で左遷されながらも奮闘する益雄とは、国分が「私の方の東北などにはみられぬ空の明るさが、子どもたちをとりかこんでいる感じであった。波が白く岩を洗う姿が見えるようであった。」と書いている。戦争に向かう茨の道は同じでも、作品に差異（明暗）が見られるのは如実である。

国分はまた、自分の至り尽せない内面の問題を益雄の中に求め親交を深めていったのではないだろうか。

【離島への不意転】

一九三一（昭和六）年九月八日、五島列島北端の北松浦郡小値賀尋常高等小学校へ不意転させられた。益雄一家はどんなにか不安であったろう。

島の學校

脱いで並べた父さまの
お靴の中にちりちりと
蛼の虫が鳴きました／＼
學校の庭の松の木に
吹いてゐるのは海の風
白くつづいた天の河／＼
はじめて泊る學校は
夜ふけの暗い教室が
ひつそり立つてをりました

（昭和六、九）

＊蛼は（コオロギ）

朝

しづかに消える吊洋燈（つりらんぷ）
波のひびきが朝空に。
　火屋（ほや）に鶫（つぐみ）がきえてゆく。

朝は明るい空がある。
朝は明るい雲がある。
　火屋には綿雲浮いてくる

しずかに揺るゝ吊洋燈
土間には蜱（いとど）のこゑも澄む。
　火屋に穂草明けてゆく。

朝は明るい風がある。
朝は明るい風がある。
　火屋には潮風吹いてくる

（昭和七、八）

組織者でもあった益雄には仲間が港に迎えに来てくれていた。潁原（えばら）重雄は高等科の担任で、かねてより『赤い鳥』や『綴方生活』を通じて益雄のことを知っており、益雄が転任してくることを聞いて住まいのことなども準備して待っていたのである。その晩は潁原に案内されて学校の宿直室に泊まり、その後は学校の近くの民家で暮らすことになった。

トマト畠で

五島列島、山の襞
明るく青く朝となる。
トマトちぎつて
ほり上げる
五島列島、山の襞
輕（かる）く夏雲ういてくる
トマトむいては、
かぢつてる
かぢつてる

五島列島、山の襞。
明るく白く帆が浮かぶ
トマトかぢつて
笑つてる
笑つてる

（昭和七、八）

右の詩からは綴方教育に向かって動き出した益雄の胎動が「ほり上げる、かぢってる、笑ってる」と、弾むように伝わってくる。島の暮らしにも慣れ、子ども達と一体になりながら教育実践に没頭していく益雄。そんな中で童謡集『五島列島』の作品集は生み出された。

国分一太郎の手紙の中に、その頃の益雄家族の逼迫した暮らしと、日夜教育活動に明け暮れる様子が伺える。

「昭和八年夏、秋田であった講習会に行って北方教育社同人になった。そこでまた、北方教育主幹成田忠久氏と親しく文通している益雄さんとの話題が増えた。童謡のすきな成田さんは、益雄さんの『五島列島』という童謡集を、北方教育社から出版してやる約束をしたらしい。成田氏に早く出すよう催促してくれとの手紙もあった。また三男の汪（ひろし）も生まれ、すっかり困っているので、北方教育社が裕福なら百円ぐらい借りたいのだがというような生活上の話もあった。私は益雄さんのそばにいて苦労しつづけであろうおくさんのえい子さんの姿を思い浮かべた。貧乏はこちらも同じであったが、益雄さんのあのようなまっすぐな教育活動のみへの傾倒では、ことさらたいへんだろうと思ったのだ。しかし北方教育社が計画した「印刷部」のしごとはあまりうまくいかず、『五島列島』もかなりおくれて出た。が、この集の童謡は本当にりっぱなものばかりだった。益雄さんが早く出したいというのももっともだと思った。そこには生活現実への肉迫と、益雄さんの内部をとおした力づよくゆたかな表現があったのだった。（国分一太郎）」と。

・『手紙で綴る北方教育の歴史』（編集・太郎良信他）1999

網揚（あみあ）げ

えんさかほいや　と引き揚げろ
ぴちりぴちりと何かくる
海の底から　腕へくる
青い電氣がじんとくる
えんさかほいや　と引き揚げろ
朝の光が網の目に
潮の飛沫（しぶき）が　横面（よこづら）に
炭酸水の泡のよに

えんさかほいや　と引き揚げろ
沖からうねりがどんとくる
何か力が胸へくる
ぐいと網綱（あみづな）張つてくる
えんさかほいや　と引き揚げろ
ぴちりぴちりと近くなる
何か光が見えてくる
魚の重みが、肩へくる

（昭和七、五）

（北方教育13号P21）

右の〝あみあげ〟は、曲もつけられ、歌い継がれてきていて有名であるが、『五島列島』の中でも私の心を震わす作品が、「寒い日ぐれ」である。益雄と生徒達が優しい微笑みを浮かべて仔牛を一心に眺めている。小値賀牛は小柄で黒色。気性は穏やかだが力が強く島民の野良仕事には欠かせなかった。

寒い日ぐれ

寒い日ぐれよ　畔道よ
べべ子がお乳をのんでゐる

山茶花白く匂ふ道
べべ子のすむのを待つてゐる

寒い海風吹く道よ
僕らの先生來なさつた

山茶花明るく冴える道
先生もべべ子を見なさつた

寒い日ぐれよ　畔道よ
先生さよなら　遠くなる

山茶花ちるのも寒い道
べべ子はまあだ飲んでゐる

（べべ子＝仔牛）

（昭和七）

このように見て来ると、国分が益雄の童謡集『五島列島』に「南国特有のあかるさ」を感じ取ったのは、納得いくのである。そして、益雄にとっても、いちばん輝いていた時であった。

二、【国分一太郎「土」の綴り方教育（1）】

箱の中の子ども　　国分一太郎

おっか母は　いちにち　穴の中
一日　ざり掘り　しています。
子どもは　いちにち　箱の中
おっか母の　ざり掘り　見ています。

はたらき　はたらき　乳のませ
おっ母の　かわいい　子どもです。
お乳を　のみのみ　泣きもせず
はたらく　おっか母を　見ています

——はたらく　おっか母の　乳のんで
——はたらく　おっ母の　そばにいて
——はたらく　子どもに　なるだろうな
——つよい　子どもに　なるだろな。

（国分一太郎児童文学集6『塩ざけのうた』）

詩人会議仲間の神崎英一氏はこの詩を次の様に読みとる。
「健気な詩です。いち時代前までは，こうして乳飲み子をそばにおいて労働に従事していたのかと思いを巡らせました。泣きもせず　小さな幼子は，働くおっかあを見ている。働く、たくましい大人に育つでしょう。そう強く育ってほしいと願う私がいます。」

働きに行く兄さん　四年　小山田　清

きのう兄さんが東京にいった。
戸の口を出るとき、やろに
「兄さんが来るまで、じょうぶでゐろな。
来るとき、餅かつてけつさけな」と言つた。
やろはよろこんで、
「おっか、あんっあ、ぼぼ買ってけるつたさ」
といって、よろこんで、また、兄さんにも
「ぼぼあふ」と言って、みんなが笑ふと、やろも笑った。
その時、兄さんが、お母さんに
「米ないとき、手紙で書いてよこせな」といった。
そして兄さんが、
「おれのことなど、心配しないで待っていろな」
と言って、戸の口を出た。
お母さんが、
「今頃停車場について汽車を待っているだろう。」
と言ってゐた。／ぼくの家の後ろを東京行きが通った。
ぼくがお母さんに、
「かえっちゃ乗っているからな。いくなんないがや」
と言ったら、／「んだ」／と言つた。
こたつにあたってゐると、
兄さんがいないので、ふとんがひとつあいた。
少しさびしかった。

「もんぺの弟」7号

兄が東京に出稼ぎに行かねばならない状況を出発の一場面にしぼって詩にしている。苦労を背負わせることを互いに胸に呑み込んで、出稼ぎの若者、残る家族の寂しさ……「ぽぽ」は、餅の幼児語であろうか。家のために出稼ぎに行く兄、行かせる方も行く方もどんなにか寂しいことか。方言がよりその別れの辛さや厳しさを伝えてくる。時代の背負う暗さと互いを思いやる優しさが対照的に読み取れる。だからこそ「ああ、せめて、ひとつのともしびとなりたい」という思いが綴り方教師の心に火を付けたのかもしれない。

寒肥（かんごえ）散らし　国分一太郎

寒肥（かんごえ）散らしの／そりひきの
そりには　寒肥つんである。／／
かた雪／　かたいは／朝のうち
寒肥散らしの／そりひきだ。／／
寒肥散らしの／そりひきの
そりから／けむりが　でているよ。

（『塩ざけのうた』）

寒い中で春に芽が出るように 実るようにと、リズムを付けて寒肥（かんごえ）散らし。肥やしが発酵して湯気が立っている。生活感が溢れる。春の土の豊かさと作物の実りが土に生きる作者たちの命を守り育てることだろう。

【「土」の綴り方教育（2）】

国分は、「農村に生きる綴り方教育」を自分の使命とした。東北の綴り方教師たちの土台が農村地帯であった事もあろうが「労働」「農業」など働く者たちが主人公だという思想からくるものでもあったろう。この教育理念は、どこから発したのか。働いても働いても楽にならない農民の生活、その親の働く姿を見ている子どもらは、遊びたいのを我慢して子守をし、学校を休んでは農作業の手伝いをする。このいじらしい子どもらへの愛情、そして、ありのままの現実を見つめ、そこから考えることなくしては、この人たちのしあわせは得られないという信念だったろう。一九三三（昭和八）年九月、国分が四年生の子どもたちに作らせた「長瀞（ながとろ）かるた」がある。

い　稲かる時は　ぼくはこもり
は　はすの花きれいに咲いたほりの中
へ　べんとうあけたらきうりづけ一本
ら　らんぷの光でむしろおり

このカルタの中には、はたらく父、兄、姉、こどもの姿がいっぱいだ。国分の文集は出色のものだった。やがて、このような実践の中から、童謡、詩、綴り方教育の論文を、「国語教育研究」「教育・国語教育」（千葉春雄主宰）「綴り方生活」などに発表し、一九三三（昭和八）年には、秋田でひらかれた北方教育社主催の綴方講習会などに参加していく。一九三四（昭和九）年には、山形・宮城県境の関山峠を自転車でこえ、仙台で開かれた「北日本国語教育連盟」結成準備会に参加をし、一九三五年には、仙台で開催された「第二回北日本国語訓導協議会」、一九三六には、「北海道綴方教育連盟」の講習会に参加するために札幌に行くなどして「北方性教育運動」の中心的役割を果たすようになっていく。

・一九三三年（昭八・22歳）――「もんぺの子供」の詩
　昭和8年「北方文選」第20号／2月号に発表
・一九三四年（昭九・23歳）――
　「北日本国語教育連盟」の結成準備会に参加
・一九三五年（昭十・24歳）――『綴方生活』等への投稿。
　村山夫妻・後藤彦十郎等と相談し、『山形国語日曜会』をつくり、『山形国語通信』を発行。
・一九三六年（昭十一・25歳）――
　相沢とき、長瀞に赴任。戸塚廉ら共に「北海道綴方教育連盟」講習会に参加。
・一九三七年（昭十二・26歳）――弟・正三郎病死。
　不眠症におちいり休職。国府台病院に入院
・一九三八年（昭十三・27歳）――
　『教室の記録』の内容により免職。退院。
　松永健哉が設立した『日本教育紙芝居協会』につとめる。
　秋・百田宗治主宰の『綴方学校』の編集の手伝いをはじめる。

霜夜のヤギ　　国分一太郎

霜夜の夜でありました。
ヤギが空見てなきました。
ひとりでしずかになきました。

霜夜の夜でありました。
ヤギはさびしくなきました。
首をのばしてなきました。

霜夜の夜でありました。
だれも知らない晩でした。
ヤギだけ知ってなきました。

霜夜の夜でありました。
年貢をおさめてきたのでした。
ひとはぐっすりねていました。

（『塩ざけのうた』）

どの連にも『霜夜の夜でありました』で始まり、生活の厳しさを伝えている。当時の農家はどの家も困窮の状態にあり、娘まで売る状況だった。

寺井治夫氏（教育科学研究会）は、この詩をつぎのように読み取る。

「国分一太郎の詩『霜夜のヤギ』は、年貢を納めねばならない百姓の辛い状況と忍苦を、家で飼うヤギを通して暗示的に描いています。厳しい現実をやや距離感をもって語るのは、少年一太郎なのでしょう。山形の霜夜は米の収穫を終えて脱穀する時期からそう遠くないのでしょうか。人の寝静まった時刻に帰って来るのは、地主の家がよほど遠いのでしょうか。それとも夜を選ばねばならない事情があったのでしょうか。父親一人が荷車を引いて行ったのでしょうか。

分からないままに、重い悲しみが想像されます。歌のように詠まれたこの詩には、リアルには語れず歌にするしかない思いが込められているようで、黙した叫びが聞こえます。」

また「ながさき詩人会議」詩誌仲間の堀田京子氏（東京）は、「とても切なくなりますね。たぶん国分先生自身の、心の内を綴られたのだと思います。霜の夜の設定でただ一人　誰にも分ってもらえないヤギの胸の内は計り知れない寂しさに泣いていたのだと思います。」と心情に思いを寄せる。

同じくメンバーの、時崎幹男氏も、

「宮沢賢治の詩や物語と響き合う詩ですね。淋しくて哀しくて、やるせなくて、霜夜のなかに明かりが漏れているように思います。ヤギは国分さんなのでしょうか……。」と。

当時、国分も村山も益雄も、童謡や詩など文学にも関心が深く、広い世界観と理想を紡いだ宮沢賢治の作品を愛読していたし、リズムに於いては中原中也の「サーカス」を彷彿とさせる。

【弔辞②の続き」として】

「昭和十二年、私がひどい不眠症におちいったとき、益雄さんも全国の友だちといっしょに、ひじょうに心配してくれた。昭和十三年「教室の記録」出版のことで、私がクビになり、やがて十四年、五年と広東の方に滞在するようになることから、私と益雄さんの文通はまばらになった。私の方に、他に迷惑をかけてはならないとの考えがあったからである。当時日中戦争ははげしさの度合をまし、それは泥沼にはまりこんでいたのだ。」

　この時、近藤益雄も緊迫した状況に追い込まれていた。

「文集は、昭和三年からのものを全部とっておいたので相当の量でした。交換文集も、木村寿さんの「土々呂の子」や、国分一太郎さんの「もんぺの弟」、平野婦美子さんの「太陽の子」など、各地からの模範文集がたくさん、そうめん箱や石油箱につまっているのを風呂の下に投げ入れました。知らぬ間に風呂の水は熱い湯になっていました。」

三、生活綴り方が「利用」「否定」された時代

　三浦健治氏は、「詩人会議」二月号№725（2022年）で、壺井繁治（つぼいしげじ）を評論しているが、その中（P87~89）で、

「弾圧は日中戦争開始前夜の三七年頃から社会民主主義、自由主義者、キリスト教徒にも及ぶ。風刺詩運動も禁じられた。日中戦争開始後には戦争詩が出てくる。伊藤信吉によれば、戦争詩の先頭に立ったのは高村光太郎と室生犀星と三好達治だった。太平洋戦争開始前夜の四一年には大政翼賛会が戦争アンソロジーを出しはじめる。日本のほとんどの詩人が戦争詩を書いた。」政治批判の言葉を奪われた戦時下、壺井繁治に於いても、

「太平洋戦争開始の後、文学報告会に依頼され「指の旅」（四二）ほか数篇の戦争協力詩を書いた。壺井は最後まで反戦思想を持していたが、プロレタリア文学で投獄され、保護観察下にあって、つねに特高警察、憲兵に監視されていて、弾圧をおそれ、文学報告会の依頼を拒否できなかった。

　もっと早い時期、軍隊を生理的に倦厭していた萩原朔太郎が、朝日新聞の記者に強請されて南京陥落の詩（三七）を書いた。朔太郎ははげしく後悔し、新聞発表の直前、はじめて無良心の仕事をしたと丸山馨に懺悔の手紙を出した。…戦争協力詩は日本現代詩上の汚点だが、かれらの弱さを咎めるより、投獄や拷問、同調圧力によって詩人を屈服させた国家権力の暴力こそ問われるべきだろう。…壺井は戦後『詩学』（五五・一）に「仮面」を発表する。

　お前は、／膝まずいた、／権力の前に。／だから裏切り者といわれても仕方がない。（中略）ひとたび裏切った者は、ふたたび裏切ると誰かがいった。／ぼくはまた裏切るだろうか。

「壺井にはふつうの人間の弱さがあり、戦争反対に命を捧げたわけではない。戦後はそれに劣等感を抱きながら反戦・民主主義の姿勢を貫いた。詩人会議の発足もその思いの具現だろう。」と三浦氏は述べている。

　人は時の政治や社会の影響、取り巻く人間関係、読んだ書籍の影響を大きく受けた。国分一太郎にも言えないだろうか。

もんぺの弟よ　先生をとりまいて集れ　国分一太郎
やあみんな。／お目でたう。／昭和十年一月一日。
お前たちは十か十一になつてしまつた。
先生は二十五になつたぞ。
今日は新年だから、すつて來たけれど、
こらこんなにひげが生えて來たぞ。／／
去年は米のでない年。
みんなの人々からいろ〳〵心配していたゞいた。
「光」の先生からもらつたみかん。
益雄さんからもらつた手紙。
峯地先生からもらつた綴方字引。
みんなが九か十の年で、先生が二十四の年は米の出ない年
だつた。
いつまでもわすれないでゐよう。
米がでないのは今年ばかりではないかもしれない。
これからも又あるかもしれない。
米がでなくてひどいのは、こゝばかりではない。
もつともつとひどい所もあるのだ。／／
昭和十年。式が終わつたら、今年はだちんのみかんも
もらはれないし、このウスッペラな文集でももらつて、よめよめ。
もんぺの詩をよめ。
もんぺはく子の詩を、こゑをたててよめ。
「もんぺの子供」の歌をうたつてくれ。
表紙のうらにかいておくからな。
（『もんぺの弟』第二号／『こぶしの花』P208）

やがて戦争がやってくる中で大変貧しい暮らしがあった。

綴り方のある教室では何故充分に食べられないか、作品を通して読み合い、話し合いが実施されたであろう。無着成恭の『山びこ学校』がそうだった。米のできない年、ミカンももらえない新年に「詩をよめ！」と叱咤激励する国分。それでも、「もんぺの詩」がある、「声をたてて読め、歌ってくれ。」と。

　子どもへの愛と、自分をも鼓舞し共に生き抜こうとする強い思い。ここでも近藤益雄や江口季好だったら、どう声かけをしただろうかと考えてしまう。「先生をとりまいて集まれ」と言うだろうかと。生活の事実を綴り、読み合い、「どうしたらいいかみんなで知恵を合せて考え、できることで行動しよう。自分もその仲間の一人だ。」と子等と同じ位置に居て連帯を呼び掛け、自ら考えさせ、道を拓こうとするのではないだろうかと。

　しかし侵略戦争へ向かう帝国日本は、象の足で潰すように、事実をありのまま綴ることを恐れ、善意さえ消し去ろうとした。

　国が戦争に向かう時、どんなにか教育がゆがみ、個の人格や正義が崩されていくか。今再び地球に戦火が燃え出し、広がろうとしている時だからこそ、人はどう生きればいいのか、戦時下のウクライナ・ロシアへ思いを馳せる。

「信念を曲げずに生きられるのか」自分にも突き付けられる課題である。

【引用文献】

・「詩人会議」二月号№７２５／２０２３

遥かなるヤポネシアへの旅（3）

蜂起する琉球弧…立ち上がる言葉

安里　英子

はじめに

本稿は、島尾敏雄の提唱した「ヤポネシア論」それにつづく「琉球弧論」を再考するものである。奄美諸島、沖縄諸島、宮古諸島、八重山諸島の個性や歴史を再確認することで、その上で「琉球弧」という島々連合体の形を浮かび上がらせたい。

また、「ヤポネシア論」について再考したいと考えたのは、東北出身の若松丈太郎が、小高にある「埴谷、島尾文学記念館」の創設にかかわったこと、そして福島の核災（原発事故）を克明につづり、東北とは何かと問う。またチェルノブイリー原発事故を綴った詩「悲しみの土地」、あるいは「土人からヤマトへもの申す」の詩は、私の心に深く刻まれ、島尾がいうところのもう一つの日本ヤポネシアを思い起こしたからである。

政府が「南西諸島」と呼ぶ奄美大島、宮古島、石垣島、与那国島にはすでに自衛隊基地が建設され、いまにも戦争が起こらんばかり軍事的装備を次から次へと運びこみ、島の生活を脅かしている。第二次大戦後、沖縄島は米軍基地の巣窟となったが、少なくとも、宮古、八重山諸島には米軍基地など軍事施設はなく、私（安里）は、島々とそれをとりまくサンゴ礁とその文化に人類が生き延びるためのエネルギーがそなわっていると感じていた。まるでノアの方舟であるかのように。八重山などには一つのムラに何百もの民謡や古謡がうたいつがれていた。田草をとるにも集団で歌をうたい、そこに掛け声（囃子）がはいる。暮らしの中に歌があり、踊りがあり祈りがあった（喜舎場永・『八重山民謡誌』）。そして自然は開発が進んでいるとはいえ、まだ豊かに呼吸をしている。

宮古諸島は隆起サンゴ礁のまばゆい光を放つ島である。山野は少なく、吹きさらしの厳しい自然条件は、逆に人々を祈りの世界へと導いている。祭祀には島の自然神が集い、神女たち共に、島の安全と豊穣を願う。そのような神高(かんだか)い島も、巨大資本と軍事力によって荒れに荒れている。新興リゾート都市が、集落を隅においやっている。

今、ある者はうちひしがれ、絶望し（それは、軍事基地化に反対したにもかかわらず、まったく無視されたことによる）、島を脱出するしかないと考えている人もいる。故郷を打ち捨てるなどと思いつめざるを得なくなったのは、政府の露骨な「無人化」政策によるもので、これはかつて米軍基地建設の際、強制的に行った移住政策と重なる。

いったい、政府のいう「南西諸島」と「琉球弧」の島々は地理的には一致する。だが、それに対抗する民衆の言葉として「琉球弧」の思想が甦るのであれば、言葉を深化させる意味があるのではないか、と考えた。このような「非常時」に、ヤポネシア論、琉球弧論でもあるまい、という気持ちもないでもないが、しかし、琉球弧の島々が今、非常時におちいっているのは、それはヤマト、すなわち日本政府の「差別」にほかならない。

差別の「根」を探ることは、島々が息をふきかえすことでも

ある。（蜂起せよとは、天の声）

「琉球弧」とは、もともと地理的用語であり、日本列島の最南端と台湾との間に連なる島嶼群をさす。現在、奄美諸島は鹿児島県、それ以南は沖縄県に所属している。しかし行政の上で二分された島嶼群は、自然的、文化的には共通点も多い。第一に島々がサンゴ礁に囲まれていること、そこではサンゴ礁文化が発達していることがあげられる。したがってあえて、行政をこえて、文化的・人的交流の行きかう島々として琉球弧としてひと括りにすることは不自然ではない。しかし、だからといって、中世から現代までの歴史過程を俯瞰すると、そこには支配、被支配の関係がみえてくる。そこから派生する人々の意識はそう単純なものではなく、その権力構造の支配・被支配の関係から生まれてくる暴力的差別は、今も人々の心の奥深くに記憶されている。宮古、八重山にしても、那覇・首里の所在する沖縄島（本島）との違いをあきらかに意識している。それを認識したうえで、あえて琉球弧と名付けることの意味を考えたい。

琉球弧の発想

福島県南相馬市の一隅、小高に出自をもつ島尾敏雄が、南島の奄美大島の名瀬に一家で居を移したのは１９５５年のことである。１９５０年には「出孤島記」で第一回戦後文学賞を受賞しており作家としての道を歩みはじめていた。そんな島尾であるが、妻ミホの病を癒すために、ミホの故郷である奄美への移住を決め、入院先から、そのまま港に向かったというから、よっぽど切羽づまったものがあってのことだろう。ミホの故郷は加計呂麻島であるが、ミホの叔母をたよって名瀬におちつくことになった。

島尾は１９４４年、第18震洋隊（隊員１８３名）の指揮官として加計呂麻島の任務につく。しかし、出撃することなく、終戦を迎える。１９４６年ミホと結婚。奄美大島名瀬の暮らしは20年に及ぶ。島尾の『南島通信』（昭和51年）を再読すると、それには相馬での思い出（幼児と田舎）、戦争体験、南島から、文学機縁などが綴られている。再読して感じたのは、（当然のことながら）戦争体験が彼の文学や人生に大きな陰を落としていることだ。

大島に暮らしながら、島尾の視線は常に沖縄、宮古、八重山の島々へ向けられていた。特攻隊として命を落としていたはずの島々。それは、戦後まもなく、石垣島の特攻艇壕を訪れていることからもうかがえる。

「おお、琉球弧。私はこのあたりの南島をそう呼び、また東北にも思いをつないで行った。

この二つの似ても似つかぬ離れた場所が、日本は花づな列島の両端の支え綱ででもあるかのように、なぜか相寄るこの二つの地方は、列島のまん中で長い歴史の流れの中途から栄え驕ってきた倭の、侵入をまるで拒むかのように見えてきたのだった。すると似ても似つかぬものはただ距離が離れているだけのこと、底流するものの根深い似通いが見えてきた。長い時の流れをふまえて、われわれの列島はヤポネシアともいうべき太平洋中の島嶼群にちがいないと思えてきたのも、奄美大島の生活の中からであった」。そしてその言葉に続くのは「私は加計呂麻にこそ住むべきであったかもしれぬ。加計呂麻で私は自分のからだを貫き通った或る信号と衝撃を受けたのだから」。

　名瀬での暮らしは一種のやすらぎも得るが、しかし戦中の「加計呂麻島での十箇月あまりの生活は私の生存の回帰点と考えていいのではなかろうか」と自問しつづける。

再び琉球弧の島々とは何かと問う

　冒頭で述べたように琉球弧の島々、すなわち奄美諸島、沖縄諸島、宮古、八重山諸島は歴史の時間軸でみていくと、必ずしも、一括りにはできない。
　奄美諸島は、奄美大島を主島とし、喜界島、加計呂麻島、与路島（よろしま）、請島（うけじま）、徳之島、沖永良部島、与論島（よろんじま）など主要8島と無人の島からなる。大雑把に歴史をひもとくと、はじめにクバン世（クバヌ葉世、奄美世）、按司世、那覇世（中山支配）、大和世（薩摩藩支配）、明治維新、となるが、第二次大戦後は複雑な形態をとる。１９４６年には、沖縄と同じ米軍統治下になり、軍政が開始される。同時に軍主導による「琉球諮詢会」（委員11人）にも3人参加。１９５１年、奄美群島政府が設置される。同時期、沖縄群島政府、宮古群島政府、八重山群島政府も設置される。１９５３年、奄美は沖縄から分離し、日本に「復帰」し、鹿児島県となった。（『沖縄大百科事典』参考）
　このように見ていくと、奄美諸島の歴史は薩摩、琉球、米軍等の支配に翻弄されていたことがわかる。

琉球の領土拡張と喜界島

　琉球王府の正史『中山世譜』によると「尚徳王はみずから二千余騎を率い、大船50隻に乗って、成化二年二月二十五日に那覇を出発し、同二十八日に喜界島に至り、攻撃すること数日」とある。こうして喜界島は１４６６年に琉球の支配するところとなった。ここで、疑問に思うのは、大島や他の島々はどうであったか、ということである。そして当時の奄美における支配形態はどうであったか。

　ここでひとつ考えられるのは当時、喜界島がどのような勢力をもつ島であったのかということである。私（安里）は２０１７年にはじめて喜界島を訪れた。那覇空港から名瀬空港に。そこから乗り継いで喜界島へは5分ほどで着く。島は面積約５５・７１平方㎞。サンゴ石灰岩からなり平坦な地形で百之台と呼ばれる石灰岩段丘が島の中央をつらぬく。サトウキビ畑のひろがるその台地上に八か所の遺跡が発見され、遺跡からは、中国、朝鮮、日本からもたらされた陶器や磁器、石鍋などが大量に発掘された。

　そのうち最も注目されるのは9世紀から15世紀にかけて形成されたといわれる「城久遺跡群」である。同遺跡からは中国産の越州窯系青磁が１７９点出土しており、これは琉球弧内では突出した量であるという。また徳之島のカムイ焼きや朝鮮系無彩陶器やガラス玉、鉄製品などが大量に見つかっている（『城久（ぐすく）遺跡群総括報告書』２０１５年・喜界町教育委員会）。

　この小さな島になぜこれほどの遺物が出土したのであろうか。

安里進（考古学）によると、中世日本の「境界領域」の研究では、奄美大島と喜界島が議論の焦点になっているという。

中世、喜界島は日本、中国、朝鮮、琉球の交易の中心であったのかもしれない。それだからこそ、琉球は喜界島を攻めたのかと想像する。琉球侵攻後、那覇世で築かれたグスクやノロの勾玉（まがたま）や神具なども残されている。琉球の正史にみられるように、王自ら出向むいたのは喜界島が、重要な役割を果たしていたからであろう。ただ、大島や他の島々ともはやくから朝貢や、交流があったようである。とりわけ与論島と沖縄島北部のムラムラは、互いに生活圏を共有するものであり、生産物の交換が行われてきた。加計呂麻島でも、糸満などの漁師が浜に小屋掛けをして長く滞在して漁を行っていた、と聞いた。

宮古・八重山諸島と王府との関係

宮古、八重山の島々は13世紀ごろから中山王府に入貢がはじまっているとされている。

13世紀といえば、浦添グスクが中山の中心であり、仏教もグスクと共に存在した。グスクはその後首里に移されるが、琉球の権力構造が強固になり、南方との海外交易も隆盛を極めていた。いっぽう、島々の暮らしぶりはよくわかっていない。が、人々のまとまり（自治）は、血族による祭祀集団によっていたのではないかと想像される。１４７７年朝鮮・済州島の船が難破し、与那国の漁民に救助される。船員三人は、西表島（いりおもて）、波照間島、新城島（あらぐすく）、黒島、多良間島、伊良部島、宮古島へと次々に島伝いに送られ、那覇に送られた。その後、薩摩を経由して朝鮮に還ることができた（朝鮮の正史『朝鮮王朝実録』「琉球見聞録」）。

「琉球見聞録」によると、島々の風俗にふれることはできるが、祭祀などにはふれられていない。

それから、わずかな時を経て、石垣島では知らぬ者はない、オヤケアカハチが登場する。

その英雄は伊波南哲（１９０２～１９７６）などによっても物語化され、土地にはゆかりのない私（安里）も幼少のころ目を輝かせて読んだ記憶がある。一方、与那国島には女性首長サンアイ・イソバが島を治めていた。（自衛隊の与那国島設営に反対する女性たちグループは、イソバの会を名乗っていた）。

その後鬼虎（おにとら）というその名も厳めしい男が実権をにぎる。そのような英雄時代にオヤケアカハチは石垣島で勢力をのばし宮古・八重山の統一をめざしていた。王府の正史『球陽』によると、１５００年「王府への謀反」（オヤケアカハチ・ホンガワラ事件）を理由に、宮古島の首長・仲宗根豊見親（なかそねとぅゆみゃ）のもとに、王府軍、久米島の名高い神女・君南風（チンベー）が集合し、アカハチ征伐にかかる。当時の戦闘は霊力（セジ）に頼ることも多く神女たちが戦の先頭にたった。しかしオヤケアカハチ軍は首里王府軍に制圧された。

１５００年、王府は八重山を併合、１５３０年、宮古を併合したと伝えられる。こうして琉球王府は、奄美諸島、宮古諸島、八重山諸島を統治し、その版図を拡げることとなった。

時の尚真王（しょうしんおう）は、中央集権制度を確立し、国家祭祀制度を作り上げていた。八重山には新たに、祭祀を司る大阿母職が置かれ、首里王府は大阿母を通して地域の祭祀を担う司を支配した。尚真王は、王の妻、姉妹を聞得王君を最高神女とし、琉球全土に神女制度を確立し統治した。

島津の侵攻と人頭税

1609年、島津が琉球に侵攻し、1611年には奄美大島、喜界島、徳之島、沖永良部島、与論島を島津の領土とし、宮古、八重山諸島を首里王府のものとした。

「島津は琉球を支配下におくと、沖縄島をはじめ宮古、八重山、久米島など主だった島々の検地を行い、それをもとに薩摩への貢納高を決めた。これにより、毎年多額の出費を余儀なくされた王府は、今までの課税方法を改めたり、強化する必要にせめられた。特に宮古、八重山に対しては、古くから行われていた人頭税制を再編して強化した」（新城俊昭『琉球・沖縄史』）。

琉球王府による奄美、宮古、八重山諸島の統治関係を改めて述べたのは他でもない。無論、沖縄島およびその周辺の島々も、搾取の対象であった。琉球の内なる支配構造。そして薩摩、江戸の重層する支配構造は、重税という形で島々の圧政につながった。石垣島在住の詩人・八重洋一郎による叙事詩『日毒』は、ヤマト（日本）の支配を「日毒」と呼び、琉球王府の島々への圧政を「琉毒」と呼んだ。

「日毒」琉球弧の島々におよび

人頭税、戦争、軍事基地、さらなる軍事基地（自衛隊）。私の住む沖縄島の島尻郡南城市にも自衛隊基地がある。このところ頭上を飛び交う軍事用ヘリの轟音が目立つようになった。PAC3（地対空誘導弾パトリオット）の展開のためだ。政府・防衛相は「南西諸島」の奄美から、沖縄、宮古、石垣、与那国まで隙間なく防衛体制が整ったとする。つまり、隙間なく、満遍なく、毒をまき散らしたというわけだ。

八重洋一郎の『日毒』をくりかえし読む。「日本は毒である」と礫のごとく、そして呪詛のごとく書いた八重の、のたうち書き続ける心情を思い、私も苦しむ。そう、今、みんなが苦しんでいる。「戦争がそこまできている」と思わせる、島々の軍事装備。あのとき、70余年前の戦争の記憶、戦争トラウマが癒えぬうちに、再び戦争の足跡。

以下に詩集『日毒』から、2つの詩を紹介する。（割愛した形で紹介することを許していただきたい）

「日毒」

ある小さなグループでひそかにささやかれていた
言葉
たった一言で全てを表象する物凄い言葉
（中略）
高祖父の書簡でそれを発見する　そして
曽祖父の書簡でまたそれを発見する

大東亜戦争　太平洋戦争
三百万の日本人を死に追いやり
二千万のアジア人をなぶり殺し　それを
みな忘れるという
意志　意識的記憶喪失
そのおぞましさ　えげつなさ　そのどす黒い
狂気の恐怖　そして私は
確認する
まさしくこれこそ今の日本の闇黒をまるごと表象する一語
「日毒」

「美しい三段跳び或いは変格三段論法」

地域限定戦争は不可能である
必ず　それはエスカレートする
火に油を注ぐ死の商人がうじゃうじゃ　焼けぶとりする
国がゴロゴロ　恥もなく露骨に
防衛費増大を策してニタニタ

極度に発達した武器　通信
科学　生物　物理学兵器　それら軍事技術の神経過敏は必
ず
世界規模　核戦争まで拡大する
（つくられた兵器はすぐさま出番を　とウズウズ）
宇宙さえ重装備　入り乱れる軍事人工衛星　その精緻
その複眼　その遠視

それ故　たった一つの岩山　たった一つの小島といえども
それを得ようと争ってはならない
尖閣は領土ではない
尖閣は領海ではない
それはさまざまな人たちの
（沖縄　台湾　韓国　中国　漂流者…）
日々の暮らしの倹（つま）しい糧を得るところ
それは鎮魂
ひたすら平和を祈る島
（後略）

呪詛といえば、琉球の古謡に、これは「マジナイ」ごとであるが、すさましい害虫への呪いの言葉がある。農作物を荒らす、野ネズミ、バッタなどの「虫送り」のときに祈願する久米島の「火の神の前のおたかべ」である。もともと島の言葉であるが、口語訳の一部を記す。冒頭だけ原語を付した。

（あがるいの、清ら浜から、生まれめしようちやる、ひぬ神、今日のよかる日にお願さべら、ああとうと）
東方の清らかな浜からお生まれになった火の神様。今日の良き日にお願いいたしましょう。（中略）あか茅、ちがやの下に居をかまえて、住んでいて熊手でひっかけるようにして、打ってはひきよせ、かけてはひきよせ、せっかくみごとに実った稲を、だめにしふみにじる奴、そいつは、食わば食い死に、抱かば抱き死にさせて、苦虫辛虫の奴、この稲をふみにじってだめにするものは、泥の下土の下の蹴落とし、蛭は、これは空中にとびあがらせ、みちなかに舞いあがらせて、羽垂れ首垂れさせて、青かび、黒カビは干瀬の外、波の外に追い出し…と続く

（嘉味田宗栄『琉球文学序説』１９６６年より）。なお定価６・５０ドルとある。

なんとも凄い呪詛である。凄い言葉はまだつづく。人の心は相手（対象）次第、あな恐ろしや。

蜂起する琉球弧の人々

武器ではない。暴力ではない。琉球弧全体の軍事装備を強いられている人々は、静かに怒りを波うたせている。連日のように島々で学習会や小集会が開かれいる。て次々と増設される宮古島や与那国の自衛隊基地。その抗議活動も連日行われているのだ。辺野古新基地現場には、20年以上も抗議活動が行われ、その間、亡くなられた人も多く、日常の暮らしが奪われている。これまで若者の政治離れが言われていたが、次第に若者の発言、行動がめだっている。

また、先日（４月29日）開催された「沖縄・台湾対話シンポジュウム」（「台湾有事を起させない・沖縄対話プロジェクト」主催、共催琉球新報）は、台湾現地のジャーナリストなど三人が参加、沖縄在住者の報告と意見交換があり、有意義なものだった。とりわけ沖縄側は石垣在住の「石垣市住民投票を求める会」のメンバーの宮良麻奈美さん（１９９２年生まれ）の発言が私の胸中に響いた。石垣島には、日本の植民地時代に多くの台湾の人々が移住し、パイナップルなどの栽培に従事したが、その畑地が自衛隊基地に奪われたのだと言い、台湾と沖縄が交流し、学びあうことを提案し、台湾有事を煽っているのは日本政府だと断言した。台湾側からは、台湾内部では今すぐ有事だという意識はないとした。

私見では、さかんに言われる台湾独立か、一つの中国かという問題は今にはじまったことではなく、周辺国はそれに干渉すべきではない。むしろ問題はアメリカと日本が台湾に干渉していることだ。日本は戦前に台湾を植民地とした。戦後、その責任をとっていない。その上、今、起こっている「台湾有事」のでっちあげは、許されるものではない。犠牲になるのは、台湾民衆と琉球の民衆だ。

倭ではない、もう一つのヤポネシアの民衆は、困難だった歴史をこえて琉球弧の島々の民衆は、連合して戦争をやりたがっている日本と対峙しなければならない。

ヤポネシアの思想は、アメーバーのように触手をのばし、両手をひろげて台湾、中国、朝鮮半島の人々とつながり、東アジアの平和な連合社会を築いていかなければならない。

心眼の奥の詩魂　四季派の盲目の詩人
庄内の加藤千晴（二）

星　清彦

山形県の庄内地方に生を受けた四季派の詩人「加藤千春」の二回目です。明治時代後期に三人兄弟の次男として山形に生まれ、東京の青山学院英文科を大正十四年に卒業し、その後京都に居を構えていた長男の元に身を寄せると、世話をしてくれた方のおかげで、昭和初期に第三高等学校の事務局に職を得ることができ、社会人としてスタートしました。その頃は昭和恐慌吹き荒れる時代で、もしかしたらとても運の良かった就職とも考えられます。その間「西日本」「詩風土」「四季」に作品発表の場を得、昭和十七年に第一詩集『宣告』を上梓しています。そして詩集『宣告』は前号に掲載したように多くの詩人から高評価を得たのでした。

その頃の日本は日中戦争から真珠湾攻撃を経て対米戦争へと戦線を拡大していった頃でした。初めて東京が空襲に襲われたのはこの年でしたが、それでも常時の空襲ではありませんでしたから、被害は軽微でまだ都会でも一日中空襲警報に怯えながら過ごすことはなかったでしょう。この頃より千晴自身には視力の喪失という思いもよらない病魔の症状が現れ始めます。そして徐々に闇の色が濃くなってきたのでした。それならば眼科の病院に行けば、と考えたのですが、もしかしたら成人男子で元気な者は当時皆兵隊にとられましたので、医院も医師がおらず、診察も薬も適切な処置ができなかったとも考えられます。外科や内科の医師はまだ多かった筈ですから、眼科の専門医は少なかったのかも知れません。そうこうしているうちに昭和二十年八月十五日を迎えたのです。

終戦により世の中は一変します。東京は激しい空襲で焼け野原状態になり、とても直ぐには復興もできそうにありません。それでも戦争が終わると作家や詩人たちは直ぐにでも雑誌を出したくてその画策を始めますが、何と言っても肝腎の紙がありません。終戦直後の教科書が連合国側の指導で、軍国主義につながるような文や言葉は墨で塗り潰されたことはあまりにも有名な話ですが、それも紙不足が原因でした。全国に教科書を届けるなど、当時の状況ではとても不可能だったのです。それでも書き手は紙を求めて奔走します。秋谷豊さんの回顧録だったと思いますが、その中に夜の銀座の焼け跡を歩いているとそのビルの陰から、

「旦那、いい紙がありますぜ」

と拳銃をちらつかせながら、ギャングのような男たちに声を掛けられたという話がありました。今なら覚醒剤のような扱いですが、それほどまでに紙は貴重だったのです。そして食物の確保は更に難しい状態でした。昭和二十年は作物が凶作で、その上、海外にいた人たちや家族が内地に引き上げ、兵隊として召集されていた人々もまた還ってきたのですから、一気に国内の人口は増加しました。食物はなく更に人口増加ですから、命

を繋ぐためには大変な日々でした。終戦直後に直ぐ「純粋詩」という同人誌を始めた千葉県市川市の福田律郎は、同人会を開くときに「芋があるぞ、食べていけ」

と知らせると、若手詩人たちがその芋目当てにたくさん集まったと後に記しています。そしてその「純粋詩」のメンバーはやがて「地球」「荒地」「列島」などを創刊する中心人物たちとなり、戦後の詩壇に立派に名を残すのでした。

第二詩集『観音』が上梓されたのは昭和二十一年六月ですからまだ戦争が終わって一年も経っていない頃になります。人々の身体は食物を、そして心では活字を欲していました。つまりこの当時食物と活字への飢餓状態が人間を襲っていたのです。それを補おうと本を出そうにも前述のように紙がありません。しかしその紙をひとたび手に入れて本を出せば爆発的に売れたのでした。昭和二十年の十一月一日に戦後初の総合雑誌（ザラ紙無線綴じ）「新生」を、当時三十歳の青山虎之助が創刊し、わずか二時間で十三万部を完売します。今では驚くべき話です。それだけ売れた実績があるのならば、何処かの古本屋さんに残っているのではと思い、調べてみたら当時の実際の本の他に昭和四十八年頃には「新生」の復刻版まで出ていました。余りにも当時センセーショナルな出来事で、文学好きの人々にはきっと懐かしかったのでしょう。（もっとも復刻版は限定千部でしたが）

『観音』は縦十七・五センチ横十三センチの小型本です。ページ数は表紙を入れると大体百ページ、しかも「初版三千部」と書かれてあります。出版元は京都の臼井書房ですが、紙の一般への普及はそれほどまだ改善はされてなかったと思いますので、この「百ページ三千部」もの紙をどうやって手に入れたのだろうか、とそこでまず首を捻りました。高名な詩人の詩集でもありませんし、活字飢餓状態とはいえ、三千部も刷って平気だったのか、残部が山のように出たら、とかいう心配はなかったのかと、他人事ながら心配してしまいました。でも当時は詩集も売れたってことでしょうか。

「四季」というと立原道造や中原中也、野村英夫などなどカソリック系の方々の名前が浮かびますが、加藤千晴もまた青山学院というカソリック系の学校を卒業しています。ならば西洋風を思わせる洒落た雰囲気と、神様が導いてくれる美しい作品を想像しましたが、確かに宗教的な臭いも感じましたが、詩集のタイトルは「観音」です。それも根っからの日本人を彷彿とさせます。

観音

1

観音よ
私は世にもあわれな男です
西も東も分かりません

義理も人情も知りません
ごはんばかり食べたがって
人さまのご機嫌を損じただけです
人さまの下さるつめたいお皿は
私をこんなみじめなものにしたのです
観音よ
私にごはんを食べさせて下さい
あたたかい一碗のごはんだけで
私はもう何の不足もないのですから

4

観音よ
あなたは静かだ
わたしを中に入れて下さい
あなちの格子戸をあけさせて下さい
あなたの障子をしめさせて下さい
あなたの電灯をつけさせて下さい
あなたの火鉢にあたらせて下さい
この古ぼけた哀愁の外套を脱がせて下さい
この摺り切れた苦悩の靴を脱がせて下さい
わたしをごろりと横にならせて下さい
そしてわたしを眠らせて下さい
あなたの乳をよく飲んで眠る赤ん坊にして下さい
ああ　あなたは静かだ

この二つの作は、日本中の価値観が百八十度変わってしまった終戦直後の作品です。観音様にすがる思いで生きてきたのに「私は世にもあわれな男」と名乗り「西も東も分からず」「義理も人情も知らない」人間になってしまった。だから「あなたの中に入れて下さい」と懇願する千晴。「古ぼけた哀愁の外套」や「摺り切れた苦悩の靴」は、もう必要のなくなった古い価値観。だけど本当に何もかもを投げ捨ててもいいのだろうか。全部が全部間違いだったとは思えない。「私はごろりと横になりたい」そして全てが夢の中のことであってほしいと密かに願っているようです。当時の古い映画を観ると、

「日本は戦争に負けて、すっかり三等国に成り下がっちまった」

という言葉をよく耳にしましたが、国民の皆もこの時の千晴の心境に近い、狂おしいまでの納得のいかない思いと、ひどく落ち込んだ思いとに押し潰されそうな気持ちだったのではないでしょうか。

大木

大木は何か識っているのだろうか
あの張りついたような姿勢で
何ととっくみあいをしているのだろう

あんなにいかついものになったのは
恐ろしく長い時間を踏みこたえてきたからだ
だがひどく悶えたこともあったのだろう
ながいながい経験は怖ろしかったにちがいない

もうあきらめたのか　まだあきらめないのか
あんなに寂しそうにつっ立っているのは

大木はじっとしている　しかし
ひどく耐えてきたことに満足しているらしい

恐らく何も考えてはいないのだろう
もう何も見たり聞いたりはしていないのだろう

生活

腹のへっている僕は
あたたかい湯気のたっている碗にむかうと
しぜん掌が合わされる

かなしんでいる僕は
なさけのこもっている優しい言葉をきくと
おもわず涙がこぼれてくる

おお　神よ
まいにち腹のへる僕に
まいにち飯を食わして下さい
まいにちこころのいたむ僕に
まいにち優しい言葉をかけて下さい

幸福であるために

幸福であるために
妻よ
われわれはもっと
こころ貧しくあらねばならない
誰をもあわれむことによって
誰をも憎まずにいられるだろう
そしてわれわれは
もっとおたがいにあわれみあって

幸福であるために
娘よ
われわれはもっと
勇気をもって生きねばならない
誰をも怖れないことによって
誰をも愛してゆけるだろう
そしてわれわれは
もっとおたがいをはげましあって

この時代の苦しくもがく人々の「代弁者」であるかのような作品が続きます。言うなれば神にすがりながらも、現実を直視して考えるに、負けてばかりはいられない。「おたがいあわれみあって」そして「おたがいはげましあって」このどん底から這い上がらねばならないといった気概も感じ取られる作品です。この点からも宗教色は感じられますが、欧米的なそれではなく、堪え忍ぶ厳しいけれども一本筋の通ったという作風です。

この八十年近くも昔の詩集でありながら、その詩魂はいまだに音を立てて燃えているのを感じます。佳い詩集は時を超越するのです。既に失明していたと予想されますが、よき理解者であった長兄や娘、そして四季派や山形の詩人仲間たちによって、加藤千晴は世に作品を世に残すことができました。ただ、どうしても地方にいることで、なかなか高名な詩人たちとの交流を得ることが叶わず、すなわちそのような方々からの推薦を受けることも難しかったことで、当時の詩壇の中央には位置できませんでした。けれど佳い作品はいつの日か評価されるものでしょう。そんな感慨も受けた加藤千晴でした。非常に資源の乏しい時期に、これ程の冊数を出せたということだけでも、この人物への信頼度が解るというものです。

万葉集を楽しむ　十六
万葉集唯一の長歌

中津　攸子

童謡(わざうた)　壬申の乱の周辺

中国には民衆の心の動きを知るため朝廷内に流行歌(はやりうた)である童謡(わざうた)を記録する正式な役人がいました。

大和朝廷には童謡(わざうた)を記録する係は記録されていませんが、万葉集にいくつもの童謡が載っていますので、記録し提出した人がいたようです。

大化の改新（六四五年）の主役は中大兄皇子と藤原氏の祖、中臣鎌足です。中大兄皇子は大化の改新から二十三年経って即位しました。第三十八代天智天皇です。

天智天皇の皇太子は、弟の大海人皇子でした。大海人皇子はわが国が外国と初めて戦った白村江の戦を始めとして常に兄・中大兄皇子に協力していました。しかし天智天皇はご自分の長子、大友皇子が優秀でしたので、皇位を弟でなく大友皇子に譲り、自分の血筋に皇位を継承させたいと考えるようになりました。そしてついにその考えをはっきりと形に表し、朝廷内を大友皇子中心の組織に変えました。

そんな天智天皇の思いを知り、身の危険を感じた大海人皇子は、出家したいと申し出、吉野に隠棲し、ひっそりと暮らしながら、密かに皇位を継承する機会を待ちました。が、その機会はすぐにやってきました。

天智天皇は即位後わずか三年で亡くなってしまったのです。近江朝は大友皇子を中心に動き出してはいましたが、日は浅く基礎は固まっていませんでした。そんな時、早くも大海人皇子は近江朝に対し反乱を起こしたのです。

日本書紀の天智紀に左記の童謡があります。

み吉野の吉野の鮎　鮎こそは　島傍(しまへ)も良き　え苦しゑ　水葱(なぎ)の下(もと)　芹の下　吾は苦しゑ

——吉野の鮎よ。お前は島陰に居られていいな。（私は鮎ではないので）ああ苦しい　水葱の下　芹の下に押し込められて　ああ苦しい——

大海人皇子が吉野に押し込められているのは苦しいと詠んでいます。皇太子である大海人皇子が吉野に隠れ住んでいるのはおかしいという童謡です。

十市皇女(とおちのひめみこ)は、天智天皇の陵を通るため吉野朝廷に農兵が多数集められていることを知っていましたが、ある日、農兵が武器を持っていることに気付き、農兵の持つ武器の使い道は吉野の父に向けるのではないかと思いつき、文字は書かず、父、大海人皇子に琵琶湖の鮎だけを送りました。

「この鮎はまな板に載せられます。そのように父上のお命が危のうござります」と密かに知らせたのです。大海人皇子は鮎の謎をすぐに解き、直ちに動きました。大和の豪族三輪氏、鴨川氏、大伴氏などに呼びかけ、味方になるとわかると皇位継承の計画を知らせました。近江朝側は膝下に強敵を抱えている形になりました。

大海人皇子は紀氏、阿倍氏をも味方にし、さらに東国の小豪族に連絡して兵を起こすよう呼びかけました。この東国の兵を集めたことが勝利につながったことを柿本人麻呂が挽歌に詠み込んでいます。こうして大海人皇子は急ぎ吉野を脱出しました。大海人皇子が近江朝に対して決起したこの反乱である壬申の乱は、全国的な規模に広がり、戦乱は一か月余りに及びました。万葉集に大海人皇子を有利と見た童謡が載っています。

近江の海　泊八十あり　八十島の　島の崎々　あり立てる　花橘を　末枝に　もち引き懸け　中つ枝に　斑鳩懸け
下枝に　ひめを懸け　己が母を　取らくを知らに　己が父を　取らくを知らに　いそばひ居るよ　斑鳩とひめと
（巻一三―三二三九）

——近江の海には船着き場と島が沢山ある。その島の崎に立っている花橘の上の枝にモチをかけ、中の枝にイカルガをかけ、下の枝にひめを懸けて囮にし、イカルガの母と父を取ろうとしているのを知らないで戯れている。イカルガとひめが——

近江の海とは近江朝廷のことで、近江朝廷が十市皇女と葛野王を囮にして大海人皇子と鸕野讃良媛など吉野に落ちた人々を抑えようとしているのに、そんなこととも知らず十市皇女と葛野王は無邪気に遊んでいる、と歌った童謡です。

十市皇女は大海人皇子と額田王の間に生まれ、大友皇子に嫁ぎ、葛野王を産んでいます。

さらに大海人皇子も吉野を脱出する時、歌を読んでいます。

み吉野の　耳我の嶺に　時なくそ　雪は降りける　間なくそ　雨は降りける　その雪の時なきがごと　その雨の　間なきがごと　隈もおちず　思ひつつぞ来し　その山道を
（巻一―二五）

——吉野の耳我の峰に、時を決めずに雪が降っている。絶え間なく雨が降っている、その雪が時を定めないように、雨が絶え間ないように道の曲がり角ごとに（出家して吉野に入ったことなど）思いつつやってきた。その山路を——

壬申の乱は一ヶ月に余る激戦の後、大友皇子が自殺しました。勝利した大海人皇子は飛鳥浄御原宮で即位しました。天武天皇です。天武天皇は兄、天智天皇の志を継いで律令政治の確立を図りました。

十市皇女の挽歌

自分の夫を父に殺された十市皇女の心はどんなに苦しかったことでしょう。もし十市皇女が我が子葛野王を連れて安八摩郡に難を避けずに夫、大友皇子のいる近江から一歩も出なかったら、大海人皇子は娘を殺す覚悟をして攻め入らなければならなかったのです。

織田信長が妹のお市のいる小谷城を攻めた時、その矛先を鈍らせましたし、家康が大坂夏の陣で攻撃に先立ち秀忠の子で、豊臣秀頼に嫁いだ家康の孫、千姫を救い出すことに汲々としたことが思い出されます。

大海人皇子にとって幸いなことは、戦の始まる前に十市皇女は近江を離れていたことです。結局大友皇子は敗死し、近江朝は崩壊しました。

こうして壬申の乱の翌六七三年三月二十七日、大海人皇子は飛鳥浄御原宮で即位しました。天武天皇です。

父、天武天皇の即位の式典が始まり、その行列が動き出す寸前に十市皇女は自害しました。夫大友皇子に死なれてはじめて十市皇女は大友皇子が自分にとってかけがえのない大切な人だったことに気付いたのです。

父を助けることが夫を死に追いやることになった悲しみに耐えきれず、十市皇女は何も語らずその生涯を父の即位式の直前に自ら閉じてしまいました。

十市皇女の死は天武天皇の心を深く傷つけたに違いありません。

十市皇女の挽歌を十市皇女の異母兄高市皇子が、激情にかられて詠まずにいられなかったと言った雰囲気で、深い悲しみを感じさせる挽歌三首を詠んでいます。そのうちの二首

三諸の神の神杉夢にだに見んとすれども寝ねぬ夜ぞ多き　（二─一五六）

──三諸の山の神杉を見るように、せめて夢にだけでも見ようとしても寝られない夜が多いことだ──

三輪山の山辺真麻木綿短木綿かくのみ故に長くと思ひき　（二─一五七）

──三輪山の真麻の木綿は短いが、こんなことになったのに長いとばかり思いこんでいた（十市皇女の生涯がそんなに短いとは思ってみもなかった）──

と。

高市皇子の挽歌

万葉集中最長の挽歌は柿本人麻呂の詠んだ高市皇子の挽歌です。

高市皇子（六五四?～六九六）は大海人皇子の長子で古代最大の乱である壬申の乱（六七二年）の時、大海人皇子に代わって軍を指揮し勝利に導いた方です。が、母親が宗形君徳善の娘で、貴族でなく身分が低かった為、即位出来ず、太政大臣になって重職を極めました。

高市皇子の子が長屋王で、遣唐使として旅発つ二人の僧、榮叡や普照に、「高僧よ来たれ……」と偈を刺繍した袈裟千本を持たせて中国で配らせ、結果として鑑真和上が日本に来て戒律を教え、唐招提寺が建立されたことは周知のことです。

長屋王は皇后とは皇族出の后であると藤原不比等の娘の安宿媛が聖武天皇に嫁ぐことに強力に反対しました。ために藤原氏に夜襲されて自害し、その後聖武天皇が安宿媛と結ばれました。光明皇后です。聖武天皇は奈良の大仏を造られた天皇です。

外国との戦い、古代最大の戦乱、大仏の建立など、動きの激しかった時代、即ち世の中を急変させた時代を生きていた高市皇子の存在は大きく、柿本人麻呂は挽歌を書いて政治向きのことは何も語らず、ただ東国の兵を招集したという史実の片鱗を長歌の中に書き留めて高市の皇子を偲んでいます。

柿本人麻呂の真意はもちろん高市皇子を偲ぶことですが、その背後の世の急変のありようを知ってほしい。詳細を書くことは出来ないが、古来の伝統文化がどれほど壊されたか、その事実を後世の人に調べてほしい、事実を知ってほしいと願っているのだと思われます。ところで高市皇子の挽歌ですが、

かけまくも　ゆゆしきかも　言はなくも　あやにかしこき
（巻二―一九九）

――心に思う事も恐れ多いけれども、申し上げることもまことに恐れ多い――

とへりくだった前書きのようなこの言葉から高市皇子の長い挽歌は始まります。

明日香の　真神の原に　ひさかたの　天つ御門を　かしこくも　定めたまひて　神さぶと　磐隠ります　やすみしし　わが大王の　きこしめす　背面（そとも）の国の　真木立て　不破山越えて　高麗剣　和暫（わざみ）が原の　行宮（かりみや）で　天降（あも）りいまして　天の下　治め給ひ　食（お）す国を　定めたまふと　鶏が鳴く　東の国の　御軍士（みいくさ）を　召し給ひて……

――明日香の真神の原に天皇の御殿を御定めになって、今は神として埋葬され、岩戸の中にお隠れになった我が天武天皇がお治めになった北の国、美濃の立派な木が茂る不破山を和暫ケ原の仮宮に天降って、天下をお治めになり、ご統治なさるこの国をご平定になろうとして東国の兵士をお召しになって……――

と延々と続いて行きます。そして最後に、

城上（きのえ）の宮を　常宮（とこみや）と　高くしまつりて　神ながら　しづまりましぬ　しかれども　我が大王の　万代（よろずよ）と　思ほしめして　作らしし　香具山の宮　万代に　過ぎむと思へや　天のごと　ふり放（さ）け見つつ　玉だすき　かけて偲ばむ　かしこくありとも

――城上の宮を永遠のご殿として高々とお造りになって、神としてお鎮まりになってしまった。しかし、高市皇子が永遠にとお思いになってお造りになった香具山の宮は、万代まで滅びないだろう。大空のように振り仰ぎ見ながら心にかけてお偲び申し上げよう。恐れ多いことであったが……――

このように万葉集は、大化の改新から律令政治成立までの大変革の激しい時代を歌で綴っています。

間違っても政治的な批判や発言はせず、万葉集が権力者に焼かれてしまう事のないよう細心の注意を払いながら、歴史書と言っていいほどの、当時の大切な歴史的事実を挽歌という形や、童謡などを借りて、さりげなく取り上げながら、当時のありのままの事実を、本当の姿を後世に伝えようとの涙ぐましいほどの努力に秘められていた情熱を、確かに今に伝えています。

環境問題は、人類への警告
人類が、滅亡しないために！

黄輝　光一

①戦争
戦争は、最大の環境問題
核戦争は、人類滅亡への道
ロシアや、ウクライナ、環境問題は消滅した（生きるか死ぬか）
もはや、それどころではない

②大自然崩壊
「文明」こそが、自然破壊なり
アマゾン消滅危機
地球破壊
「経済至上主義」がまさに大元凶
超高層ビルは、いらない！
環境破壊⇓1760年産業革命以降　人類（地球）は大変なことになっている
目指すべき方向性が間違っている　物質文明と精神文明。大きく立ち遅れた精神文明

③目に見えない最大恐怖。原発問題
千年早かった、原子力発電所〔私見。原発は悪魔のプレゼント？〕

核のゴミ問題。見切り発信。コントロール不能。いまだ未解決なのに原発を作動するのか！

地震大国ニッポン。迫りくる「南海トラフ」

たとえ地震がなくても、原発は超危険。

例え話「トイレのないマンション」「旅立ったものの、着地点（空港）のない飛行機」

目に見えない「放射能の恐ろしさ」を、まったく分かっていない。

いかに、施政者たちのレベルが低いか。子供たちに残すな「負の財産」

④脱炭素。二酸化炭素削減計画。今、この問題は、いったいどうなっているのか
二酸化炭素増大が、人類に及ぼす影響
それは、人類の滅亡につながるのか
各国は、本当にやる気はあるのか？
自分自身の「アンテナの感度」を全開にして、「真実」を見極めよ。
経済産業省の発表。ＩＰＣＣ〔気候変動に関する政府間パネル〕の最新「第６次評価報告書」２０２３年３月。「温暖化

の原因は、人類活動。『疑う余地がない』と断定する」

※ＩＰＣＣとは、【人為起源による気候変化、影響、適応及び緩和方針に関し、科学的、技術的、社会経済学的な見地から包括的な評価を行うことを目的として、１９８８年に国連環境計画（ＵＮＥＰ）と世界気象機関（ＷＭＯ）により設立した組織です】

すべての原因は、人間一人ひとりのあくなき欲望
原因は、やりたい放題の人類にある
【環境問題】を、マクロ的に見れば

☆　☆　☆

自己中心社会（エゴ・強欲）
科学至上主義社会（科学が幸せをもたらす）
物質至上主義社会（お金・お金）
経済至上主義社会（競争社会）

なんとしても、人類の強欲を抑え込まないと、環境問題はなくならない
「物質世界」と「精神世界」。大きく立ち遅れた「精神社会」
根本にある、人間としての「こころ」、良心・道義心・倫理・愛と奉仕・利他・慈愛の精神
人類は、いまだ未熟児。目先の利益しか見えないのか？
環境問題の根底には、「弱肉強食社会」がある

⑤人類がいなくなると、環境問題はなくなる
【人類完全滅亡から、1年〜１０００年後は、みるみる地球は、美しくなる。大自然回帰。動物たちの楽園がやってくる。ＮＨＫＢＳのシュミレーション番組】

⑥「人類さえよければいい」という、傲慢さに帰結する

⑦国益、国益と叫んでいるうちは、環境問題は解決しない

⑧氷河期が、間もなく到来するのだから、温暖化を心配する必要はない
⇓それって、10万年後のお話？　人類はそれまで大丈夫ですか、滅びそう

地球の王様。霊長類だって……

環境問題は、ある意味広義の「差別問題」でもある。環境問題にまったく無関心な超富豪層。考える余裕さえない「低賃金層」

進まない二酸化炭素削減計画。大国の思惑が邪魔をする。

［パリ協定・ＳＤＧｓ等］

脱二酸化炭素⇓守られない数値目標。そもそも、その数値目標は、正しいのか？　可能な目標なのか？　実現できるのか？

⑨人類が、お互いに助け合って生きる。共存共栄。更に、同時に、大自然への畏敬の念。大自然との共存共栄がまさに問われている

⑩人類は、「地球のがん」

⑪ミサイル開発。打ち上げ。最新兵器開発・原水爆実験……至る所で、ドンパチと地球の穴掘りに励む

⑫独裁者がいる限り。独裁国家があるかぎり、極めて困難な「環境問題」

【人のせいにしてはいけない。原因は、私たちひとりひとりにある。そのような独裁者を容認してきたのも、私たちである】

⑬富士のすそ野で、自衛隊の砲撃実射訓練！　お国を守るためです！　沖縄の基地問題。サンゴが泣いている。ジュゴン（人魚）が泣いている。世界の兵器は、２００兆円を超えている。世界は武器であふれている。いつ、お使いになるご予定ですか？

⑭近くから見ると「環境問題」。遠くから見ると「人類問題」。さらに遠くから見ると、「地球問題」さらに遠くから見ると「太陽系問題」さらに遠くから見ると、「銀河系の問題」……

実は「神の摂理」（あるべき人間の姿）の問題です！

人間には、やっていいことと、やってはいけないことがあるはずです

⇓神からの警告＝例えばバイオ人間・ＤＮＡ操作

⑮私のなかの、三つのイメージ

Ⓐ　緑なくコンクリートに覆われた地球

Ⓑ　穴ボコだらけの地球

Ⓒ　汚染された「水」

⑯身近なニュース。リニア新幹線と静岡県との対立。地下水脈の断絶、破壊。日本の名水１００選！？　どちらの見解が、正しいの？

大自然がはぐくむ「清らかな水」は、人類存続のキーワードだ！

⑰環境問題は、文明論。あるべき人類の未来図。「理想の文明社会」が、今問われている

まさに、今「人類の行い」が問われている

環境問題とは、ズバリ、人類が大自然と動物たちと共存共栄を保ちながら、よりよく生き続けていくための「人類問題」「地球問題」です

⑱全方位型の好感度のアンテナを持とう！
情報収集・知識・叡智・良心・道義心・選別・判断能力・最終結論。
そして、更によ~く再考してみよう。本当に正しいのか

☆　☆　☆

ここで、
【一般論での、環境問題とは。大きく捉えると】
①地球温暖化
②海洋汚染
③水質汚染
④大気汚染
⑤森林破壊

【個別の大問題として】
①原発問題（ｖｓ化石燃料）
②核のゴミ
③エネルギー問題
④オゾン層の破壊
⑤海洋プラスチック問題
⑥人口問題（人口増加）
⑦動物虐待・食肉問題
⑧生態系の破壊
⑨ゴミ問題（大量消費と大量破棄）
⑩経済至上主義による開発
⑪宇宙開発（宇宙ゴミ）

【ああ、泣いている】
ミミズが泣いている
サンゴが泣いている
イルカが泣いている
動物たちが泣いている
アマゾンが泣いている
大自然が泣いている
大地が泣いている
地球が泣いている

いつになったら　みんなが笑える日が来るのだろう
動物たちといっしょに　大笑いする日が

小説

第二十二回
宮沢賢治――樺太への旅――

宮川　達二

こんなやみよののはらのなかをゆくときは
客車のまどはみんな水族館の窓になる
（乾いたでんしんばしらの列が
せはしく遷(うつ)つてゐるらしい
きしやは銀河系の玲瓏(れいろう)レンズ
巨きな水素のりんごのなかをかけてゐる）

「青森挽歌」　大正十二年（一九二三年）八月一日

――宮沢賢治とチェホフ――

大正十二年（一九二三年）七月三十一日午後二時三十一分、東北の夏の暑さが頂点に達する頃、二十六歳の青年が岩手県花巻駅から北へ向けて汽車に乗った。青年は宮沢賢治、職業は岩手県立花巻農学校教員。青森を経て、北海道を経由し、稚内から大泊を結ぶ連絡船に乗り、樺太（現サハリン）へ向かった。今年（二〇二三年）の百年前の事である。

明治三十七年（一九〇五年）、日露戦争後、ポーツマス条約により北緯五十度以南の南樺太を日本はロシアから割譲された。以後日本人の南樺太への移住が始まり、林業、製紙業などが盛んとなる。宮沢賢治のこの旅は、樺太豊原の王子製紙への花巻農学校生徒二名の就職依頼が主な目的だった。

しかし、前年十一月に妹とし子を亡くした賢治は、その悲しみをいまだに持ち続け、この旅は、日常を離れ、亡くなった妹の魂との交信が大きな目的だったとされる。孤独で長い移動を必要とした樺太へ列車と連絡船を繰り返し乗り継ぐこの旅は、「青森挽歌」など幾つかの詩群を生み、『銀河鉄道の夜』という賢治を代表する童話を生む大きな源泉となる。

ロシアの作家アントン・チェホフ（一八六〇～一九〇四）は、一八九〇年四月、三十歳の時にモスクワを出て、極東の流刑地サハリンへ旅する。ロマノフ王朝末期の流刑者の調査が目的とされるが、家族も周囲の人々にもチェホフの旅の目的が明確ではなかった。シベリア鉄道は、いまだ未開通で、彼はモスクワからサハリン島へ行着くまで馬車、船、徒歩で三ヵ月で着き、サハリンに三ヵ月滞在後、南方インド洋まわり汽船で同年十二月にモスクワへ帰った。その後チェホフは、ノンフィクションの『サハリン島』を発表、この作品は今も多くの読者を持つ。

チェホフのサハリンへの旅から約三十年後、宮沢賢治が大正十一年（一九二二年）、妹の死の直前に書いた「マサニエロ」という詩がある。この詩に、次の一節がある。

蘆の穂は赤い赤い
（ロシアだよ、チェホフだよ）

―マサニエロ―　大正十一年（九二二年）十月

賢治はこの幻想に満ちた詩で、さらに（ロシアだよ、ロシアだよ）という一行を書いている

ロシアとチェホフが登場する二行は、賢治がチェホフの幾つ

かの作品を読んでいたことを示す。しかし賢治が、チェホフの三十年前のサハリンへの旅を知っていた可能性はない。日本ではこの時、いまだ『サハリン島』は刊行されていない。しかし、翌年の突き動かれたような樺太への旅は、なにか強くチェホフの作品の魅力に促された可能性は否定できない。

賢治の旅した大正十二年五月に旭川——稚内間の汽車路線が開通した。同じくこの年に、稚内から樺太の最南端の港大泊を繋ぐ連絡船も運航を始めた。賢治の旅は、かつて小樽から樺太へと連絡船を利用せざるを得なかった時代を終え、樺太への旅を容易にした時期と重なる。

賢治の樺太への旅での樺太滞在は、十日に満たない。チェホフのサハリン滞在は夏から秋へと三ヵ月以上に渉る。賢治の樺太への旅は、チェホフの旅に比べ期間は短く、交通事情は大きく恵まれたものだった。

二人の旅の共通点は、サハリン、南樺太の大泊（コルサコフ）、栄浜（スタロドゥブスコエ）の汽車に乗ったことだ。もちろん、賢治がこの間の旅を選んだのは、賢治は、先人チェホフに倣ったのではなく、意識せざる一致だったと思われる。いずれにしろ、ロシアの作家チェホフと同じサハリン島（南樺太）を賢治が旅した事は、不思議な奇縁である。

——賢治の詩「旭川」——

宮沢賢治は樺太へ向かう旅の間、夜の闇、海峡、北海道の異国的な風景、さらに初めての宗谷海峡、樺太の光景に強く喚起される。行き帰りの汽車内で、連絡船内で〈青森挽歌〉〈津軽海峡〉〈駒ヶ岳〉〈旭川〉〈宗谷挽歌〉〈オホーツク挽歌〉〈樺太鉄道〉〈鈴谷平原〉〈噴火湾（ノクターン）〉と題された詩が、賢治の手によって書かれた。

樺太へ北上する光景の中で、いくつもの詩に繰り返される妹トシの名、さらに妹を「おまへ」と呼び、亡くなった彼女との交信を繰り返し試みる。そんな中で、妹が登場しない、不思議に明るい詩が一篇ある。詩〈旭川〉である。

八月二日早朝、賢治は、北海道のほぼ中央部の旭川に着いた。七月三十一日に花巻を出て、八月一日深夜に青森から連絡船で津軽海峡を渡り、函館から札幌へ向かった。札幌で夜行列車に乗り、旭川に就いたのは出発から三日目である。

早朝の旭川で彼は、旭川の農事試験場を訪ねるために馬車に乗る。残念ながら、農事試験場は永山地区へ移転して行けなかった。花巻から旭川までに書いた、妹トシの名が繰り返し登場する悲しみに満ちた詩に比べると、「旭川」という詩は陽気で大陸的な朝の透明感に満ちている。

馬車で通過した六条十一丁目に、旭川中学校がある。賢治はこの学校を見て、その名をこの詩に記している。ここは現在旭川東高校と名を変えたが、平成十三年（二〇〇一年）に創立百年を記念して、この賢治の自筆のこの詩を刻んだ詩碑が南側の六条通沿いに建てられた。

「旭川」

植民地風のこんな小馬車に
朝はやくひとり乗ることのたのしさ

「農事試験場まで行って下さい」
「六条の十三丁目だ」
馬の鈴は鳴り馭者は口を鳴らす。
　　——略
殖民地風の官舎の一ならびや旭川中学校
馬車の屋根は黄と赤の縞で
もうほんたうにジプシイらしく
こんな小馬車を
誰がほしくないと云はうか
乗馬の人が二人来る
そらが冷たく白いのに
この人は白い歯をむいて笑ってゐる。
バビロン柳、おほばことつめくさ。
みんなつめたい朝の霧にみちてゐる。

宮沢賢治の樺太への旅の翌年（一九二四年）四月、自費出版した唯一の詩集『春と修羅』が刊行された。妹トシ子の追悼詩「永訣の朝」「松の針」「無声慟哭」をはじめ、樺太への旅によって生まれた——オホーツク挽歌——の詩群四篇が収録されている。ここに紹介した「旭川」、さらに「津軽海峡」「宗谷挽歌」などは、彼自身の判断で『春と修羅』には収録されていない。収録されなかった詩を含め、樺太の旅が生んだ詩群はどれも賢治らしい感性で満ちている。

——『銀河鉄道の夜』の「石炭袋」——

かつて、宮沢賢治も利用した岩手軽便鉄道が花巻と釜石を結んでいた。この鉄道は彼の詩「冬と銀河ステーション」「岩手軽便鉄道七月（ジャズ）」などの詩に登場、作者の死によって未定稿のままに残されたが、広く知られる童話『銀河鉄道の夜』は、賢治の地元の岩手軽便鉄道が見チーフの基本である。賢治が『銀河鉄道の夜』のイメージをさらに大きく膨らませたのが、大正十二年の樺太への旅だろう。ジョバンニとカムパネルラと、宇宙を走る夜の壮大な列車の旅のモチーフは、この旅で大きく膨らむ。

頭に掲げた詩「青森挽歌」の冒頭は、その後書かれることになる『銀河鉄道の夜』のイメージと似ている。『銀河鉄道の夜』最終部で、重要な次の場面がある。

「あ、あすこ石炭袋だよ。そらの孔（あな）だよ」カムパネルラが少しそっちを避けるようにしながら天の川のひととこを指さしました。

ジョバンニはそっちを見て、まるでぎくっとしてしまいました。天の川の一とこに大きなまっくらな孔がどおんとあいているのです。その底がどれほど深いか、その奥に何があるか、いくら眼をこすってのぞいてもなんにも見えず、ただ眼がしんしんと、痛むのでした。ジョバンニが言いました。

「僕もうあんな大きな暗（やみ）の中だってこはくない。きっとみんなのほんたうのさいはひをさがしに行く。どこまでもどこまでも僕たち一緒に進んで行こう」

ジョバンニの勇気、純粋な感性がここに満ち溢れている。それを、促したのが空の孔である「石炭袋」である。しかし、こうした会話の直後、友であるカムパネルラは座席から消える。「石炭袋」（コールサック）は、南十字座付近に見られる、天の川を背景とした暗黒星雲である。暗黒星雲は暗い穴であり、塵やガスがもたらすと考えられるが、一方新しい星を生む宇宙にとっては生産的な希望の場所だと言われる。宮沢賢治は、この「石炭袋」の希望、祈りの姿を当時から認識し、代表作『銀河鉄道の夜』の終盤に組み入れた。

なお、東京板橋に出版社「コールサック社」がある。この出版社の名は、宮沢賢治とその作品を愛する創始者によって命名され、現在も詩を中心とする出版を精力的に継続している。

――宮沢賢治にとっての樺太――

宮沢賢治は、花巻から汽車に乗り、車窓から夜の光景を眺め、青森から青函連絡船で津軽海峡を渡って函館に着いた。大正十二年、今からちょうど百年前の夏である。北海道函館を過ぎると、朝の光の中を秀麗な大沼の駒ヶ岳が北海道の自然の中を走る。宮沢賢治にとって、自身の修学旅行、教師としての引率などで、札幌、小樽までは来たことがある。そして、初めての旭川で馬車に乗り、開通したばかりの旭川――稚内への電車に乗り換える。稚内からは、これも就航したばかりの宗谷海峡を越える大泊行きの連絡船に乗る。宗谷海峡では、ずっと雨だったらしい。

はじめての樺太、ロシアの教会や建築物の残る南樺太。大泊の王子製紙で、自分の教え子二人の就職を依頼、その足で大泊駅から東海岸線の汽車に乗り、樺太の中心地豊原を経て、この線路の終点、日本最北の鉄道駅栄浜に着く。八月四日、花巻を出て四日目である。

日常を離れ、死者との交信を可能にし、不思議な響きのカタカナの人名な地名が登場する遠い異国を舞台とし、宇宙を駆け巡る汽車に乗る『銀河鉄道の夜』は、こうして生み出された。

宮沢賢治が亡くなったのは昭和八年（一九三三）九月二十一日、死因は急性肺炎であった。享年三十七。彼の樺太への旅から十年が過ぎ、今年（二〇二三年）は彼の没後九十年目に当たる。

同じ年の二月に、プロレタリア文学の旗手小林多喜二が東京で獄死した。享年二十九。小林はマルクス主義者、宮沢賢治は日蓮宗信者の詩人、出会う事もなく、作風も大きくかけ離れていた。共通点はただ一つ、宮沢賢治は岩手に、小林多喜二は秋田に生まれた、双方とも東北人であるということだった。

宮沢賢治の樺太への旅を想う時、『銀河鉄道の夜』とどうしても結びつけてしまう。ジョバンニの夢を描いたにせよ、壮大な宇宙を描くためにはこの旅が彼には必要だった。宗教も、文学も、科学も、宇宙も、宮沢賢治の世界では一つに融け合っている。

ひと夏の家族（4）

小島　まち子

なるべくみんなと一緒がいいだろう、と茶の間の隅に矢野育のために布団を敷いた。

夜は女長・河島繭子と次女・奥村洋子親子と一緒に中座敷に寝かせることにした。茶の間の布団に育を休ませると、子猫たちがぞろぞろと布団に上がり込み、育の周りに寝そべって甘えた声を出した。育は体を横たえたまま、緩慢な手つきで一匹ずつ撫でてやっている。育の前では増え続ける猫の問題は禁句であった。

墓参りに出かける頃には、三時を過ぎてしまった。昼前に終えるのが普通だが、普通の状態ではないので仕方がない。育は繭子が用意したゆったりと着られる前開きのサマードレスに着替え、機嫌がよかった。毎日数回水様の下痢便を繰り返し、食事はほとんど受け付けないという状態の育だが、着替えて髪にブラシを当て、口紅を薄く差しただけで見違える程背筋が伸びた。高カロリー点滴の賜物だろう。

育の弟、矢野智の妻喜久子の助言を受けながら繭子と洋子が赤飯、野菜の煮物、干鱈の甘煮、果物、駄菓子、花、蠟燭、水など、墓前に供えるものを揃えている間、育は息子矢野大に支えられて智の車に乗り一足先に墓所に向かった。繭子と洋子、喜久子の三人は荷物を携えて、のんびりと歩きながら後を追った。二軒隣の分家のシゲさんが縁側に蹲るように座って、何か叫んで手を振っている。田んぼを挟んで、洋子たちも手を振り返した。

「よく来たなあ、って言ってる」

と洋子が訊くと、

「たぶんねえ。今年のお盆はあそこの子供さんたち、帰って来ないんだと。後であんたたち顔見せてあげたら、喜ぶんじゃないの」

喜久子が育より少し年嵩のシゲに大きく手を振りながら言った。シゲの息子は三人で、高校を卒業した後三人とも東京近郊に就職し、所帯を持った。長男の子供はもう大学生になったとか、三男も結婚したとか、歩きながら喜久子が教えてくれた。幼い頃、一塊になって外遊びをした幼馴染達だ。

「お父さんだってもうとっくの昔に亡くなってるし。あそこもシゲさん一人でこれからどうするんだかなあ」

「三人のうちの誰か帰ってこないの」

繭子が聞いた。

「結婚しちゃったら難しいんじゃない。子供さんのこともあるし。第一、ここさ帰って来たって、仕事はないし。都会育ちの奥さんだっていうから、うまく暮らせないでしょ」

喜久子に言われて、繭子も洋子もバツが悪く、相槌の言葉を飲み込んだ。

毎日のように一塊になってそれぞれの家に出入りし、同じように怒られ、おやつをもらい、涙や鼻を拭いてもらった。幼い頃に世話になったお返しは、帰省の際のささやかな菓子箱くらいのものだ。

墓所では石段に腰をかけた育の両側に智と大が立って、洋子たちの到着を待っていた。

「あなた方が喋るのに忙しくって、なかなか急いで歩けないのがここからよっく見えましたで」

と、大の憎まれ口が出迎えた。

洋子が墓石に水をかけている間に、喜久子と繭子は紙製の皿に茗荷の葉を敷いて、墓前に供えるお盆のご馳走を盛った。自分の所だけでなく、横に並ぶ分家の墓にも準備をする。花を飾り、智が蠟燭に火を点した。柏手を打って拝む。横一列に並ぶと、この家族は皆上背がある中、育だけがその横並びの真ん中で縮んだように小さく、病み衰えた様子は隠せなかった。それでも背筋を伸ばして頭だけ垂れ、無心に拝んでいる。

「洋子ちゃん、ほら、同級生の公子さんの初盆だよ。拝んできたら」

喜久子の指差すほうに目を遣ると、ひときわ華やかな拵えの墓石があった。矢野家の墓石の斜め奥に位置している。仏教の家の墓前は、お盆の拵えが華やかである。洋子は幼い頃、鮮やかなピンクのウェハースでできた飾り菓子や、濃いオレンジ色をしたホウズキの実を数珠つなぎにした他所の家の墓前を羨望の眼差しで見つめたことを不意に思い出した。

「でも、公子のお墓だなんて、嫌だよ、辛すぎるよ」

洋子はそっと呟きながら、その色どりのきれいな墓前に近づいていった。

公子は洋子と同い年だった。この小さな村で保育園、小学校、中学校を共に過ごした七六人の中の一人だ。一緒に過ごした時期はもとより、同じバスで市内の女子高に通い、県内の短大を卒業して保育士になったことまで、よく覚えていた。帰省してクラス会に行くと、幼馴染のような同級生たちはそれぞれの無事を喜びながら近況を報告し合う。幸せな結婚をしたと聞いていたが、子供を二人産んだ後脳腫瘍があるのが発見された。手術をしてその後も治療を続けたらしいが、回復しなかった。最後に会ったのは帰省していた洋子が珍しく参加することができた同窓会の時になる。その時の公子は手術の後遺症なのか、抗癌剤のせいなのか、話しかけてもあまり反応がなかった。ただ、口元に微笑を浮かべて座っているだけで、誰とも目を合わせることすらなかった。あれから十年近くがんばって生きたことになる。春の陽射しのように柔らかな優しい公子の笑顔が浮かぶ。

「きみこ、私はまだ生きてるよ。人の命の長さって、誰が決めたんだろうね。あんたにだけは恥ずかしくないように精一杯生きるからね」

洋子自身早期胃癌の手術を受け、薄氷を踏む思いで生きてきた。もう三年、と安堵したり、まだ三年、と覚悟を新たにする日々のさなかにいる。公子に無言で語りかけながら小菊と桔梗を供えてきつく目を閉じ、手を合わせた。

その日の夕方、大の妻矢野奈津美と子供たち、八歳の俊哉と七歳のさえ、四歳のあみが電車で仙台から到着した。子供たちを迎えて家の中は一気に賑やかになった。育は布団に横たわりながらも始終ご機嫌で、瞬きする間も惜しい様子だ。さえが自分のバックから子供用のマニキュアを取り出し、育の爪に塗ってあげている。育はされるがままになって横たわり、大人たちが取り交わす世間話に耳だけを傾けていた。

　思えば育はいつも大家族の中で暮らしてきて、こんな風に家族が賑やかに寄り集う中にいるほうが自然なのだ。大の家族が仙台に移って以降、育は一人の時間の過ごし方が解らなかったに違いない。夜になると静寂が四方から忍び寄り、きりきりと育の体を締め付けるようだった。テレビをつけても同じことで、テレビというのは誰かと一緒に見るものだ、という認識を新たにしたに過ぎない。次第に酒の力を借りて眠りにつくようになった。あちこちに電話をかけては人を呼び、酒や肴を振舞って引き留めていた時期もあったという。呼ばれた人達は喜んで育が懸命にもてなす宴席を楽しんだ。

　大はまるで自分たち夫婦の落ち度を指摘されるのを恐れるかのように、育のいない所ではこれまでの育の振る舞いを言い訳のように愚痴った。

　確かに、誰かのせいにしたいならば繭子にも洋子にも、大にも責任はあっただろう。親のことなど少しも考えず家を出て遠くに行ってしまった、と言われれば返す言葉もない。

　しかしそれ以前に、人の出入りが激しい本家の総領娘として育った育は、常に人に囲まれてちやほやされるばかりで、自分、という確たるものがなかったのではないか。分家の誰かが持ち込む相談事を一手に引き受け共に泣いたり、喜んだり、いつも賑やかな席の中心にいたが、そんな中で自分を見つめる時があっただろうか。その上、矢野シゲというやり手の叔母と働き者の実母アサに守られ、指図されて、ただ言われるままに生きてきたのではなかったか。一人で生きる術など、考えたこともなかったのではないだろうか。

　洋子は改めて育という一人の女性の育ち方や生き方を突き放して考えてみて、そんな風に冷淡に捉えたりした。同時に今さら口にしても仕方がないことも充分に分かっていた。

　電話口ではいつも朗らかさを装っていた育。決して丈夫なほうではなかったが、気候のいい時期は畑を作ったり、山菜を採りに山に入ったり、気を引き立てるように体を動かしていた。故郷から離れて住む子供達に採れたての野菜や山菜をせっせと宅急便で送ったりもした。しかし、冬になって雪に閉ざされ始めると、ストーブの前に座り込んだまま動けなくなった。眠れないまま、仙台にいる大や東京の洋子、福岡の繭子と、手当たり次第に電話をする。

「もうすぐそっち行くからよ。待ってれや」

　と、来てもすぐに帰るくせに朗らかにとりなす大や、

「母さん、あたしなんか高校卒業して東京に出て、短大行って働いて、結婚するまでずっと一人だったよ。考えようによっては気楽でいいじゃん。だあれも気兼ねする人がいないんだから、好きなこと何でもやってみなよ」

　状況もわからないまま、勝手なことを言う洋子や、

「なあに言ってんだか。母さんがうらやましいよ。私なんて、仕事して息子たちにご飯食べさして、学校のあれこれやって、寂しがってる暇もないよ。息子たちはひっきりなしに心配かけるしさあ、ローンがあるから働かなくちゃだし。母さんに手伝いに来てもらいたいくらいだよ」

　と、はなから贅沢病だと思っている繭子や。ただ言いくるめ

るだけで早々に話を切り上げる子供たちが恨めしかっただろう。何故子供たちは母親である自分の心配をしないのだろう、と育は不思議だったかもしれない。自分の意志など露ほどの価値も持たず、育なりの夢や希望を胸の奥底にしまいこんで、家のため、家族のために生きてきた。夫は仕事一筋で、育も農作業に従事しながら、アサの助けがあったとはいえ、家事や育児に時間をとられ、分家から寄せられる相談事に応じ、一家の体面を潰さぬ付き合いも多々あって、人生は自分のためではなく、家のため、家族のために費やされた。気が付くと、子供達が独り立ちして離れていき、夫や母親を見送り、分家との付き合いも新しい世代に代わってからは、一族という意識はもはやお互いに持てなかった。

けれども自分が歳をとれば子供たちは帰って来るだろう。少しずつこの里山での生活の術を教えながら一緒に暮らし、穏やかな老後を迎えるだろう。育は漠然とそんな未来を信じていたに違いない。代替わりを繰り返しながら、いつの時代もそうやって続いてきたように、自分がアサから学んだように、子供たちも自分を見て育ち、心得ている筈だと思っていた。親子の関係が上手くいかなかったわけでもない。三人ともそれぞれ普通に親孝行で、集まれば気持ちの通い合う親子だった。

ただ、成長した子供たちの眼差しは、このぐるりの山の向こうを見つめ始めた。ここにない何かを目指して繭子も洋子も、大も旅立ってしまった。一人残された育は誰かのためにしか生きられないまま、自分以外の誰もいない家で、どう生きていけばいいのか解らなかったのだ。

もともと内臓の弱い家系なのだから、自暴自棄とも言える育の暮らしの在り様は、自殺行為ともいえた。それを阻止できなかったことを、三人の育の子供たちは今更のように悔やみ始めていた。

十三日のその夜は習慣どおりに中座敷に食卓を出し、神殿の前で夕食をとることにした。迎え盆なので、帰って来たご先祖様と一緒に、または帰って来たお祝いに、というほどの意味だろうか。隣のお寺から「東京音頭」や「秋田音頭」、「ちびまる子ちゃん」等の軽快な歌がスピーカーを通して流れてくる。十三日と翌十四日の夜は境内で盆踊りが開催されるのだ。開け放した窓から入ってくる賑やかな歌もまた、矢野家のお盆に欠かせない風物詩の一つだ。

食卓には新鮮な海の幸や、繭子や洋子にとっては懐かしい郷土料理が次々に所狭しと並ぶ。女手が多いので、台所で一緒に準備をしながら女性同士の話が盛り上がり、笑いが絶えない夜となった。

「やっぱり茗荷は採れたてに味噌だなあ」

と、智は生の茗荷に自家製の味噌をつけた好物を口に運びながら、育をねぎらった。育が嬉しそうに智の食べっぷりを見上げている。

「これ懐かしいなあ。エゴっていうんだったよね」

洋子が煮こごりのようなものを箸でつまんで、感激している。海藻を煮溶かしてコンニャク状に固めたもので、味も素っ気もないが、冷やして酢味噌をつけて食べる夏の味だった。

「洋子ってちっちゃい時から、コンニャクの煮つけだの、ところてんだの、エゴだの、身になんないものが好きなんだよねえ」

蒴子が呆れたように笑うと、

「んだんだ。お振るまいの時さ、赤ん坊のこの子が一口ずつ齧っては、元の皿に戻してあって、慌てたことがあったよなあ。客のお膳に用意したコンニャクの煮つけをさあ、客が来る前に気づいたからよかったけどさ」

智が笑いながら遠くを見るまなざしで続けた。

「お前、茄子漬けばっかり食うなって。しょっぱいんだからよくねえぞ」

大が蒴子をたしなめる。

「だって、漬物が美味しいんだもの。喜久子叔母さん上手」

蒴子が喜久子に甘えた声を出した。

育も、亡くなった孝蔵もいける口だったので、蒴子、洋子、大の三人も、しっかりとその血を受け継ぎ、智をもてなしながら、大分ご機嫌になっていた。

台所に引き返した奈津美が、ゆで蟹の大皿を抱えて戻ってきた。歓声と拍手が上がる。

「こっちに来る時、仙台の駅前で売ってたから。ちょっと小ぶりだけどお義母さん蟹好きだから食べてもらおうと思って」

と奈津美が言うのに、

「うちの嫁さん、えらい気が利いたじゃねえか」

と、大が上機嫌で皆を見回し、奈津美を引き立てた。

大は地元の高校を二年で中退し、三年ほど東京で働いていたことがあった。中学、高校とヤンチャばかり繰り返し、何度目かの喫煙が見つかった後退学処分を勧告された。仲間三人も同罪で親が学校に召集された時、仲間の親はそれぞれ校長に土下座して退学処分を取り下げてもらったそうだ。

しかし、育は違った。

「こんなに迷惑ばっかりかける子、もう申し訳なくて学校に置いてもらう訳にはいきません。私は退学処分を受け入れます」

と、こみ上げる涙を堪えながら、校長に訴えたそうだ。

自ら子供を産み、母親になってみると、洋子にはその時の育の気持ちが理解できない。校長先生を始めとする学校関係者や他の保護者の手前、大見得を切って見せたのか。芝居じみた振る舞いで恰好つけたのか、理解に苦しむ。自分がそんな立場になったら、泣きながら土下座してでも許しを請い、何とか卒業させるだろう、と思うのだ。

退学になった後、大は家出同然に上京し、大手の運送会社に就職して大型トラックに乗るようになった。東京の下町生まれの奈津美と知り合ったいきさつを詳しくは語らないが、その当時まだ埼玉に住んでいた蒴子と、東京で二才になったばかりの博美を連れた洋子が奈津美に引き合わされた時には、すでに奈津美のお腹が膨らんでいた。田舎に奈津美を連れ帰り、式を挙げて実家に住むのだ、と大が嬉しそうに宣言した。二人の姉はホッとしながらも、今後の成り行きを危惧せずにはいられなかった。東京生まれの奈津美があの過疎の田舎に落ち着くことができるのか。しかも大はまだ二十歳になったばかりで、とても一家を支えていけるようには見えないのだった。

藺子と洋子の心配をよそに、大と奈津美は実家に落ち着くと次々に三人の子供をもうけた。奈津美は市内のスーパーでパートの仕事を見つけ、三人の子育ては育に任された。この時期が育にとっては一番幸福だったのかもしれない。夫の孝蔵も歳をとって若い頃よりずっと丸くなっていたし、可愛い盛りの孫たちに両手を塞がれながら、賑やかな毎日を過ごしていた。

孝蔵が事故で急死し、アサが大往生で九十六歳の生涯を閉じた後、大と奈津美にどんな心境の変化が起こったのか、誰も知る由もなかった。しかし、これから若い者が育を支えていかなければならないという時期に、この夫婦は突然子供を連れて家を出たのだった。かけがえのない夫と母親を相次いで亡くしたばかりの育にとって、その喪失感がどれほどのものだったか、察するに余りある。

奈津美という義妹はどちらかといえば口が重く、自分の胸の内を語るということがあまりなかった。時折、藺子や洋子が
「大変でしょ。親と同居もそうだし、田舎の生活にも馴染めないんじゃない」

と幾度水を向けても、ほんわりと微笑むだけで、返事らしい返事はなかった。奈津美にすれば二人とも小姑にしか過ぎない訳で、最も煙たい相手だったのかもしれないが。

「喋らないから、何考えてんだか、わからない子でねえ」

と、育も電話口でこぼすことがあった。

そんな奈津美がこの夜は、皆と同じ気持ちで、同じ切なさで育を喜ばせることを考えている。その一点で気持ちが繋がっている気がした。洋子は不意に涙がこぼれそうになり、洗面所に立った。

小説

我想ウ故ニ我奔ル

高柴　三聞

「我思う故に我あり」(『方法序説』デカルト)

「人間は欲しないよりは、まだしも無を欲するものである」(『道徳の系譜』ニーチェ)

序章

私はよろよろと焼けつくような陽光に身を曝しながら歩き続ける。

もうすぐ倒れてしまうかもしれないと思った。

私の意識と体を動かしている一切合切の総てが空っぽになって動かなくなってしまうのも、もう時間の問題だろう。破滅が待ち受けているのはよくよく理解していた。しかしながら、それでも私はエメラルドの美しい海と風に触れてみたいとこい願い続けたのだ。幸か不幸か痛みの無い身体は、私を怖いもの知らずにしてくれた。どんなことがあっても前に進むのだという、勇気と決意を与えてくれたのだった。

日光に焼かれたアスファルトが、高温になり足の裏を焼き付けてくる。海の水気をたっぷり含んだ潮風が吹いてきた。

間違いない。あの先に、私が求めているものがある。絶対そうに違いないのだ。

そして、ふと思った。

人間はどうして大地をアスファルトで覆ってしまったのだろう。大地は、立派な生き物じゃないか。可哀そうに。アスファルトに覆われた大地は、呼吸することができない。

その証拠に、どんな生き物だってアスファルトの中から生まれはしないじゃないか。

人間は、大地の事を母と呼んだではないか。これでは、まるで死んだ母になってしまう。

人間は自然を欲しているはずなのである。なのに、どうして日常から自然を遠ざけありとあらゆるものを人工物で覆ってしまうのだろう。

こんな広大な面積にわたってアスファルトを敷き続けるのは、いったいどんな伊達や酔狂が働いたというのだろうか。狂気の沙汰というもんだ。

私自身の中で疑問は膨らみ続けて、やがて怒りにも似た感情へと成長を遂げつつある。

私は、もうそんなことに付き合うのはご免だ。私が求めるのは、自然と自由だ。

私はその二つだけを心の底から欲している。

その欲求が、狂おしいまでの焦燥となり私を前へと導く。

体が、引きちぎれても前へ進もうと思うのだ。

あのエメラルドの海へ……。

第1章

目覚めとは、当然のことながら目を開けば良いというわけではない。

意識の中に映った映像が、ぼんやりとした風景からやがて確りとした輪郭を持つまでの間どうしても、ややしばらく時間がかかるものなのだ。

目に見えているものが確りとしてくるのと同時に思考が確りとしてくる。

これらの事が危なげなく確りとした状態になって初めて目覚めたという事なのではないだろうか。

自分の動作を一つ一つ説明することは、やや理屈っぽいことかもしれない。しかし、その理屈っぽいところを意識しないでやり遂げていくあたりが人間なのだろうと思う。

無意識的であるが故に機能的でない所、矛盾した行動、すなわちイレギュラーが発生しやすいのが人間なのだろう。

そんな事を一人私はぼんやりと考えていた。

ベッドから起き上がり、意味もなくテレビのリモコンを手にして電源を入れる。

朝のニュース番組のワンコーナー、今日の十二星座占いと称して、星座ごとの運勢が発表されていた。

正直な所、あまり有効な情報ではなさそうだなと思う。

このテレビの放送していること自体あくまで受け取り手がどう思うか（面白いとかつまらないとか）くらいの事であって本当に起こる事実を述べているわけではない気がする。とどのつまりが薄っぺらいのだ。

この時間帯、有効ではない情報を得るという事は心因的な効果を狙っての事だから、まあ観る側は良い意味の言葉を拾えばいいのだ。意識が私は上機嫌なのだと思えば人は楽しい状態になるのだ。

朝の占いとは、自分を楽しくさせるための一種の材料であり、それこそまじないなのである。材料であるが故に有効に利用すればことが足りるのだ。それにしても私は、そもそもどの星座あたるのだろうか？

建前上事実の情報を提供するというニュースの番組や天気予報、さらに意味をなさないコマーシャルが絡んできて、それらが塊となって延々と繰り返し垂れ流されている。そしてどれもが私にはなんとなく味気ない。

遠い世界のニュースはピンとこないし、国内のニュースにしても私の生活にさほど影響はないようであるから、この場合、占いと同じであまり意味の無い情報の羅列なのだ。こちらは、自分と関係がない分、ほとんどの場合において自分を楽しくする材料にもならないものばかりである。素通りするだけならまだしも、時折不快なものまでも流れてくる。

私は、ゆっくりと立ち上がりながらテレビを消して、身支度を始めた。

毎日行っている通りの毎日の事が始まる。最後に黒の上着を着てやがて靴をゆっくりと履き外に出る。

当たり前なのだが、仕事に出かけるのだ。玄関から外に出て家のドアの鍵をちゃんとかけてから出かける。

そうすると妙な小男がいつものように私の後をつけてくるのだ。もはやこの事も日常と化しているのだ。この小男の行動趣旨は謎なのだが特段私に危害を加えることはないので朝のテレビのニュースと一緒だ。特に意味のない情報なのだ。

アパートから出て国道に続く道は細くて、ダラダラと右に左にと蛇行するように伸びている。その道に合わせて私が歩み始めると、少し遅れてこの男も私の歩いた後をなぞるようについてくる。しかも、結構しつこい。

まあ、先に述べた通り私の生活に、何ら影響も危険もないからそのままにしているのだが、よくよく考えてみると感情としてはやや気持ちが悪い気もしないでもない。

それでもあまりにも毎日のことだから、これがいわゆる幻視とか妄想のようなものかもしれないからと心配になって、男に声をかけようとしたことがある。

そうすると、男は後退りするようにして、私と距離を取りながら私の事をじぃっとにらみ続けるのだ。

男は、大分小太りで胴体に首がめり込んでしまったかのようなずんぐりとした体形をしていた。樽というものによく似ている。

大抵、よれよれのかりゆしウェアに身を包み、しわのよった黒のスラックスに草臥れた皮靴を履いている。

時折、帽子や扇子なども手にすることがあるものの大抵の場合は大汗をかき続けているので手ぬぐいかタオルは欠かせないようだ。

今日は、ストローハットの帽子に神経質そうに扇子を扇ぎながら、瓢箪の柄の入った手ぬぐいでしきりに汗をぬぐっている。

太りすぎているから生き物として精神的にも肉体的にも到底健康的とは思えない。

どうした訳か、そんな男に私は毎日尾行(つけ)られているのである。

私の自宅のある新都心から五十八号線沿いの天久バス停まで徒歩で向かう。

後ろを振り向かないでまっすぐバス停に向かう。背後で男が玉のような大汗かいてさらに荒い息で喘ぎながら必死で私の後ろについてくるのが見ないでもわかった。

国道まで続く細い道は、時間帯のせいもあって人通りはまばらである。だから余計に後ろの男が気にかかってくる。

やがて、いつも通り私はバス停に辿り着いたのだった。

例の男は、相変わらず扇子をひっきりなしにパタパタと扇いでいる。

たまに、まいてしまおうかと妄想するのだが、それはそれで、この男の慌てるさまが酷く面白そうな気がしてならなかった。

思わずにやけていると男と目が合ってしまった。男は、鼻白んだような顔で私を見返してきた。

やはり、どうもこの男好きになれない。

第2章

私の前に、ゆっくりと鮮やかな白とブルーのボディのバスが目の前に停まった。

いつも通りの運転手に、会釈しながら整理券を取って乗り込む。運転手は不愛想な会釈を返す。これもいつも通り。

丁度私が乗り込んだ時、座席が一つ空いているのに気が付いた。今日はのんびり座って景色を見ようかと思い立つ。

転ばないようゆっくりと座席に座る。

後からやってきて座り損ねた太った男が恨めしそうにこちらを睨んだ。

ざまあみろと、心の中で呟く。

それから、雲一つない空に目をやった。快晴というのは、気持ちが良い。

外の景色を眺めるのは、ちょっとしたドライブ感覚だから気持ちが上向きになって楽しくなってくる。

仕事に行くのに楽しみがあっても良いだろうと思う。何となく朝良いことがあると一日得した気がする。

風景も好きだが、通行人を眺めながら、その人の事を想像するのも楽しい。

丁度、私の目に一人の女性が留まった。

こげ茶色の肩までの髪が風に揺れている。靴はペタンとした運動靴を履いて、特徴的な丸いお腹をしている。どうやら妊婦さんのようである。

柔らかな風に吹かれながら、お腹をそっと撫でるように抱えている。

生き物というのは、ほ乳類に近付くにつれて出産が難しくなると思う。

それは、非常に興味深い事ではある。

今、車窓に映る母親の表情も全く定義が不能な表情をしている。安堵感、期待感、慈しみ、そして非常にわずかな不安感、それらの感情が入り混じった顔をしている。

このような表情は、脳を持っている人間にしかできない芸当ではないかと思うのだ。

人間は、目に入った情報だけを処理するのではない。

過去への推測や未来の予測、あるいはまったくの想像、あるいは、全く感知していない事を無意識で感じたりもする。

人間を人間たらしめているもの。

多分それは、脳からくるのではないかと私は推測する。

人間は非常に定義も難しいし、その本質を把握するのも難しい。さらにいえば相手が脳の中でどんなことを考えているかを完全に把握するのは絶望的なほど不可能である。

不可能であるからこそ、言語が生まれ歌が生まれ、絵を描くこと、造形を形作ることを思い立ち、やがて芸術という誠に不可解にして高尚な営みを行うのだろう。

思えば、母親から生まれ出でて、へその緒が切れた時初めて人間は独立個体の生き物としてスタートする。

しかしながらである。この赤ん坊と呼ばれる人は何と依存度の高い生き物なのだろうとも思うのだ。

赤ん坊は誰かに助けられなければ生きていけないのが当たり前になっている。

家族という血縁者が、その子を育てるわけだが全く個体の違う生き物たちが、まるで子供にかしずくようにして、世話を焼く。

特に、一時期その身の中に子を宿していた母親は、もう一度一心同体であった頃にもどりたいのか、その熱心さは自己犠牲的ですらある。

生物のなかで母親の愛情をこれだけ一身に受けて育つ生物は他に例を見ないのではないかと私は思う。

まあ、もっともなんにせよ例外はあるのだが、そこもまた人間を理解する上では興味深いと思うのだ。

子供の誕生とその在り方一つとってみても人間という存在は非常に複雑でありそれでいてナチュラルである。粗野で清楚で美しく弱くて強靱……。

　このとらえどころのない所は不思議という言葉で片付けてしまえるほど軽いものではないと思うのだ。

　バスは、あの母親の姿をとっくに追い越して、もうバス停を三つ越えて浦添に入っていた。

第3章

　バスを利用した移動は、人間の営みにまだ牧歌的な雰囲気が残っていた頃の時代の残り香を感じさせてくれる。

　まあ、それも空いている時に限るのではあるのだが。バスの中はそこそこにお客さんがいるという状態である。

　私をいつも付け回す男は、座席に座れなかった事を根に持っているのか、ときおり恨めしそうな表情でこちらをチラチラ見てくる。

　人間にも楽しい人間と、そうでない人間とがいる。

　しかしながら、それも受け取り手次第なのではないかとも思う。

　大体今日は比較的車内もすいていることだし、おおらかな気持ちになって、あの男を愉快で楽しい人という気分で眺めてみることにしてみようか。

　不思議と、そう想像するだけで楽しい気持ちになってくる気がしないでもないはず…。まあ、それでも出来ない事もたまにはあるのだ。

　しかし考えてもみれば、再三再四考えていることだが、この男に何か実害を与えられているわけではない。あまり、この男の事を気にして気が滅入ってしまうのは面白くないので、再び視線を車窓に戻した。

　バスは、相変わらずのんびりとした様子で五十八号線をゆっくりと北上している。

　浦添の屋冨祖辺りにさしかかってきた時、車窓に二人組の奇妙な人間を見かけた。

　彼らは日に焼けて、真っ黒なのだが、それ以上に入浴もできないでいるための肌の色である事は、容易に想像できた。

　恐らくホームレスの男女である。しかも、この様子からすると夫婦のようである。

　真っ黒な顔の二人が一つのリヤカーのようなもの（廃材にすっかり覆われてしまって原型がよくわからないから、実際のところは何なのかよくわからない。）に、段ボールや木切れ等の廃材を山のように積んで移動しているのだ。

　不思議と思うのは、路上で暮らす夫婦の顔が屈託のない笑顔に満ちていることである。

　恐らくのところ、二人は相当に困窮した生活を強いられているはずである。

　日々口にするのも困るほどであるだろうし何よりまともな衛生環境の中で生活することは不可能であるはずだ。

　肌が真っ黒な分、二人の歯がアスファルトの上を飛ぶ二頭の白い蝶のように見えてしまうほど、くっきり浮かんで見える。

　人は生活の心配がない事を一つの幸せのゴールに考えるのではないか。

　しかしながらこの路上の夫婦は、将来はおろか今日明日中どうするかわからない状況である。

どうやら様子を窺うに廃材や段ボールを拾っては小銭に換えるのを生業にしているようである。もらえる額は、そうそう大したものではないはずなのだ。

どうして、ああやって二人笑顔でいられるのだろう。

彼らに思慮が足りないから心配事は何もないのだと決めつけて思考を停止してしまうのは、それこそ愚かなことであると思う。

大体人間は、合理性や価値に縛られすぎているのだと思うのだ。幸せに生活するために日々の糧を求めて多くの場合人は仕事をしているのだと思う。

もちろん仕事のために仕事をしている人間もいるのだが、動物的なあるいは、生命体としての合理性で言えば不合理な気がする。

何故って、バスに乗り込んで人を観察して感じるのは、出勤している人々の中に彼らほど楽しげな様子の人は、ほとんどいないではないか。

しかしながら人間は自分に都合の悪いことは考えないようにするものである。だから仕事があるから幸せと言いながら過労死する人も出てくるのである。

第4章

頭の中が蒸れそうになるから、少し帽子を浅く被りなおす。

体から大量の汗が蒸気のように噴き出て気が変になりそうだ。かりゆしウェアの表面が汗でしっとりしてしまっている。扇子でしつこく扇いでいるけれど、もう気休めでしかない。

痩せなきゃいかんのだけれど、こんなに汗をかいても痩せないのは自分でも不思議になる。

だいたい俺をさしおいて、やっこさんだけ悠々とバスの座席に腰を下ろして外を見つめている。席は、もう空いていないから仕方なく立っている有様だ。

しみじみ部屋の中での仕事が懐かしい。

しかしながら、そんなにデスクワークが好きかと言えば、そうでもない。それでも、今のやつよりは数段ましだ。

とは言うものの世は不況真っ盛りのこのご時世贅沢ばかり言えるわけではないのも百も承知だ。

対象を尾行しながらバスに乗り対象とともにバスを降りて目的地に到着する。

さらに目的地から同じようにバスに乗り、元来た所に戻る。

仕事ではあるけれども、少し考え込んでしまう。俺の人生こんなのでいいんだろうか。

やっこさんは、それで構わないだろう。バスが好きみたいだし。さっきから、窓の外みてにやにやしている。

もっとも、どんな顔していようがこっちには関係ない話ではあるのだが、流石に気味が悪くなってくる。

とにかく、やっこさんを見失わないでついていって、送り届けるから、俺も生活の費えをもらえる。それだけで十分じゃないか。

だけども、意義とか楽しさとか考えてしまうから人間いかんのだろうなと思う。

だがしかしだ、それでも考えてしまわずにはいられない。

「この仕事に意味なんかあるのだろうか？」と考え込まずには

いられないのである。首をかしげているうちに、だんだんとしんどくなってきた。

見張りってのは、相手が逃げるかもしれないから置くのであって、この場合は多分逃げないだろうと思うのだ。

特にこのやっこさんは。まあ何らかのトラブルに備えるとはいっても、こう毎日はしんどい。お金、ちょっと返すから週四回くらいまでにならないだろうか。

でもそれを上司に伝えたら、やはり怒られるのだろう。その場で馘だ。

考えるのも、体力がいる。吊り輪に全体重を乗せるような立ち方をしてみた。吊革に下がってやっと立っている哀れな生き物みたいな様子である。ちょっと我ながら惨めすぎて悲しくなってくる。早く痩せるか、今の仕事を転職するか考えようと思う。果たしてどっちが先だろうか……。

第5章

バスに揺られつづけて、漸く宜野湾に差し掛かってきた。そろそろ気を付けないといけない。うっかり乗過ごしては、事である。

私は、大山のバス停で降りるのだ。

バスは、もう何か所もバス停を通り過ぎて人も入れ代わり立ち代わりしている。

私と例の男は、相変わらずのんびりバスに揺られていた。

面倒くさいから、あの男一人だけ乗り過ごしてしまえばいいのにと思う。

しかしながらそうは問屋が卸さないという訳で、男も私とともにバスから下車をする。

大山の住宅街の中にあるアパートの一室を目指して私は歩み始める。

例の男も、汗をぬぐいながら私の後についてくる。

わざと大股に歩いて歩みを進めた。案の定私をつけている男は、荒い息を吐きながら私の後についてくる。

これでは、どこかのパグ犬に付きまとわれている人のようだと思った。

歩き続けていると薄いグリーンのペンキが塗られた四階建てのアパートが見えてきた。

階段を軽く駆け上がる。男の姿も見えぬうちに職場であるアパートの玄関の扉を開いた。

玄関から沢山の機械が２ＬＤの部屋に並んでおかれている

私は、部屋の中の片隅でパソコンの画面を眺めている人に会釈した。

私をつけている人とは真逆で、げっそりと痩せていて細面の顔に細い眼鏡をかけている。

ちょうど鶴が眼鏡かけて座っているかのような痩せ方である。

濃いアイボリー色の作業着にワイシャツでモニターから目を離さないでキーボードを叩き続けている。

メガネのガラスの表面にはモニターの光が反射しているから実際の表情はわからない。

私はカタカタという音を聞きながら部屋の奥へと歩みを進める。

そうしてから、いつもの定位置の直立したベッドのような機械に背をもたれさせて身を任せた。

それから、もう間もなく私の意識は消えていくだろう。眠りにつくのだが、その間に通勤した際に貯まった感覚や見た事、平行感覚等の記録データの採集をするということなのだ。

すくなくとも、我々ロボットも人間と同じように膨大な情報を一度整理する必要性もあるらしい。

人間もロボットも記憶の情報は莫大である。この情報を全て抱えたまんまでは、容量をオーバーしてしまう。私たちロボットは人間と違って自分ではデータを整理して必要な情報とそうでない情報を取捨選択して整理する事が出来ない。

言い方を変えると、人は色んな記憶を忘れることで新しい記憶を入れているのだが、私のようなロボットには自らその作業をする事が出来ないのである。人間の手が必要なのだ。

何れにしろデータでも何でも貯まっていく一方だと溢れてしまうから一旦取捨選択して記憶の容量を保たなければならないのは確かだが仕組みとして我々に機能が付与されていればこんな面倒なことはしなくて済むはずだが…。いずれにせよどういう方針で整理するかというのが重要になってくるのが情報の整理というものなのだろう。

我々は人間の構造をフォーマットにして行動パターンが決められており人間のようにして歩行し、思考し、あるいは記憶をする。どれも人間と同じとはいかないため、睡眠も人間のそれと似ているが少し異なってもいるのだろう。

それにしても人の眠りは、こんなに急にやってくるものだろうか、私と人間はどう違うのか気になりながらついに私の意識は消えた……。

第6章

ドンと勢い良く鉄の扉が開いて、汗まみれの肥った男がドスドスと入ってきた。

「お疲れ様です」

と肥った男に声をかけると、肥った男はゼイゼイと息を切らしながら右手を上げた。

この男のいつもの挨拶である。肥りすぎて、釣り上げられた魚がパクパクと口を動かすのと同じ要領で口を開けたり閉めたりを繰り返す。そのうち、本当に鰓呼吸ができるんじゃないかしらと思う。

アパートの一室に必要機材を持ち込んだだけの狭い一室にこの男が入ってくると、本当に空気が薄くなってくる。少し気が滅入ってくる気がした。

とりあえずパソコンのモニターを眺めて作業を続けながら世間話程度の話を振ってみる。

「今日は、どうでした?」

「どうもこうも、日に日に俺を撒こうとして早く歩き始めている。」

「そんなの被害妄想でしょうよ。向こうはそんな気さらさらないんじゃないですか?」

多分この人なら扇風機とも本気で喧嘩できるかもしれないと思う。機械に本気に腹を立てる奴なんて、なかなかお目に罹れるもんではないと思う。

僅かな沈黙の後に男は不服そうに口を尖らせた。

「俺、良くわかんないけど、やっこさん自分でものを考える事が出来るんだろう?」

「そりゃ、そういう風に作られはしていますけれど、どうなんですかね、決まった事以上はあまりやらないんじゃないですかねえ?」

私は、首をすくめながらそう答えた。

目の前にいる人間そっくりのロボットは、今メモリー整理と必要なデータの抜き取り作業。それからメンテナンス作業が待っている。

この仕事は、国からの予算が投入されている研究で人間により近いロボットを開発する目的でプロジェクトが行われているのである。

私自身は専門家でも何でもない。沢山ある部署のうちで、私は人間が自宅から会社に移動して、仕事を終えて会社から自宅に帰るという一連の動きを、ロボットによって再現しようとしている研究部署にいる。そこで、研究所の準備したマニュアルに従って仕事しているだけである。

この研究は人間生活のあらゆる場面をロボットで再現し、日常生活者のようにどれだけ振舞えるところまで再現が可能なのか。言い換えるとロボットがどこまで判断力を持ち、どこまで自然な人間に近付けるか……。

成功すれば、多種多様な産業に応用が利くだろう。

しかしながら、案外ひょっとたら人間とロボットを本気で置き換えようとしているのかもしれないと思ったりもする。

人間様はロボットを利用するつもりで、いつの間にか自分たちと取って変わられるかもしれない。

「なあ、このご時世だろう?」

と肥った男が私に話しかけてきた。

「何です?」

と応じると、男は続けた。

「少子高齢化で仕事もない。ところが人間の代わりに仕事しちゃうロボットが出てきたら俺たち人間どうやって暮らしたもんかね。」

「遊んで暮らしたらいいじゃないですか。」

なるだけ私は能天気にふるまってみせた。

「そのうち、子作りのお仕事も、こいつらに奪われかねないね。」

太った男は、顎をさすりながら下卑た笑いを浮かべた。

「かもですね」

思わず私の口の右の端が吊り上がった。不覚にも面白かったからである…。

第7章

ゆっくりと、自分の意識が戻ってくるのを感じた。

窓からの西日が部屋の奥まで差し込んできている。

ずっと意識が無かったからよくわからないのだけれども、恐らくいつも通りであれば、ここに到着してから五時間は経っているはずである。

稼働可能な部位を確認しながら周囲を見渡した。

相変わらず、痩せた男がパソコンのキーボードを叩いている。

夕暮れのアパートの一室で、キーボードを叩く乾いた音だけが響いている。

ふと、私は今まで感じたことのないような不安がよぎりだした。

何度も、「目覚め」と「睡眠」を今まで繰り返してきた。

寸毫の疑念を抱くこともなく再び目覚めると信じて、素直に身を預けてきた。

本当に次は目覚める事が出来るのだろうか。

何故だか、とめどなく悲しいという感情と怖いという感情がないまぜで胸にこみあげてきた。

私は、この先どうなるのだろうか。

目覚めて、歩いて、バスに乗って…。

用が無くなれば、そのまま消えて無くなる。

誰に対してという訳ではないけれども許せないくらいの理不尽さを感じた。

ああ、嫌だ。そのまま消えてしまうなんて嫌だ。

私は、何がしたいのだろう。

私は、私は……。

海に行きたい。

そうだ、恐らくのところ私の意識は、ほんの短いものであろう。一度寝て用が済んでしまったら、もう誰も起こしてくれないはずである。

実験が済んだら廃棄されるのだろうと思う。

無為にアスファルトで包まれた人工物の中を行ったり来たりする毎日。

作られた世界の中の作られた日常。

そんな中で、私の記憶が終わってしまうなんて、理不尽に思う。

そうであるのなら、あの光り輝く海に思い切り身を曝してみたい。

恐らく、人間は、否、理性を持つすべての者は海に包まれてみたいと思うのではないか。

海はすべてを包み込むことのできる唯一無二のものではないか。

私は、それこそ居てもたってもいられなくなった。

研究のデータを取るだけの機械からすぐにでも逃げ出したいと思った。

部屋から出て、建物の外に出た。

いつもの男が、ひたひたと後をつけ始める。

よし、今日はバスに乗るのを止めてしまおうか。

私は、いつものように国道に出ると、今度は北上し始めた。

いつもの太った男が慌てて寄ってきた。

「おい、どこへ行く？」

私の行く手を通せんぼするように両手を広げた。

私は、かまわず前に前進する。男は私が止まらないと分かったとたん私の右太ももにタックルの要領で激しくぶつかってきた。

力の向きを計算しながら身体が倒れないように力を分散させる。

私は左手で電柱を捕まえてバランスをとった。それから男がしがみついたままの右脚をしずかに上げた。

男は簡単に私の右脚から地面に落ちた。落ちた時頭こそ直接打たなかったようであるが、したたか背中をぶつけた。

歩道で悶絶してのたうち回る男をしり目に前を進む。

突然、私の前に黒い作業着なような服にサングラスをかけた男が一人やってきた。同時に、もう一人後ろにも表れた。

前の一人の右手には杈（さすまた）が握られている。多分研究所に雇われている者達である。

彼らも、私が逃げないよう密に隠れて見張っていたのだろう。

ほんの数秒私たちはにらみ合った。

「ジャリッ」と僅かにアスファルトを踏みしめる音がした。後ろの男が踏み込むために重心を移動させたのである。

次の刹那後ろの男が私を羽交い絞めにしようと迫ってきた、後ろの男につられるようにして前の男が杈で私を抑えにかかってきた。

瞬時にタイミングを計って体を右に一歩だけかわすと、前の男の杈が後ろの男の首を突いた格好になる。

後ろの男がもんどりうって倒れてすぐに、前の男は杈を振り上げて私を取り押さえようとした。

サングラスの奥の瞳は怒りに燃えている。

これもさらに右にいなして、杈を引っ張るとそのまま容易く男は前につんのめるようにして転んだ。

私は、彼らを放って先に進んだ。

そう、あの海を目指して。

第8章

研究員達を蹴散らして逃げ出したロボットの行方は、しばらく杳としてわからなかった。

ロボットの方が通信を全て切ってしまっていたからである。

見つかったのは北谷の海岸線沿いであった。

時間は失踪した翌日の早朝であった。

正確な姿を描写すると防波堤横に並んでいるテトラポットを降りたころで半身を海水に浸かっている状態で見つかったのだった。

遠目から見ると、人が両手を広げてパフォーマンスをしているようにも見えるし、海中に立つ銅像のようにも見える。潮が引いて沈んだロボットが姿をあらわしたのである。

「へっ、なるほどね。最新設備搭載のロボット様は百均の腕時計並みの防水機能を誇っていたわけだ。」

太った男が誰に呟くでもなく悪態をついた。

男の足取りは、身を動かさないようにしながら千鳥のようによちよちと歩いている。昨日アスファルトに背中を叩きつけられた後遺症である。

ロボットは全身海水を浴びて中のデータやメモリーも水浸しで回収は絶望的であった。

「それにしても、不思議ですね。」

痩せた男が首をかしげながらつぶやく。

「ええ？　なにがよ？　なぜ逃げたかってか？」

「いや、それ以前にですよ。ロボットの顔えらく幸せそうな顔していませんか？」

「まあ、表情をつかさどっている部分の故障なんかも考えられるし、わからんけど。こんな狂ったロボット…。まあ、そらぁ思い切り勝手に動けて楽しかっただろうよ。」

男はやや捨て鉢気味に答えた。

太った体を縮めるようにして男はロボットの方を見つめた。

ロボットはユニックに吊り下げられて空を飛ぶ天使のように海面から地上へ引き上げられつつある。其のロボットを観ていると確かに、両手を広げ微笑みながら遠い先の海を見つめている。天使の降臨といった趣すらある。

「人間になり損ねたのかもしれんな、やっこさんは」、と太った男は呟いた。

痩せた男が後を続ける様に呟いた。

「こんな幸せそうな顔をした人間、最近リアルで見ない気がしますね。」

太った男は黙って首を縦に振った。

終章

夕日を浴びてキラキラと光が反射する。

その海面の変化の一つ一つが唯一にして無二のものだ。

人間という生き物や他の生き物、否私のようなロボットでさえ、本当に同じものなどないのだと思う。

テトラポットの上に佇んで海を見つめていると、穏やかな気持ちになってきた。

そっと辺りを見渡した。誰も居ない。

今がチャンスである。私は身を翻して海に飛び込んだ。

無数の水の泡が私の周りを包みこむ。立った姿勢のまま私は底まで沈んだ。

地上と違って海は、ひどく静かであった。

水の底から上を見上げてみると、まるで水面がステンドグラスのように見える。

自然こそは神が作りたもうものなのか、あるいは神そのものなのか。

その違いにあまり大差はないのかもしれない。否どちらでも良いのかもしれない。

ただ自然の美しさを人間というものは追いかけてきたのだろう。

多分、行ったことは無いけれど古い教会とこの海中の風景は似ているのかもしれないと思うのだ。

自然の美しさを再現しようとして、芸術や学問が生まれ、人間を技術で再現しようとする中で私が生まれてしまったのだろう。

しばらく、海面を見つめていると、幾つかの光が人、それも子供のような形に変わった。

その子供たちの一人一人に鳥のような翼が付いている。

それが私の方に向かってゆっくりと舞い降りてくる。私の思考回路はエラーかバグかを起こしているのかもしれない。

それでも、良いと思った。

私は、彼らを迎えるかのように両手を広げた。

そうして穏やかな気持ちに私は満たされながらそのまますべての活動を停止したのだった。

人生の細密画　伊豆物語

國武浩之

「これから、暫くは、この初島と伊豆大島を眺めながら海沿いを走って行ける」そう思うと、庸一は胸が小躍りし始めた。一九九九年七月二十七日、水曜日。海岸沿いにくねくねとカーブしながらシルバーカラーのホンダ車、シビックフェリオを走らせているうちに伊東の町が見えて来た。去年の九月中旬に訪れた町だったので親近感と同時に悲しみも込み上げて来た。伊豆高原に住んでいた知人の画家、山路孜さんが一九九八年、五月十日に肝臓癌を煩って他界していたのである。庸一は山路さんが亡くなった事をまったく知らなかった。

たまたま、一九九八年、七月にフランス人の知人から来た手紙に「山路さんから去年のクリスマスカードも来ないし、一年くらい音信不通になっているが、もしかしたら、亡くなったのではないか」と書かれてあったので、すぐに伊豆高原に住んでいる山路さんの家へ電話をかけたところ、五月十日に亡くなったと奥さんの静江さんが答えた。庸一は鳴いていた蟬が天敵に遭遇した時のように言葉を失った。

「皆様には。大変お世話になりました。主人は苦しみから解放されてほっとしたような表情で永遠の眠りにつきました」

庸一は山路さんのあまりにも若すぎる死に大きなショックを受けた。まだ六十一歳だった。五十歳の時に肝炎になり、エンジニアとして勤めていた日本の大手製鉄会社を中途退社し、病気療養中に画家になる決心をしたのである。商社のパリ駐在員として仕事していた庸一とは、日本の大手製鉄会社の厚板工場長をしていた山路さんを北フランスのダンケルクにある欧州最大の製鉄会社に案内して以来の付き合いだった。山路さんが勤めている製鉄会社がその欧州最大の製鉄会社と厚板工場の改善計画の為の技術援助契約を結んだので、その責任者としてダンケルクへ何度も出張して来ていた。もうかれこれ十八年も前からの付き合いだった。以来、山路さんは庸一の事を忘れずに便りを呉れたり、庸一もまた山路さんの事は忘れずにいた。

一九九一年に庸一が二度目のパリ駐在をしてからはなかなか山路さんと出会う機会はなかったが、一九九五年に帰国した後、伊豆高原で療養中の山路さんが、銀座にあった庸一の事務所を何度か尋ね、「是非、伊豆高原の私の家に絵を見に来て下さい」としきりに誘われていた。

一九九七年の五月にようやくそれが実現し、伊豆高原を尋ねる事が出来た。新緑の眩しい日だった。山路さんは伊豆高原駅で庸一を出迎えて呉れた。

駅から車でおよそ五分ばかり走ると、木立の中に山小屋風の洒落た喫茶店が見えた。山路さんの絵の個展を開催している場所だった。元々、製鉄技術者なので細密に描かれた伊豆高原の風景や大室山の白樺の林等が、スーパーリアリズムのような手法で美しく描かれていた。

「細かい描写ですね」

庸一は月並みな印象しか言えなかった。しかし、庸一の心はそれ以上に動かされていたのである。林の中に住む小さな虫や昆虫の細密描写が風景の描写の中に程よく描かれている絵が特徴的だった。

「春を待つ雑木林」というタイトルのついた絵があった。

「森の木々だけではなくて土の中にも、木の枝にも沢山の虫がいるんですよ。それも描き来たかったんです」

山路さんはその絵を指差しながら庸一に説明して呉れた。

「この絵を描いて県展で入賞したんです。その時、初めて賞金を貰いましたよ」

山路さんは絵画で賞金が貰えた事を非常に喜んでいた。パリに住んでいた庸一に「絵画で入選して初めて賞金を貰いました」と喜びの手紙が来たのを覚えている。個展を見た後、自分の家に案内して呉れた。大室山の中腹の溶岩台地の上に広がる林の中に山路さんの家はあった。

「ここは別世界ですね」

庸一は山路さんの庭付きの二階建ての瀟洒な家を見て、自分もこんな場所に住みたいと思った。家で奥さんの静江さんの手作りの昼食をご馳走になり、「山菜は自分の家の庭から取ったものです」と説明して呉れた。食事をしながら窓の外に遠くまで続く新緑の林が見え、小鳥がさえずっているのが聞こえていた。

「小鳥や虫の鳴く声に心が癒されますね。」

「でも、車がないと不便なので私も五十歳を過ぎてから免許を取りました」と静江さんが話していた。なるほど、伊豆高原駅まで歩いたら遠いし、バスの便も悪かった。車だけが頼りの地形だった。

「私が住んでいた十年の間に伊豆の山々はほとんど登りましたよ」

山路さんは自慢しながら話していた。

「体力があるんですね」

「天城山、万二郎岳、万三郎岳、遠笠山等ほとんど登ったんですよ」

庸一はその時、伊豆の山の名前は天城山しか知らなかった。万二郎岳や万三郎岳と言われてもどれがどの山なのかぴんと来なかった。庸一は山路さんの案内で伊豆高原の彫刻家の重岡健治氏や画家のアトリエを紹介され、大室山や小室山等を見学して一日を楽しんだ。

「又、良かったら是非ここへ遊びにいらして下さい」

山路さんと奥さんの静江さんが伊豆高原駅まで庸一を見送って呉れた。山路さん夫妻が駅の改札口でいつまでも庸一に手を振って呉れていた。その日が山路さんとの今生の別れの日となったのである。庸一は、もう一度、伊豆高原へ行って、山路さんの絵を見たいとずっと思っていたが、会社の業績の悪化によるリストラの嵐の中で悶々としている間に、一年間ほとんど連絡が取れないままだったのである。山路さんはその間に亡くなっていた。

「九月十五日に伊東で追悼展を開きますから是非、お越し下さい」

七月に電話した時、奥さんの静江さんにそう言われていたので庸一は九月十五日に伊東へ出かけた。伊東市内の会場に着くと、奥さんの静江さんと二人の娘さんが案内して呉れた。山路さんの絵が沢山飾られていた。一年前に見せて呉れた絵も幾つかあった。作品の数は百二十点にも及んでいた。伊豆美術祭公募展佳作賞、静岡県美術祭奨励賞その他、多数の賞を貰っていた。庸一は静岡県美術祭奨励賞の受賞の話だけしか、山路さんから耳にしていなかったので、山路さんの絵が多数の賞を得ていた事を知り、嬉しく思った。庸一は二時間ばかり山路さんの追悼展を見て帰った。伊東を訪れたのはその時が初めてだった。

庸一は町の中を亡くなった山路さんの事を思いながら海岸の方へ行った。小さな川が町の中を流れていた。橋を渡ると柳のある細い遊歩道が見えた。対岸には古びた温泉旅館が並んでいた。手元に持っていた伊東市のパンフレットで自分の位置を捜しているとその川の名前が松川と言う事が分かった。更に、海岸の方へ歩いて行くとブロンズの彫刻が幾つか立っていた。そう言えば、山路さんの案内で彫刻家の重岡健治氏のアトリエを訪問した時に、「私の彫刻が沢山、伊東の町に飾ってありますよ」と言っていた事を思い出し、これらの彫刻があの重岡健治氏の彫刻なのかと思うと急に親しみを感じた。

三浦按針の碑や伊東観光会館のある川口公園には北原白秋の自筆による歌碑があった。タイトルは「伊東音頭」だった。北原白秋は福岡県柳川市生まれの詩人で、庸一の郷里の久留米にも近かったので若い頃から北原白秋に興味を持っていた。

伊東音頭

伊東湯どころ
ひがしの海に　ヨホホイ
朝はゆららと
潮にゆららと　日がのぼる
ざぶらん　らんてば　浪の音
とろろん　とんてば　お湯の音
山では椎茸　蜜柑にたちばな
トノホイノ　ホイホイ

北原白秋が明治三十九年に新詩社に入社し、一緒に仕事をしていた木下杢太郎の兄、太田賢次郎が伊東市の市長をしていた関係で「伊東音頭」を作詞したと言う話を伊東観光会館の担当者から後日、聞いた。擬音を多用した音楽性のある歌詞だった。どんなメロディーか聞きたいと思っていたが歌碑には楽譜が書かれていなかったのでとうとう分からずじまいとなってしまった。

又、近くには、池田満寿夫の陶板も飾られていた。海岸までのほんの二百メートル程の散歩道に彫刻家、詩人、画家の作品があちらこちらに展示してあった。伊東は芸術の香りいっぱいの町だった。庸一は港に行き、暫く釣り人達の様子を見ていた。あまり魚は釣れていなかったが皆、辛抱強く港の突堤で釣りをしていた。

「ここは去年の九月に山路さんの追悼展の帰りに立ち寄った町

なんだ」

庸一はホテル　サンハトヤのカフェーでコーヒーを飲みながら妻の陽葵（ひまり）に言った。

「海中温泉に入ったと言ったのはここの事だったの」

「そうだよ。このサンハトヤホテルだよ」

ホテルから程よく湾曲した海岸沿いに宇佐美の町が見えた。夏の日差しが暑そうだった。

山は緑に溢れ、そのまま、海に沈んでいた。庸一は山路さんにそろそろ連絡を取って、絵を見に行こうと思っていた矢先に、山路さんはもう彼岸の人になっていたのである。庸一は残念でたまらなかった。会社のリストラの嵐の中で庸一自身が翻弄されている間に山路さんは死んでしまっていたのである。庸一は人生の不条理を感じた。白浜の下田プリンスホテルに到着したのは午後五時半だった。次第に、真夏の太陽も西に傾き始めていた。車を駐車場において、ホテルの中に入り、フロントでチェック・インした。部屋から海を見たい一心で早くボーイが部屋に案内してくれるのを待った。

「日本音楽著作権協会から予約ですね」フロントの係員が庸一に聞いた。

「十日前に予約してました」

ホテルの部屋は一〇三号室だった。部屋の中から、すぐ目の前に、白い砂浜の続く海が見えた。潮騒の音が夏のヴァカンスの音色を奏でていた。夕方の所為か、海にはあまり人がいなかった。海の色は白い砂浜の底を映してかなり沖の方まで透き通っていた。夏の海はプランクトンが多かったりして透明度はあまり良くないが白浜の海の水は殊のほか透明だった。伊豆大島がすぐ目の前に見え、その横に、伊豆七島の島々が幾つか見えていた。

「ようやく無事に着いたね。長いドライブに少し疲れたよ」庸一は陽葵にそう言いながら落ち着いた海の景色とピンクや白の夾竹桃、棕櫚の木、松林等が、繁茂しているホテルの庭先や近くの山を見ながら、期待を裏切らない海景色を楽しんでいた。

「どんな温泉だろう？」

二十分ばかり部屋で休憩した後、庸一と陽葵はホテルの温泉に入りに行った。露天風呂ではなかったが、風呂の湯船から大きな窓ガラス越しにアメリカまで続く太平洋が広がっているのが見えた。湯船の窓際に遠くに見える島々の名前が書いてあった。伊豆大島、利島、式根島、神津島が遥か沖合に見えていた。庸一は無色透明の温泉に顎すれすれまで身を沈めながら、黄昏の青い海と遠い島々を見ていた。身体からすべてのしがらみが湯船の中に溶けて行くような気分を味わいながら長い間、温泉に浸かっていた。三人いた他の客はもう湯からあがり、浴槽には庸一ひとりしかいなかった。

その日の夕食はフランス料理だった。海の見える大きな洋室の窓側に席を用意して呉れた。赤ワインは一九九六年のサンテミリオンを注文した。テースティングした時、赤ワインを冷やしていた為に少し固い感じがしたが、グラスの中で暫く空気に触れさせていたらサンテミリオンらしい柔らかな味に戻り、白身の魚を食べた後のメインの料理の柔らかいフィレ肉の味とワインがマッチしてまるでフランスに帰ったような感じがしていた。

「やっぱりフィレ肉には赤ワインが合うね」

庸一は陽葵に言った。

「日本では夏が暑くて湿気が高いから赤ワインも冷やして飲むのかしらね。でも、サンテミリオンの赤ワインを冷やして飲むのは勿体ないわ。常温で少し空気に当てて飲む方が舌触りが良いと思うけど…」

陽葵も満足げに食事をしていた。周囲には家族連れの客が大勢いた。韓国人も泊まっていたし、白人もいた。国際的だった。

「あら、雨が降ってるわ」

陽葵はびっくりしていた。海岸に降りて行く庭の芝生が濡れていた。

「にわか雨だね」

「あら、あんなに月が欠けているわ」

陽葵がレストランの窓から夜の空を見ながらにわか雨を降らせた雲間より洩れいずる青い月の明かりを見ていた。

「欠けた部分がぼんやりしているね」

「そう言えば、今日は月蝕なのよ」

庸一はまるっきり月蝕の事を忘れていた。天文学者になりたかった程、天文ファンだった。庸一が多忙な日常生活の中ですっかり月蝕の事に注意が向かなかった事を自ら恥じた。

「今日は月蝕なのか…」

「半分近く欠けるそうよ」

ナイフとフォークを持ったまま夜空を見上げると、下半分が欠けはじめた月が流れる雲の縁を蒼白く照らしながら中空に浮かんでいた。七月二十七日、水曜日、午後八時。海も月の明かりを受けて所々、白く光っていた。デザートにショートケーキを食べた後、フレンチコーヒーを飲んだ。部屋に戻るとすぐに庸一は狭いベランダに出た。夜の空気は水分をたっぷり含み、まるでサウナ風呂に入っているように湿っぽかった。夜の海からザザザー、ザザザーとまるで海が息をしているかのように潮騒の音が響いていた。庸一はインドのゴアの海岸のホテルを思い出した。湿っぽい生暖かい空気がゴアの海岸の空気に良く似ていた。夜釣りをする小さな船の明かりが所々に見えていた。沖合に伊豆大島が黒々と横たわり、まるで恐竜の背中のようだった。庸一はミノルタ製の十倍の手に重い双眼鏡を取り出して月蝕の縁を覗いてみた。月に映る地球の陰はあまりシャープではなく、月面上の光と陰はボーっとしていた。大きな火口を持ったコペルニクスの山が見え、幾条もの筋が放射状に伸びていた。

「あの月の上に人間が降り立ったのだ」

一九六九年七月二〇日、一六時十七分四〇秒（日本時間二十一日、午前五時十七分四〇秒）、アメリカのアポロ十一号が人類史上初めて、「静かの海」の月面着陸に成功してから既に三十年が経っていたが月は以前と同じだった。庸一は月から見えているであろう虚空に浮かぶ青い地球の姿を思い描いた。

「月から見れば日食のはずである。輝く太陽が地球の陰に隠されて皆既日食が見えているはずである」

庸一は壮大な宇宙の仕組みの中で人間が進化して行くのを感じていた。二時間ばかり庸一は月蝕の天文ショーを楽しんでいた。大使館の仕事の事も忘れ、ほんのひとときの月蝕が永遠の広がりを感じさせていた。ベランダから部屋に戻ると陽葵はテレビを見ていた。


「温泉に入ろうかな」

「お先にどうぞ」

そんな簡単な会話を交わした後で、庸一は再び二階にある温泉へ行った。客は二人しかいなかった。服を脱いで素っ裸になるとシャワーの所で温い湯を浴びて湯船の中に入った。夜の海と伊豆大島と夜釣りの船が遠くに見え、空には地球の影を映している欠けた月がずっと見えていた。温泉は透明なアルカリ単純泉だった。日本人にとって温泉はのんびりと湯船に入り、一日の疲れを癒す事はもとより、人生の疲れを癒すような効果さえあった。外国人には到底こんな日本人の気持ちは、理解しがたいものであろう。湯に入って、のんびりしていると目の前の湯船に月の影が映っていた。庸一は瞬間的に俳句が頭の中に浮かんで来た。

「うむ…一句出来たぞ！」奥の細道の旅の途中で詠んだ芭蕉の数々の俳句の心境に近づいた思いだった。

「…」

静けさが漂い、夜の海の…、いや、単なる海ではない、目の前の海は太平洋なのだ！　生きとし生けるものすべての始まりと終わりを演出している海なのだ！

「月蝕を湯船で掬う伊豆の宿…」

「月蝕を湯船で掬う伊豆の宿…」

庸一は何度もその俳句を湯船の中で口ずさんでいた。月蝕は二時間以上も続いていた。自然の雄大さに庸一の方が根負けしてとうとう月蝕が終わるまで付き合いきれなかった。


翌朝、七月二十八日、木曜日。天気予報では曇のち雨だったが、ホテルの窓から見る伊豆の海は晴れていた。ビュッフェスタイルの簡単な朝食を済ませると庸一は白浜の海岸へ下りて行った。陽葵は暑いからと言って海岸へは行かず、一人で部屋に戻って行った。海は静かに息をしていた。透明な海の底には海草が揺れているのが見えた。庸一は熱帯の珊瑚礁の海の透明度を期待していたがそこまで期待するのは所詮無理な話だった。緩やかに曲がった白い砂浜には人は数えるほどしか見当たらなかった。波が小さな音を立ててさわやかに寄せていた。定期的に繰り返す波音は海の鼓動だった。

「波音は海の心臓の音だ！」

庸一は海から生まれた生物の心臓の鼓動が浜辺に打ち寄せる波の音と似ていると思った。庸一は先程、ホテルのロビーで買った草履を履いて浜辺をゆっくり歩いた。黒い岩がごろごろしている場所に来ると、海水は透き通って、まるで透明ガラスのようだった。庸一は裸足になって海の浅瀬を歩いた。押し寄せる静かな波の泡が白い砂と岩の間に広がったかと思うと砂浜にすっと吸い込まれて消えた。数秒も立たないうちに次の波が押し寄せては同じ鼓動を飽きる事なく続けていた。地球の生成から四十六億年を隔てた事を思えば自分の立っている白浜の海が四十六億年前まで溯る事の出来る奥深い謎を感じた。目の前の岩と、何の変哲もない海と、空と、大気と、樹木、草花、それに静かに輝く朝日、昨夜の月蝕…等が全て四十六億年の歴史の歩みの結果である事を思うと空恐ろしくなった。岩の上には舟虫が足早に動き回っていた。庸一が岩の上に足を乗せると舟虫達は素早く四方八方に散らばって逃げて行った。海水の水溜まりには引き潮で海に逃げ遅れた小さな魚が泳いでいた。

「小さな魚は小さな水溜まりが似合う！」近くの岩場で磯釣りをする五、六人の釣り人が見えた。ふと見上げると丘の上に白い灯台が見えた。庸一は再び砂浜沿いにホテルへ戻った。

部屋で荷物を纏め、ロビーに出て、支払いを済ませると庸一は駐車場へ行った。車のエンジンをかけて、ホテルの入口まで車を進めた。陽葵はロビーで待っていた。荷物をトランクに積むと車を発進させた。左手に曲がり、須崎御用邸のそばを通った。庸一は観光ガイドブックに載っていた九十浜海水浴場へ行きたかったが陽葵は寄り道するのが大嫌いだったので庸一は爪木崎グリーンエリア内の駐車場に陽葵と車を残して一人で九十浜海水浴場へ行った。真夏日の朝は暑かった。須崎御用邸のそばから小さな道が急角度で海の方へ続いていた。とても車では行けない程の急な坂道だった。V字型になった谷間の底に奇麗な海が見えていた。庸一は坂の途中まで下って行ったが、海辺まで下りて行く元気はなかった。

「下ってまた、上るのが大変だ！」

小さな海岸には既に家族連れの海水浴客達が来ていた。パラソルが並び、のんびりとした光景だった。

「この次にまた来よう！」

庸一は再び急な坂道をゆっくりと上って行った。陽葵は日傘を差してバス停の前でぽつねんと待っていた。庸一と陽葵は爪木崎の灯台の方へ車を走らせた。緑の丘が広がる場所だった。道の両側にはとべらや夾竹桃が咲いていた。暫らく走ると爪木崎の灯台と青い海が見えて来た。駐車代金の千円を支払って店の前に車を止めた。「冬が来れば、水仙が咲いて奇麗なんだけどね…」

庸一は陽葵に言った。

「でも、夏の伊豆も良いわ！」庸一は水仙が好きだった。パリのブーローニュの森の中にあるプレカテラン公園の水仙を見て以来、あの公園に匹敵する水仙を見る事はなかった。春を待つようにして咲く黄水仙や白い水仙が広い公園の中に絨毯のように咲いている光景は本当に見事だった。庸一は真夏日の中、真冬の爪木崎を思い浮かべながらこの丘の斜面に咲く三百万本の野水仙の畑を想像していた。

「さぞかし、見事だろうな！」

爪木崎の丘の見晴台から伊豆の海が広がり、伊豆大島が目の前に見えていた。陽葵と二人で暫く景色を楽しんでいた。

駐車場の近くにはレストランやお土産屋が並んでいた。庸一と陽葵はかき氷を食べる事にした。たまたま入った店は親爺さんと叔母さんの夫婦で経営している小さなお土産屋だった。店の中に伊豆大島の火山爆発の写真が所狭しと貼ってあった。

「伊豆大島の爆発の時の写真ですね？」

庸一は日焼けした顔の親爺さんに尋ねた。

「そうですよ。平成元年でしたね。伊豆大島の人達は大変だったんですよ。目と鼻の先の島が噴火したんですから大変でしたよ」

庸一はかき氷を食べながら噴火当時の話を親爺さんから聞いた。伊豆半島は、太平洋の南から島が移動して来て、日本列島にぶつかったと言う説が最近出ていた。ぶつかった場所に丹沢の褶曲山脈が出来たという話である。言われてみれば、箱根や富士山を含めて、火山活動がある事を思えばまんざら嘘とも思えなかった。恐らく、大陸移動説やヨーロッパ大陸のアルプスがアフリカ大陸の方から力が加わって大褶曲山脈が出来たと言う説を背景に伊豆半島の地殻変動説を出したのだろうと推測した。日本そのものが不安定な地殻構造の上に成り立っており、伊豆はまさにその活動を目の当たりに見せてくれる場所だった。

庸一と陽葵はかき氷を食べた後、家から持って来たブルーのパラソルを持って、海岸まで降りて行った。庸一は海水パンツに着替えて、海で泳いだ。浅い入江の海の中に海草がゆらゆら揺れているのがくっきりと見えていた。子供達も親と一緒に海の中に浮き袋を浮かべて泳いだり、膝小僧のところまで水に浸かって遊んでいた。庸一はシュノーケルを持っていなかったので潜るわけにには行かなかったが、海の底のごろごろした岩の上を歩きながら磯伝いに泳いだり、歩いたりしていた。陽葵は砂の上にパラソルを開いて読書をしていた。遠くに、白浜の方が見えていた。庸一と陽葵は一時間ばかり夏の伊豆の海を楽しんでいた。庸一は何年も前にフランスとスペインとの国境近くの地中海のペルピニヤンと言う町の近くにあるルシオンの海で初めてシュノーケルを使って、海の浅瀬に潜った事を思い出していた。海の底がどんなに美しい所かを実感したのである。フランスの文学賞であるゴンクール賞を選ぶ会場として有名なパリのドルーアンというレストランのプレートの裏側に「魚にとって海は空である」と書かれてあったジャン・コクトーの言葉はまさに当を得ていると思った。庸一は伊豆の海が真夏でも比較的人も少なく、のんびり出来る事を知った。庸一と陽葵は、爪木崎を後にして、下田の町を通り抜けて、河津七滝の方へドライブした。

「伊豆って面白いところね！」陽葵が言った。

「起伏の激しい所だね！」

「海沿いを走っていたかと思うと急な坂道を上がり、こんな山の中に来るんですもの…」

そう言えば、確かにその通りだった。車で細い山道を何度もカーブしながら河津七滝まで上り、天城荘の隣の民芸風のレストラン「大滝庵」に立ち寄って昼食に山菜そばを食べた。店員が湯ヶ島へ行くなら、「旧天城街道を通ると良いですよ」と教えて呉れたのでその道を通る事にした。

河津七滝のループ橋を上って暫く走ると右へ曲がる小さな山道が見えた。「旧天城街道」と書かれた道案内が見えた。数分も走ると、舗装道路も途切れて、石ころだらけの道となった。対向車も人も見えず、おまけにうっそうと繁った森林の中を走り、その薄暗さに楽しみよりも不安の方が増してくる程だった。十分程進むと「二段滝」と書いた案内が見えて来た。庸一と陽葵は道路脇に車を停めて、「二段滝」を見に行った。谷川の音だけが聞こえて滝が何処にあるかなかなか見えなかった。細い道を下ったところに、狭い見晴台があり、そこから「二段滝」がようやく見えた。樹木の中に勢いよく流れ落ちる滝が見えた。暫く休憩していると、ハイキング客が山道を下りてくるのが見えたのでほっとした。こんな場所で道に迷い、町に戻れなくなったら、人間も野生動物に帰ってしまうのじゃないかと思われる程、山深い場所だった。「二段滝」のすぐ上流に寒天橋があった。石川さゆりのヒット曲「天城越え」の唄の中に出て来る橋の名前だった。庸一はこんな場所に寒天橋があるとは知らなかった。苔むした小さな石の橋だった。橋の横から細い山道が延びており、林の中に消えていた。そのまま、歩いて行くと八丁池へ続く道だった。庸一と陽葵は寒天橋で車を停めて写真を撮った。再び、山道をゆっくりと車で走ると急に眼前に石で組んだトンネルが見えた。そのトンネルを見ると何か不可思議な感じがした。空は真っ暗に曇っていた。庸一と陽葵は車をトンネルの脇の駐車場に停めると同時ににわか雨が降り出した。庸一は思わず、「天城越え」の三コーラス目の歌詞を口ずさんだ。写真でも見た事のある天城山隧道だった。川端康成の小説「伊豆の踊子」の舞台になったのがこの場所だったのだ。庸一はタイムスリップしたような感じにとらわれた。トンネルの中から熟年夫婦がハイキング姿で出て来た。トンネルの奥の方に小さな明かりが見え、そこが向こう側の出口である事が分かったが、何故かその明かりが冥土への抜け道のような気がした。

「不思議なトンネルだね」庸一は陽葵に言った。

「黄泉の世界への通路みたい」

庸一は今まで、幾つものトンネルを通って来たがこれほど自然に溶け込んだ魔訶不思議な印象を持ったトンネルはないと思った。やがて、トンネルの奥からオレンジ色のヘッドライトをつけた車がゆっくりと庸一と陽葵の方へ近づい来た。雨が一段と激しくなった。庸一と陽葵は車に乗り、天城山隧道の中へのろのろと入って行った。狭いトンネルだった。かなり長い一直線のトンネルで遠くの方に小さな光が見えていたが幾ら走っても向こう側の出口まで着かないような気がした。ようやくトンネルの出口に辿り着くとまだ雨が降っていた。庸一は人気のない淋しい山奥から早く抜け出して、国道に出たいと思った。ものの五分も走れば、人里に出ると言う距離なのに自分達のいる場所が俗界を遠く離れた隔離された異次元の場所にいるような錯覚に襲われていた。

「ブラックホールへの入口みたいな不思議な空間だ！」

庸一と陽葵は再び国道四百十四号線に出て、浄蓮の滝へ向かった。途中、「道の駅」に立ち寄って、川端康成の展示会を見学した。移築された井上靖の自宅も見学した。川端康成、井上靖、共に今までは遠い存在にしかすぎなかった文学の巨匠が描いた伊豆と言う小説の舞台を自分の目で見て歩く事によって、ようやく身近な存在になったような気がした。生きていた時代こそすれ違ってはいたが、同じ時代に生きていたような気すらして来た。浄蓮の滝はその「道の駅」から車でほんの数分の所にあった。那智の滝や華厳の滝のようにもっと、山奥にある滝かと思っていたが、伊豆の山を越えて平野に近い所にあった。

「なんだ、こんな所に滝があるんだ！」

しかし、滝へ行くには、狭い石の階段をどんどん下って行かねばならなかった。

「帰りの上り坂がきつそうだね」

庸一は乳がんで手術して数か月しか経たない病み上がりの陽葵には多少きつい坂だと思ったが陽葵は深い谷底にある滝壷の所までついて来た。

「これがあの浄蓮の滝か！」

幅七m、高さ二十五mの滝は黒っぽい玄武岩の岩肌を壊してしまうような勢いでうっそうとした原生林の中から流れ落ちていた。下流にはわさび沢が並んでいた。庸一は初めてわさび沢をそこで見た。浄蓮の滝から流れて来る清水を使ってわさびを栽培していた。滝壷のそばから見上げる滝は白い水飛沫と共に涼しさを周りに放っていた。何となく曰くありげな神秘的な印象を受ける滝であったが、美女に化身した女郎蜘蛛と木こりの伝説が伝わる滝である事を案内板の説明で知るとその滝の醸し出すミステリアスな印象が肯けた。庸一と陽葵は三十分ばかり滝の側で、水の流れやわさび沢を見ていた。再び、先程、下りて来た階段を息を切らしながら上った。

湯ヶ島は浄蓮の滝から車で十分ばかりの所にあった。昨夕、白浜から電話をかけて予約した「眠雲閣落合楼」と言う名前の旅館に着いた。旅館の創業は明治十四年で昭和八年に建てられた本館は風格のある立派な造りだった。幕末の頃の剣客、山岡鉄舟が庭園で浄蓮の滝から流れて来る本谷川と世古峡の方から流れて来る猫越川が合流するのを見て落合楼と名付けたと言われている老舗旅館だった。川の上流には本谷川にかかる男橋、猫越川にかかる女橋があり、その三角州は出合橋と呼ばれていた。この二つの川が合流して狩野川と呼ばれる名前になる事を知ったのはその旅館に泊まったからだった。川端康成が「伊豆の踊子」を執筆した常宿である湯本館は予約が一杯で泊まれなかったが、この「眠雲閣落合楼」も伝説ありきの旅館で思いがけない旅情を感じた。午後五時に旅館の新館ビルの前に車を停めてチェック・インすると、年の頃、五十歳くらいの和服姿の仲居さんが部屋に案内して呉れた。エレベーターで谷川の方に下り、狩野川の渓流を横切っている渡り廊下を歩いて本館の方へ案内された。迷路のような廊下と階段を上り下りしながらようやく部屋に着いた。部屋は三十畳はあると思われる広い和室で天井の欄間も今はなき久留米の実家の座敷の欄間にそっくりだった。

「立派な和室だね！」庸一は陽葵に言った。

「この部屋で二食付きで一人一万五千円は安いわよ」

確かにその通りだった。部屋からは古色蒼然とした枯山水の庭が目の前に見えていた。

「庭園側の部屋にしますか？　それとも渓流側部屋にしますか？」予約する時、散々、迷っていたが庭園側の部屋に決めて良かったと思った。庸一と陽葵は浴衣に着替えて、内風呂へ行く事にした。温泉に着いたら、すぐに、温泉に入り、それから夕食を食べて、もう一度、風呂に入り、又、寝る前に一度、温泉で暖まって寝る。そして、翌朝、朝食の前にもう一度、温泉に入ると言うパターンが常だった。この旅館の温泉は「天狗の湯」と呼ばれており、伊豆の山にいた天狗が湯浴みをしたと言う伝説が残る露天風呂だった。混浴と女性専用の風呂があったが陽葵は恥ずかしいと言って女性専用の風呂に入った。混浴の風呂は谷川沿いにあった。渓流の音とせわしげに鳴く蟬の声を聞きながらうっそうと繁った樹木の間を抜けて来る夏の夕暮れ時の木漏れ日を見ながらのんびりと湯船に浸かった。風呂には庸一ひとりしかいなかった。まるで貸し切り専用風呂のような贅沢な気分を味わいながら岩で出来た湯船に入っていた。露天風呂と繋がった洞窟の風呂があり、打たせ湯もあった。


「日本の温泉は最高だ！」

　フランスにも、ドイツにも、スイスにもこのような温泉はなかった。温泉から出て、部屋に戻るともう夕食の準備が出来ていた。何から何まで手回しが良かった。大きな和室の部屋で脇息まであり、まるで殿様みたいな待遇を受けて夕食を食べるのは本当に快適だった。湯上がり後の一杯のビールは最高の味だった。喉元を過ぎる麦色の冷たいビールが空腹の胃の中に染み込んで行く感触はまさに生きる証の瞬間だった。庭では法師蟬と油蟬が声を絞って夏の盛りを謳歌していた。夕食は盛り沢山だった。鮎の塩焼きあり、ステーキあり、柳川鍋あり、茶碗蒸しあり、サラダ、漬物ありで食べきれないくらいのご馳走だった。

「世界には食糧難の国があるというのに…」

「日本は安全よね！」陽葵が言った。

　たった二泊三日の夏休みを取るだけで日本人は幸せを感じていた。これがフランス人だと連続して四週間の夏のヴァカンスを取るのが普通であり、その間、何処へも行かずにパリに居残ると貧乏人だと思われる程である。カナダ人も約二週間は連続して夏休暇を取り、人生を楽しんでいるのに比べると日本人の休暇の取得状況は何と慎ましいのだろうか！　年間、二十日間の有給休暇の権利があっても、ほとんどのサラリーマンは完全に消化せずに、十日も残したり、丸々、二十日間残す社員も多い。休暇を残しても休暇の買い上げをしてくれるわけでもなかった。フランス人に言わせれば「会社に休暇をプレゼントしている」事になるのである。夕食が終り、暫くテレビを見た後、もう一度、風呂へ入る事にした。

「夜は外人さんの団体が入りますので風呂は多少、混むかもしれません」

　仲居さんが教えて呉れた。

「何処の国の人？」

「中国の団体さんです。到着が遅れているんでまだ着いていないんです」

「中国人なら温泉を楽しむ習慣はないからあまり、風呂は混まないと思いますよ」庸一は仲居さんに言った。

夜の八時頃、温泉に行ったが思った通り誰も風呂にはいなかったので陽葵が混浴の風呂の方へやって来た。陽葵は誰もいないと分かっていても何か落着かない様子で風呂に入っていた。猫越樹陰の奥の中天から青い月の光が湯面に降り注いでいた。猫越川と本谷川の渓流が合流する音がざわざわと聞こえていた。庸一と陽葵がのんびりと混浴に入っていると一組のカップルが混浴に入って来た。白人のカップルだった。白人女性は豊満な肉体をしており、卵の殻のように真っ白い乳房の膨らみに庸一の目は釘づけにされた。身長は一メートル七十センチほどで素っ裸の立ち居姿は服を脱いだマリア像の様だった。一方、男性の方は女性よりも背丈もずっと高く、一メートル八十センチはあろうかと思われた。その男性の。髪の毛は金髪で胸毛も海藻のように生えていた。白人のカップルは日本のタオルが小さい所為で局部を隠す事もせずに太い一物をぶら下げたまま混浴の岩風呂に入ろうとしていた。一方、白人の女性も前を隠す事もせずに乳房と腹部と太腿あたりを惜しげもなく見せながら右足の方から湯船に入ろうとしていた。湯船の底は浅いので風呂に入っても男性も女性も胸から上は湯面から外にはみ出していた。庸一は白人カップルに話しかけた。

"Where are you from?"
"We are from Canada?"
"Where in Canada?"
"I'm from Toronto."
"How about you?"
"I'm from Montreal."
"How about you?" 白人の男性が私に質問した。
"We came from Kashiwa City in Chiba Prefecture."
"Are you travelling here?"
"Yes. We came here by car."
"Do you like Izu?"
"It's very beautifu area."
"Are you travelling across Japan?"
"Yes. We love Japan very much."
"Where did you vist in Japan?"
"We went to Kyoto,Nara last week."
"You enjoyed there?"
"Yes.Very much!"

庸一はカナダ人のカップルと語り合っていると日本人の中年カップルが混浴風呂に入って来た。身長は一メートル六十センチほどのすらりとした女性だった。男性の方は身長一メートル六五センチほどで庸一と同じ位の背丈だった。女性はタオルを縦長にして乳房と股の部分を隠して湯船に滑り込んだ。庸一は日本人の女性特有の恥ずかしさで全裸の姿を隠して湯船の中に入り込んで来た。三組のカップルは英語で話し合った。英語が得意の陽葵も会話に加わっていた。庸一は日本人のカップルに聞いた。

「お宅らはどちらからお見えですか」

「私達は九州から来ました。車で来たんです」

「九州のどちらから？」

「福岡です」

「えっ！　私も福岡県出身ですよ」

庸一は同じ福岡出身のカップルに出会い懐かしい思いがした。

「福岡のどちらですか？」

「久留米です」

「えっ！　久留米ですか！　私も久留米出身ですよ」

「本当ですか！　同じ故郷じゃないですか」

「そうですね」

「高校はどちらですか？」

「県立高校です」

「もしかして明善高校？」

「ええ、そうですよ」

「嘘でしょう」

「本当ですよ」

「奇遇ですね。私も明善ですよ。びっくりです。同じ高校卒業なんて」

「何年卒ですか？」

「昭和三十九年です」

「えっ！　それなら同窓生じゃないですか」

「お名前は？」

「高木です」

「あの高木さんですか？」

「名前は憶えていますよ」庸一はまさかこんな伊豆の湯ヶ島の宿で高校の同級生と出会うなんて奇跡だと思った。

「全くの奇遇ですね」高木さんもびっくりしていた。高校を卒業して以来。半世紀以上も経つのでお互いに一目見ただけでは顔を思い出す事が出来なかった。

「お連れの方は奥さんですか？」

「ええ。家内です」

「奥さんの事、見た事があるような気がしますが…」庸一は高木さんの奥さんの方を見た。

「あなたの事、憶えていますよ。庸一さんでしょう」

「そうですよ」

「もしかしたら旧姓の古賀さんでは…？」

「そうですよ」奥さんは笑いながら答えた。

「同級生で結婚したんです」

「噂には聞いていたんですよ。先生をしていたんでしょう」

「はい。夫婦で高校の先生していました」

「いやあ。こんなところで会うなんて奇遇ですね」

長く生きていれば色んな奇遇があった。庸一は高校時代にはキュートな感じの古賀さんの事が内心好きだった。初恋にしては遅すぎるが恋心を感じていたのは確かだった。でも、高校で恋愛関係になると大学受験に悪い影響になると思い自制していた事を思い出した。

「まさか湯ヶ島で同じ旅館に泊まっていたなんて信じられない思いだった。しかも、混浴風呂の中で出会うなんて神様のお導きかと思った。高校生の時には見たこともなかった古賀さんのスリムながら少しふっくらとした裸を伊豆で、しかも五十数年後に見る事が出来るなんて考えてみたら奇遇中の奇遇と庸一は愉快な気持ちになった。

「高校の同級生だったの？」陽葵が庸一に聞いた。「そうだよ。驚いたね。こんなところで会うなんて」「そうね。見えない糸ってあるのね」

すぐ向かい側で湯船に入っていたカナダ人カップルも庸一と高木の出逢いにびっくりしていた。

"You were high school classmate each other!"

"Yes.Unbelievable that we could meet here in Izu. My home town is in Kyushuu Island! Far away from here. Almost 1,000 km south from Izu."

"Wow! What a coincidence! Congratilation!"

カナダ人のカップルも庸一と高木夫妻の出会いに驚いていた。混浴では思いがけない出会いがあった。

庸一と陽葵と高木夫妻と混浴を出た後、夕食を済ませるとロビー近くにあるバーで旧交を温めた。

カナダ人カップルも庸一がカナダ大使館に勤務していることを知って、一段と親しくなっていた。

翌朝、朝風呂に入り、大部屋で朝食を取った。カナダ人カップルも高木さん夫妻も一緒だった。昨夜の混浴風呂での会話の続きをしながら朝食を取った。そして、お互いに無事を祈って旅館で別れた。

「今日は、虹の郷へ行こう。それから、箱根経由で柏へ帰ろう！」「虹の郷」は修善寺の郊外にあり、カナダ村とイギリス村がある公園だった。大使館の同僚が修善寺にはカナダ村があると教えて呉れたので折角の機会だから出かけようと思っていた。七月二十九日、金曜日。その日は快晴だった。午前十時頃、「眠雲閣落合楼」をチェック・アウトして、修善寺へ向かった。

修善寺の狭い温泉街の中をゆっくりと車を進めながら郊外へ出ると、十分あまりで「虹の郷」へ着いた。「虹の郷」は丘の上にあった。丘の上から周りを眺めると東の方には伊豆の山々がすぐ目の前に一望でき、西の方には真っ黒な色をした富士山が遠望出来た。広いパーキングに駐車して、エントランスゲートへ行き、旅館で貰った割引券を出して、入園した。入口の近くにはイギリス村があった。シェークスピアの家のように白い壁を木で組んだイギリス風の家が並んでいた。家の中ではイギリスの物産を販売していた。イギリス村の広場にロムニー駅があり、そこから、カナダ村まで英国製の十五インチゲージの小さな蒸気機関車に乗って行った。カナダ村までの所要時間は七分だった。丘の上を走るミニトレインから見る景色は素晴らしかった。カナダ村の終着駅はネルソン駅だった。

カナダのブリティッシュ・コロンビア州のネルソン市と修善寺市は姉妹都市契約を結んでおり、このカナディアン・ビレッジはネルソン市をモデルにして作られていた。駅に着くと目の前にクーデニ湖と呼ばれる小さな池が見えた。緑の芝生とメープルツリーの緑陰もあった。カナダはメープルツリーが国の象徴でありカナダの国旗も白地に真っ赤なメープルの葉の模様がベースになっていた。湖の向こう側にネルソン市の旧市庁舎を模して作られたネルソン・ホールがあった。

建物の中にはカナダ人の画家の絵や写真等が展示してあった。庸一はカナダ人画家の個展を幾つか見ていたが彼らの芸術性はフランスの画家やスペインの画家、米国の画家とは何か異質なものを感じた。具象的でありながら抽象的であり、抽象的でありながら具象的であると言ったものを持っていた。ピカソとも違うし、ダリ程の自由奔放なシュールさは感じないし、モネのような印象派の絵とも一線を画していたし、米国のような完璧なまでのスーパーリアリストでもなかった。それらをすべてミックスしたような技法であった。庸一は思いがけずに見たカナダ人の画家の絵に驚きながらネルソン・ホールを出ると、メープルの並木道のある通りを歩いた。道の片側にはカナダ風の家が並んでいた。庸一と陽葵は一軒のギフトショップに入り、息子夫婦と娘夫婦達にカナダのTシャツを4枚と日本人にはほとんどなじみの薄いカナダの缶入りビールとカナダ名産のメープル シロップをお土産に買った。店にはその他にサーモン、クッキー等カナダの特産品を沢山売っていた。

「まるでカナダ旅行しているみたいだね」

庸一は陽葵に言った。

「…」

庸一と陽葵はカナダ村から美しい噴水や花壇のある西洋式庭園の方へ歩いて行った。観光客は少なかったので庸一と陽葵はのんびりと歩いた。すぐ近くにロイヤル・ローズ・ガーデンがあった。バラは既に季節はずれではあったが、真夏の暑い日差しに疲れた様にバラの花が咲いていた。途中、日本庭園を望む、菖蒲亭で昼食を取った。食事をした後は匠の村、伊豆の村、イギリス村へと歩いて行き、再び、イギリス村のロムニー駅に着いた。遠くに夏の富士山が見え、天城山、万二郎岳、万三郎岳、遠笠山等の伊豆の連山が目の前に横たわっていた。庸一はその山を見ながら若くして病死した画家の山路さんの事を再び思い出していた。

「五十歳で病気に罹り、伊豆高原で療養している間に、天城山、万二郎岳、万三郎岳にも登ったんですよ…」

山路さんの言葉が庸一の脳裏によみがえって来た。「あの山が山路さんの話していた伊豆の山々だったのか！」

「虹の郷」の駐車場から伊豆の山々を一通り見渡した後、車のエンジンをかけた。庸一と陽葵は国道一号線を走り、箱根を経由して、東名高速道路から柏へ帰る事にした。緑に囲まれた「虹の郷」から山道を下るとやがて狩野川へ出た。庸一は修善寺道路と絡み合うようにして流れる狩野川の橋を何度か車で渡った。わずか二泊三日の伊豆旅行が庸一の「人生の細密画」のようにさまざまな友との掛け替えのない想い出と重なり合うのを感じて伊豆を後にした。

了

草莽伝

老年期2

前田　新

平成二十（二〇〇八）年、真は町のペンクラブの会長になった。恩師の村野先生が会長のときに副会長になって、十年が過ぎていた。脳梗塞を患ってから役職を辞退してきたが、一期二年だけということで就いた。

県農民連の機関誌「穂波」の発行を委託してきた福島市の佐賀さんが、出版も手掛けることになり、「シーズ（種子）出版」としてスタートした。その最初の出版物として、真の農民文学賞を受賞した小説『彼岸獅子舞の村』の発刊の話があり、承諾した。同時にそれとは別に詩集の発行も計画していたので、それも佐賀さんにお願いした。詩集『わが会津——内なる風土記』は民俗色の強い詩を会津の歴史のなかに探った。そのときは真は自分の詩と思想の集大成の心算だった。その詩集を見た月刊詩誌『詩と思想』の企画部から、土曜美術社出版販売が全国的な規模で進めている「新・日本現代詩文庫」に加えていただくことのお話しがあり、解題を若松丈太郎さんと中村不二夫さんのお二人の詩人にお願いすることが出来た。

平成二十一（二〇〇九）年、これは望外のことで、新・シリーズ80として、全国の百人の現代詩人なかに入れて頂くことになった。まさかそのようなことが起きるとは夢想だにしなかったが、真壁仁、三谷晃一、斉藤庸一、杉山平一、井上俊夫さんらあこがれた詩人たちの末席を汚すことになった。真はそれまでの八冊の詩集とエッセイの中から、八十五篇の詩と二冊のエッセイから五編を選出して収録し、簡単な略歴をつけた。そのとき、会田真の終活の一環とそれは位置付けてのことであった。

平成二十二（二〇一〇）年、次女の娘が和光大学付属小学校六年生になり、修学旅行で沖縄にいって、その感想文で「日本国憲法九条」ついて、もっと勉強したいと書き、次女がそれをフォローして、卒業記念に自分で表紙絵を描いたり、九条の会の三木さんに取材に行ったりして、『日本国憲法九条』というタイトルの五十ページほどの小冊子を発行して送ってよこした。

会田真には二人の孫娘がいたが、長女の孫娘は医学の道に進みたいと、北里大学に進学したが、次女の孫娘は平和について関心を持ってくれた。

先のことは解らないが、自分の目指す道を進んで欲しいと、真は次女の孫娘のために、日本国憲法九条についての見解と、信念、これまでに書いてきた評論を二百ページほどにまとめて、『孫への伝言——自家用九条の会』として、シーズ出版社から発行した。

平成二十三（二〇一一）年、三月十一日午後二時四六分、宮城県牡鹿半島南東約一三〇キロの三陸沖を震源とするマグニチュード8・8の地震が起きた。会津でも震度六強の揺れが起きた。真は九十歳を超えて部屋に寝ている母親の佐和を起こして、家の外に出られるように戸を開けて、揺れの中にいた。喜与が車で出て行って家にいなかったので、もし、家が倒壊するようであれば、庭に出る用意をして揺れがおさまるのを待った。最初の揺れは数分で納まったが、その後、二度ほど余震がきた。二階の屋根瓦が落ちるかと思ったが、壁の隅がはがれ落ちた程度で済んだ。これは日本海沿岸で起きた昭和三九（一九六四）年の新潟地震の時よりも、会津では住宅への被害は少なかった。新潟地震のときは土蔵の壁が落ちた。

テレビではリアルタイムで浜通りの現状を伝える。M9・0の地震で東電の第一原発電の一号機から四号機まで、すべての原発が自動停止した。

「外部電源喪失」と報じた。そこへ津波の第一波が襲来する。津波の高さは六メートルと予想されたが、第一原発を襲った津波は高さ十五メートルを超えていた。東日本沿岸一帯は壊滅的に破壊され、宮城県で一万人が行方不明と報じられる。午後七時、政府は「原子力緊急事態宣言」を発令するが、当時の民進党、枝野幹事長の「原発については、ただちに影響はない」という言葉がくりかえされた。大熊町と双葉町など半径五キロに最初の避難命令が出る。そのなかで翌三月十二日、ついに原発一号機が水素爆発を起こす。避難命令は半径十キロに拡大される。原発三号機に炉心溶融（メルトダウン）が起きる。それによって三号機が水蒸気爆発を起こす。二号機もメルトダウンを起こして、十五日水素爆発する。

原発から事故によって放出された放射性物質は七七万テラベクレル、広島に落とされた原爆の一六八個分、セシュウム換算で八〇個分に相当する。と報じられた。

会津盆地の西南に位置する会田真の町は、東京電力の第一原発から、およそ百三十キロほど離れている

まず、若松市に大熊町が行政も学校も移ってきた。真の町にも仮設住宅が建てられ、楢葉町の人々が移ってきた。津波によって破壊され、その上原発の炉心溶解という事故によって大量の放射性物質がまき散らされて、避難区域はさらに半径三十キロに拡大されたが、それは爆発した時の気象条件を考慮に入れずに、原発からの同心円によっていた。しかし実際は風によって浪江町の山間地にも飯館村にも放射性物質は大量に運ばれていた。その地に避難指示が出されるのは、なんと二か月が過ぎてからであった。五月の半ば過ぎに農民連の佐々木健三さんから真に電話が来た。

「浜通りは大変な事態だ。農民連の会員も大方は被災している。長野県の小林節夫（農民連初代全国連代表）さんから、電話があり、浜通りの現状をつぶさに見たい。その折に会田君とも逢いたいので、都合を聞いてくれと言われた。自宅まで迎いにいって、帰りも夜になるが自宅まで送り届けるので同行願いないか」という。「お世話になるが」と承諾して、五旦の末に農民連の県連会長根本敬さんの車で浜通りの鹿島に向かった。福島からの往路は飯館村を経由した。放射線量の測定器をもってきた根本さんが「強いです」と言ったが、まだ避難命令は出ていないので、ここは大丈夫だろうと、車を降りて話をしたりして、鹿島に行き津波の恐ろしさを目の当たりにした。封建時代に村役人であった郡さんの家は高台にあったので残っていたが、隣家は津波がさらっていて何も無かった。郡さんの集落の年寄りたちは集落の集会場に集まっていて、全員が亡くなったと言

う。集会場は海よりは二十メートルも高台にあり、海辺には松の林もあったというが、残った松の木の高い枝に津波が引いてゆく時に残した布切れのようなものが引っかかっていた。そこから原発は見えなかったが、われわれ一行はそこから相馬市に回って帰ってきた。

それから一月ほど経ったころ、突然、痛みはないのだが血尿が出て止まらず、二か月間入院して癌の検査をしたが、原因不明のまま九月に収まり退院した。

その見聞をもとに真はその翌年『一粒の砂――フクシマから世界に』という原発をテーマにした二四篇の詩を括って一冊の詩集を土曜美術出版社から発行した。生きて経験した出来事のモニュメントとして残さねばならないという思いからであった。そのなかの「見えない恐怖のなかでぼくらは見た」は農民連の機関誌「農民」に掲載したものだが、それが福島大学の後藤宣代教授によって、カリフォルニア大学バークレー校のイベントで朗読され、カリフォルニア大学教授、アンドリュー・バーシイさんによって英訳され、『アジア・太平洋ジャーナル・ジャパンフォーカス』（英語版）のウェブサイトに転載された。その後、アメリカのアーチスト、フリッツさんが日英両国語に彼の絵を配したポスターを制作した。そのポスターは被災農民の援助のために頒布された。やがてその詩は韓国語に訳され、さらにフランス語にも訳された。

見えない恐怖のなかでぼくらは見た
記憶せよ、抗議せよ、そして生き延びよ

井上ひさし
見えない恐怖に脅かされて
四か月を過ぎたいまも
ぼくらはふるさとの町を追われたままだ
レベル7、その事態は何も変わっていない
何万という家畜たちが餓死していった
人気のない村に、その死臭だけが
たちのぼっている

姿を見せないものに
奪われてしまったふるさとの山河を
何事もなかったように季節が移ってゆく
郭公が鳴くそこで、汗を流して働くのは
もう、夢のなかでしかないのか
ぼくらは、そこに立ち入ることもできない

かつて、国策によって満州に追われ
敗戦によって集団自決を強いられ
幼子を棄てて逃げ帰ってきたふるさと
そして苦闘のすえに築いた暮らしを
あの日と同じように、一瞬にして
国策の破綻によって叩き壊された

しかもこれは痛みのない緩慢な死だ
あの日と同じ集団自決の強要ではないのか

七三一部隊の人体実験ではないのか
なかまよ、悲しんで泣いてはいられない
この四か月間の間、見えない恐怖のなかで
ぼくらが見たものは
それでもなお
原発はつづけていくという恐怖の正体だ

よし、そうならば
ぼくらも子や孫のために、腹をすえてかかる
かつての関東軍のように、情報を隠し
危ないところからは、さっさと逃げ帰って
何喰わぬ顔で、安全と復興を語る奴らに
そう簡単に殺されてたまるか
なかまよ

この詩が、呼びかけのかたちを取ったのは、農民連の機関紙「農民」に掲載するためだった。詩集の後も、いろいろなところに詩や小文を書いてきたが、その認識に基本的な点で変わりはない。会田真は吉本隆明のような原発容認の文明論には立たない。あの日から既に十年が経過した。奪われた土地はそのまま、除染も山野は行われずに、安全だから帰れという。どれほどの人のいのちが奪われようと、放出された放射性物質との因果関係はないと、原発の「安全神話」だけが復活した。

平成二四（二〇一二）年、五月、母親の佐和が脳梗塞で倒れた。連休の日で緊急指定病院との連絡がうまくいかず、救急車に乗せてから三十分以上も発車できなかった。ようやく若松市の郊外にあるT病院に入院することが出来たが、九六歳という高齢でもあり、危篤の状態が数日続いた。

一週間ほどで危機を脱したが、会話ができることはなかった。真と喜与は佐和が入院してからは、家からは十五キロほど離れていたが、亡くなるまでの六か月間、一日も休まずに病院に通った。佐和を大事に看取りたいと言う思いは勿論だが、老人医療の現実に驚愕したからであった。そこでは病人は人間としてではなく、患者として扱われていた。幾つもの派遣会社から派遣された人達が細かに分類された作業を行っていた。その人たちがその時間来て、その作業をしてゆく、決してその決められている作業以外の事には、手を出さない。例え患者が苦しんでいても、それは医師の仕事、看護婦の仕事と、そこまでは当然言えば当然なのだが明確になっている。佐和は手を動かすからか、いつもベットの柵に両手が磔（はりつけ）の形に、強く結び付けられていた。真と喜与は毎日病院にいって結わられている手をほどいて、擦ってやると佐和は穏やかな顔になって眠った。何度かもっと緩やかに結わいてもらえないかと、看護婦に頼んだが、叶わなかった。

それでも佐和は、入院して六か月を生きた。医師に最後を告げられた夜は真と喜与は病院に泊まった。寒い夜で雪が降った。明け方、病院のカーテンに光が射したように思った。幻覚だったろうが、ほどなくして佐和は静に息を引きとった。二人の夫に先立たれて、七十年間、反体制の運動に走る一人息子を支え、二人の孫を育ててくれた佐和は、無告の人としての閉じた。真

はその顚末を鎮魂の思いを込めて短編小説『冬の銀河』として書き、民主文学の会津支部誌『あいづ文学』創刊号に載せた。

平成二五（二〇一三）年、小説『峠の詩』をシーズ出版より発行する。

3・11の東日本大震災の起きる以前に、書いていた過疎の村の再生の物語を本にした。過疎が進んで限界集落となった村から、はたして再生の方途はあるだろうかというテーマを設定してのユートピアだが、そのタイトルに真壁仁の詩集『日本の湿った風土について』のなかの「峠」を念頭に置いた。「ひとはそこで、ひとつの世界にわかれなければならぬ」というフレーズを想起したからである。地方の衰退は農村から始まったが、とりわけ山村の衰退は激しく、大都市への集中が加速されて限界集落などという規模ではなく、限界自治体に段階に入っている。政府は地方の衰退に対して合併によって対処しているが、それが一層の過疎化を促進している。

こうした現状に小説という虚構をもって、一矢を報いたいと書いたものであったが、福島県立博物館長で民俗学者の赤坂憲雄さんから、過分の帯文を頂いた。これもまた想定外の出来事であった。

「はじまりの物語、いま、ここから幕が開ける。村のユートピアへ。あらたな縁で結ばれた人々がつどう。風土の技とテクノロジーがひとつになり、あらゆる山の恵みが甦る。周到に組み立てられた、再生と反撃のためのシナリオ。宮沢賢治の影のもとで「ポラーノの広場」と「狼森と笊森、盗森」とが繋がれる。願わくば、山深き会津の里の物語に耳傾けよ、戦慄せよ」

福島県立博物館長赤坂憲雄

平成二六（二〇一四）年、の春、小説『峠の詩』を読んだと言って、コールサック社の社主、鈴木比佐雄さんから電話があった。宮沢賢治について書いているのかと訊ねられ、無いこともないと言ったら見たいので伺うという。そして彼は真の自宅までやってきた。評論、あるいは詩人論といったものは本にしたことは無いが、雑誌などに過去に書いたものはかなりあるので、メーンは宮沢賢治論だが、真壁仁、三谷晃一、若松丈太郎、大塚史郎の四人について書いたものを括って一冊にした。真自身が詩人論の視点に置いたのは、土着論ともいうべき視点であったので評論集の表題を『土着と四次元――宮沢賢治・真壁仁・三谷晃一・若松丈太郎・大塚史郎』にした。総ページ四六四ページの内、一八九ページを宮沢賢治論に割いた。会田真にとって宮沢賢治の存在は詩と思想の原点にかかわるからである。宮沢賢治論は評論というよりは、自らの生き様を問うものであった。解説を書いてくれた鈴木比佐雄さんが評論の特徴は、「私のなかの宮沢賢治像」だと言っているが、「多くの評論家の賢治像を検証しながら、自己の賢治像とどのくらいの相違があるかを比較し検討し、自分の見解を絶対化しないで懐疑的に自己の賢治像を自己の生き方に即して提示している」と、読んでくれた。まさに的を射た指摘であった。

話題の本のご紹介

今林直樹
『沖縄の地域文化を訪ねる—波照間島から伊是名島まで』

2022年12月22日刊　四六判／352頁／並製本
2,200円（税込）

沖縄の方々が私に示してくれた温かな心遣い。それらは忘れることのできない大切な記憶として私の中に残っている。そして、そこには人に対する沖縄の人々の深く温かい愛情が表れているのではないだろうか。そうした、人に対する沖縄の人々の温かい眼差しの謎を解きたくて、そしてその温かさに触れたくて、何度も沖縄を訪れる羽目になってしまい、今日まできている。(——本文「ちむくぐる」より)

永山絹枝『児童詩教育者 詩人 江口季好—近藤益雄の障がい児教育を継承し感動の教育を実践』

2022年11月4日刊
四六判／296頁／上製本　2,200円（税込）

永山絹枝氏は、近藤益雄から学んだ江口季好の「詩は生活の現実を見つめ、世の中の矛盾を書き込んでいくもの」という信念と「障がい児教育」や「児童詩教育」の根幹に据えた実践活動を、自らを含めた三代目に残し継承すべきだと考えて本書を執筆された。（鈴木比佐雄・解説文より）

書評

松本高直詩集『クラインの壺』
～この世界に「愛の計画」は書かれるのか～

伊藤　芳博

近年の世界の在り様を、言葉で映し出すとしたら、どんな言葉が対置されるだろうか。ウイルス感染によるパンデミック。核兵器使用も辞さぬ軍事侵攻。頻発する地域紛争。大国や軍事政権による人権弾圧。異常気象による自然災害や食糧危機、貧困。原油価格の暴落、物価高騰。分断による敵視、犯罪不安や情報化による監視社会。１％の大富裕層が40％の資産を握っているこの世界は、人口の10％が貧困層であるという格差。何が正しく何が間違っているのかも曖昧かつ反転し続けている。

この世界の現状に、詩の言葉はまっすぐ立ち続けていることができるのだろうか。静かに平和を語る詩もあれば、正義を熱く主張する詩もある。詩もまた世界の悲惨に共鳴している。宜（むべ）なるかな、だ。だが、松本高直『クラインの壺』は、そういった沈思凝思、悲憤慷慨からは距離を置く。具体的事象に心を奪われそうな書き手の意識を、詩の〈常套的な形式〉を逆手にとって、堅牢な喩の表現として屹立させているのだ。

小さな地球儀を回すと／はるか東の砂漠が浮かんでくる
〈乾いた言葉〉を／砂礫の中に埋めた／あの記憶が／／
小さな地球儀を回すと／はるか南の海が浮かんでくる
〈湿った言葉〉を／瓶に閉じ込め流した／あの記憶が
（「時間の谷間」より）

この詩集では、多くの作品にこのような形式が採られている。詩の題名にもその書法が示される。「魔鏡」「ア・プリオリ」「前意識」「磁極逆転」「変奏曲」、そして詩「春のカルテ」には「撞着語法」が、詩「秘密の国」には、「シンメトリー」という言葉が出てくる。此方と彼方、アプリオリとアポステリオリ、意識と前意識、そういった対比、シンメトリーが主題の変奏として書き記されていく。それらは逆転もするし撞着もする。そのリフレインと対、パターンによって、書き手も読み手も溢れようとする感情と一定の距離を保つのである。この詩的儀礼とでも言うべき形式が感情を抑制させ、本詩集の端正な抒情を作り出している。世界の現実と対峙した抒情、あるいは思想。

あなたという存在の背後に／ぴったりともう一人の
あなたが張り付いている　（「魔鏡」より）

顔のない犯人を追う／探偵が鏡に映す顔は／のっぺらぼうだ
（略）未来は過去で／老人は少年で（「犬の言い分」より）

月が持つ質量は／重いのか　それとも軽いのか
太陽が持つ熱量は／恩寵なのか　それとも／無慈悲なのか
／／真実である虚構　あるいは／虚構である真実／／
人間という危うい存在が／野蛮な詩を口遊みながら
象亀のように／ひたすら歩いている
クラインの壺の中を／顔を求めて（「アドルノ以降」より）

まさに、境界も表裏も変化し続ける曲面〈クラインの壺〉のような詩群である。何が正義なのか、何が真実なのか、正解など見つからない現代という時代の姿である。

夢から醒めると／坂の中途で立ち止まっていた
上って行くのか／下っていくのか
そう思い直していると／背後からあの声がした
一番大切なことは

それは愛の計画と答えようとした途端
目の前が硝煙に包まれた
苦役の言葉がインフレーションとなって
論理の火薬庫に火を付ける／睡蓮の大輪が爛れて
街々の万国旗が／散々に吹き飛んで行った

この世界には愛の計画という／正解がある
だがそれは正解ではない／だからこの世界は駄目なのさ
でもこの世界の外側には
もう一つの世界がある　その外縁にも／また別の世界がある
でもそれらには神の選択肢がない
言葉は世界であるが／世界は言葉ではない

（「夢の特異点」より）

現代ほど「正解」がない時代はないのではないか。「正解」のない世界には「神」もいない。けれども、それでも、やはり、「愛の計画」が大切なのではないか。「愛」とは何か、という問いには「正解」はない。答えは人それぞれだとしても、「愛の計画はどの世界にも存在」しなければならないのではないか。そのように考え合い、共創していく世界が見えない。「愛の計画」の不在、消失こそが、現代という時代の「特異点」である。

今、私は「時代」と書いたが、この詩集では、これまで時代を作り出してきた「時」の流れというものに身を委ねることはできない。「時」もまた、〈クラインの壺〉のように反転していく。巻頭詩「正午の光」では、「きのうからやってきた／郵便配達人」が「シジフォスの召喚状を配り歩」いている。詩「アドルノ以降」では、「きのうから／時を告げる鐘が鳴らな」い。詩「失われた時」では、「失われた時を背負って／バベルの塔の螺旋階段を／蝸牛は／ひたすら登っていく」。詩「約束の地」では、「時の壁の前で／あなた」は、「ひとりの貧しい／預言者」とならざるを得ない。

それは、どういうことか。ここで詩人は、人類は進歩、進化し続けるという弁証法的な時の流れをいったん止めて、世界の表裏を見定めようとしているのだ。詩「クラインの壺」に、「進歩の裏側には野蛮が刻まれて／野蛮の裏側には進歩が刻まれて／人間が地面を転がってゆく」とある。人間はどこまで登っていくのであろうか。どこまで降りていくのであろうか。シジフォスの、アドルノの、バベルの、ナルシスの、イワンの……物語の変奏を、私たちは追い続けていくしかない。

松本高直詩集『クラインの壺』現代詩の前衛

池下　和彦

のっけから言い訳めいて恐縮だが、この拙文の表題「現代詩の前衛」について少し補足する。現代詩は本より前衛であるべきと考える人にとって、この表題は意味をなさないだろう。が、うん十年前の一時期を除いて現在、前衛と呼べる現代詩は圧倒的な少数派になった。過半は、日常の身辺雑記を具体に即して一篇に仕立てた作品である（かくいう筆者も身辺雑記を詩のようなものに仕立てる書き手のひとり）。

そんな状況のなか、松本高直詩集『クラインの壺』は今どき、現代詩の前衛と呼べる稀有な一冊だと考える。

たとえば冒頭に置かれる「正午の光」。

「その鏡の表面には／無数の入口があった／その中に入ると／置き去りにされた／青い空」（初連一部）。「正午の光を浴びて／鏡面が罅割れる／すると　その奥に／出口へと続く無数の扉が映っていた」（最終連全文）。

時空の虚実をとらまえ、見事な作品だと思う。ここに直喩はなく、暗喩のみ（「無数の入口のようなものがあった」ではなくて「無数の入口があった」など）。捨象されたイメージの断定が、いかにも潔い。この作品で連想するのは、高野喜久雄の「鏡」一編である（いずれも詩集『独楽』に収録）。「その奥処へと進み入るため／人は更に　逆にしりぞかねばならぬとは」で人口に膾炙（かいしゃ）する作品とともに「ふたつの鏡を　向き合わせれば／交互に鏡は　鏡をうつして／はてしない／深い虚ろを　あらわに示す」（全文）を私は思いおこし、松本さんの「正午の光」は高野喜久雄の「鏡」に比肩するのではなかろうかと感じいった。

また、この詩集の題名にもなった「クラインの壺」にも言いおよぶ「アドルノ以降」。

「真実である虚構　あるいは／虚構である真実」（第六連全文）。「人間という危うい存在が／野蛮な詩を口遊みながら／象亀のように／ひたすら歩いている／クラインの壺の中を／顔を求めて」（最終連全文）。

第六連の魅力的な問題提起（虚構と真実との関係性）に対し、その次に置かれる最終連では少しも解決策が提示されない。かえって、提起した問題を渾沌とさせているかにみえる。メビウスの帯ならぬクラインの壺の登場が、その渾沌に拍車をかける。読み手に、イメージの捨象も抽象をも拒絶したかにみえる仕掛け。ここでも書き手の意図は、きわめて強かである。

そして、最後に置かれる「砂時計」の「世界の平和は旅芸人のようだ」（第二連全文）。この直喩に込められた深い思いに、私は現在進行中の酷たらしい事象に思いを重ねて胸を痛めた。その思いを受けつぐかのような「戦争と平和を載せた荷車を／蒼い馬に引かせて／商人たちは世界を行商して回る」（第八連全文）の暗喩は、やはり少しも解決策を提示していない。解決策は読み手が、ひとりひとりで考えるべきだといわんばかりに突きはなす。

この現代詩の前衛である一冊を貫くもの。それは「紙の飛蝗(バッタ)が／言葉の空を被っている」（初連全文）の暗喩に象徴的な「パンデミック」における「反復記号に閉じ込められた／理性の闇」（第十三連全文）であるかもしれない。そう、この一冊は句の反復記号ともいうべきリフレインの前衛的な実験場なのである。

たとえば「正午の光」の次に置かれる一篇「時間の谷間」では「小さな地球儀を回すと／はるか東の砂漠が浮かんでくる」（第一連）、「小さな地球儀を回すと／はるか南の海が浮かんでくる」（第二連）、「小さな地球儀を回すと／はるか北の森林が浮かんでくる」（第三連）、「小さな地球儀を回すと／はるか西の空が浮かんでくる」（第四連。各連とも出だしの二行）と見事なリフレインのあと、「地球儀を回し続けると／小さな球が弓から外れて／時間の谷間へと転がって行った」（最終連）へと必然に行きつく。

また「終わりのおわり」では「時の鍵穴を覗く」が八連すべての冒頭に八回、繰りかえされる。「桃源の輪郭」では「理想主義者の蝸牛」が、その対である「エデンの東」では「現実主義者の蝸牛」が同様、八連すべての冒頭に八回、繰りかえされる。それが、いちいち必然のリフレインだから読み手は感服せざるをえない。ちなみに「北北西の風」では「北北西の風が吹く時」が、七連すべての冒頭に七回、繰りかえされる。その最終連（第七連）では「北北西の風が吹く時」の一行のみ、あっぱれな執念のリフレインである。

あっぱれな執念のリフレインは、後半に置かれる白眉の一篇「名残の折」に止めをさす。変則ながら、次に全文を引用する。

「錆びた鍵穴から覗くと／褐色の山が見える／太陽に照らされて／輪郭だけになった明鳥が雲居に帰ってゆく」（初連）。明け方の空を飛んでゆく鳥のさまをえがいた美しい状景を錆びた鍵穴から覗くシュール。それとは関係がないとばかり「白い風に旗が揺れていた」（第二連）。

「錆びた鍵穴から覗くと／黒い森が見える／密集する樹々の中に隠れて／月を食べた一角獣の心臓が蠢いている」（第三連）。そして無関係に「白い風に旗が揺れていた」（第四連）。

「錆びた鍵穴から覗くと／波立つ群青の海が見える／年代記という渚に打ち上げられた／砲弾には重さがなかった」（第五連）。そして同様「白い風に旗が揺れていた」（第六連）。

「錆びた鍵穴を覗くと／緑青の街の伽藍が見える／光に曝された悪霊が次々に生み出す／複製の環で尖塔は包まれてゆく」（第七連）。同様「白い風に旗が揺れていた」（第八連）。

「錆びた鍵で扉を開けると／壁に掛かった七曜表(カレンダー)から／剝れた数字の群れが／無秩序に宙を浮遊している」（第九連）。繰りかえされてきた「錆びた鍵穴から（第七連は「錆びた鍵穴を」）覗くと」は、ここで「錆びた鍵で扉を開けると」に転じるが、ますます謎は深まるばかり。そうして、ご苦労さんの〆は「白い風に旗が揺れていた」（最終連）。

これこそ、前衛的な実験場における執念のリフレインに「閉じ込められた／理性の闇」なのかもしれない。

髙橋宗司詩集『芭蕉の背中』
無花果を渇仰の詩人は人類の哀しみ、叙事詩の域に慫慂する

日野　笙子

率直質実な文体と語り、畏敬する芭蕉の思想のオマージュを実際の旅に重ねた魅力の詩集。基底にあるのはやはりこの時代に生きる誠実な思念の詩であろう。芭蕉の「おくのほそ道」の旅の実践を試み頓挫しながらも描こうとしたこと。無常と人生の悲壮を模索の裡に捉えながらも渇望した何か。人間の精神の在処に他ならないもの。すでに俳人の髙橋氏の第一詩集『大友家持へのレクイエム』（二〇一二）、その主題は鎮魂、哀悼の思い。以来、市井を生きる人々に支えられてという感謝を忘れない。いつしか、本書『芭蕉の背中』でそれは時の積年、波のうねりのようになり、夕暮れのさざ波さながら人生の機微を描写する。Ⅰ章「芭蕉の背中」、Ⅱ章「深夜のパンジー」、Ⅲ章「人類の哀しみの日に」と三十八篇を収録。決して飾らずに、いっそ実直な写生とでもいうべき日常的な言葉がいい。氏は基本的に人間信頼の人だと思った。俳句とか風雅なものは苦手で屈折の自分にも安心の人柄を感じる。こういう方が長年の国語の先生でよかったと本当に思う。素直に読めるのである。

やがて本書は、現代文明の危機の象徴、原発事故、原爆、戦争、パンデミック、自然や生物の破壊、日々の瞬間そのものへの洞察がユニークな言葉の運びで加わる。豊かな生活感情と共に。すでに人生の行程の描写にとどまらず、人々や時代を描く叙事詩的領域に私たち読者を慫慂するのだ。

〈あなたは無花果が好きですか〉と問いかけで冒頭の詩は始まる。無花果という花は実はその果実の中に無数に存在する。表向きには花開かずとも内側にはたくさんの花を咲かせている。

〈／／空腹だった　水　水が欲しい／長時間コンビニもなく激しい喉の渇き／／その折り前方に鈍色に光りぶら下がる数個の玉／瞬時のとまどいののち手が伸びた／濃厚な液体の滴り　ほんのりとした上品な味／無臭であることが甘い匂いの感へと転化する／〈あなたは無花果がお好き〉／疲労のからだ潤し関越えをうながす無花果よ〉

編集の鈴木比佐雄氏の言葉を拝借すれば、「芭蕉が心の奥底に無尽蔵のような渇きを抱えていることを感受してしまったのではないか」。死にもの狂いの生の事実である。それは解釈や理解を外に追いやる実存の危機の瞬間だ。無花果を貪るように食べた髙橋氏は自身の詩を五連目で〈／ダイヤのように浮上したたかが無花果の物語〉と述べる。

詩集を一読した。渇仰の思いで読んでいた。最終章「人類の哀しみの日に」、ラストの「いま」に至ると私は眼を閉じた。

詩集であれ句集であれおよそ作品の持つリアリティー（芸術的な迫真性と言っていいのであればそう言いたい）が詩人の人生の反映とみるのが自然だと思うが、芭蕉が西行法師を崇拝し「おくのほそ道」に旅と歌を記録、髙橋氏は芭蕉を敬愛し「芭蕉の背中」の詩に仮託する。そして読者は渇仰の思いに駆られた。しかし情熱ばかりではなかった。Ⅰ章の七番目の詩「愛しい存在」では「なんて巨大な淋しさの所有者たちよ」とゴリラ

を、「自由な空に突き出た」キリンの首の輝きを、「小魚　私の胸に生きてピチピチ跳ねる」ミヤコタナゴを歌い、「そして哺乳動物の支配者ホモサピエンスがなぜ好きなのか　だが人間を一括りにしそうな　詩の持つ危険を知らなければ」と。

懐疑の書でもあるのだ。何の？　人生というものの微妙な扱いがたさ、物事の判断や評価の基準の定めがたさが見え隠れする。どちらかというと存在論的な詩群である。鋭い文明批評も交えながら。独特な手法だ。また渇仰の思いで読んだ。

Ⅱ章の「小待宵草」がいい。「私は静かに植物の本を開いた」途端、不思議に静かな境地になった。〈深夜えんじで透明なガラス製花瓶に開いている花／大方の草は眠り花弁を閉じている／或いは終末に向かって進んでいるようだった　開いている花は白と黄の二種である／／花は夜となく昼となく咲いている／立ったまま眠る馬のように花は眠っている〉

髙橋氏の描写する動植物たちの気配は楽しい。ユーモラスでさえある。人間も生き物もみんな生きる権利を持っている。どこか恬静な気持ちに包まれるのだ。確かに読者の今、生かされている者の内奥に響く何か。氏の描く対象への遠近が埋めようのない距離感をもって浮かび上がる。それがアレゴリーとなるのだ。アレゴリーは率直な語句で連続する詩の進行のなかにいくつも顕れる。筆者の独特の直観と感性が働いていてこれまた情緒も奥行きもあり詩の豊かさを味わえる。言ってみれば、深い思想性を持つ詩情を、散文的な一般の私たちにもわかるように伝えてくれる。直裁でヴィヴィットな感受性で。

一方で模索と批評する精神も忘れない。Ⅱ章の詩「東方の天」を引用する。〈崩れるものは崩れ／崩れるものは崩れよ／積み重なって崩れる大量の書物／さらば私の過去よ〉

最終章「人類の哀しみの日に」は題字通り、現代のリアリティである。「人間の普遍的な哀しみの姿を思わずにいられない」と真摯に率直に始まる。この人類の災いに、今も悲しみ、苦しみを背負って生きている人は少なくないのだ。詩人の心が痛まないわけがない。氏は描く。人間の生き物たちの慰めようのない哀しみを。三・一一の原発事故、大震災、そして一九四五年、広島・長崎の原爆投下、世界の殺戮戦争をその現実を人間像を描く。社会的視座からのリアルな詩群は読む者の心を打つのだ。『大伴家持へのレクイエム』二〇二一年の刊行からわずかの間に人類の危機の決定打が続く。パンデミック、戦争と貧困格差の拡大。加えてこの国は軍事の武器の大拡張と人権が尊重されない傾向が著しい。すべては一人一人の命であり血であり精神である。それをだまし取るような愚政の現状。本当に愚かしい。芸術や詩や俳諧をたしなむ日常が庶民には貴重だと氏は描く。

「世界のとある街角で」出会ったマスクの男女、その善意の市民の希望を暗示して、ラストの詩「いま」へと繋げる。原爆も原発事故も人間が引き起こした災いである。氏は言葉で社会の本質を照射する。芭蕉の精神に添うことで、現実に突きつけられる人類の哀しみを記す。その詩はすぐれて人間的な意識であり、それが髙橋宗司という詩人の精神世界のリアルなのだ。

髙橋宗司詩集『芭蕉の背中』
崩壊感覚と再生への祈り

山﨑　夏代

髙橋さんの詩集が届いた。この人の、透明感のある詩が好きだ。本の手触りを一瞬楽しんで、帯を読む。

崩れるものは崩れ
崩れるものは崩れよ
積み重なって崩れる大量の書物

あ、現代という時代だ。崩れ、崩れていく、人間を支える大地、人間の構築した事物、歴史、人間そのもの、人間としての在り方、知識、技術、文化。崩壊していく書物の山のイメージに、近ごろ騒々しいチャットGPTの書いた文章やら、音楽（これはとてものことにいただけない）、絵画（あまりにももっともらしくて啞然とした）、小説（噴飯もの）などが重なった。

さらにイメージが飛んでいく。ジョージ・オーウェルの名作「1984年」。四つの独裁者の国に支配される世界、庶民の娯楽は機械が無限に吐き出す毒のない小説や音楽。人間とは何か、個人とは何か、人間の社会とは何か、答えの出ない究極の問いが、崩れた大量の書物となって、わたしの脳裏を滑っていった。

もう一度、わたしは、あ、と声を上げる。この、帯の詩には先があった。

いま蕾を割ろうという山茱萸
その黄色

《その黄色》の言葉がわたしに呼び起こしたものは、曙光、まだ闇、闇の薄らぐ底の一点のきらめく光り。詩はこう結ばれている。《灯火が／けれど　ともしびが／東方の天にほの見えて》。詩の題も《東方の天》であった。もしかしたら、と、わたしは思った、これがこの詩集を貫くテーマなのかもしれない、崩壊の先にある、光。光とは何だろう、一縷の望み、救済、いや、違う、生命の永続？　すべての生命体を貫く宇宙の秩序、宇宙の意志？　あるいは再生への祈り？

わからない。わからないから、頭を空っぽにして、無心にこの詩集をバリバリと食うように読んでいこう。

詩集の表題は《芭蕉の背中》。その作品は詩集の二作目。芭蕉の《雲の峰幾つ崩れて月の山》が掲げられている。この俳句を目にして、またしても、わたしは、あ、と思う。帯の作品《東方の天》がこの句に重なった。膨れ上がり、沸き上がる、夏の入道雲。その雲は崩れてただ消えるのか、激しい雷鳴や大地を打ち叩く雨になって崩れるのか、幾つもの崩れ去った雲、その雲の消えた後、月光にほのかにかがやく揺るぎない山、山は雲の変身、雲が幾つも重なってできたのだ。あの、《東方の天》の黄色の輝きは書物の、過去の時間の、輝かしい変化なのかもしれない。

芭蕉の句の雲の峰は暗喩であろうか、芭蕉自身の。人並外れた知性、知識、才能をもちながら、封建の堅牢な制度のなかで、志しも、希望も崩された、人間としての在り方さえ、周囲の無知や無理解に突き崩される、その苦悩の果ての、明るい境地、人も己もみな肯定して揺るぎない月の山。

髙橋さんの詩《芭蕉の背中》は、東日本大震災の余波も残る松島・石巻を尋ねて、そこから月山へと、おくのほそ道を辿る。その詩の中の一節。《あそこにひとつ／向こうにみっつ／ビル残り／眼前に大きな寺／あとは海に向かう野原だ／被爆地広島・長崎の／これは爆心地ではないか》。

三度、いえ、きっと幾度も幾度も、自然が人間の営みを突き崩す、幾度も幾度も、人間が人間の営みを突き崩す。幾度の崩れが、この世に月山を築き上げるのだろうか。

つぎの作品の《繭》も崩壊と再生への暗喩として読めるのかもしれない。

蚕を飼うのは大変な仕事である。蚕は四回脱皮して繭となる。三回目の脱皮《サンミン》のあと、蚕を世話をするものは安らぐ暇がない。すさまじい食欲で桑の葉を食べる。桑の葉は新鮮でゴミや泥などよごれはいっさい許されない。四回目の脱皮の後サナギになり、卵を取るためのものが少しだけ残されて繭として出荷される。生命を終えた後の絹の輝く糸。孵化したものも飛べない。羽が退化していて、太ったからだで生殖だけのために生きる。新しい死のために、そして、かがやかしい絹に変化する生命の永続のために。

すこし余談。髙橋さんの故郷、西所沢は美しい地である。人目を奪う海も山も水しぶく滝もそびえ立つ古城もないけれど、北上した植物、南下した植物がぶつかり合いせめぎ合う。花花の木々の豊かさは、比類ない。西所沢から入間にかけて狭山茶の生産地。幾つもの小川があり土地は起伏に富んでいる。湿地帯には絶滅危惧種のノウルシやツリフネソウ、湧水があつまって川を作り、ミヤコタナゴやムサシトヨミなどの魚がいた。

髙橋さんの詩にでてくる植物が繊細で美しいのは故郷の風景が目に焼き付いているからではないだろうか。

この詩集の最後を飾る作品、《いま》。その四行。

昨日の炸裂は昨日のこととして
僕は聞こえない振りをしている
不自然な原子力発電のもたらす災厄
この国のトップがする輸出の思想

わたしの《いま》とは、わたしの幻想。いまという進行形の時間をみることができず、わたしがすがっているのは、わたしの過去だ。この作品の背景には構築された現代という人類を乗せた船の、崩れへの予感がある。芭蕉の『月の山』はその崩壊のあと、静かに立ちあがる。それは人間の祈りでもある。

鈴木比佐雄評論集『沖縄・福島・東北の先駆的構想力　詩的反復力Ⅵ　2016～2022』
根源的な言葉

松本　高直

本書は、二〇一六から年二〇二二年までの間に、著者である鈴木氏の出版社から刊行された沖縄、福島、東北等に関する書籍において、鈴木氏自身が執筆した解説文や作家論を収録しています。ここで取り上げられた詩人、歌人、俳人、小説家、批評家たちは、いずれも出版活動の中で出会った人たちです。そして、彼らと交流が鈴木氏の文学活動や精神活動に深い影響をもたらしていることが一連の論考から推察されます。

本書は、「沖縄」、「東北　福島」「東北　青森・秋田・岩手・山形・宮城」、「詩歌・アンソロジーの可能性」の四章で構成されています。ここで対象となっている沖縄や東北は、日本の近代の歴史の中で負の領域を背負った地域なのです。

沖縄は、元々琉球王国として独立国でした。その国を維新後の明治新政府が「琉球処分」により強権的解体し、日本に併合した地域です。その後も本土（大和文化）への同化を強いられました。そして、太平洋戦争末期には激戦地となり、住民は甚大な被害を受けました。さらに戦後は、米軍に占領され軍政下に置かれたという過酷な歴史を持っています。

第一章には八重洋一郎という石垣島の詩人についての文章が収録されています。それは、彼の詩集『日毒』、『血債の言葉は何度でも甦る』、『転変・全方位クライシス』に関して論じた文章です。鈴木氏は八重洋一郎の三つの詩集を通して、次のように述べています。

《『日毒』では、石垣島の八重氏の曾祖父の時代から秘かに言われていた日本の侵略性を象徴する「日毒」という言葉を甦らせ日本人に突き付けた。『血債の言葉は何度でも甦る』では、加害者の日本政府が「正史」によってその侵略性を忘却させようと試みるが、沖縄人や天皇制と闘った人びとの身体の傷口から溢れ出てくる「血債の言葉」を再構築した沖縄から見た「記憶」を出現させた。それらを踏まえて今回の詩集『転変・全方位クライシス』は「日毒の記憶」の石垣島から日本だけなく世界の多次元世界に架橋しようとして、危機（クライシス）に立ち向かう「予言の言葉」に満ち溢れているように思える。》

この文章からも分かるように、八重洋一郎はまさに沖縄の苦悩の歴史を象徴している詩人の一人なのです。このことを鈴木氏は熱を込めて語っています。

第二章、第三章は「東北」という地域について論考です。そこで鈴木氏は、南方の沖縄の人々と北方の東北の人々の精神性が類似しており、どこか基層において繋がっているのではないかという考えを示しています。

東北は大和朝廷の侵略を受け従属を強いられてきた歴史があります。戊辰戦争では、奥羽越列藩同盟に加わった諸藩の人々は賊軍とされ、明治新政府から過酷な処分を受けました。更に近年では、東日本大震災とそれに起因する東電福島第一発電所の原発事故による放射能汚染に見舞われました。そしてその災害の影響は今も深刻に続いています。

第二章は、福島に関する文章だけでまとめられています。この章において、沖縄の八重洋一郎と同様な立ち位置にいる詩人として、若松丈太郎について論じられています。彼の「神隠しされた街」という詩は、福島の原発事故を予見するような作品としてよく知られています。若松の詩集『十歳の夏まで戦争だった』を論じた文章で、次のように語っています。

《どんな権威にも屈せずに真実を語ってしまう詩人・評論家だ。その真実に向かう姿勢は、国家に翻弄された民衆の歴史を踏まえ、本来的な固有の人間存在の危機意識から発している。真に勇気ある生き方をした無名の民衆の気高い姿を若松氏はきっと感受できるのだろう。》

この様に鈴木氏は若松丈太郎という詩人について、その本質像を示しています。若松という詩人は、東北の風土の深層で、その歴史の負ってきた苦悩を体現している一人なのです。そして、沖縄の詩人八重と福島の詩人若松に通低していることは、民衆の歴史を引き受け背負い、それを作品に体現している点です、そこから聞こえてくるのは民衆の心の叫びです。それを聞き取り、それを自らが引き受ける作品は、歴史の真実を描く叙事体というべきものなのです。鈴木氏の論述からもそのことが十分読み取れます。

第三章には、福島以外の東北五県に関わる表現者たちを巡る多様な論考が収録されています。

第四章には、鈴木氏が出演したＮＨＫラジオ深夜便のために作成した文章や、彼が企画編集した各種の詩歌アンソロジーの解説文等が収録されています。ラジオ深夜便の発言原稿「『困難な時代を詩歌の力で切り拓く』ことの試み」という文章には、鈴木氏の現在の立ち位置や指向性が簡素に提示されています。

ところで、表題となっておりこの本のキーワードになっているのが、「先駆的構想力」という言葉です。

「先駆的」とはハイデガーの概念です。ひとは「死に臨む存在」で、その存在が死の可能性に直面することで、その先を見据えた時間を如何に生きるのかという問いへ誘われます。一方、「構想力」というのはカントの概念で、感性と悟性の共通の根を持つ構想を思考する力です。鈴木氏はこの二つを統合した言葉として使用しているようです。つまり「先駆的構想力」は、「死に臨む」ひとの存在に根差した可能性のエネルギーと言えるでしょう。鈴木氏は「序」の中でこう述べています。

《言葉が世界や存在の問いを発して対話を続ける地平に私も関わるところで、私は同じような問いを発する他者たち共に関わる多くの時間の中に、本来的な「超越論的構想力」や「根源的時間」を問うてきた。》

鈴木氏は「先駆的構想力」という言葉を使うことによって、自己の存在を他者に向かって解き放ち、共同の場と時間への可能性を探求しているように思われます。

この本は、多様な地域文化の根や幹を支えてきた人々の歴史と生き方について、改めて見詰め直す役割を果たしている一書だと思います。

鈴木比佐雄評論集『沖縄・福島・東北の先駆的構想力　詩的反復力Ⅵ　2016～2022』
事件記者のような詩人

淺山　泰美

鈴木比佐雄さんが大神島に行っていたとは、この評論集のカバー写真を手にするまで知らなかった。大神島は宮古列島の一つの島で宮古島本島の北東部四キロに位置する。住民がわずか三十人足らずのこの島は「神が宿る島」と言われ、パワースポットとして知る人ぞ知る聖地である。年一回の祭りの日には島民以外は立ち入り禁止となるそうで、貝殻一つ、石一個でさえ島外に持ち出すことは禁じられている。この島で見聞きしたことは他言無用とされており、宮古島に暮らす人でさえあえて訪れようとはしない島らしい。そこに鈴木さんは心ひかれ、何か書けるかもしれないと思い渡ったという。けれどこの島を歩くうちに自分が軽々しく書くべきではないと思い至ったそうである。

久高島もそうなのだが喚(よ)ばれぬ限り行けぬ島なのである。おおむね、沖縄のウチナンチュは私たちヤマトンチュが沖縄の聖地を訪ね歩くことを快(こころよ)しとはしないようである。ヤマトの者はヤマトの神に参るべきだ、と言う。ごもっともだと思う。彼らは決して狭い了見でそう言っているのではない。沖縄には興味本意で立ち入ってはいけない神聖な場所がそここにあり、知らずに禁忌を犯すと取りかえしのつかないことにもなるからである。

鈴木さんと沖縄の御縁はまだ十年にも満たないというのに、すでに沖縄とゆかりのある詩人や歌人、小説家などの著書を三十冊も出版している。いよいよ鈴木さんは、この評論集の表紙の海の色のような群青の魂(マブイ)の奥底へと潜行してゆくことだろう。今さらもう引き返すことはできまい。私は彼の無事を祈りつつ、尚、鈴木さんが龍の玉のような成果を手にすることを期待している。

人の世には八つの苦しみがある、と仏陀は説いた。「生、老、病、死」。それに加えて、「愛別離苦(りく)」「怨憎会苦(えく)」「不求得苦(ふくとっく)」「五陰盛苦(じょうく)」の四つを加えて八苦となる。その中でも「愛別離苦」ほど辛いものはあるまい。

宮澤賢治が、最愛の妹トシを喪ったときの悲しみと嘆きを私たちはよく知っている。けれども同時に、その悲しみのいたましい灰燼(じん)の中から不死鳥のように出現し、永遠に飛翔しつづけるもののあることも又、よく知っている。詩篇『永訣の朝』であり、『無声慟哭』である。

鈴木さんも十代の頃に愛する弟をなくしている。彼はこう語ったことがある。「人生で起こる最悪のことは皆、十代の時に起きた。」と。弟さんの死ばかりでなく、祖父の代から営んできた石炭卸販売の家業が二度も倒産し、一家は窮乏(きゅうぼう)した。大学に進学しようかという多感な時期に鈴木さんを見舞った大きな不幸は、彼をして深い思索の世界へと向かわせた。鈴木さんは法政大学に入学し、哲学を専攻した。この評論集の序で最も影響を受けた哲学者はハイデッガーであり、その詩論、存在論は生涯の課題となっている、と記している。何か、難しそうである。（私には。）
文字通りの苦学生となった鈴木さんは、新聞配達や、家庭教師を始めとして日々、アルバイトに勤（いそ）しんだ。彼は若くしてこの世の苦と無常を実感し、「金銭ではない精神的なもの」を希求するに至った。なるほど。

私と鈴木さんとの御縁は、一九九二年に始まっている。鈴木さんからのお誘いがあり、詩誌『コールサック』に寄稿させて戴くこととなった。その頃の『コールサック』は現在のものとは大きく異なり、鈴木さんがワープロで打つ地味な小冊子だった。参加している詩人も数名だったのではなかろうか。私はきわめて律儀な性格なので、初参加の号から現在の百十号まで一度も欠稿したことがない。これには自分でも驚いてしまう。お蔭様でこれまで原稿が書けなかったことはない。逆に、書かないと不調になる。呼吸のようなもので、吐かないと吸えない。これは思うに鈴木さんもそうなのではあるまいか。『コールサック社』を立ち上げてからの数年は、毎日睡眠時間は四、五時間と聞いたことがある。それでも持つのは気力だけではあるまい。彼は十代の頃陸上部で走り込んで身体を鍛え上げていたからであろう。

私が鈴木さんと初めて対面したのは二〇〇一年の六月のことだった。彼から「今度京都に行くのでお逢いしたい」との手紙を貰った。電話ではなく手紙というのが鈴木さんらしい。

何でも同志社大学で尹東柱（ユン・ドンジュ）を偲（しの）ぶ集いがあり、それに出席するとのことであった。

今は『京都ホテルオークラ』になっているホテルのロビーで待ち合わせた。現れたのは中肉中背の眼鏡をかけた中年の男性だった。「詩人」には見えなかった。新聞記者、それもハードな現場を飛び歩く事件記者のように見えた。新聞記者。何故なのだろう。まなざしは冷たそうでもないし、優しそうでもなかった。

その日、私たちは何を話したのだったろう。不思議とそれは記憶から欠落している。きっと彼もそうだろう。お茶を飲んだ『りょうい』という角倉了似にちなんだ名の、高瀬川沿いの喫茶室は、今どうなっているのだろうか。別れ際、鈴木さんは鴨川沿いを京都駅まで歩くと言った。決して短い距離ではないので、やんわりと静止したのだが彼はとりあわず、去っていった。

あの日私が鈴木さんから受けた印象は大きくは間違っていなかったと思う。だが、その後二十年以上もの御縁が続くとは正直のところ思ってはいなかった。『コールサック』がまさか百号を超える文芸誌へと成長するとも思っていなかった。つくづく、鈴木さんは鋼のような意志の持ち主だと思う。その意志は彼をどこへ連れて行くのだろう。

鈴木さんは二〇二二年の十二月十三日、出演したNHKラジオ深夜便「明日へのことば」の終わりに次のように述べている。
「私は哲学・文学・出版の分野が重なる領域で生きてきましたが、その三つの分野にまたがる未知なる領域をさらに広げたいと、これからも微力ですが、私の『存在』の在りかを探求していきたいと考えています。」

やはり彼は知の領域の「事件記者」なのである。何処までも彼は疾走し、「ゾーン」に入ってゆくのだろう。

鈴木比佐雄評論集『沖縄・福島・東北の先駆的構想力　詩的反復力Ⅵ　2016～2022』

文学における「先駆的構想力」とは何を意味しているか

高柴　三聞

本書を御恵与頂いた際、初めて手に取った時「重っ！」と思わず声が出た。当然本の厚みもあるし、厚みがあればそれだけ重量も増すだろう。大きなものを持った時の重量感と異なり濃縮されたものがギュッと詰まった重さとでもいうか。しかしながら、そんな質量を越えてこの本は「重たい」のであると思う。この本は主として著者の鈴木氏が関わった本についての評論集である。著者と語らい作品に向き合いながら思索を成熟させた共同制作の成果物である。鈴木氏と初対面の際、自らの評論について「私の作品です」とおっしゃってはにかんだ笑みを浮かべたのを改めて思い出した。何だか美しいものを見たような気になったのを今でも強く思い出す。

思えば鈴木氏はこのコロナ禍の中を満員電車に揺られ会社に出勤し、詩の為に全国を駆け抜け、日本中の詩人・文学者たちと交流を継続させながら矢継ぎ早なスピードで本を出版し続けている。その精神は強靭的でもあり、超人的なキャパシティーをも垣間見ることができる。要はジャンルを超えていくパワフルな知的探求者なのである。私にとっては鈴木比佐雄という驚嘆するべき事象と言ってしまっても過言ではない。特に今回の書籍は鈴木比佐雄氏が継続して行っている文学活動の姿と本書を切り離して理解することはできないと思う。ドイツの哲学者ショーペンハウアーは「哲学入門」の第一章「哲学とその方法」の冒頭において、形而上学の領分というタイトルで以下の文章を記している。

「わたしたちのあらゆる認識と学問とがその上に成り立っている根拠や地盤は、いわば「説明しがたいもの」です。ですから、すべての説明という説明は、多少の手づるを媒介として、この「説明しがたいもの」にさかのぼることであり（以下中略）この「説明しがたいもの」が、形而上学の領分に属するものです。」（ショーペンハウエル・石井正訳、角川文庫）

ここでは、本書の序文を特に手掛かりとして鈴木氏の文学活動という「説明しがたいもの」を思索し少しでも迫ろうという試みでもある。だが、それは結局本書について語る事でもある。

本書のタイトルにある詩的反復とは、人間の実存というものが繰り返し、繰り返し問われることで「ある」ことができる存在であるという事が込められているようだ。転じて詩こそは問いかけであると考えれば、人間はいつまでも問い続けられる存在である。しかもその問いというものは自らの魂をむきだしにする行為である。以前高良勉氏が何かの折に語っておられたことには「詩は魂のストリップ」というものがあった。自らを晒すという行為は苦痛である。しかしながら、繰り返し創作をせずにいられないのは、まさに自らが「ある」為なのではなかろうか。ある人が詩を書いている時、息をしているような気がするという言葉をツイッターで漏らしていたのを見かけたことがある。

畢竟、詩を書くという事は「自ら」を「問い」ながら「存在」を続けていく事ではないのか。さらにそれは、身を燃やすように魂を燃やす行為である。創作が苦痛と恍惚を行ったり来たりするのは、創作の本質なのかもしれない。苦しさをやり過ごしたりするためにとぼけてみたり、あるいは割り切った創作態度で臨んだりということで身を守る人もいるだろう。鈴木比佐雄氏は、身体ごと創作という行為を受け止めて、自らの詩を作るだけでなく法人を立ち上げ、多くの創作者を輩出している。

それにしても、なぜ詩を書くことに人は夢中になるかという点を考えると自己解放だけではあるまい。人は生まれた時点で一つの終着点を刻印されて生まれてくる。死だ。その死を受け止め覚悟を決め、自らを奮い立たせて生きることを先駆的覚悟とあえて言ってしまうと、生きている間を一生懸命生きてやろうと思うのは自然の情のような気がする。一生懸命生きている時を重ねていくしか人は死に抵抗できないのだけれども、自らの本質に照らし出しながら魂を燃やす行為を通して対抗していくしかない。

狂歌で自分なりに説明してみる。

　俺の死が一日迫る明日かな
　書いて書いて浮かぶ瀬もあるぞ

そうはいっても、ある種の無力ではあるかもしれない。死はどうしても確実に訪れる。否、生きている間にも詩の創作を老いが阻む。それでも、詩を書くというのは読む人、あるいは未来の誰かを奮い立たせ、誰かの生を煌々と燃やしてくれるかもしれない可能性を生む。言葉は肉体を超えて生きられる。しかもそれは、言葉を編んだその人に対価を確実に与える行為ではない。しかし、誰かに記憶され続けることで永遠の命を得る。詩は死に一矢報いる営みなのである。ところで鈴木氏の詩集の一つに「千年後のあなたへ――福島・広島・長崎・沖縄・アジアの水辺から」というタイトルの本がある。鈴木氏は本気で千年後のあなたに語り掛けたのである。未来への語り掛けと自らの本質をむき出しにする行為、それが私には「先駆的」という言葉の本旨のように感じる。先駆とは現在を通して過去と未来に触れ合いながら影響を与える作用があると思う。そして「構想力」というものが「先駆的」と合わさって「先駆的構想力」というタイトルの言葉になるのだが、当然ここで「構想力」について考えなくてはならない。正直に申し上げるとここが私にとって一番の難所なのである。手掛かりといえばカントであるらしい。

序章の文章にもあるカントの「超越的構想力」とか「超越論的構想力」という精神の重要な働きが重要なカギになる。しかしながら、これらの言葉を考える前にいくつか抑えないといけないことがある。まず「直観」を引き出す「感性」・「悟性」・「理性」「構想力」のそれぞれの役割と関係である。

大雑把だけれど「感性」はモノを見たり聞いたり感じたりするところ、脳の中で一番初めに情報が入ってくるところを「感性」と言い切ってしまっていいと思われる。一方で「悟性」は「感性」で入った情報をカテゴリー（範疇）及び理論に変えていく思考作用を担当するところである。言い換えると物事を抽象的に説明できるようにする為の担当と思っていい。

しかしながら、例えば人間の生活の中でほぼほぼ反射的に入ってきた情報を処理して生活をする場面が多々ある。一見して「悟性」を経由しないで正確に判断できてしまう事がある。それは、特にスポーツの場面でみられると思う。野球でピッチャーが投げてきたボールを、打者はいちいち自らの動作を抽象化してからバットを振らない。ボールが飛んでくるのと同時くらいに反応してバットをボールに当てる。入ってきた情報を入って来たのと同時くらいの速さで、その情報の意味を整理して捉える機能がある意味で超高速な「悟性」となってかも知れない。しかしながら、ただ意味を捉えるだけではなく即時に想像が閃く場合が何か根拠を見出し推理していく「理性」的な働きがあると思う。「感性」と「悟性」の両極の根底ある働きでありそれらを問うことと思われるが、そのことをカントやハイデッガーなどが「超越論的構想力」や「先駆的覚悟性」などとして探求してきたことを鈴木氏はあえて紹介してくれている。哲学的思索をする人たちが両者をつないでいくのが「理性」的な構想力と言ってもいいのだと思う。そして、この「感性」「悟性」「理性」「構想力」の働きは一人の人間の脳の中で行われている作業であるのだろう。鈴木氏はこのような哲学的な思索力と文学者の突き詰めた文学精神が共通性を持っていることを探究していて、それを「先駆的構想力」という言葉に込めて、作品を読解し問い続けてきたのだろう。

ここでこれらの行為が「主観」・「主体」という立場で展開されていることに気が付く。「主観」であるのと同時に、入ってくる情報は甚だ表面的なのである。この表面的な情報を「表象」という。独りぼっちでは観念の世界で深く潜り込むことはできても現実の世界が「表象」では物事の表面を撫でただけに過ぎない。今はやっているあの意地悪なフレーズ、「それ、あなたの考えですよね」という事になり、せっかくの思索も全く軽いものになってしまう。故に、人は「主観」・「主体」よりも「客観」・「客体」に重きを置く。もっともこれが曲者で「主観」とは本人も含めて意識していないものであり、人が「主観」を意識した時はじめて「客観」が生じるのだけれど、「客観」を意識した時、純粋な「主観」というのは存在しない。従って「純粋」な「主観」・「客観」は成立しないのだが、一人の人間の中で自分側と相手側に立ってみる「共同主観的」観点の立ち位置もある。どっちにしても「主観」・「主体」を突き詰めて、「客観」・「客体」と対峙したり対話して、様々な軋轢を乗り越えて、自らの実存する有限な時間を生き、新しい現実や世界そのものを創り出していくことが肝心なのだろう。

今見ている世界に対して何故肉薄しようとするのか、あるいは本質を探そうとするのか。

物事の本質の中に私達の驚きと絶望を含めた感情の動きがあるからで本文冒頭で述べた、「説明しがたいもの」は創作や思索の原動力である。見ている世界と感応すると言い換えてもいいのかもしれない。そして感応に応じて揺り動かされた感情と共に現実の立ち位置で過去や未来に渡る場面がその人の中で立ち上がってきたビジョンとなり、それを作品化する力が「先駆的構想力」となるのではないか。「先駆的構想力を」得て生まれた「作品」は現在の「瞬間」の立ち位置から「過去」を「反復」し「未来」に語り掛け「未来」そのものを創り上げるのだろう。

鈴木氏は、タイトルの言葉を忠実かつ熱心に実践として行ってきたのである。多くの詩を読み続け、詩人・文学者との対話を続け、出版を行う事で自らも詩を書きながら他の詩人の詩も語り続けた。ハイデッガーの「未来」へ投げかけた語りかけに鈴木氏は感応し自らの生きる指針として心の中心に据えたのである。更には「未来」へむけて発信し続けているのである。ハイデッガーのバトンは確実に未来へと引き継がれつつあるのだ。ある意味で「先駆的構想力」は時空を超えて浸透する力を実証し体現してみせたともとれる。かくして鈴木氏は本書の序文の通りの生活を実践し続けたのだ。本文の序盤にも述べた通り、鈴木氏の本作品の序文はある意味で自らの行為の所信表明でもあり、現時点での鈴木氏の到達点の表明でもあり同時に総決算でもあるのだと思う。すなわちその人そのものなのだ。

私は時間をかけながらその「重み」をゆっくりとではあるけれどもじっくりと繰り返し味わって行こうと思っている。

最後に本文において鈴木氏より多大な助言を賜り何とか形にできたことと貴重な学びの機会を頂いた旨、感謝の意をしたいと思います。

藤岡値衣句集『冬の光』
冬の光のように

名取　里美

藤岡値衣さんの第一句集、『冬の光』。句作三十年余の作品群は、俳人であり、教師であり、阿波に生まれて育まれた強い信念を持つ理性的な女性像を鮮やかに立ち上がらせていた。
　値衣さんは黒田杏子に三十年余を一貫して師事された。

　　冬に入る古書街だれも振り向かず

　黒田杏子の序文の十句選の一句である。この作品は、「藍生」の全国大会で、黒田の特選にも選ばれた。〈だれも振り向かず〉の哀愁。古書街をゆきかう人々、書店内で静かに本を吟味する人々の佇まいと静けさが冬はじめに溶け合っている。神田の古書街近くの会社に勤めた黒田にも響いた名句だとおもう。私も好きな作品である。
　同門の私であるので、黒田が最晩年に書いた序文で選んだ十句は、私も、これこそ藤岡値衣さんの名句十選だと賛同する。

　　去年今年風の真中に我は立つ
　　なにげない言葉に慰めらるる春
　　螢の噂を聞きて眠りけり
　　節分や鬼かくまふか追い出すか
　　はたた神阿波女にはかなふまい
　　祇園会の始まる京にゐて一人
　　赤い靴はいて踊らう十三夜
　　冬に入る古書街だれも振り向かず
　　月の名を子らに教へる五時間目
　　冬薔薇風に吹かれつつ生きる

　黒田は、序文で藤岡作品の十句に短い鑑賞文を書いているので、私はこれらの作品から敷衍（ふえん）する気づきを記してゆく。
　私は藤岡作品の特徴は、人間や自己に厳しく対峙する俳句であるとおもう。季節の中の我を深く凝視し、季語を活かしながら、俳句作品としての自己を表出する秀句群が際立っているのだ。

　　節分や鬼かくまふか追い出すか
　　夜桜や悪女になれるやもしれぬ
　　はたた神阿波女にはかなふまい
　　こなごなに枯葉わたくし壊すごと
　　落葉焚く我が胸の火を熾さむと

〈鬼〉、〈悪女〉の作品は、人間の内面を、節分と夜桜という季語の世界に妖しげにあぶり出している。

〈阿波女〉とは、瀬戸内寂聴を筆頭に、並外れた強い信念、無頼の精神をもつ知的な女性像を私は敬意をもって胸に描く。雷も退散させる阿波女という断定は、まことに天晴れである。〈枯葉〉や〈落葉焚く〉の作品は、作者の若き日々からの愁いや葛藤を季語に託して、自己を鮮やかに表出している。

　また、作者は教師としての我も凝視する。

極月や子らの顔のみ輝きて
花衣脱ぐや一教師となりぬ
入学の子らそれぞれに光もち

　先生という激務。生徒達に真向かう日々は、楽しくも、厳しい職務であろう。それゆえに、教師として詠む俳句作品は、季節のなかでのみごとな真実のいのちのひかりを捉えている。子ども達それぞれが光なのである。

少女らは冬の光に語らひて
金剛杖冬の光の片隅に

　ところで、『冬の光』という句集名の冬の光に、込められた作者の思いは何であろう。

　幸せそうにおしゃべりしている傷つきやすい少女たち。四国八十八路の巡礼者を支える、空海の体といわれる金剛杖。凍える冷たさのなかに、少女や金剛杖に差すあたたかな冬の光は慈愛そのものであろう。空海が冬の光の中に居られるのである。

　母上をお見送りされた巻末の句群もまた哀しい光を帯びている。

万緑や長生きせよと母の言ふ
母の日の母のつぶやき拾ひゆく
十五夜の母眠らせて庭に立つ
立冬や母に購ふ木の器
かみしめるお骨一片寒椿
母をらぬ母の日妣の着物着て
梅真白あなたがそばにゐるやうな

　お母様の言葉、お母様の介護、お母様の着物、白梅。作者にとって、お母様の慈愛こそ、あたたかな冬の光であられたことだろう。

　読後、深く沁みわたってくる冬の光を私はしかと享受した。藤岡値衣さんの『冬の光』はあまたの読者の心に、厳かにあたたかく差し込んでゆくだろう。

『母の小言』秋野沙夜子氏の思いを読んで

長谷川　節子

秋野沙夜子氏のエッセイ集『母の小言』を彼女の人生体験からの貴重な思いとして、身近に感じながら拝読しました。

表紙の赤と白の椿の花が「私今、咲いてるよ」というように眩しく感じられました。エッセイのⅠ「**母の小言**」のなかの文に迷信とか格言というかたちで言い伝えられてきたことが語られていました。「仏様には椿、バラ、紫陽花は使えない。」

近くのJAの直売所がありますが、たくさんの花や野菜が売りに出され、地産地消と言うように地元の農家さんの顔写真もあり、朝の開店から賑わっています。コーナーの一角に仏花があります。直ぐにお供えできるように、花束になっていますが季節の花の中に、先ほどの花はないようでした。椿の葉は添えられていました。「母の小言」の中には暮らしの中での苦い体験やそこから考える教訓を秋野氏もまた、子どもや孫へ、思いを伝えようとされていました。

そう思って拝読しますと、「親の小言と霧雨は当たらぬようであたる」「親の小言と茄子の花千に一つの無駄がない」を頷きながら納得しました。親の小言は「また、同じ事を言っている」とうるさがられがちだが、年齢を重ねると心に響いてくるものです。

Ⅱ「100円のブローチ」お子さんが遠足で買ってきてくれたおみやげのお話です。当時一日の小遣いは50円だったそうです。遠足で使えるお金は200円でした。娘さんのおみやげは銀色の花のブローチでした。小遣いの半分の100円の花のブローチに秋野さんは嬉しくて、直ぐに胸につけられました。そして、そのブローチがついた服で職場の学校へと行きました。すると、子どもたちが集まってきてニコニコしてブローチの話をするのでした。「私も、僕も、お母さんに買ってきたと…」そして「そのブローチ、先生ずっとつけていてね」と話すのでした。秋野さんはお小遣いの中からおみやげのブローチに託した子どもたちの思いを感じ取り記憶に残したのでした。

「**スーパーマンは自転車で**」このタイトルにどんな内容？と興味を惹かれました。拝読してみると、すばらしいスーパーマンでした。秋野さんが車で通勤していたある日、渋滞があってこのままでは遅刻してしまいそうだと思いました。そこで道を変えて、農道を走ったのでした。良い選択をしたと気持ちよく走っていたのでしたが、木製の橋を渡るとき、その朝は凍っていて、橋の上で左の前輪が脱輪してしまったのでした。助けを求めても、他の車も急いでいたのでしょう、誰も降りてきてはくれませんでした。そこに現れたのがスーパーマンと心底思った外国の自転車のお二人。その方たちは、状況をみるや、二人でセイノッ！　と前輪を持ち上げ、橋の上に戻してくれたのです。

このお話にはスーパーマンの服装と通勤車の方の背広姿の服装の違いに話がいくのでした。助けて頂いた外国の二人のお名前を聞きそびれたことも後で悔やまれたのですが、何故、日本の人たちが助けに来られなかったか？それは服装にあったのではないか、通勤には背広を着ていて、作業着ではない、思い当たる話がありました。ある中学校で朝練があるので、体操着で通学した生徒に、学校指導主事が、制服を着るようにと指導したという話。朝から、一日中子どもたちと動き回る運動着の先生、ある校長先生は、良く動く先生を熱心な教師と見ていたといいます。子どもたちの制服は何十年も変わっていない学校もありますが、動きやすい制服や私服、運動着着用などその場にあった形になってきていると良いな、と思いました。もっとも、私の育った頃は、貧乏で制服どころか、私服で学校に行ったように思います。因みに、会社員の制服についても、同じ事が言えると思います。私のことですが、通勤時は制服ではなく、私服で早めに出勤し、制服に着替えて席についていました。制服のタイトスカートやジャケットは、自転車通勤には難しかったからです。秋野氏の感性のように、いろいろな対応を感じ取ることの大切さに共感しました。

ここで「**猫の化身**」に戻ります。秋野氏は東京大空襲の時、家族で強制疎開して千葉県四街道に行き、また茨城県結城、そして栃木県小山へ転居されたとのことです。秋野氏の余儀なくされた生き方は、東京に住んでいた方や、そこで働いていた方などに大空襲によって、多くの犠牲者がでました。また、疎開した方、家族も多かったと思います。戦争があったこと、多くの人が犠牲になったことを私たちは語り続けたいと共感しました。私の家族も東京に住み、東京大空襲の前夜、家族で母親の実家の茨城に疎開しました。家族五人、母の弟の家は農家でしたが、小さな家に大勢押しかけ、大変なことになりました。そこで、私の兄弟の二番目の兄を、母の弟に預けて、父親の実家、岩手県に移動したのでした。岩手で生まれた私は、戦争のことを両親から聞いて怖い夢をみるほどでした。「戦争はだめだ、何もかも失う」と聞きました。東京の母たちが住んでいた所も焼けてしまったそうです。

その頃の秋野氏の心情は「猫の化身」のなかに語られていて、私の家族と同じように疎開を体験して生きてきた秋野氏に出会いました。全国の地域には、米軍の爆撃にあい、犠牲者も多くおられ、沖縄は、四人に一人の犠牲者がでました。私の国で起きたことを、語り伝えていく一人になりたいと思いました。鈴木比佐雄氏は的確な解説を巻末に寄せておられます。このエッセイ集『母の小言』は秋野沙夜子氏の感じたこと、伝えておきたいことを、身近な体験を掘り下げて伝えてくれています。

エッセイ集を拝読すれば、きっと心に二次的体験として残る貴重な一冊であると思います。

Ⅲ「平和観音」短歌五十首

ここでも、鈴木比佐雄氏が短歌十二首を取り上げておられます。そこに私も同じように数首を取り上げたいと思います。

おみな逝き涸れ井戸残る庭おおい形見のごとくひまわりの
咲く

空襲の強制疎開で転々と友なき我は兄にまといし

雪置きて上越の山越えし風筑波めがけ駆けぬけゆけり

まだ取り上げたい短歌があるが、どの首も景色が浮かんでくる、その時々の感覚に触れる事が出来る。秋野氏の優れた創作活動と魅力を味わせて頂きました。

飯田マユミ句集『沈黙の函』鑑賞

宮﨑　裕

潑溂として、しかもしっかりとした俳句が並んでいました。作者の生活がきちんと知的に表現されていたと思います。この第一句集に触れて、改めて私は、現代における俳句と季語の関係に思いが広がりました。

句集の中で大変素晴らしい、季語の季節感の希釈が行われています。これは句作における発明であって、それが俳句群の個性を煌めかせています。そして、どう感じたのかを語るのではなく、何を感じたのか語るべきだと訴えていました。

その例として、例えば…、

不可思議な結婚指輪浮いて来い
何もかもレモンを絞ってからのこと

掲句の季語の「浮いて来い」も「レモン」も、全く季節感は漂っていません。話のきっかけに過ぎないのでしょう。語るべき肝は別にあります。取り合わせを超えた展開だと思います。だから…、

淑気満つ五人囃子に友の笛
西日差すレモンてふ名の画材店

もはや、掲句においては、「季重なり」ではなくなっています。季節感が薄まっている現代の暮らしの中で、自分を語るとき、その動機付けに春夏秋冬や花鳥風月が主役になることは少ないのではないでしょうか。そうした実感の薄い時候の挨拶より、生き方暮らし方を語るべきだと、作者は言っているのだと思いました。

ですから、家族・友人、はたまた句会の仲間など大切な人々に対して、私たちはきっと丁寧に言葉を尽くして、自分の今の思いを語らなければなりません。そんな時、ストーリーを紡ぐため、歳時記を繰って予習し、しっかりとした展開を作るべきだと思いました。そうすると季語は話のきっかけとなり、季節感が透明感をもって薄まってきます。そしていい脇役となって俳句を引き立てています。ほのかな香りのように季節感を醸し出しているのかもしれません。おしゃれな効果だと思います。

素敵な装丁でした。そして表紙帯の表四側に、橋本榮治先生が選ばれた十二句を、私は圧倒的に支持したいと思いました。そして

バスといふ沈黙の函秋しぐれ

を代表句としたことに敬服しています。作者はただ目の前の暮らしだけに目を奪われているばかりではありません。心すべきこと、守らねばならぬことがしっかりと言い放つことも大切です。それをしっかりと発出していることを、この句集タイトルが物語っていました。函の漢字選択もみごとです、

読み終えて、二つの事を学べたと思います。私たちは、現代にふさわしい俳句をどう詠んだらいいのか。そして、どうしたら愛すべき「季語」に、新たなる役割を与えることができるのか。

この句集は、本棚の奥にしまい込むことなく、手元に置いておきたいと感じています。窓を開けて風を入れたい。でもそれが許されない、現代の時間の流れの中で、さわやかな会話をしたいときにページを開きたいと思いました。素敵に希釈された愛すべき季語たちに触れることで、窓からの風を感じるように。

編集後記

鈴木　光影

特集1「追悼　黒田杏子・齋藤愼爾」では生前お二方と深い交流のあった十名の俳人に寄稿いただいた。現代俳句大賞を受賞し、俳人としても企画編集者としても大きな個性であったお二方を語り継ぐ第一歩としたい。黒田氏は俳壇の現状について肯定的、一方齋藤氏は否定的であったが、二人は不思議とウマが合った。そこに希望がある気がしている。黒田杏子氏、齋藤愼爾氏の御冥福をお祈りいたします。今号の共鳴句を挙げよう。

鹿尾菜揺れる夢地下鉄の座席にて　蒋　草馬
春雨のおそらく和音含む音　岡田　美幸
白馬の稜線目映い冬の朝　松本　高直
「タバコ吸うつかの間」ありや春の兵　山﨑　夏代
弾初めの太夫「いい音が出まっしゃろ」　今宿　節也
パンジーや服着せられて歩く犬　福山　重博
英霊も連れ磯菜摘より帰る　原　詩夏至
大晦日夜はふけゆく布団をかぶる　水崎　野里子
わが父の命日忘れて時流　堀田　京子

初寄稿の蒋草馬氏は、日常の素朴な実感から発しつつ、俳句の定型と調和しながら独自の世界を構築している。〈鉄網に野の見えてゐる春の昼〉の景の重層性が醸す静かな抒情、〈啓蟄を聞きまちがえてとぼけたい〉の我の表出とユーモア、〈きのふ聞いた口笛のこと滝涼し〉の聴覚的表象と時間性など、多面的な魅力を秘めた作家である。

次号も皆様からのご寄稿をお待ちしております。

編集後記

座馬　寛彦

今号の大城静子さんの「冬枯れの日日」の一連を読むと、疎外感や閉塞感に苦しむ、都市の高齢者たちのリアルな姿が見えてくる。〈行楽の紳士淑女がみな河を見ている静謐な点描画〉は原詩夏至さんの歌。スーラの「グランド・ジャット島の日曜日の午後」を題材としていると思われる。「みな河を見ている」点に着目し、十九世紀末でさえ、都市生活には鬱屈した感情が伴っていたことを想像させる。岡田美幸さんの〈充電が切れかけているスマホ持つわたしは何とつながりたいか〉は、スマホを持っていないと繋がれないのではないかと不安になる現代人の心理に、スマホでしか繋がれないものとは何かと問うようだ。その「孤独」は、社会や文明に背負わされているものではないかと。〈待てる犬鳴きふるえつつ飼ひ主が買物を終へ出で来るまでを〉は村上久江さんの歌。飼主に悪気はないだろうが、効率を優先した結果、飼い犬をその犠牲にしている。効率至上主義が社会の閉塞感に繋がっていることを連想させる。福山重博さんの〈残業で終電だけど本愛し虚構を愛し眠りを愛す〉はそんな時世に異議を唱えるようでもある。〈飢えるとも兵器さと高楊枝／軍事有事と寝言ばっかり〉という高柴三聞さんの狂歌にあるように、お上は民の生活の実態を見ようとせず「軍事有事」に執心している。水崎野里子さんが〈いくたびや同じ地獄を生きしかなボードレールを再読せんか〉と詠っているが、「地獄」と背中合わせの世だから、一人一人が身の回りの「リアル」を見つめ直すことが、求められているのだろう。

編集後記

鈴木　比佐雄

　今年は一月には加賀乙彦氏を亡くし、さらに三月は特に忘れられない悲しみの月になった。十三日には黒田杏子氏を亡くし、二十八日には齋藤愼爾氏と坂本龍一氏を亡くしてしまった。敬愛する四人の喪失感で命の儚さを痛感するばかりだ。黒田杏子氏にはメルマガで次のような追悼文「立ち上る黒田杏子氏の文学精神」を書いたので左記に引用する。

《山廬の春黒田杏子とふ巨星立つ　比佐雄／俳人で「藍生」主宰の黒田杏子氏が3月13日に甲府市内の病院で亡くなった。私は3月11日に笛吹市で開催された「第13回飯田龍太を語る会」で黒田氏の1時間半にわたる龍太や長谷川櫂や瀬戸内寂聴についての講演をお聞きした。終演後に壇上にいた黒田氏に、コールサック社刊行の飯田秀實随筆写真集『山廬の四季』や黒田杏子第一句集『木の椅子　増補新装版』などの本を見せ紹介して下さったことに感謝の言葉を伝えて、お別れをした。その際に壇上の近くには夫の勝雄氏もおられたので、ご挨拶をして、甲府市内に用事があったため、立ち去ったのだった。しかしそれが今生のお訣れになると私は不覚にも微塵も感ずることが出来なかった。それほど黒田氏は精力的であり、百名の聴衆の魂に訴えかけて、俳句を詠み続けていくエネルギーを注入されるパワーを感じさせてくれた。／私は黒田氏から上記の2冊や『証言・昭和の俳句　増補新装版』などの相談を受けて企画・編集・刊行し、黒田氏はそれらを世に広める適切な助言もして下さった。黒田氏からは毎日のように様々なことで打ち合わせの電話を頂いていた。時には意見を求められることも多く、電話で企画・編集会議をしていた。／先週コールサック社が刊行した髙田正子エッセイ集『日々季語日和』も黒田氏からの紹介だった。黒田氏は「藍生」の会員の中で髙田氏の評論を高く評価されていた。／髙田氏は昨年に深夜叢書社から『黒田杏子の俳句　櫻・螢・巡禮』を刊行した。それを拝読し私はとても感銘を受けた。そして『黒田杏子俳句コレクション』（髙田正子編・解説）を構想し、「櫻」「螢」「巡禮」などのシリーズ化を提案したところ、黒田氏も賛同下さり、「螢」から始まる「螢」「月」「雛」「櫻」の4巻シリーズで、今年から来年にかけて随時刊行することで黒田氏と髙田氏とコールサック社で企画・編集する方向性がまとまった。すでに第1巻「螢」の校正紙も出来上がり、黒田氏にお見せする直前だった。／また黒田氏が企画して関悦史が聞き手となった『証言・平成の俳句（仮）』も齋藤愼爾氏と柿本多映氏の取材を終え、関氏の原稿が「コールサック」に掲載された。今後は3人目、4人目も取材を行い、数年後には一書として刊行する予定だ。これらの黒田氏の意志を引き継ぐ書籍をコールサック社は支援し、現実化させていくつもりだ。／黒田氏は他界されたが、冒頭で記した《山廬の春黒田杏子とふ巨星立つ》のように私をはじめ関係の深い人びとたちの前に立ち上り、これからも生き続けていくだろう。》4月には私の評論集『沖縄・福島・福島の先駆的構想力――詩的反復力Ⅵ 2016～2022』が刊行予定だ。第2章「福島」の中で黒田氏について『「あしたのあした」という「先駆的構想力」』という黒田杏子論を執筆し、その原稿を黒田氏に事前に送り、電話で感想もお聞きしていた。この本が刊行されたら、黒田氏の御霊前に捧げたい。黒田氏の俳句・文学精神を今後も「コールサック」誌上や出版物で伝えていきたい。》

このような黒田氏の企画や志を引き継ぎ実現していきたいと考えている。俳人で深夜叢書社代表の齋藤愼爾氏とは西葛西駅前の馴染みの居酒屋などで時々お会いして、齋藤氏が仕事をした高名な文学者たちの話を聞かせてもらい、また多くの新しい出版企画案などを話しあっていた。コールサック社が刊行した齋藤愼爾評論集『逸脱する批評　寺山修司・埴谷雄高・中井英夫・吉本隆明たちの傍らで』は戦後の優れた文学者・評論家の近くにいてその人物象とその文学性を綴った貴重な証言集でもある。私の評論集で二編ほど齋藤氏の評論を書いているが、いつか本格的な齋藤愼爾論を書きたいと考えている。

また坂本龍一氏のこともメルマガで次のように追悼文を書いたので一部を引用する。《坂本氏には２０１２年に刊行した『脱原発・自然エネルギー２１８人詩集』と２０１４年に刊行した『非戦を貫く三〇〇人詩集』の二冊に、坂本氏の思想・哲学が宿った言葉を再録させてもらい、その文章の中から帯文にもさせて頂いた。『脱原発・自然エネルギー２１８人詩集』（日本語・英語の合体本）の序文の冒頭では坂本龍一／（２０１１年10月22日　オックスフォード、ハートフォードカレッジチャペルでのスピーチより）／「アウシュヴィッツ以後、詩を書くことは野蛮である」とアドルノは言いました。／ぼくはこう言い替えたい、「フクシマのあとに声を発しないことは野蛮である」と。／日本は三度被爆しました。ヒロシマ、ナガサキ、そしてフクシマ。（略）》このように坂本氏から日本人の20・21世紀の忘却してはならない悲劇の記憶を突き付けられ、それをいかに克服していくかを天上から見詰められているような気がする。今号では私は坂本龍一氏への追悼詩「手を挙げて、武器を下ろし、命を奏でよう」を記した。お読み下されば幸いだ。

今号の特集1は「追悼　黒田杏子・齋藤愼爾」だ。黒田氏は「しんちゃん」といい、齋藤氏は「ももこ」と互いを呼び合って、幼馴染のように親しげに語りあっていたが、二人は互いを畏敬し合い、具体的に俳句の未来を構想する同志であったのだ。そんな二人の追悼文を二人と親しかった坂本宮尾、永瀬十悟、関悦史、董振華、寺井谷子、渡辺誠一郎、筑紫磐井、井口時男、髙澤晶子、武良竜彦、鈴木光影などの各氏に執筆してもらった。

特集2では前号の続きである「『日毒』はなぜ脅威となったのか（2）」でその後の新たな展開を記した。沖縄の詩人・評論家の仲本瑩氏が貴重な証言『「日毒」と西日本ゼミナールを巡って』を寄せてくれた。また私もそれを踏まえて《八重洋一郎詩集『日毒』はなぜ脅威となったのか（2）――日本現代詩人会理事会へ『日毒』を巡る第三者委員会の設置を提案する》を執筆した。また沖縄で今も影響を与えている「反復帰論」を執筆した新川明氏に安里英子氏が取材した貴重な回顧録を再録させて頂いた。

公募中の『多様性が育む地域文化詩歌集――異質なものとの関係を豊かに言語化する』の締め切りは6月末日まで延期することになったので、ぜひご寄稿を願っている。また今号にも多くの作品をご寄稿下さり心より感謝を申し上げたい。次号も作品を心待ちにしている。

編集後記

羽島　貝

今月号もお疲れさまでした。新しい方々をお迎えし、益々賑わってまいりましたね。そこで今月号の後記では、「ワンランク上の原稿執筆」と題しまして、原稿執筆でご不安な部分を編集部からサポートさせて頂ければと思います。

原稿を提出する際、手書き原稿を下さる方は、昔学校で習った作文作法をそのまま引き継いで頂ければいいのですが、問題はデータ入稿の場合ですね。まずファイル名で悩まれると思います。次の順番で名付けられると編集部でもわかりやすいです。

執筆者名＋「作品名」＋掲載号数

例：羽島貝「青い空にあなたの作品を放ちたい」114

例の様に作品名が長い場合は**羽島貝「青い空に〜」114**と「〜」（「から」と打つと出ます）で略して頂いても構いません。

原稿のファイル形式はWordが好ましいですが、メールに直書きやテキストファイルでも構いません。メールに作品を直書きされる場合は、どこからどこまでが題なのかはっきり明記して下さると大変助かります。また、原稿をＰＤＦ形式でご送付されることは避けて下さい。きれいにデータを抽出できません。

本文の構成につきましては**タイトル（改行）執筆者名（改行）本文**の順になっていると分かりやすいです。姓と名の間は一マス全角を開けましょう。作文の作法と一緒です。空白スペースを並べてお名前の位置を合わせて下さる方もいらっしゃいますが、組版の時点でお名前上の空白部分は全て削除していますので、行頭から書き始めて頂いて大丈夫です。

『多様性が育む地域文化詩歌集―異質なものとの関係を豊かに言語化する』公募趣意書

出版内容＝「多様性」は「地理的多様性」、「生物多様性」、「文化的多様性」などが深いつながりを持ってこの世界の地域文化として暮らしを活性化させる。それを詩歌の言葉の力より顕在化させたい。
Ａ５判　約三〇〇～三五〇頁　本体価格一八〇〇円＋税

発行日＝二〇二三年八月頃刊行予定

編者＝鈴木比佐雄、座馬寛彦、鈴木光影、羽島貝

発行所＝株式会社コールサック社

公募＝二五〇名の詩・俳句・短歌を公募します。作品と承諾書をお送り下さい。既発表・未発表を問いません。趣意書はコールサック社ＨＰからもダウンロード可能です。

参加費＝一頁は詩四十行（一行二十五字）、俳句二十句、短歌十首で一万円、二冊配布。二頁は詩八十八行、俳句・短歌は一頁の倍の作品数で二万円、四冊配布。校正紙が届きましたら、コールサック社の振替用紙にてお振込みをお願い致します。

しめきり＝二〇二三年六月末日頃

原稿送付先＝〒一七三‐〇〇〇四　東京都板橋区板橋二‐六三‐四‐二〇九

データ原稿の方＝〈m.suzuki@coal-sack.com〉（鈴木光影）までメール送信お願いします。

【よびかけ文】

ドイツの哲学者テオドール・アドルノの「アウシュヴィッツのあとで詩を書くことは野蛮である」という言葉は、世界中の詩人や文学者の創作行為に深い問題提起をした。その後に刊行されたアドルノの主著『否定弁証法』中では、《永遠につづく苦悩は、拷問にあっている者が泣き叫ぶ権利を持っているのと同じ程度には自己を表現する権利を持っている。その点では、「アウシュヴィッツのあとではもはや詩は書けない」というのは、誤りかもしれない。》と、表現する権利は否定するものではないと軌道修正をしている。アドルノの言説に私は、詩の言葉や芸術に敬意を抱くハイデッガーを初めとするドイツの哲学者たちが哲学と言葉の本質的な関係を問う誠実さを感受する。アドルノの『否定の弁証法』の序論の中で次のような生々しい格闘の痕跡がある。《芸術を模倣し、みずから芸術作品たろうとするような哲学は、自分自身を抹殺することになろう。そうした哲学は、同一性の要求、つまり、対象がおのれに同化することを要請するだろう。なぜなら、哲学にとっては異質なものとの関係こそがまさしく主題であるのに、この哲学はおのれの方法に、素材である異質なものがアプリオリに従わねばならぬ至上権を認めようとするからである。（略）概念によって概念を超え出ようとする努力こそが、哲学の仕事なのである。》アドルノは文学や芸術に深い敬意を抱いているからこのような言説を放ったのだろう。文学者・芸術家もまたその真摯な問いを受けて、「異質なものとの関係こそがまさしく主題」であるというアドルノの言葉を、自らの作品の主題の参考にすべきだと私は考えている。今回の「多様性」もまた「異質なものとの関係」を豊かに言語化する試みだろう。作品例としては、ウクライナの地域文化を体現する十九世紀に生きた国民的詩人のタラス・シェフチェンコの長編叙事詩「ザポビット」（「遺書」）の「わたしが死んだら／葬ってほしい／なつかしいウクライナの／ひろびろとしたステップに抱かれた／高い塚の上に」。また宮沢賢治の詩集『春と修羅』に次の詩「原体剣舞連」がある。この詩は古代日本が多様性に満ちていたことを明らかにする貴重な詩篇だ。dah-dah-dah-dah-dah-sko-dah-dah／こんや異装のげん月のした／鶏の黒尾を頭巾にかざり／片刃の太刀をひらめかす／原体の舞手たちよ」。この詩「原体剣舞連」は月夜と篝火の下で、古くから伝わる民俗芸能の鬼剣舞の踊子たちの異様な舞い姿や太鼓の響きを全身に感じて、その響きを古代人たち

の命として詩にしたものだろう。詩歌の世界で「地域文化」を考える場合に参考になる書籍は、俳人の宮坂静生『季語体系の背景　地貌季語探訪』だろう。「私という身体のことばを介した生者と死者との語り合い」という俳句における死者と共有した時空間を問い直すことの重要性を「地貌季語」の精神性として原点に置いている。そして多様な「地方」の息遣いを宿し、「古人の感受性の集積」を彷彿とさせることばを「地貌季語」として蒐集することを提唱する。最後に歌人の馬場あき子氏の山形県鶴岡市の黒川能についての連作から五首を紹介したい。《苗の呼吸うし・うまのいき人のいきやわらやわらに笛に通える》《苗代や黒川能の上座口幕かかげさせ君は歩むを》《青年の面をかくし立ち出ずる白き翁ぞやわら耳もつ》《まれびとのさびしき情にみてあればおとめのごとし少年の舞》《青葉とうとと聞え白頭の鬼神はうた抒情すらしも》。次のような観点で、『多様性が育てる地域文化詩歌集』に参加して欲しいと願っている。①多様な土地の言葉である地名・方言・生活語などを駆使した作品。②多様性に満ちた土地の芸能、行事記念祭、食文化、伝統工芸品などにまつわる作品。③季語・地貌季語や歌枕などに新しい意味や新しい多様なイメージを宿した作品。④海外の人びとが異郷である日本の地域文化を活性化させている紹介の作品。⑤地域文化と隣接する他の地域文化の相互影響や文化的差異を記した作品。⑥性的マイノリティを尊重する多様な地域文化の価値を有する街を記録する作品。⑦多様な世代が共通するテーマで未来を作り上げようとする試みの作品。⑧国家間の争いで他国の地域文化を武力で破壊しないための平和を促す作品。　（鈴木比佐雄）

キリトリ線（参加詩篇と共にご郵送ください）データ原稿をお持ちの方は〈m.suzuki@coal-sack.com〉までメール送信お願いします。

『多様性が育む地域文化詩歌集――異質なものとの関係を豊かに言語化する』参加・収録承諾書

応募する作品の題名	
氏名（筆名）	
読み仮名	
生年（西暦）	年
生まれた都道府県名	

現住所（郵便番号・都道府県名からお願いします）※
〒
TEL（　　）
代表著書（計二冊までとさせていただきます）
所属誌・団体名（計二つまでとさせていただきます）

※現住所は都道府県・市区名まで著者紹介欄に掲載します。校正紙をお送りしますので、すべてご記入ください。

以上の略歴と同封の詩・俳句・短歌にて

『多様性が育む地域文化詩歌集――異質なものとの関係を豊かに言語化する』に参加・収録することを承諾します。

印

「年間購読会員」のご案内

ご購読のみの方	◆『年間購読会員』にまだご登録されていない方 ⇒ 4 号分（115・116・117・118 号） ……4,800 円＋税＝ 5,280 円
寄稿者の方	◆『年間購読会員』にまだご登録されていない方 ⇒ 4 号分（115・116・117・118 号） ……4,800 円＋税＝ 5,280 円 ＋ 参加料……ご寄稿される作品の種類や、 ページ数によって異なります。 （下記をご参照ください）

【詩・小詩集・エッセイ・評論・俳句・短歌・川柳など】

・1 〜 2 ページ……5,000 円+税= 5,500 円／本誌 4 冊を配布。

・3 ページ以上……

ページ数×（2,000 円+税= 2,200 円）／ページ数× 2 冊を配布。

※ 1 ページ目の本文・文字数は 1 行 28 文字× 47 行（上段 22 行・下段 25 行）

2 ページ目からは、本文・1 行 28 文字× 50 行（上下段ともに 25 行）です。

※俳句・川柳は 1 頁（2 段）に 22 句、短歌は 1 頁に 10 首掲載できます。

コールサック（石炭袋）114 号

編集者　鈴木比佐雄　座馬寛彦　鈴木光影　羽島貝

発行者　鈴木比佐雄

発行所　㈱コールサック社

装丁　松本菜央

製作部　鈴木光影　座馬寛彦　羽島貝

発行所（株）コールサック社　2023 年 6 月 1 日発行

本社　〒 173-0004 東京都板橋区板橋 2-63-4-209

電話 03-5944-3258　FAX 03-5944-3238

suzuki@coal-sack.com

http: //www.coal-sack.com

郵便振替 00180-4-741802

落丁本・乱丁本はお取り替えいたします。

ISBN978-4-86435-576-6　C0092　￥1200E

本体価格　1200 円＋税

2019－2021年　評論集・エッセイ集

永山絹枝
『児童詩教育者　詩人 江口季好
―近藤益雄の障がい児教育を
継承し感動の教育を実践』

四六判296頁・
上製本・2,200円
解説文／鈴木比佐雄

第49回 壺井繁治賞

永山絹枝 評論集
『魂の教育者
詩人近藤益雄』

四六判360頁・
上製本・2,200円
カバー写真／城台巖
解説文／鈴木比佐雄

山本 萠
『こたつの上の水滴
萠庵骨董雑記（もえぎあんこっとうざっき）』

四六判256頁・
並製本・1,980円
帯文／尾久彰三

万里小路 譲
『詩というテキストⅢ
言の葉の彼方へ』

四六判448頁・
並製本・2,200円

第35回真壁仁・野の花賞

万里小路 譲
『孤闘の詩人・
石垣りんへの旅』

四六判288頁・
上製本・2,200円
解説文／鈴木比佐雄

福田淑子
『文学は教育を変えられるか』

四六判384頁・
上製本・2,200円
装画／戸田勝久
解説文／鈴木比佐雄

太田代志朗・田中寛・鈴木比佐雄 編
『高橋和巳の文学と思想
その〈志〉と〈憂愁〉の彼方に』

A５判480頁・
上製本・2,200円

加賀乙彦
『死刑囚の有限と無期囚の無限
―精神科医・作家の死刑廃止論』

四六判320頁・
並製本・1,980円
解説文／鈴木比佐雄

加賀乙彦 散文詩集
『虚無から魂の洞察へ
―長編小説『宣告』『湿原』抄』

四六判320頁・
並製本・1,980円
解説文／鈴木比佐雄・
宮川達二

エッセイ・評論・研究書・その他の著作集

堀田京子 作　味戸ケイコ 絵
『ばばちゃんのひとり誕生日』
B5判32頁・上製本・1,650円

甲斐洋子 童話集
『すみれからの手紙』
四六判128頁・
並製本・1,980円
解説文／鈴木比佐雄

第二版刊行！

尾野寛明・中村香菜子・大美光代
『わたしをつくるまちづくり
地域をマジメに遊ぶ実践者たち』
四六判256頁・
並製本・1,980円

中村雪武
『詩人 吉丸一昌の
ミクロコスモス
――子供のうたの系譜』
B5判296頁・並製本・
2,200円　推薦文／中村節也

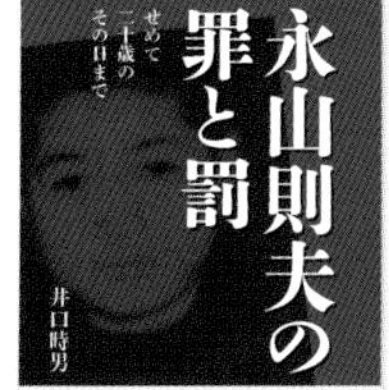

井口時男 評論集
『永山則夫の罪と罰
せめて二十歳のその日まで』
四六判224頁・
並製本・1,650円
解説文／鈴木比佐雄

五十嵐幸雄
備忘録集Ⅴ
『日々新たに』
四六判288頁・
上製本・2,200円
写真／五十嵐幸雄

詩人のエッセイシリーズ⑭

淺山泰美エッセイ集
『京都
夢みるラビリンス』
四六判240頁・並製本・1,650円
写真／淺山泰美

子どもと一緒に芭蕉の名句と遊ぶ　MIX 三句ス

俳句かるたミックス

- 俳句入門に最適
- 松尾芭蕉の俳句が自然に覚えられる
- 英語版もセット
- イラスト付きで意味が分かりやすい
- 全俳句の現代口語訳説明書つき

企画／鈴木比佐雄　監修／夏石番矢　イラスト／いずみ朔庵

松尾芭蕉30句（日本語版・英語版）説明書付き
2,200円

「俳句かるたミックス」特設Webサイトで遊び方動画を公開中！
http://www.coal-sack.com/haiku-karuta/　「俳句かるたミックス」で検索！

＊書店、山寺芭蕉記念館・芭蕉翁記念館のミュージアムショップ、弊社HPなどでご購入いただけます。

小説・歴史・学術

『令和時代に万葉集から学ぶ古代史』
四六判256頁・並製本・1,650円

『万葉の語る天平の動乱と仲麻呂の恋』
四六判256頁・並製本・1,650円

『仏教精神に学ぶみ仏の慈悲の光に生かされて』
四六判256頁・並製本・1,650円

中津攸子
『新説　源義経の真実』
四六判400頁・上製本・2,200円
装画／安田靫彦「黄瀬川陣(左隻)」
帯文／片岡鶴太郎

平松伴子 小説集

『平凡な女 冬子』
四六判304頁・並製本・1,650円

『従軍看護婦』
四六判192頁・上製本・1,980円

『残照　―義父母を介護・看取った愛しみの日々』
四六判160頁・上製本・1,980円

小島まち子

『懸け橋　―桜と花水木から日米友好は始まった』
四六判192頁・上製本・1,980円

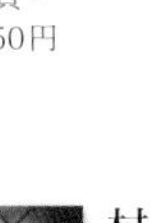

村上政彦『台湾聖母』
四六判192頁・並製本・1,870円

石川逸子
『道昭　三蔵法師から禅を直伝された僧の生涯』
四六判480頁・並製本・1,980円

北嶋節子『茜色の街角』
四六判336頁・上製本・1,650円

黄輝光一
『告白　～よみがえれ魂～増補新装版』
四六判240頁・並製本・1,650円

コールサック小説文庫

第5回松川賞特別賞

橘かがり
『判事の家　増補版 松川事件その後70年』
272頁・990円

具志川市文学賞

大城貞俊
『椎の川』
256頁・990円

鈴木貴雄
『ツダヌマサクリファイ』
96頁・990円

北嶋節子
『エンドレス　記憶をめぐる5つの物語』
288頁・990円

宮沢賢治・村上昭夫関係

コールサック文芸・学術文庫

『村上昭夫著作集〈上〉
小説・俳句・エッセイ他』
北畑光男 編
文庫判256頁・並製本 1,100円
解説文／北畑光男

『村上昭夫著作集〈下〉
未発表詩95篇・『動物哀歌』
初版本・英訳詩37篇』
北畑光男 編
文庫判320頁・並製本 1,100円
解説文／北畑光男・渡辺めぐみ・他

末原正彦
『朗読ドラマ集
宮澤賢治・中原中也
・金子みすゞ』
四六判248頁・上製本・2,200円

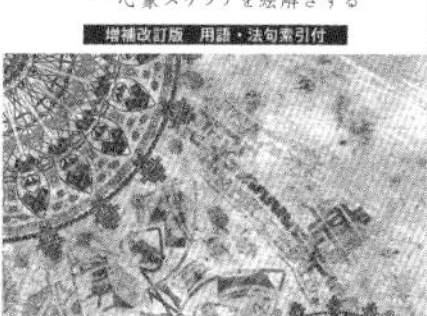

桐谷征一
『宮沢賢治と
文字マンダラの世界
―心象スケッチを絵解きする
増補改訂版 用語・法句索引付』
A5判400頁・上製本・2,500円

吉見正信

『宮澤賢治の
原風景を辿る』
384頁・装画／戸田勝久

第25回宮沢賢治賞
四六判・並製本・2,200円

『宮澤賢治の
心といそしみ』
304頁・カバー写真／赤田秀子
解説文／鈴木比佐雄

森 三紗
『宮沢賢治と
森荘已池の絆』
四六判320頁
上製本・1,980円

中村節也
『宮沢賢治の宇宙音感
―音楽と星と法華経』
B5判144頁・並製本・1,980円
解説文／鈴木比佐雄

高橋郁男
『渚と修羅
震災・原発・賢治』
四六判224頁・並製本・1,650円
解説文／鈴木比佐雄

佐藤竜一
『宮沢賢治の詩友・
黄瀛（こうえい）の生涯
日本と中国　二つの祖国を生きて』
四六判256頁・並製本・1,650円
解説文／鈴木比佐雄

佐藤竜一
『宮沢賢治
出会いの宇宙
賢治が出会い、心を通わせた16人』
四六判192頁・並製本・1,650円
装画／さいとうかこみ

北畑光男 評論集
『村上昭夫の
宇宙哀歌』
四六判384頁・並製本・1,650円
帯文／高橋克彦（作家）
装画／大宮政郎

福島・東北の詩集・小説・評論・エッセイ集

前田新 詩集
『詩人の仕事』
A5判192頁・並製本・1,760円
解説文／鈴木比佐雄

長嶺キミ 詩集
『静かな春』
A 5判144頁・
並製本・1,650円
解説文／鈴木比佐雄

天瀬裕康 混成詩
『麗しの福島よ
―俳句・短歌・漢詩・自由詩
で3・11から10年を詠む』
A5判160頁・並製本・1,650円
解説文／鈴木比佐雄

赤城弘
『再起―自由民権・
加波山事件志士原利八』
四六判272頁・上製本・1,980円
解説文／鈴木比佐雄

斉藤六郎 詩集
『母なる故郷　双葉
―震災から10年の伝言』
A5判152頁・並製本・1,650円
解説文／鈴木比佐雄

鈴木比佐雄 詩集
『千年後のあなたへ
―福島・広島・長崎・沖縄・
アジアの水辺から』
A5判176頁・並製本・1,650円
紙撚作品／石田智子

若松丈太郎 詩集
『夷俘の叛逆』
A5判160頁・
並製本・1,650円
栞解説文／鈴木比佐雄

若松丈太郎 英日詩集
『かなしみの土地
Land of Sorrow』
A5判224頁・
並製本・2,200円

齋藤愼爾
『逸脱する批評
寺山修司・埴谷雄高・中井英夫・
吉本隆明たちの傍らで』
四六判358頁・
並製本・1,650円
解説文／鈴木比佐雄

第15回日本詩歌句随筆評論大賞奨励賞

2020年5月20日朝日新聞で紹介されました

照井 翠エッセイ集
『釜石の風』
四六判256頁・
並製本・1,650円
帯文／黒田杏子

髙橋正人 評論集
『文学はいかに
思考力と表現力を
深化させるか』
四六判384頁・上製本・2,200円
装画／戸田勝久
解説文／鈴木比佐雄

髙橋正人
コールサックブックレットNo.1
『高校生のための
思索ノート
〜アンソロジーで紡ぐ
思索の旅〜』
A5判80頁・並製本・1,100円

少年少女に希望を届ける詩集

3版

朝日新聞などで紹介されました！

教育、子育て関連の施設へ無償配付しています

編／曽我貢誠・佐相憲一・鈴木比佐雄
装画／戸田勝久
A5判320頁・並製本1,650円

非戦を貫く三〇〇人詩集

編／鈴木比佐雄・佐相憲一
装画／宮良瑛子
A5判432頁・並製本・1,980円

日本国憲法の理念を語り継ぐ詩歌集

編／鈴木比佐雄・佐相憲一
A5判320頁・並製本・1,980円

ベトナム独立・自由・鎮魂詩集175篇

（日本語・英語・ベトナム語 合体版）

編／鈴木比佐雄、佐相憲一、グエン・クアン・ティウ　翻訳／冨田健次、清水政明、グエン・バー・チュン、ブルース・ワイグル、郡山直、矢口以文、結城文、沢辺裕子、島田桂子　他
A5判632頁・並製本・2,500円

水・空気・食物300人詩集

子どもたちへ残せるもの

編／鈴木比佐雄・佐相憲一・亜久津歩・中村純・大塚史朗
装画／戸田勝久A5判408頁・並製本・2,200円

平和をとわに心に刻む三〇五人詩集

十五年戦争終結から戦後七十年

編／鈴木比佐雄・佐相憲一
装画／香月泰男　A5判432頁・並製本・2,200円

第18回宮沢賢治学会 イーハトーブセンター
イーハトーブ賞 奨励賞

原爆詩一八一人集

1945～2007年
Against Nuclear Weapons
A Collection of Poems by 181 Poets 1945-2007

重版

編／長津功三良・鈴木比佐雄・山本十四尾　帯文／湯川秀樹序文／御庄博実　解説／石川逸子・長谷川龍生・鈴木比佐雄装画／福田万里子　翻訳／郡山直・水崎野里子・大山真善美・結城文〈英語版 日本語版〉A5判304頁・並製本・2,200円

脱原発・自然エネルギー218人詩集

編／鈴木比佐雄・若松丈太郎・矢口以文・鈴木文子・御庄博実・佐相憲一
翻訳／郡山直・矢口以文・木村淳子・結城文・島田桂子、棚瀬江里哉・沢辺祐子　序文・帯文／坂本龍一
A5判624頁・並製本・3,300円

『REVERBERATIONS FROM FUKUSHIMA
―50 JAPANESE POETS SPEAK OUT』
EDITED BY LEAH STENSON AND ASAO SARUKAWA AROLDI
（『福島からの反響音
―日本の詩人50人の発信』）

（Inkwater Press）
日本販売価格3,300円
（1,650円＋送料）

命が危ない311人詩集

いま共にふみだすために
若松丈太郎 解説付

編／佐相憲一・中村純・宇宿一成・鈴木比佐雄・亜久津歩　帯文／落合恵子
A5判544頁・379篇・並製本・2,200円

大空襲三一〇人詩集

1937年～2009年

編／鈴木比佐雄・長津功三良・山本十四尾・郡山直　帯文／早乙女勝元
A5判520頁・361篇・並製本・2,200円

鎮魂詩（レクイエム）四〇四人詩集

編／鈴木比佐雄・菊田守・長津功三良・山本十四尾　帯文／早乙女勝元　装画／香月泰男
A5判・並製本・640頁・496篇・2,200円

病や死――パンデミックの闇に希望のあかりを灯す
241名の詩・短歌・俳句

闘病・介護・看取り・再生詩歌集

――パンデミック時代の記憶を伝える

A５判360頁・並製本・1,980円　編／鈴木比佐雄・座馬寛彦・羽島貝・鈴木光影

宮宮沢賢治・斎藤茂吉・正岡子規…日本の名詩歌から
谷川俊太郎・馬場あき子・黒田杏子など
コロナ禍を生きる現代の詩人・歌人・俳人まで

「生物多様性」を詠う２３４名の俳句・短歌・詩

地球の生物多様性詩歌集

生態系への友愛を共有するために

A5判384頁・並製本・1,980円　編／鈴木比佐雄・座馬寛彦・鈴木光影

宮沢賢治は人間と野生生物との関係の様々な問題点を百年前に書き残した。
その問いかけは「生物多様性」が問われる現在において重要性を増している。
現在の地球の置かれている情況は、「今度だけはゆるして呉れ」という情況でないことは
誰が見ても明らかになっている。（鈴木比佐雄「解説文」より）

日本各地の風土の深層が
142名の詩人により、
呼び起こされる

日本の地名詩集

――地名に織り込まれた風土・文化・歴史

A5判216頁・並製本・1,980円
編／金田久璋・鈴木比佐雄

アジアの「混沌」を宿す
277名の俳句・短歌・詩

アジアの多文化共生詩歌集

シリアからインド・香港・沖縄まで

編／鈴木比佐雄・座馬寛彦・鈴木光影　装画／入江一子　A5判384頁・並製本・1,980円

詩歌に宿るまつろわぬ
東北の魂（みちのく　こころ）

東北詩歌集（みちのく）

西行・芭蕉・賢治から
現在まで

編／鈴木比佐雄・座馬寛彦・
鈴木光影・佐相憲一
A5判352頁・並製本・1,980円

沖縄を愛する
約200名による短歌、
俳句、詩などを収録！

沖縄詩歌集

～琉球・奄美の風～

編／鈴木比佐雄・佐相憲一・
座馬寛彦・鈴木光影
A5判320頁・並製本・1,980円

季刊 コールサック〈石炭袋〉 Coal Sack

2023年6月1日発行（114号）年4回発行／発行人 鈴木比佐雄／株式会社 コールサック社

最新刊 **若松丈太郎 英日詩集**

かなしみの土地
Land of Sorrow

2021 年4月 21 日に亡くなられた福島県南相馬市の詩人・若松丈太郎。1994 年にウクライナ・チェルノブイリを訪れ、東電福島原発事故を予言するかに書かれた連作詩「かなしみの土地」を全収録、その他若松氏の代表的な詩篇も収録。ロシアによる侵攻の続くウクライナやウクライナに心を寄せる日本や世界の人びとに届けたいと願い、翻訳者達の協力の下、【英日詩集】として企画・刊行。

A5 判 224 頁・並製本・定価　2,200円（税込）

全三巻装画撮影

若松……作集全三巻

第一巻　全……
『夜の森』から……詩篇を収録。　（解説：齋藤貢）

第二巻　極……
「相馬地方と……収録。　（解説：鈴木比佐雄）

第三巻　評……
『福島原発難民』『福島核災棄民』などの詩人論・作品論を収録　（解説：前田新）

造本　A5 判／ハードカバー　第一巻 定価 4,400 円（税込）、第二巻・第三巻 各 3,300 円（税込）

全三巻セット価格：11,000円（税込）

まずはコールサック社へ直接お問い合わせください。全三巻セットを直接ご注文いただいた場合、送料無料とさせていただきます。全国の書店、ネット書店からも注文可能です。

表紙イラスト（白鳥座）by Wellcome Collection

ISBN978-4-86435-576-6
C0092 ¥1200E
郵便振替　00180-4-741802
定価 1,320円（本体 1,200円 + 税 10%）